Emilia Tercia, la hija del cónsul

Emilia Tercia, la hija del cónsul

Volumen II

Luis Edwin Herrera Isea

www.librosenred.com

Dirección General: Marcelo Perazolo
Diseño de cubierta: M. Lucila Avalle
Diagramación de interiores: Vanesa L. Rivera

Primera edición en español - Impresión bajo demanda

© LibrosEnRed, 2014
Una marca registrada de Amertown International S.A.

ISBN: 978-1-59754-978-3

Para encargar más copias de este libro o conocer otros libros de esta colección visite www.librosenred.com

Capítulo IV. Matrimonio

El pretor Lucio Postumio Albino cabalgaba pensativo trasladando sus recuerdos a esos inolvidables años en que había liderado la Primera Guerra Ilírica. El respetado pretor pensaba en Lucio Emilio Paulo, en quien había depositado una franca amistad, y que se había convertido a la vez en una de sus inexplicables creaciones políticas.

La guerra que se libraba en la Galia Cisalpina no era como la que se había estado desarrollando en la propia península itálica contra los ejércitos regulares de Aníbal Barca. En esa provincia, Roma luchaba contra las distintas tribus que habían otorgado su apoyo a la causa cartaginesa, ayudando a su líder a proveerse de hombres, pertrechos, guías y hasta mujeres para su tropa.

Lucio Postumio Albino había sido designado el año anterior como pretor de la Galia Cisalpina debido a los conocimientos que poseía tanto de la geografía como de la historia que caracterizaba a esa vasta provincia. Sin embargo, nadie había podido entender qué fin último había impulsado al aristócrata senador para prestarle esa atención a la Galia Cisalpina durante los años anteriores.

La patrulla que lideraba Lucio Postumio Albino se componía de varias turmas de caballería cuyos jinetes cabalgaban muy quietos sobre sus monturas. Todos ellos tan solo pensaban en los sucesos de Cannae, suceso en el que habían perdido la vida sus familiares y amigos más estimados. El dolor y la angustia hacían que los jinetes mantuviesen un silencio sepulcral que demostraba el duelo que estaban viviendo. Detrás de ellos marchaban los legionarios que componían el resto de las dos legiones que estaban a su cargo.

Durante días Lucio Postumio Albino había estado realizando varios recorridos en los que acostumbraba reprimir las pequeñas aldeas que se habían identificado con los rebeldes. Sus informantes le comunicaban que la mayoría de los subversivos se habían estado trasladando mucho más al norte, dejando sus tierras y sus familias descuidadas. Pero Lucio Postumio Albino era un militar desconfiado y sabía que no podía creer completamente todo aquello que llegaban a contarle. Sin embargo, el curtido pretor ignoraba que los principales líderes de las numerosas tribus galas, boias y etruscas se estaban reuniendo en secreto con el único objetivo de asesinarlo. El plan de estos líderes tribales se paralizó a principios del año 215 a.C., cuando los espías cartagineses ubicados en Roma notificaron que el Senado había elegido a Lucio Postumio Albino como uno de los cónsules para el nuevo período, aun en su ausencia.

Lucio Postumio Albino se enteró gracias al correo oficial que dejaba de ser pretor de la provincia de la Galia Cisalpina para asumir sus funciones y atribuciones como uno de los dos cónsules romanos. El nuevo cónsul comunicó las noticias a sus tropas, que al igual que su líder celebraron al haberse convertido automáticamente en legiones consulares. Ante estos nuevos hechos parecía que el principio del fin estaba llegando para todos aquellas tribus que se empeñaban en seguir los pasos y las ideas de Aníbal Barca, olvidándose de que el verdadero camino era el que debía señalar Roma.

La misma noche en que Lucio Postumio Albino se enteró de su nueva designación, evocó el recuerdo de su amigo Lucio Emilio Paulo, quien tan solo hacía un año había sido elegido como cónsul y ahora descansaba con los muertos. Lucio Postumio Albino había olvidado completamente las traiciones de quien fuera su colega durante su segundo consulado, Cneo Fulvio Centumalo. Esta vez quería poder vengar la muerte de su querido pupilo, para quien tenía reservado muchos otros planes, de los cuales él mismo se beneficiaría. Esa venganza debía llegar tarde o temprano, pero primero debía exterminar la sublevación que estaba acabando con la norteña provincia romana.

Lucio Postumio Albino conocía también y gracias al correo oficial que su colega sería un senador llamado Tiberio Sempronio Graco, de quien lo único que sabía era que el dictador Marco Junio Pera lo había designado como *magister equitum* con la tarea de formar uno de los tantos ejércitos que debían enfrentar a Aníbal Barca después de la desgracia de Cannae. Lucio Postumio Albino pensaba que después de limpiar la Galia Cisalpina se pondría en contacto con Tiberio Sempronio Graco para iniciar el aniquilamiento de los cartagineses al sur de la península itálica.

El cónsul seguía ocupado en sus pensamientos, mientras su caballo empezaba a transitar por uno de los tantos puentes que unían las diferentes áreas geográficas de tan espléndida provincia. Detrás de él sus decuriones y demás jinetes lo seguían sin llegar a imaginar que muy cerca de ellos una inmensa cantidad de guerreros boios empezaban a franquear a la avanzada de la caballería consular. De las dos legiones se ocuparían otros guerreros boios que estaban siendo reforzados por guerreros galos y etruscos. El momento de la conspiración sobre la persona de Lucio Postumio Albino había al fin llegado. Esta vez no era un pretor y sus legiones, sino un cónsul y sus legiones consulares.

Casi al final del cruce del angosto y largo puente, uno que se levantaba sobre las frías aguas, construido con piedra y madera, un guerrero boio salió de los matorrales y lanzó con furia contenida una lanza. Esta se incrustó en la pierna izquierda del cónsul y le fracturó instantáneamente el fémur. Lucio Postumio Albino, aún con fuerzas, hizo encabritar su caballo, que inició un escape veloz que lo alejaría del puente. Mientras tanto, a sus espaldas, el resto de los decuriones y de los jinetes empezaban a repeler un ataque sorpresivo que se estaba convirtiendo súbitamente en una mortal emboscada. Ningún decurión o jinete tuvo tiempo suficiente para percatarse del paradero de su cónsul, pues ante la aparición de todos esos guerreros que gritaban en lenguas celtas, solo acertaron a defenderse como podían.

Lucio Postumio Albino guió su caballo por entre una espesura del húmedo bosque que iba dejando atrás el curso del río donde se desarrollaba la feroz pelea. De su pierna izquierda seguía brotando un chorro de sangre que no le auguraba nada bueno. Atrás iban quedando los sonidos del enfrentamiento, sentía el inoportuno golpe de las hojas en su pálido rostro. Mientras dirigía nuevamente su mirada a la herida que le estaba consumiendo las fuerzas, su caballo fue súbitamente derribado con una cuerda. El golpe de ambos fue estrepitoso, el cónsul rodó cuesta abajo por una ladera que se hallaba tupida por la vegetación. Lucio Postumio Albino abrió sus ojos y pudo contemplar un rayo de luz que se escabullía entre las densas nubes que habían acompañado tan inesperado día. Aquellos segundos se convirtieron en siglos mientras trataba de poner su cabeza en orden e intentaba hacer un recuento de todo lo que hasta ese momento había sucedido.

Ahora el estado de sus dos piernas era deplorable; una de sus manos estaba sumamente traumatizada, y el dolor en su cabeza era simplemente insoportable.

Al girar hacia su derecha, pudo percatarse de cómo un bárbaro boio se le acercaba decididamente para arrancarlo de la vida. Sabiendo el final que le esperaba, Lucio Postumio Albino volvió a dirigir su mirada hacia aquellas altas nubes que trataban de no transitar por el oculto cielo de la Galia Cisalpina.

El guerrero boio alcanzó su posición y levantó muy despacio con sus brazos una enorme hacha con la cual de seguro le seccionarían el cuello.

"¡Maldita sea Roma! ¡Maldita sea Cartago!" fueron las últimas palabras que pronunció Lucio Postumio Albino antes de recibir el mortal corte.

El boio tomó con una mano el hacha y con la otra levantó la cabeza del romano, sosteniéndola desde el mismo casco montefortino que indicaba su rango militar. Atrás quedó olvidado el cuerpo de quien fuera uno de los más notables patricios en los tiempos de la República. El púrpura de su recién empleado *paludamentum* se aclaró con el rojo de su aristocrática sangre.

El cráneo del cónsul fue a parar a las manos de uno de los principales líderes boios de la Galia Cisalpina, quien ordenó que fuera revestido en oro a fin de ser usado para servir bebidas durante las largas celebraciones nocturnas. Aquel macabro destino prontamente llegó a conocerse en Roma, lo que despertó aún más los miedos que ya se tenían sobre las tribus del Norte. Parecía que la ola de calamidades no se llegaba a superar. Este había sido un comienzo nefasto para el año 215 a.C.

Al fin el tribuno Publio Cornelio Escipión decidió afrontar a su prometida. La muerte del cónsul Lucio Emilio Paulo había abierto una brecha entre ambos jóvenes, que no sabían a ciencia cierta cómo iban a poder continuar con sus respectivas vidas.

El vástago de los Escipiones llegó hasta la exquisita *domus* de la familia Emilia para pretender encarar a la joven y saber definitivamente en qué estado había quedado su incipiente relación.

Una vez dentro de la *domus*, Publio siguió las instrucciones de Martel, el conocido capitán de la guardia privada de la familia Emilia, quien le indicó que su prometida descansaba en una de las bancas de piedra del apacible jardín interior.

Publio caminó ataviado con su uniforme militar que exhibía su grado de tribuno, cargo que había recibido del mismo Lucio Emilio Paulo antes de partir hacia las campañas del sur el año anterior.

—¡Emilia! —pronunció el joven romano al estar muy cerca de ella.

Emilia Tercia se levantó del banco de piedra y casi instintivamente corrió hacia los brazos de Publio. Ambos se abrazaron, y luego se unieron en un profundo beso que ninguno de los dos había experimentado antes.

—¡Quiero que seas mi esposa! ¡Cásate conmigo, Emilia Tercia! —dijo Publio al tiempo que sostenía el cuerpo voluptuoso de su joven querida.

Emilia Tercia miró a los ojos a Publio, mientras dejaba correr las seguras lágrimas que anunciaban el pesado luto que había estado cargando desde la noticia de la muerte de su padre, y desde que había sabido que gran parte de Roma había muerto en Cannae.

—Por todos los dioses de Roma, quiero ser tu esposa, Publio. Por Cástor y Pólux, hazme una Escipión, quiero parirte hijos y hacer que mi padre, donde quiera que se encuentre, se sienta orgulloso de su hija.

Emilia Tercia al fin había dado el decisivo paso hacia el matrimonio. Ahora tocaba al tribuno Publio Cornelio Escipión llevar adelante aquel juramento de amor y compromiso que uniría de por vida los destinos de ambas familias. Fuera de Roma una República seguía desangrándose, mientras que en la misma ciudad eterna la llama de la ilusión seguía generando el sueño de la superación.

Esa mañana ambos jóvenes se quedaron largo rato susurrándose conversaciones sentados en aquel banco de piedra. Desde otro lugar Martel contemplaba aquello que su fallecido *domino* no podía ya observar. Definitivamente el líder de los Emilio-Paulos se perdería la realización de su anhelado sueño, ese de ver casada a su querida hija Emilia Tercia con uno de los hijos de las familias más notables de la República.

Publio y Emilia Tercia lloraron, se abrazaron y hasta llegaron a reírse. Tenían ahora la oportunidad que nunca antes habían tenido: ahondar cada uno en la personalidad del otro. Ambos recordaron aquellos amigables encuentros generados por Serbilia y Pomponia, tardes agradables que pasaban volando para todos ellos. Evocaron sus paseos fuera de Roma, y muy especialmente la vez que habían compartido la visita al Monumento de los Escipiones, cuyo aire, voces, olores y caras habían quedado grabados en sus mentes, haciéndoles recordar que una vez habían sido los niños de ambas familias. Publio y Emilia Tercia estrecharon sus manos, y fundieron en una sola mirada el propósito de sacar adelante una relación que seguiría poniendo a prueba los caracteres de ambos, sabiendo que Roma aún se encontraba en guerra y que se debía llenar la inesperada ausencia del fallecido cónsul con la debida responsabilidad que las costumbres romanas demandaban en estos casos.

El matrimonio de Publio Cornelio Escipión y Emilia Tercia se previó para abril del año 215 a.C. Asistieron todos los miembros de ambas familias, así como los líderes de los principales clanes que eran aliados de los Escipiones y de los Emilio-Paulos.

Emilia Tercia se vistió en su *cubiculum*, ayudada por varias esclavas que habían sido cedidas por la *domina* Pomponia. Esas esclavas sabían muy bien cómo arreglar a una novia para tan importante ceremonia. Emilia Tercia se miró en el espejo que se había ubicado en su *cubiculum* a fin de poder apreciarse antes de abandonarlo.

Para la ocasión se vistió con una túnica de color hueso, que a mitad de su cuerpo exhibía un delicado *cingulum*, elaborado en oro puro, que la identificaba como la joven *domina* de los Emilio-Paulos. Sus negros cabellos habían sido amarrados con moños a los lados de su cabeza y sujetos por interminables ganchos de oro y de plata, los cuales brillaban al tener como fondo negro aquella hermosa cabellera que en sus tiempos de niña había sido la adoración de su cariñosa madre.

Su túnica llegaba hasta el suelo, cubría sus delicados y pequeños pies, que calzaban unas hermosas sandalias confeccionadas en cuero, tela e hilo, y que hacían juego con el color hueso de su túnica. De las hermosas sandalias salían hacia la parte media de la pierna varios lazos dorados que se entrelazaban firmemente. Debajo de su túnica no llevaba otro tipo de vestimenta, tan solo los aromas impregnados de aquel baño de flores y de esencias que sus esclavas le habían preparado en la piscina temperada de su grandiosa *domus*, en el mismo lugar donde años atrás había sucumbido ante un inesperado sueño instantes previos a conocer la muerte de su amada madre.

En sus brazos y en sus muñecas llevaba varios elegantes brazaletes que habían pertenecido en vida tanto a Marcela como a Serbilia. Todos tenían incrustaciones de piedras preciosas, y su material de fondo era la plata, que contenía finos detalles en oro. Aquella exhibición de riqueza jamás había sido presenciada por los allegados a Emilia Tercia, quienes se impactaron al notar cómo la belleza de la joven patricia hacía juego con el exquisito esplendor de sus joyas.

Cuando estuvo finalmente vestida para la ocasión, Emilia Tercia se miró en el espejo de su *cubiculum* por última vez, después salió para dirigirse hacia la recámara que había sido ocupada algunos años por su distinguido padre. "Querido padre, he aquí a tu hija, a la flor de los Emilio-Paulos. Quiero que puedas apreciar bien a tu Emilia, que llevará la semilla de continuidad a la familia —dijo Emilia Tercia al tiempo que paseaba su vista por todos los rincones de aquella habitación como tratando de hallar la presencia física de su fallecido padre—. Sé muy bien que tu cuerpo no volverá a este mundo, pero tú te mantendrás latente en la mente de todos quienes te llegamos a apreciar. Oh, padre mío, cuánta falta me haces, sobre todo en este trascendental momento de mi vida. Si al menos estuviese Serbilia, pero los dioses han querido que ambos estén juntos en el Hades. Gracias, padre mío, padre recto, por todos aquellos momentos que siempre dedicaste a mi educación y a mi formación. Mis futuros vástagos serán también los tuyos. Adiós, padre eterno".

Emilia Tercia abandonó la recámara de su añorado padre y empezó a bajar las gradas de la imponente escalera de piedra, luego buscó la salida de su majestuosa *domus*.

Había comenzado la *deductio in domun maritti*, en la cual la hermosa Emilia Tercia abandonaba la seguridad de su *domus* familiar para dirigirse con un exquisito cortejo nupcial hacia la propiedad de su amado marido. Pasando el *ostium* de su *domus* estaba Martel, quien se encargaría de la seguridad de la novia durante el traslado del cortejo nupcial. Junto con él esperaban los guardias más atractivos de la familia, quienes vestidos con trajes de gala dejaban ver la sencilla opulencia que también presidía a los Emilio-Paulos. Fuera de los muros exteriores esperaban los amigos y allegados más importantes de la novia, entre la multitud de patricios se destacaban sus queridas Hortencia y Criseida. Emilia Tercia pensó fugazmente en su hermosa amiga Camila, la cual ahora descansaba junto a su amado esposo Fausto, seguro sus espíritus vagaban por las desérticas tierras de Apulia.

Así, el cortejo se enrumbó hacia la *domus* de la familia Escipión, lugar donde se concretaría el vínculo matrimonial entre las dos jóvenes promesas familiares. Allá otros seleccionados invitados esperarían la llegada de la novia.

El cortejo nupcial se encaminó por las atestadas calles de Roma, siguiendo la Nova Vía como ruta principal. En su trayecto recibió la mirada de curiosos y de otros que no podían entender cómo se podía llevar a cabo una boda así, cuando toda la República estaba a punto de sucumbir ante las intenciones del líder cartaginés Aníbal Barca.

Los cielos de Roma estaban despejados, y varios pájaros los surcaban, entregando de seguro a los augures el destino que llegarían a compartir ambos esposos.

A las puertas de la *domus* de la familia Escipión, la llegada de la novia era esperada por una muchedumbre que empezó a gritar alocadamente cuando el cortejo hubo de arribar. Emilia Tercia levantó su mirada y apreció los muros exteriores de la propiedad de su marido, la misma que había pertenecido a varias generaciones de Escipiones a lo largo de la historia de la República. Ahí se veía ella, arribando a la *domus* que la acogería de ahora en adelante, y por el resto de sus días. Era entonces solo cuestión de tiempo que Emilia Tercia se convirtiera en la nueva *domina* de los Escipiones, pues todavía estaba por delante la amable Pomponia, y desde luego un *pater familias* que peleaba en tierras de Hispania a favor de la grandeza de toda la familia y de la misma Roma.

Una vez que se cruzó el *ostium* de la decorada *domus* de la familia Escipión, un numeroso grupo de personas salió al encuentro de la adorada patricia. En ese instante Emilia Tercia observó a su querido hermano Lucio Emilio Paulo, quien estaba de pie al lado de su esposa Papiria. Junto a ellos se ubicaba un distinguido Cayo Papirio Maso, quien seguía luciendo en su cabeza la corona de mirto. Al frente de ella esperaba la *domina* de los Escipiones, Pomponia, acompañada de su joven hijo Lucio. A Publio todavía no lo llegaba a ver, pero era evidente que, estando todos esos jóvenes decuriones y oficiales del ejército de Roma con sus galas, quienes compartían amistad con el conocido tribuno, su amado esposo saldría a su encuentro en cualquier momento.

Ante los ojos de Emilia Tercia apareció Publio, quien luciendo una impecable toga, la cual a su vez se adornaba con apliques de plata, hizo que la novia se quedase por unos instantes inmóvil al contemplarlo calladamente. Los sonidos de todos los presentes desaparecieron para los oídos de Emilia Tercia, quien al cabo de un corto instante volvió a la realidad que estaba viviendo. El apuesto novio extendió ambos brazos hacia ella y sostuvo en cada una de sus manos una ofrenda de acuerdo con la ley romana: una pequeña ánfora con agua y una lámpara cuya llama atraía la atención de todos los presentes.

—Amada mía, aquí en la *domus* de la familia Escipión, yo, Publio Cornelio Escipión, hijo del senador Publio Cornelio Escipión y de la honorable Pomponia, hago entrega en tus manos del agua y del fuego que como elementos naturales y divinos representan la vida conyugal para los romanos.

Todos observaron cómo el tribuno Publio entregaba a Emilia Tercia los elementos de vida, y cómo ella los aceptaba y los depositaba en las manos de una cercana esclava.

—Esposo mío, ante los aquí presentes y por los preceptos legales que rigen la vida de los romanos, declaro, ante todos ustedes, que acepto tu pedido de matrimonio. Dejo constancia de que mi voluntad es unirme en vida y en muerte a este hombre —dijo Emilia Tercia y miró rápidamente a su hermano Lucio Emilio y después a su futura suegra Pomponia.

Publio Cornelio Escipión caminó entonces hacia una especie de altar improvisado que se encontraba mucho más adentro, más allá del área del *tablinium*. Una vez allí, el novio tomó una pequeña bolsa de piel entre sus dedos y esperó que la novia llegase hasta donde él se encontraba. Emilia Tercia fue tomada por el brazo de su hermano Lucio Emilio Paulo, y ambos caminaron hasta el lugar donde se encontraba el tribuno Escipión.

Antes de que partieran, Lucio Emilio Paulo colocó el *flammeum* de color naranja sobre el rostro de su querida hermana, iniciando con ello el tradicional *nubere*. Sobre el mismo *flammeum* una esclava acomodó una pequeña corona de hojas de naranjo. Acabado este acto, ambos hermanos caminaron hasta el lugar donde se encontraba el novio.

Lucio Emilio Paulo soltó del brazo a su querida hermana, quien lucía muy hermosa para la trascendental ocasión. Después se apartó hasta el lugar donde lo aguardaba su joven esposa Papiria. Al lugar de los novios llegó Pomponia, que para la boda estaba desempeñándose como la prónuba; y ahí tomó las manos de los novios y las juntó cariñosamente. Este acto anunciaba el *dextrarum iunctio* a los ojos de todos los presentes. Después Emilia Tercia pronunció las tradicionales palabras que debía decir toda novia que llegaba a su nuevo hogar:

—*Ubi tu Gaius, ego Gaia* —pronunció mientras regalaba una sonrisa a Pomponia y a su querido Publio.

Seguidamente los novios se dieron un afectuoso beso delante de todos los asistentes, uno que sellaría con amor e historia la unión de dos poderosos seres que solo trataban de sobrevivir a los avatares de aquella guerra que estaba consumiendo buena parte de la República. Disimuladamente Pomponia dio las gracias a su diosa Juno, al mismo tiempo que recordaba con nostalgia a su querida amiga Serbilia, la misma que una vez le había comunicado su deseo de ver a su adorada Emilia uniéndose en matrimonio con su hijo Publio. También pensó en el fallecido cónsul Lucio Emilio Paulo, padre de su nuera, y en su marido Publio Cornelio Escipión, quien se mantenía en Hispania al lado de su hermano Cneo combatiendo a los cartagineses.

—¡Honorables invitados! —gritó el tribuno Publio acaparando la atención de todos los presentes—, como podrán imaginar, entre Emilia Tercia y yo no ha habido el tiempo necesario para la celebración de una *sponsalia*, pues todos conocen la triste suerte de mi suegro. Por otra parte, mi padre permanece en Hispania, realidad que imposibilitó que ambas familias pudieran reunirse bajo un mismo techo, donde llegarían a conocer tradicionalmente nuestro compromiso. Pero ello no me exime de otorgar a mi amada esposa este anillo, aun después de la celebración de nuestra boda.

Emilia Tercia miró fijo a su marido mientras trataba de no sucumbir ante aquel sentimiento de amor que la estaba consumiendo. Su hermano, Lucio Emilio Paulo, apretó una de las manos de Papiria al oír nuevamente el nombre de su querido padre.

Publio mostró a los ojos de los presentes, y sobre todo de su dulce esposa, un anillo de oro, que colocó en el dedo anular de la mano izquierda de Emilia Tercia.

—Amada esposa, que este anillo consagrado a la diosa Juno sea el vínculo eterno que comunique nuestros corazones —dijo Publio, y besó nuevamente a su joven esposa—. Por ti, Emilia Tercia, por Roma y por nuestras familias.

Todos los asistentes empezaron a gritar ovaciones, y de este modo se dio inicio a la cena *nuptialis*. Familiares y amigos disfrutaron de la boda, olvidándose todos que fuera de aquellos muros servianos la guerra se estaba tragando a los jóvenes romanos, en una confrontación que se encontraba extendida por todos los límites de la golpeada República.

Recordando el año 218 a.C., después de las escaramuzas al norte de la ciudad de Masilia, el procónsul Publio Cornelio Escipión decidió enviar a su hermano Cneo Cornelio Escipión a Hispania al mando de la mayor parte de su ejército, mientras él se dedicaba a apaciguar a las insurgentes tribus de insubrios, galos y boios que seguramente estaban por prestar ayuda al invasor cartaginés.

Cneo Cornelio Escipión arribó a la ciudad griega de Emporiae con una flota de sesenta *quinquerremes*, los cuales transportaban cerca de dos legiones romanas y dos legiones latinas. A eso se sumaban varias turmas de caballería, lo que hacía un total de dos mil doscientos jinetes, contando entre ellos romanos y latinos.

Su arribo a la ciudad de Emporiae tuvo una rotunda bienvenida, en la que el pueblo manifestó todo su apoyo ante las fuerzas romanas que llegaban para poner orden a los innumerables atropellos cartagineses, que sus habitantes sufrían y consideraban injustos. Seguidamente las tropas romanas que obedecían al general Cneo Cornelio Escipión consiguieron igual fortuna en la ciudad íbera de Cissis, la cual aun cuando no albergaba un botín de guerra, representaba un puerto atractivo para futuros desembarcos romanos.

Al norte del río Ebro, el líder Aníbal Barca antes de marchar por los Pirineos había decidido dejar en custodia de dichos territorios a su general Hannón el Bello, hijo del fallecido general cartaginés Asdrúbal el Bello, quien dirigía una fuerza militar constituida por diez mil soldados de infantería cartagineses e íberos y cerca de mil jinetes.

La llegada de la flota romana al mando de Cneo Cornelio Escipión trajo una sorpresa inesperada para Hannón el Bello, quien rápidamente solicitó ayuda y refuerzos militares al general Asdrúbal Barca, hermano de Aníbal Barca, el cual se encontraba ubicado al sur del río Ebro. Por su parte, Cneo Cornelio Escipión tomó la iniciativa de convertir la ciudad de Cissis en la Tarraco romana, la cual se transformaría en adelante en el refugio de invierno de las tropas romanas en Hispania. En lo que respecta a las tribus íberas cercanas a las ciudades de Emporiae y Tarraco, prontamente se inclinaron a favor de los romanos, llegando a olvidar sus anteriores compromisos con los cartagineses.

Todo esto conllevó un inevitable choque armado que se escenificó al norte de la refundada Tarraco, cuando las fuerzas de Hannón el Bello decidieron formarse para atacar a las legiones de Cneo Cornelio Escipión. Ambos ejércitos se enfrentaron por primera vez en tierras de Hispania. Se destacaron tanto el orden y la disciplina en la estrategia militar desplegada por el general Cneo Cornelio Escipión, al saber utilizar bien los recursos con los que contaba, como la ventaja numérica que durante esa batalla se observó a simple vista. Por parte del general Hannón el Bello, sus tropas combatieron con arrojo, pero fallaron al infravalorar a su oponente cuando decidieron atacarlo sin esperar los refuerzos que debían llegar del sur. Al final de esa rápida batalla, los romanos obtuvieron una arrolladora victoria, y los cartagineses perdieron a seis mil de sus hombres, lo cual trajo como consecuencia que Cneo Cornelio Escipión asegurase toda la zona norte del río Ebro y edificara en Tarraco la base de operaciones que tendría Roma en Hispania. La llegada del procónsul Publio Cornelio Escipión a Hispania de esta manera estaba allanada.

Haciendo caso a los consejos de su asesor Demetrio de Faros, el monarca Filipo V se abocó a la construcción de una numerosa flota de guerra, la cual permitiría como primer objetivo dominar las costas de Iliria, y después, conducirlo a la guerra contra Roma en el mismo suelo itálico.

Entre los increíbles sueños de Filipo V, estaba el llegar a construir más de doscientas naves de guerra, de las mismas características que poseían las fuerzas navales de Roma. Por semanas y tal vez meses, muchos diseños pasaron por la mesa del monarca, quien después de innumerables cálculos se dio cuenta de que Macedonia no contaba con los recursos suficientes para imitar a Roma en su fuerza naval. Sin embargo, la insistencia de su consejero logró al fin que el monarca consiguiera una fórmula para lograr tener su tan anhelada flota militar.

Después de la Batalla de Cannae, los macedonios tenían culminada una flota que se componía aproximadamente de cien naves militares, muchas de las cuales eran *lembis*, especie de galera ligera que permitía el transporte de cincuenta hombres armados sin contar la tripulación de esta. Demetrio de Faros aportó el entrenamiento de las futuras tripulaciones, y adiestró a las tropas del ejército macedonio en las técnicas de desembarco, guerra naval, transporte y logística. Ambos hombres llegaron al punto de desquiciarse con la sola idea de entrar en la Segunda Guerra Púnica, sin darse cuenta de que estaban iniciando con ello la Primera Guerra Macedónica, la cual acarrearía un fuerte gasto militar para el reino de Macedonia, haciendo que su economía empezara a debilitarse, y originando a su vez que otros pueblos griegos aprovecharan la oportunidad para atacar a su fuerte vecino.

Demetrio de Faros sostenía la tesis de que los romanos estaban ocupados vigilando las aguas que daban acceso al puerto cartaginés de Lilybaeum, enclave costero ubicado al oeste de la isla de Sicilia. Por ello, esgrimía que la mejor táctica para Filipo V era que partiera junto a su flota desde los puertos más seguros de Macedonia, por medio de una ruta que no se esperaban los romanos, prácticamente bordeando las costas de Macedonia hasta llegar a Iliria en el mar Adriático. La estrategia del consejero fue acogida por el joven monarca, quien no pensó nada más y se embarcó en su aventura naval.

Filipo V ordenó ampliar sus fronteras oeste, las cuales lo comunicaban por tierra con Iliria, llegando a traspasar los valles que se formaban al amparo de los ríos Apso y Genuso. Desde estos últimos puntos, las costas de Iliria quedaban muy cerca para el oportuno acceso de las tropas macedonias. Al mismo tiempo, Filipo V zarpó con su flota desde Macedonia, navegando por las traicioneras aguas del estrecho de Euripo, atravesando las regiones de Beocia y Eubea. Después rodearon una pequeña península ubicada en el sureste del Peloponeso denominada Cabo Malea, considerada como el segundo punto más al sur de toda Grecia después del Cabo de Matapan.

La inexperta flota macedonia dejó atrás las islas de Cefalonia y Leucas y decidió fondear en la isla de Sazan, allí debían esperar los informes llegados desde el puerto de Lilybaeum en Sicilia, referidos a la ubicación de la flota romana del Adriático.

Una tarde el rey Filipo V recibió la inesperada noticia de que una de sus naves de reconocimiento había observado muy cerca de Apolonia numerosos *quinquerremes* romanos. Aquella novedad originó un estado de conmoción dentro de los altos mandos de su flota y en su misma persona, lo que conllevó a que se tomara la impensable decisión de regresar inmediatamente a las costas de Macedonia. Después de algún tiempo y estando bajo la seguridad de su reino, Filipo V supo que aquella noticia fue realmente una falsa alarma. De esta manera terminó la primera de las escaramuzas de guerra que tanto trasnochaban al monarca. Por su parte, Demetrio de Faros no cedía ante la idea de seguir impulsando a Macedonia a una guerra contra Roma, aprovechándose de la circunstancia que estaban brindando las contundentes victorias cartaginesas en la península itálica.

Un informante de los Escipión llegó hasta las puertas de la *domus* familiar. Una vez identificado, se lo dejó pasar para que se entrevistara con la matrona.

Pomponia interrumpió la conversación que estaba sosteniendo su hijo Publio con su adorada esposa Emilia Tercia.

—Querido hijo, disculpa que te interrumpa, pero esta información es de interés para todos.

En ese momento Publio estaba descansando en uno de los *triclinium* mientras conversaba de sus planes con Emilia Tercia. Al oír las palabras de su madre giró hasta mirarla a los ojos, y después al contemplar el rollo que le extendía Pomponia, decidió levantarse, haciendo una señal a su joven esposa, la cual entendió que debía seguir el ejemplo de su marido. Publio tomó entre sus manos el rollo y empezó a leerlo.

—¡Madre, es de mi padre! —las palabras de Publio casi se quebraron por la emoción—. ¡Lo leeré!

Adorada familia, dioses de toda Roma, les escribo para informarles las novedades que han acontecido en Hispania después de la victoria de Cneo Cornelio Escipión en Cissis sobre las tropas cartaginesas. Mi querido hermano ha logrado la pacificación de todo el norte del Ebro, consiguiendo que muchas tribus íberas se hayan sumado a la causa romana, y a su vez logrando fortificar la nueva ciudad de Tarraco. Para la primavera del año 217 a.C., Cneo Cornelio Escipión, utilizando al máximo los recursos de que disponía, pudo obtener una segunda gran victoria al derrotar a los cartagineses en una batalla naval que se escenificó en las desembocaduras del río Ebro. En ella mi hermano manejó los treinta y cinco *quinquerremes* que le quedaban de la flota romana, además de otros veinte *quinquerremes* que fueron aportados por la ciudad aliada de Masilia, y pudo hacer frente a los cuarenta y cinco *quinquerremes* cartagineses que estaban bajo el mando del comandante Himilcón. La sorpresa y la premeditación ayudaron a mi hermano, quien logró hundir cuatro de las naves cartaginesas y capturar otras veinticinco. Con ello el norte del Ebro quedó definitivamente en manos de Roma, además de su canal de navegación. Tras la derrota cartaginesa, sus ejércitos decidieron concentrarse en torno a la ciudad amurallada de Qart Hadasht, pensando que recibirían ataques romanos por mar, a partir del poderío naval alcanzado gracias a las maniobras de Cneo Cornelio Escipión. Para el año 216 a.C. una serie de sublevaciones tribales afectó la presencia cartaginesa al sur del Ebro, y esto produjo un respiro para las tropas romanas, que se abocaron a la consolidación del norte, edificando caminos, construyendo puertos y refundando pequeños pueblos que hasta años anteriores habían sido barridos por el invasor cartaginés. El pueblo de los turdetanos supo cómo poner en riesgo el dominio cartaginés durante ese año.

Querida familia, con mi llegada a Hispania y los refuerzos que oportunamente estaba trayendo, tanto mi hermano como yo pudimos lograr que las tropas romanas extendieran su presencia hasta la derruida ciudad de Sagunto. Allí pudimos comprobar el grado de aniquilación que sufrió esa honorable ciudad, no es exageración decir que todavía, y después de tantos años, sus ruinas continúan humeando. Esta primavera las fuerzas romanas al mando de los Escipiones asediamos la ciudad cartaginesa llamada Ibera, mientras que los ejércitos que estaban bajo las órdenes del general Asdrúbal Barca, hermano de Aníbal Barca, hacían lo propio con una ciudad aliada a Roma denominada Dertosa. Tanto romanos como cartagineses levantamos los asedios, y al cabo de unos días posicionamos los ejércitos en una vasta llanura que se encuentra entre ambas ciudades.

Puede ser que mientras los Escipiones estemos en Hispania, jamás se conozca plenamente en Roma qué fue lo que sucedió en la Batalla de Dertosa. Debo decirles que en ella, Asdrúbal Barca no pudo repetir el éxito de su hermano Aníbal, cuando destrozaron a los romanos en la Batalla de Cannae. Esa temeraria táctica de envolvimiento solo puede tener dos finales: o se obtiene una victoria total y se aniquila al enemigo, o sencillamente se recibe una aplastante derrota. En Dertosa los cartagineses resultaron derrotados. Con esta victoria, aunque nuestros detractores políticos no lo lleguen a decir, hemos golpeado duramente a Aníbal Barca, pues a la península itálica no volverán a llegar los recursos ni los auxilios militares en su ayuda. Después de Cannae dudo mucho que el líder cartaginés pueda seguir obteniendo victorias arrolladoras en nuestra propia tierra. Aquí en Hispania los Escipiones hemos hecho bien nuestro trabajo.

Adorada familia, no puedo despedirme sin enviar mis respetos a los honorables hijos del fallecido cónsul Lucio Emilio Paulo. De él guardo el mejor de los recuerdos. Por Marte y Júpiter Optimus Máximo, deseo que tanto Cneo como yo podamos reencontrarnos en nuestra añorada Roma, para compartir junto con todos ustedes. Se despide, Publio Cornelio Escipión, procónsul en Hispania.

Emilia Tercia fue escoltada por algunos miembros de la guardia privada de la familia Escipión, pues ella tenía en mente pasar unas horas en la *domus* en la que antes se desempeñaba como *domina*.

El trayecto hacia el palacete de su padre, que ahora había quedado bajo el dominio de su querido hermano Lucio Emilio Paulo, le despertó una serie de sensaciones que por algún tiempo había extrañado. Esa tarde, mientras era transportada en una litera por sus nuevos esclavos y escoltada por los guardias de los Escipión, sintió cómo una pequeña ramita de mirto se introducía en su litera. Esta llegó a toparse con su frente. Emilia Tercia observó detalladamente aquella ramita, la olió y quedó impresionada al constatar cómo en ese instante fue deshojada por una fuerte ráfaga de viento que casi hizo tambalear la litera que la transportaba.

La joven patricia quedó pensativa por un largo momento mientras trataba de darle alguna explicación a lo que acababa de vivir. A su mente llegó el contenido de aquel rollo que había leído su marido, pero sin embargo, no conseguía nada relacionado con ello.

Los hombres se detuvieron frente a la propiedad de los Emilio-Paulos, y en ese mismo momento Emilia Tercia dio la orden de que dejaran de escoltarla ya que seguiría caminando sola. Frente a sus ojos se abrían nuevamente los espacios que reflejaban el poder que había construido su padre a lo largo de su destacada vida. Emilia Tercia miró en silencio todo aquello, como si hubiesen pasado muchos años desde que saliera de sus muros en busca de su amado Publio.

Un ligero murmullo hizo que Emilia Tercia voltease hacia una dirección del jardín, en donde con sorpresa encontró a su hermano Lucio Emilio afligido, abrazando a su esposa Papiria, quien no dejaba de llorar y lamentarse. Emilia Tercia se acercó presurosa hasta ellos.

—¿Qué sucede, Lucio? —preguntó preocupada.

Lucio Emilio Paulo miró a su querida hermana mientras seguía abrazando a su hermosa esposa.

—Mi suegro ha muerto. ¡Cayo Papirio Maso ha muerto!

Aquellas palabras dejaron atónita a Emilia Tercia, quien supo entonces el porqué de aquella ramita de mirto. Ese padre sustituto se había marchado dejando un hondo vacío en la vida de su hermano Lucio Emilio. Tan sólo tres años había llegado a sobrevivir después de la muerte de su amado padre.

Todos esos acontecimientos nefastos parecían no querer marcharse de la vida de Emilia, quien rogaba a Juno que le diera las fuerzas necesarias para seguir enfrentando las futuras calamidades que de seguro llegarían a su vida.

Aquella triste tarde solo serviría para unir a los dos conmovidos hermanos en el propósito de brindar toda la ayuda espiritual que tanto necesitaba Papiria, la hija modelo de aquel temperamental senador de Roma. Uno más que había partido hacia el mundo de los muertos sin ver concluido el conflicto entre Roma y Cartago.

Para comienzos del año 212 a.C., el tribuno Publio Cornelio Escipión logró lo impensable cuando a sus veintitrés años de edad logró ser elegido para el cargo de edil de la ciudad de Roma. "Si los honorables fundadores de Roma desean hacerme edil, pues me consideraré bastante viejo para ello" fue lo que respondió con sobrado orgullo el Escipión cuando varios tribunos reunidos en sesión se opusieron a su postulación por considerarlo demasiado joven para ocupar la edilidad. Aquellas palabras pronunciadas categóricamente por el destacado vástago de la familia Escipión bastaron para que su figura calara muy hondo en la simpatía de aquellos romanos que habían asistido al acostumbrado acto en el que se debía nombrar el edil curul de la ciudad de Roma.

Publio Cornelio Escipión dejó entonces el cargo de tribuno que había obtenido en los tiempos del cónsul Lucio Emilio Paulo. Ahora como nuevo edil curul de la ciudad de Roma, asumía nuevos retos, pero esta vez dentro del ámbito político, dejando de lado por el momento la empuñadura de sus armas. El joven edil tendría la nada fácil tarea de lidiar, en tiempos de guerra, con aquellas decisiones que tenían que ver con la supervisión y la regulación de todos los pesos y las medidas que eran normalmente utilizados en las actividades comerciales dentro de los muros de Roma; pues habiendo pocos suministros ante la carestía que estaba produciendo la guerra, se hacía necesario e imperativo aumentar el control sobre todas las transacciones económicas que eran desarrolladas en la ciudad.

Publio Cornelio Escipión se abocó también a la planificación y a la elaboración de un cartel de completas actividades recreativas, pues entendía muy bien que el pueblo de Roma necesitaba medios de distracción que ayudaran a olvidar los padecimientos de los últimos seis años. En este punto los consejos de su inteligente mujer fueron de gran ayuda, pues Emilia Tercia le dio ideas claras sobre qué tipo de sucesos debía apadrinar para el mejor disfrute de su querido público. Ambos sabían, no obstante, que cualquier paso en falso sería aprovechado por sus adversarios políticos para sacarlo fuera del juego de poder, que giraba dentro del escalafón del *cursus honorum*, en el cual la edilidad constituía uno de los primeros peldaños para continuar con el ascenso político que todo romano necesitaba hasta alcanzar el grado máximo, representado por el consulado.

El edil de Roma y su esposa Emilia Tercia, atendiendo a las inclinaciones de la familia Escipión, decidieron contratar para la ciudad de Roma toda una serie de obras de teatro de artistas latinos, pues no podían darse el lujo de poner en riesgo su reputación al exhibir piezas de maestros griegos, cuando Roma estaba teniendo serios problemas con Macedonia y con otros pueblos descendientes de la antigua Grecia en el desarrollo de aquella gran guerra.

De esta manera, Publio Cornelio Escipión, de acuerdo con las sugerencias de Emilia Tercia, incluyó en el programa anual de obras de teatro para la ciudad de Roma importantes talentos que con sus conocidas creaciones ayudarían a levantar el ánimo del pueblo romano. Se escogieron las tragedias épicas más representativas de Livio Andrónico, con las cuales se quería sensibilizar el alma de aquellos romanos que aún no se involucraban de lleno en los asuntos de la guerra. Del joven dramaturgo Ennio se llevaron a escena algunos fragmentos de su obra *Annales*, en la que se pretendía recuperar la memoria histórica romana contada en los envolventes poemas épicos. Y finalmente el ciclo de presentaciones teatrales del año se cerró dándole una oportunidad a un desconocido comediógrafo latino, el cual apostaba todo a una de sus obras, llamada *Asinaria*, ese era Tito Maccio Plauto.

Luis Edwin Herrera Isea

En el norte de África surgió una serie de alianzas y de movimientos separatistas que conllevaron que el rey de la tribu númida de los masesilos, Sifax, concertara una reunión secreta con una embajada romana en la que propondría la intención de aliarse a Roma, siempre y cuando la República lo ayudara militarmente para poder mantenerse en el trono. Ante esa petición, el Senado acordó el envío de asesores militares a Numidia Occidental. La primera embajada estaba presidida por el militar romano Quinto Estatorio, quien se abocó al entrenamiento de las tropas númidas, capacitándolas para que pudieran hacer frente a la poderosa caballería que llegaba a liderar su natural oponente, representado por Masinisa, hijo del rey Gaia, soberano de la tribu númida de los masilios y aliado de Cartago. Todos estos hechos hicieron que el general cartaginés Asdrúbal Barca tuviese que abandonar Iberia y dirigirse al norte de África para sofocar la creación de otro frente de guerra, uno que por su cercanía a Cartago podía volverse en un verdadero peligro para los cartagineses y su causa.

Tras las desastrosas maniobras navales llevadas a cabo por Filipo V en aguas de Iliria, el joven monarca, aún con la idea viva de imponerse sobre el protectorado romano, decidió olvidarse de su fracaso en Apolonia e intentar nuevamente la invasión de Iliria, pero esta vez por tierra. Con sobrada obstinación Filipo V se empeñó en conquistar esta vez ciudades ilíricas que seguro lo llevarían directo a las mismas aguas del Adriático. El monarca macedonio logró capturar tras fuertes asedios las ciudades de Atintania y la recordada Dimale, posteriormente se distrajo en una lucha de exterminio contra varias tribus ilíricas que simplemente estorbaban tanto los planes de expansión de Macedonia como la misma Roma.

Por último, Filipo V asumió todo el crédito y el posterior reconocimiento militar, tanto de sus partidarios como de sus mismos adversarios, cuando pudo capturar la inexpugnable ciudad de Lissus, la cual definitivamente le abriría las puertas al mar Adriático, reviviendo en él las esperanzas de poder acceder desde ella a la península itálica. Pero los favores de los dioses no estaban totalmente de su parte, pues a finales del año 214 a.C. murió en tierras de Macedonia y de causas naturales Demetrio de Faros, quien durante años le había servido como consejero real. A él se le atribuían las intenciones de Filipo V de expandir su reino hacia Iliria en alianza con Cartago e incluso soñar con invadir la península itálica. En un sofisticado palacio de la ciudad de Pella fue velado el cuerpo del general Demetrio de Faros, muy lejos de su querida y añorada isla de Faros. Partió al reino de los muertos, dejando desasistido de sus consejos a un joven monarca que estaba en mitad de una complicada campaña militar.

A finales del año 212 a.C. era evidente que el edil Publio Cornelio Escipión había logrado el carisma del pueblo romano. Eso se debía a haber desempeñado sin contratiempos su sencilla magistratura, como la llamaban algunos, cargo que no dejaba de ser delicado y sensible a las críticas, sobre todo porque la ciudad de Roma atravesaba incontables peligros y carencias.

Ese larguísimo año 212 a.C. tan marcado por el pesimismo de una guerra que ya se apreciaba caótica dejó una pequeña satisfacción para el matrimonio de Publio y Emilia Tercia: por primera vez tendrían un hijo, el cual llenaría el vacío que estaba sintiendo tanto Emilia como la misma matrona de los Escipiones.

Esa noche, mientras todos aguardaban preocupados caminando en torno al *peristylium*, en el *cubiculum* matrimonial varias matronas trataban de hacer lo mejor que podían. Pomponia estaba entre ellas, mientras que fuera de la habitación el edil de Roma acompañado por sus amistades más queridas caminaba de un lado a otro, como tratando de agotar el tiempo que aún lo separaba del llanto de su primer hijo.

Entre los acomodados jardines se podía apreciar el nerviosismo de Cayo Lelio, incondicional amigo de Publio desde los tiempos de la Batalla de Tesino. También aguardaba su hermano Lucio Cornelio, quien a cada instante dirigía una mirada a su hermano Publio a la espera de tener alguna novedad. Lucio Emilio Paulo estaba junto a su esposa Papiria, quien al parecer ya se encontraba en estado. Desde la partida de su respetado padre Cneo Cornelio Escipión, Publio Cornelio Escipión Nasica se había vinculado aún más con la familia que se encontraba regentando la matrona Pomponia. Esa noche era uno más de los que aguardaban el nacimiento del heredero directo de la familia Escipión. Con ellos una legión de esclavos se lucía al brindar todas las atenciones posibles a la concurrencia que esperaba taciturna la llegada del primer llanto.

Pasadas varias horas, y muy cerca de la media noche, una respetada abuela salió al fin del *cubiculum* de su querido hijo, llevando entre sus brazos una frazada que envolvía a una pequeña criaturita.

—¡Madre! —dijo emocionado Publio Cornelio Escipión.

—Hijo mío, las entrañas de tu mujer han ofrecido esta criatura —contestó Pomponia mirando fijamente a su ilusionado hijo mientras proseguía con sus palabras—. Ahora te toca a ti aceptar o no los designios de nuestros dioses —y la cansada y serena matrona puso en los brazos de su hijo aquel ser que ni siquiera emitía un llanto de vida—. Tómalo fuertemente y decide si vive o muere, si te honra o te deshonra.

Publio Cornelio Escipión tomó entre sus brazos aquella criatura que era sangre de su sangre.

—Hermanos de sangre, hermanos de guerra, he aquí el fruto mío y el designio de los dioses —dijo Publio y procedió a descubrir a la inocente criatura; inmediatamente su cara se ruborizó ante la inminente sorpresa—. ¡Madre, no es varón! —comentó perplejo.

—No, hijo, pero sigue siendo una criatura salida de las entrañas de tu mujer y de tu misma sangre —con esas palabras Pomponia afincó su poder como rectora de la familia Escipión—. ¡Hijo!, repito, teniendo a todos ustedes como testigos y a nuestros dioses como los guardianes del orden y de la vida. Si piensas que el nacimiento de esta criatura es una ofensa para ti, solo deshazte de ella, pues estás en el sagrado derecho como *pater* de tu pequeña familia; pero si al contrario, la quieres y te llena de regocijo, todos la tendremos como nuestra desde este mismo momento.

Todos los presentes observaron inquietos al joven edil, quien les devolvía a la mirada. Publio contempló luego a la pequeña, que justo en ese momento empezó a moverse entre sus brazos. Aquella sensación de vida y un imperceptible balbuceo hicieron que Publio quedara paralizado. No era capaz de nada más, todo aquello que en un momento había pasado por su mente simplemente se había desvanecido. Sus ojos volvieron entonces otra vez hacia Pomponia.

—Querida familia, Publio Cornelio Escipión tiene una hija. Juno ha querido que tenga una hija.

Después de aquellas palabras, Publio sujetó contra su pecho aquella criatura que definitivamente pertenecía a la familia Escipión. El lazo entre Escipiones y Emilio-Paulos ahora estaba garantizado. Publio se reencontró con Emilia Tercia y la besó, manifestando su agradecimiento ante la llegada de esa hermosa niña. Después habría tiempo para recibir la llegada del esperado varón.

Ese mes los dioses romanos regalaron muchas emociones gratas a la familia Escipión. La vida y la política llenaban sus corazones sin imaginar todos ellos que el siguiente año la guerra complicaría sus deseos. Emilia Tercia dio cobijo a su hija, a quien llegaría a querer por sobre todas las cosas. Ella, como madre primeriza, experimentaba ese sentimiento de miedo que normalmente embarga a toda mujer, quien encontrándose en medio de una guerra, teme por el bienestar de su prole y la existencia de su familia.

A comienzos del año 211 a.c. la familia Escipión sentía la empatía que recibía de los estratos más pobres de la ciudad de Roma, y esto se debía circunstancialmente tanto a la buena fama de que gozaban los procónsules Escipión en Hispania, como al destacado desempeño que había mostrado el edil Publio Cornelio Escipión en el finalizado año 212 a.C.

Por su parte, Emilia Tercia se había ido acoplando a las tradiciones que existían en el seno de la familia Escipión, al punto de convertirse en una hija más de la preocupada Pomponia. Semanalmente Emilia Tercia seguía visitando a su hermano Lucio Emilio Paulo en la *domus* que antes fuera de su padre. Aprovechaba esas ocasiones para fraternizar con su cuñada Papiria, quien al igual que ella también se encontraba sin padres pero felizmente casada.

Aquella criaturita que había nacido el año anterior se llamaba, a petición de Publio Cornelio Escipión, Cornelia; sería reconocida indiscutiblemente como la primogénita del actual edil de Roma y como nieta del procónsul Escipión en Hispania. Cornelia llenaba los miles de instantes de desconsuelo que se vivían en la *domus* de los Escipiones ante la falta de noticias sobre los patriarcas de la familia. Pomponia destinaba sus tardes a atender a su querida nieta, tiempo que era utilizado por Emilia Tercia para acudir a los templos de la ciudad a orar, o para conversar con su hermano en la tranquilidad apartada de la *domus* paterna.

Una tarde, mientras se despedía de su hermano y de su cuñada para dirigirse hacia la *domus* de su marido, Emilia Tercia observó cómo un grupo de triunviros marchaban presurosamente con destino al área del Forum. Todos ellos tenían rostros apretados, como si llegasen a conocer la urgencia que los estaba llamando. Emilia Tercia se preocupó, y ese sentimiento se tradujo en una expresión que fue notada por Lucio Emilio.

—Hermana, mejor vete ahora, pues nadie sabe qué puede estar sucediendo o qué ha sucedido, no olvidemos que estamos en guerra.

Emilia Tercia miró a su hermano y respondió:

—Lucio, me iré ahora mismo, puede que Cornelia me esté necesitando, o que Publio haya llegado de la reunión.

Ambos hermanos se despidieron cariñosamente, y Emilia Tercia emprendió su regreso hacia la *domus* de los Escipión, escoltada por la guardia privada que ahora estaba a su sola disposición por orden de Publio Cornelio Escipión.

Mientras tanto, grupos de triunviros seguían llegando al área central del Forum, donde se estaba esperando el arribo del pregonero oficial que daría a conocer las últimas noticias sobre el frente de batalla. Esa tarde la novedad sería realmente importante, pues desde momentos muy previos el tribuno de la plebe había ordenado desplegar las fuerzas de triunviros, con la única finalidad de contener los desmanes y desórdenes que se pudiesen suscitar cuando un pueblo afligido se enterase de las penosas noticias que estaban por anunciarse.

Muy próxima a la entrada de su *domus*, Emilia Tercia pudo observar cómo se encontraban en su exterior dos legionarios que lucían vestimentas desgastadas, las cuales se identificaban con las insignias que utilizaban las tropas romanas en Hispania. La joven patricia apuró su paso y solo tuvo en mente hallar a su pequeña hija.

Dentro de la *domus*, un centurión y un legionario vestidos con los mismos atuendos de los otros dos que aguardaban afuera se encontraban de pie ubicados al frente de su marido, de su cuñado Lucio y de Pomponia, quien seguía sosteniendo a Cornelia fuertemente entre sus brazos. Emilia Tercia llegó hasta el lugar que le correspondía y dio una rápida mirada a todos los miembros de su familia política. Después extendió los brazos para tomar a la pequeña.

—Mis respetos, honorables miembros de la familia Escipión —dijo el centurión, quien había dado un paso al frente dejando atrás a su subalterno—. He liderado un destacamento de caballería, partiendo de Hispania por instrucciones del oficial Cayo Lucio Marcio Séptimo.

Todos los miembros de la familia reunidos en el interior, junto a los pocos esclavos y sirvientes y algunos allegados que se habían sumado a último momento, escucharon con inmutable silencio las palabras del centurión, que mostraba a los ojos de todos un uniforme desgastado, como comido por el agua y por el polvo de la distancia a que hacía mención. Todos ellos, empezando por el mismo edil Publio, dejaron escapar las silenciosas lágrimas que traerían la consternación y la inevitable pena para la familia.

En el Forum se había reunido una muchedumbre, que calló para poder oír las palabras del pregonero oficial, quien para esa tarde había cambiado su tradicional túnica por una que representaba el luto. El luto oficial de la nación.

Pueblo reunido de Roma. Por voluntad del soberano Senado, el mismo que presiden los honorables senadores hijos de los ilustres fundadores de la República, desde los tiempos de la caída de los reyes. Me conmueve rotundamente comunicarles a todos ustedes la desgracia que nuestros venerados dioses han permitido para con todos nosotros. En los días de enero del presente año, han caído muertos en batalla los honorables ilustres procónsules de Roma en Hispania Publio Cornelio Escipión y Cneo Cornelio Escipión. Ambos consiguieron la muerte blandiendo la espada ante un superior enemigo que supo cómo sacar provecho de la traición y de la infamia. Nuestros procónsules han fallecido en la Batalla del Betis Superior. Uno primero y otro después. En diferentes maniobras, pero en el marco de una gran operación militar que fracasó. Hispania ha sido la depositaria de sus huesos. Roma llora su pérdida. El Senado decreta luto nacional y ordena los sacrificios necesarios para aliviar la pena y el dolor.

Inmediatamente después de oído el mensaje, gritos y desesperación surgieron de la gran muchedumbre, que solo anhelaba saciar su rabia y su miedo contra cualquier cosa. Las primeras piedras fueron a parar a los puestos de ventas que se mantenían aún abiertos en los alrededores de Forum. Otros lanzaron verduras y frutas contra las primeras formaciones de triunviros que empezaban a cerrar sus posiciones en torno a la multitud. Aquella tranquilidad que se había logrado durante tanto tiempo, dentro de los muros servianos, se había perdido ante la locura que había desatado aquella desgraciada noticia.

El centurión en presencia de todos pronunció aquellas nefastas palabras que indicaron a la concurrencia que el final había llegado después de todo.

—Honorable familia, los respetados procónsules pertenecientes a la familia Escipión han fallecido en el desarrollo de las maniobras militares que se llevaron a cabo más allá del sur del río Ebro —su voz empezaba a quebrarse, mientras Publio ya dejaba escurrir parte de sus lágrimas sobre las mejillas—, ellos...

—Calla, respetado centurión, por ahora la amargura ahoga nuestras vidas, imposibilitando poder escuchar más sobre los últimos momentos de nuestros familiares —Publio cortó las palabras del centurión, quien de inmediato acató la voluntad del edil—. Agradezco la intención de ustedes, pues qué mejor que enterarse de lo ocurrido por cuenta de los mismos hombres que sirvieron a mi padre y a mi tío; pero, por favor, abandona nuestra *domus*, ya que la pena más dura la sentimos nosotros.

El centurión y su subalterno ofrecieron los saludos correspondientes e iniciaron su retirada.

—Espera, centurión, nosotros los Escipiones aun en las peores situaciones no hemos dejado a nadie marchar sin las debidas atenciones. Druso Sejano —dijo en voz alta Pomponia tratando de que su orden se cumpliera de inmediato—, atiende a este centurión, el hombre que lo acompaña y los que aguardan afuera, que se aseen, beban y coman lo mejor que tenga nuestra cocina. Después ordena a la servidumbre que proceda conforme al luto, esta familia ha cambiado para siempre.

Druso Sejano, el fiel esclavo de la familia Escipión, guió a la visita oficial hacia el área de los establos, donde todos ellos recibirían las atenciones que merecían de parte de la honorable familia. En las dependencias de servicio de la *domus*, se inició un nuevo ajetreo, esta vez relacionado con el triste fallecimiento del patriarca y *pater familias*. No solo la pérdida se refería al marido de Pomponia, sino que se extendía también a su cuñado, padre del destacado joven Publio Cornelio Escipión Nasica, primo hermano de Publio y de Lucio.

Después de pronunciadas aquellas inesperadas palabras, Pomponia cayó de rodillas emitiendo un penoso grito de desesperación, que en seguida fue acompañado por un llanto inconsolable que la abatiría completamente sin importar ante quiénes se encontraba. Por su parte, Lucio Cornelio Escipión cerró sus ojos, seguro evocando todos aquellos recuerdos que aún mantenía frescos en su mente, esos hermosos instantes que había compartido con su padre y con su tío. Publio se acercó al lugar de su madre y sujetándola por uno de sus brazos juntó fuerzas y la levantó. Después le enjugó parte de sus lágrimas y mirándola a la cara gritó a todos los presentes.

—Por Cástor y Pólux, lamento y sufro la muerte de mi padre y de tío. Tan sólo pido a Júpiter Optimus Máximo que mi mano no me falle de ahora en adelante, pues he de blandir la espada de la venganza y de la aniquilación cartaginesa. Por ti, madre, que ahora sufres la desesperación agónica de la muerte de mi padre, juro ante nuestros dioses, que si no me llegan a seguir, tan solo me bastará mi testaruda intención para acabar con Aníbal Barca. Juro ante ustedes, amigos y familia, que acabaré por siempre con los cartagineses. Limpiaré Hispania de ellos, para luego hundirlos en la desesperación en su mísera Cartago. Mi venganza no ha de acabarse hasta llevar a África lo que ahora están haciendo a los romanos en la península itálica.

Todos los presentes empezaron a acercarse hasta el lugar que ocupaban Publio y su madre. La afligida matrona en parte sentía el alivio de las palabras que llegaban de su hijo mayor.

—Y tú, Publio Cornelio Escipión Nasica, primo de mi sangre, hijo de mi querido tío Cneo Cornelio Escipión, cuento desde ahora con todo tu apoyo para que me ayudes en mis planes, para así acabar con la gloria de los Barca. Uno a uno ellos irán muriendo, perdiendo la fama y la gloria que llegaron a tener en esta efímera vida. Sabrán que los Escipiones siempre damos mejores hijos, y que yo, Publio Cornelio Escipión, llamado igual que el procónsul que eliminaron, estaré pronto en Hispania cobrando la deuda de sangre que por ley debo exigir.

Abrazos y llantos de varones inundaron la estancia de la *domus*, la cual imperceptiblemente se había achicado ante la posterior concurrencia de personas y de familiares.

—Querido Publio, querida familia Escipión, Pomponia, digna matrona. Al procónsul juré mi lealtad hace años, al punto de ofrecer mi vida para la protección de Publio. Hoy ante ustedes quiero renovar mi juramento y mi voto. Edil de Roma, sé que este momento no se quedará aquí, que conseguirás los necesarios medios para ir a Hispania a cumplir tu promesa. Publio, quiero que sepas que desde ahora mi vida estará contigo. Cuenta conmigo, hermano, te acompañaré a los mismos infiernos —dijo Cayo Lelio y abrazó al desconcertado edil, que ahora sabía que lo único que movía su existencia eran la guerra y las ganas de ver a Roma libre del temor cartaginés.

Emilia Tercia sostenía fuertemente entre sus brazos a la pequeña Cornelia. Experimentaba una mezcla de tristeza y euforia, sensación que no había podido sentir con la penosa muerte de su querido padre. Ella entendía muy bien que había elegido ser parte de la vida de un hombre que estaba signado por un fatal destino, pero que por su mismo tesón torcería la voluntad de los caprichosos dioses latinos. La joven patricia entendía muy bien que la guerra no había acabado en Hispania, todo lo contrario, la familia Escipión anhelaba que Publio fuese allá a vengar a los suyos. La muerte del *pater familias* y de su carismático hermano no iba a quedar en el olvido. Emilia pensó en su padre, que ahora compartiría el Hades con su suegro y el mismo Cneo. La triste noche le demostraba que sus años de serenidad y sosiego habían acabado, ahora tenía que enfrentar la vida como una verdadera matrona romana, debía saber influenciar muy bien a su hombre, evitando así que sus primitivos arranques emocionales lo llevasen a la tumba, como muchos hombres ilustres y queridos lo habían hecho.

Luego de la muerte de los procónsules Publio Cornelio Escipión y Cneo Cornelio Escipión, las riendas de la presencia romana al norte del río Ebro y de toda Hispania quedó en las manos del centurión Cayo Lucio Marcio Séptimo, a quien las sobrevivientes tropas romanas le conferían el título honorífico de jefe del ejército y procónsul de hecho para Hispania. Este centurión había labrado una carrera militar al lado de los hermanos Escipión y había sabido ganarse el aprecio de sus compañeros de armas y el respeto necesario para mantener cohesionado aquel maltrecho ejército, que después de haber conocido la victoria, en la Batalla de Dertosa, había experimentado la desventura de la derrota y sobre todo la muerte de sus dos únicos líderes.

Cayo Lucio Marcio Séptimo puso en práctica el repliegue de las tropas al norte del río Ebro y fortificó aquellos sectores por los que se hacía notorio que podían pasar los cartagineses. En cuanto a las ciudades romanas que quedaban bajo su autoridad, el destacado centurión ordenó que se siguiera manteniendo la presencia de la disminuida flota de guerra para garantizar la necesaria comunicación entre Emporiae, Tarraco y la metrópoli de Roma, así como una relativa seguridad a sus puertos.

Pero a semanas de conocida la muerte de ambos procónsules, el Senado decidió no conferir el título de procónsul en Hispania a Cayo Lucio Marcio Séptimo, debido a que este no sumaba apoyos políticos dentro del Senado, y también porque no contaba con el concurso necesario para ostentar dicha magistratura. La bancada conservadora aprovechó la vacante que habían dejado los liberales, representados por la familia Escipión, y sugirió el nombre del senador Cayo Claudio Nerón, quien provenía de la distinguida familia Claudia, muy vinculada a la persona del omnipresente Quinto Fabio Máximo.

Fue así como en un acto austero y sin tantas formalidades, el honorable Senado procedió a juramentar al senador Cayo Claudio Nerón como el nuevo procónsul en Hispania. Este acudió con una moderada flota hasta Tarraco, transportando cerca de diez mil legionarios, los cuales debían sumarse a la precaria fuerza que estaría por el momento bajo el mando de Cayo Lucio Marcio Séptimo.

La prevista llegada del designado procónsul traería de inmediato para Cayo Lucio Marcio Séptimo el cese de sus funciones, quien sería devuelto a su cargo anterior y quien sólo se limitaría a funciones administrativas dentro de la ciudad de Tarraco. Por su parte, el nuevo procónsul iniciaría toda una serie de maniobras militares con sus nuevas tropas, las cuales no le traerían los resultados deseados, pero sí varias situaciones en las que su misma vida llegó a correr peligro. Rápidamente el procónsul en Hispania entendió que sus sueños de triunfo en aquellas tierras sólo serían eso, sueños. Los cartagineses se encontraban en franca ventaja, y era solo cuestión de tiempo para que se decidieran a cruzar el Ebro.

Todos los días, a la mente del procónsul llegaba el innegable destino que antes habían corrido los Escipiones en esa maldita tierra. Cayo Claudio Nerón conocía muy bien su compromiso con Quinto Fabio Máximo, pero no quería llegar a morir en esa tierra de nadie, a cuenta de nada.

Fue así como para el final del año 211 a.C. el aristócrata procónsul en Hispania se embarcó otra vez rumbo a Roma, dejando tras de sí a un confundido Cayo Lucio Marcio Séptimo, que volvía a encargarse de hecho de la autoridad de la desgraciada provincia romana. Cayo Claudio Nerón, considerado como una persona astuta, abandonó aquel infierno antes de que llegase a arder de veras. Para el veterano centurión que otra vez debía cargar las riendas de la responsabilidad en Hispania, el único legado que dejó Cayo Claudio Nerón en esa región fueron los diez mil legionarios que habían llegado meses atrás con él. Aquello daba más confianza a las diezmadas fuerzas que estaban nuevamente bajo su autoridad, sirviendo también como un fuerte aliciente para que se empezara a borrar poco a poco la pérdida de aquellos Escipiones.

Cayo Lucio Marcio Séptimo hizo lo mejor que sabía hacer: defender las posiciones romanas que seguían al norte del Ebro hasta que llegara una nueva autoridad con nuevas ideas y por supuesto más tropas.

Para el año 211 a.C., el destacado general romano Marco Valerio Levino, estando presente en una asamblea de la Liga Etolia, y contando con el permiso del Senado para negociar en su nombre, sugirió la firma de un acuerdo militar entre la República y la Liga Etolia, según el cual Roma se ocuparía de las maniobras navales, mientras que los etolios se encargarían de las operaciones de tierra. La intención de este acuerdo era el inicio de las hostilidades contra el reino de Macedonia, y abrir con ello un frente de guerra en Grecia, distrayendo a Filipo V, más allá del Adriático. De esta manera Roma solo se ocupaba en la península itálica de los cartagineses y dejaba afuera el inminente peligro macedonio. A la nueva alianza militar entre romanos y etolios, se sumaron las ciudades estado de Elis, Esparta y Mesenia, también se incluyeron el reino de Pérgamo y algunos líderes tribales de la convulsionada Iliria. Al año siguiente este destacado general sería elegido cónsul.

Una vez que Cayo Claudio Nerón llegó a Roma y presentó su formal renuncia al cargo de procónsul, se hizo necesario que algún eficiente senador o hábil general se encargase de las operaciones en la provincia de Hispania, pero rápidamente ante todos los carismáticos líderes del Senado, se hizo evidente que nadie con experiencia y suficiente reputación quería asumir tamaña responsabilidad. Otros frentes, en la misma península, e incluso en Grecia, suponían menos riesgos que el solo hecho de aventurarse en Hispania, tierra que desde hacía décadas había sido gobernada por la misma familia Bárcida, y por un sinfín de tribus íberas que de lealtad nada sabían.

En la esperada sesión que designaría al senador que se convertiría en procónsul en Hispania, no se escuchaban los nombres que se estaban esperando. Fue en ese preciso momento que el joven Publio Cornelio Escipión se levantó y, manteniendo una postura seria y decidida, se dirigió a todos los asistentes.

—Respetados miembros del Senado, presento mi nombre para la terna en la que se designará al procónsul de la provincia de Hispania.

Entre los asistentes, un joven político que había llegado a las gradas del Senado gracias a los conservadores soltó una ligera risa, gesto que no fue sancionado por ninguno de los presentes.

Publio Cornelio Escipión miró al autor de aquella risa estúpida y se dio cuenta de inmediato que se trataba de Marco Porcio Catón, perro faldero de Quinto Fabio Máximo y de Lucio Valerio Flaco.

—Sí, honorables senadores, entiendo que sólo llego a los veinticuatro años de edad, que no poseo más historial político que haber sido edil de la ciudad de Roma. Eso lo entiendo y lo conozco. Pero también quiero que sepan que ningún militar o político romano conoce mejor que yo la ira que circula por mis venas, pues en esa misma provincia llegaron a morir mi padre y mi tío.

Los senadores escuchaban muy atentos las palabras del impertinente joven, mientras que desde su lugar Quinto Fabio Máximo trataba de hacer un análisis más trascendental de lo que estaba sucediendo. Publio Cornelio Escipión continuó:

—Con todo mi respeto, al no haber senadores ni generales interesados en obtener gloria en tierras de Hispania, doy un paso adelante para ofrecer mi nombre. Recuerden que también soy un sobreviviente de Tesino, Trebia, Trasimeno y Cannae. En cualquier momento los dioses han de tenerme para la gloria.

Todos los senadores guardaron silencio, algunos seguían mostrando una burlona risa en sus rostros. La mofa por cierto llegaba de la mano de los senadores conservadores. Mientras tanto, Quinto Fabio Máximo maquinaba en torno a lo que sucedía, tratando de no desaprovechar la oportunidad que le brindaba el destino, para seguir así, deshaciéndose de los molestos adversarios políticos y de sus volátiles hijos.

De entre todos los senadores se levantó el distinguido Marco Claudio Marcelo, quien tomaría el derecho a la palabra dando a conocer su respetada opinión.

—Senadores de Roma, he aquí al vástago del fallecido Publio Cornelio Escipión. En mi opinión no creo que este joven senador sea menos que su padre y que su tío, quienes consagraron sus últimos años a la defensa de Roma. Si este joven anhela viajar a Hispania para proseguir la tarea de sus familiares, pues démosle la fuerza que necesita para que inicie su empresa. No hay que olvidar que estamos en guerra contra Cartago, y ninguno de vosotros os habéis ofrecido para pelear en dichas tierras. Soy de la idea —afirmó mientras se tomaba uno de los bordes de su toga con la mano— de autorizar la partida de este ejemplar joven a Hispania, independientemente de su edad y de la poca carrera política. Démosle la oportunidad para que pueda demostrarnos si tiene agallas para eso.

Ante las palabras del notable senador, muchos vieron la solicitud de Publio Cornelio Escipión como una oportunidad para distraer a los cartagineses en Hispania, así fuese con su propia sangre. Por su parte, el senador Quinto Fabio Máximo consiguió la solución a su acertijo mental y decidió también tomar la palabra.

—Honorables senadores de la República. He notado que las palabras de nuestro ejemplar Marco Claudio Marcelo han hecho mella en las mentes de muchos de ustedes. Quiero decirles sin rodeos que acepto la idea de enviar al joven Escipión a Hispania. Por lo menos con su juventud desbordante pondrá en un duro juego a los tres ejércitos cartagineses, que querrán disputarse lo antes posible su cabeza —y ante aquella frase la consternación y el asombro llegaron a la cara de todos los senadores—. Espero que no malentiendan mis palabras, y como acaba de decir Marco Claudio Marcelo, no hay que olvidar que estamos en guerra.

Quinto Fabio Máximo se volvió a sentar, pero enseguida retomó la palabra:

—Se me olvidaba otro punto; propongo que el joven Escipión viaje a Hispania no como procónsul, pues su edad y su carrera política no se lo permiten, sino como general *cum imperium*, ya que ha demostrado valentía y decisión, cuando otros no. Todos sabemos que un general *cum imperium* en caso de salir victorioso durante sus campañas militares no se hace merecedor de un triunfo, pero aquí eso poco importa, lo interesante es que nuestro joven Escipión pueda llegar pronto de Hispania como lo hizo mi querido Cayo Claudio Nerón —y en ese momento el aludido ex procónsul sabía el grado de rabia que le estaba guardando Quinto Fabio Máximo por no haber hecho bien su tarea en Hispania—. No queda nada más por hablar, decidamos rápidamente este punto para proseguir con los temas de Apulia, que realmente son importantes y vitales para nuestra República.

Publio Cornelio Escipión guardó silencio, entendiendo que cualquier reclamo suyo contra el inquisitivo senador lo dejaría automáticamente fuera de Hispania. Publio entendía que lo del triunfo era secundario, pues por ahora el único sentimiento que hacía mover su corazón era la sed de venganza, el anhelo de verse dirigiendo aquellas tropas romanas que ningún romano apreciaba; esa sed de venganza le haría aceptar lo que fuera con tal de aniquilar el enemigo que había cegado la vida de su padre. Después quedaría tiempo para vérselas con Aníbal Barca, el mismo que se había llevado por delante a decenas de líderes romanos.

El joven Escipión al final consiguió lo que tanto había estado soñando, ir a Hispania para entrar de lleno en la guerra con Cartago. El Senado lo autorizó a llevar consigo dos legiones más, y a sus veinticinco años de edad, todos sabían que marchaba a Hispania gracias a la lástima que el resto de senadores le tenía debido a la pérdida de su padre y de su tío, también por el perfecto empleo de su reveladora oratoria y, por qué no, a la simpatía que había despertado en su pueblo. Partiría sin experiencia de mando, teniendo que forjar en esas tierras la fama y la gloria que todo militar llegaba a requerir para seguir ascendiendo dentro de las instituciones del poder romano.

Publio Cornelio Escipión traspasó el *ostium* de la *domus* familiar.

—¡*Dominus*! —lo saludó Druso Sejano, el fiel esclavo y atriense de la familia Escipión.

—¿Has visto a tu *domina* Emilia Tercia? —preguntó seguidamente Publio.

—Mi señor, ella se encuentra en la segunda planta en compañía de la matrona Pomponia.

—¿Y Cornelia? —volvió a preguntar el joven *pater familias* sin desviar su mirada sobre Druso Sejano.

—Descansa el sueño de la tarde en compañía de una esclava.

—Apreciado Druso, prepara al personal, porque la familia tendrá que celebrar algo inesperado. Algo que nos hará olvidar en parte las penas que estamos sintiendo.

—*Dominus* —contestó el esclavo mientras agachaba la cabeza.

Publio Cornelio Escipión se dirigió sin interrupción a la segunda planta de la edificación tratando de hallar a su madre y a Emilia Tercia, la novedad que traía seguro rompería la triste rutina que estaba atravesando su familia.

Después de subir la última grada, Publio se encontró con las dos mujeres de la familia. Allí estaban Pomponia y Emilia Tercia, quienes se entretenían mientras trataban de pintar con carboncillo los paisajes urbanos de la eterna Roma, los mismos que se podían apreciar desde aquella alta ubicación.

—¡Publio! —gritó Emilia Tercia ante la inesperada llegada de su esposo.

—¡Hijo! —exclamó Pomponia, sin soltar el pequeño carbón con el cual pintaba.

—Esposa, madre, he alcanzado lo inesperado por muchos —dijo; las mujeres entonces concentraron toda la atención sobre el *pater familias*—. El honorable Senado ha designado a este digno Escipión como el nuevo general *cum imperium* de los ejércitos de Hispania.

Aquella novedad dejó a las sorprendidas mujeres sin aliento. Lo que oían de labios de Publio no guardaba relación alguna con los sentimientos que las dos mantenían en sus afligidos corazones, simplemente era como si una nueva pesadilla se estuviera anunciando para ellas.

—¡Explícate, hijo! —enfrentó Pomponia a su hijo mayor al no querer entender bien las palabras que decía Publio.

—Madre, quiero decirle a ambas que el Senado tomó en consideración mi petición de acudir a Hispania para encargarme de la guerra. Seré la nueva autoridad militar en dicha provincia, manteniendo atribuciones con imperio. El cargo de procónsul me lo negaron debido a mi corta edad, pero lo importante es que conduciré las tropas que traerán de vuelta la dignidad para Roma.

Ambas mujeres después de aquellas palabras solo tuvieron fuerzas para mirarlo en silencio. Ante ellas se erigía un nuevo Escipión, uno que al parecer debía contar con los favores de todos los dioses para enfrentar el imprevisible destino que lo aguardaba.

Durante los días siguientes, Emilia Tercia tomó una decisión de la cual se mantendría orgullosa por el resto de su vida. Sin aceptar los titubeos de su marido, decidió acompañar a Publio en su nueva aventura militar por tierras de Hispania. Por supuesto, entendía los alcances de su decisión, pero al fin y al cabo quería estar cerca de lo que hasta ese momento más amaba. Junto con ella también iría la pequeña Cornelia, quien a diferencia de casi todos los bebés patricios, abandonaría a esa corta edad la seguridad que brindaban los muros servianos.

Pomponia apoyó la decisión de su nuera, experimentaba en parte un sentimiento de aceptación ante los deseos que sinceramente brotaban del corazón de su hijo. Ella no llegaba a olvidar la madera con que estaba hecho ese muchacho, quien ahora deseaba abrirse a la fortuna queriendo permanecer al lado de su joven esposa y de su pequeña cría. Los dioses habían tratado con mucho ensañamiento a la familia Escipión, pero aquello no podía entenderse como un capricho perpetuo. Siempre en algún momento de la travesía la tormenta amaina para el marinero, de lo contrario el mar no sería mar sino un eterno infierno.

Publio Cornelio Escipión y Emilia Tercia dejaron atrás una atribulada Roma, una que se negaba a pactar con el enemigo sobre cualquier tipo de paz o tregua. Las calles de la ciudad quedaron abarrotadas de mendigos, hombres lisiados y muchos mutilados por la guerra. Cada vez era más evidente que faltaban hombres para engrosar las filas de los ejércitos romanos, vacantes que ahora estaban siendo utilizadas por los viejos y los muy jóvenes. El luto poco a poco se había extendido a todas las viviendas de la noble Roma, esto sin contar lo que le estaba sucediendo a las familias más desposeídas de la República, cuyos hijos jamás regresarían del servicio militar y cuyos funerales se estaban volviendo una mera formalidad. No había tiempo para el dolor o el arrepentimiento, cada familia debía seguir aportando calladamente los hombres que la República reclamase, sin importar que estos fueran viejos o muy jóvenes con tal de que tuvieran fuerzas suficientes para empuñar una *gladius*.

Aquella tarde, Pomponia, Lucio Cornelio, Lucio Emilio Paulo, Papiria, Publio Cornelio Escipión Nasica y otras nobles personas vinculadas a la familia Escipión acudieron al Puerto de Ostia para despedir al joven matrimonio que representaría el nuevo poder romano en Hispania. Pomponia levantó su mano derecha en señal de adiós, mientras despedía a su hijo mayor, ese que había quedado sin padre y sin la ayuda de su querido tío Cneo. Ese día partía su vástago, sin saber cuál sería el destino exacto que tendría en Hispania.

Cayo Lelio y Anco fueron los únicos amigos de Publio Cornelio Escipión que se arriesgaron a seguir su aventura fuera de la península itálica. Ellos entendían que aquel viaje se hacía sin retorno, por lo menos hasta que su presencia en Hispania se viera consolidada con los frutos de sus primeras victorias. Ambos viajaban en la nave insignia que guiaba al resto de los *quinquerremes* que transportaban las dos legiones que el Senado le había conferido. El destino de todos ahora descansaba en Neptuno, dios del mar.

Con ellos viajaba también Martel, quien fuera jefe de la guardia privada de la familia de Emilia Tercia, y también el lictor que junto a Publio había estado en los últimos instantes de vida del fallecido cónsul Lucio Emilio Paulo. Por ley romana, los generales con imperio no tenían derecho a tener lictores como los cónsules y los procónsules, de modo que Publio Cornelio Escipión constituyó su propia guardia personal con hombres de su más entera confianza. A la cabeza de la recién creada guardia estaba Martel, quien fungiría como el *primus* lictor del general Escipión. La presencia de Martel ayudaría a tener siempre presente el recuerdo del cónsul Lucio Emilio Paulo en las vidas de Publio y de Emilia mientras estuvieran lejos de su querida Roma.

En el transcurso del año 210 a.C., la flota del general Publio Cornelio Escipión llegó al estuario de la ciudad de Tarraco y fue recibida por una formación de legionarios que respondían a las órdenes del centurión Cayo Lucio Marcio Séptimo, quien dirigía hasta ese momento los destinos de Roma en tierras de Hispania. El desembarco en Tarraco fue lento y sin gloria, se destacó el trato cariñoso de la gente hacia las nuevas autoridades romanas. Emilia Tercia llevaba en sus brazos a Cornelia y quedó maravillada ante la situación que estaba viviendo, pues para ella era la primera vez que abandonaba Roma y la península itálica. Ella destacaba el aire marino que olía y se deleitaba también con los colores que la nueva provincia entregaba a todos. Era cierto que se podía contemplar cierto grado de pobreza, pero el entorno natural era simplemente encantador para Emilia Tercia. Mágicamente sus penas se extinguieron mientras seguía caminando en compañía de su esposo y de todos aquellos legionarios que les daban la bienvenida.

Mientras tanto, en la mente del general Publio Cornelio Escipión se fijaba la clara idea de que todos ellos habían llegado a Hispania no para cuidar la frontera norte del río Ebro, sino para eliminar efectivamente a los cartagineses de toda Hispania.

Publio Cornelio Escipión escogió para su residencia oficial una gran edificación que otrora había pertenecido a una familia de comerciantes griegos que habían hecho de Tarraco el asiento de hijos y negocios. Esa familia había huido de Hispania en los tiempos de la llegada de Cneo Cornelio Escipión, pues intuían que la guerra que se estaba desatando en la península podía llegar a alcanzarlos tarde o temprano.

En esa casa vivía una joven mujer de alrededor de treinta años, decía ser prima del que fuera propietario, pero a la llegada de Publio Cornelio Escipión se encargaba del poco mantenimiento que podía hacerle a la edificación. La ubicación sobre una especie de acantilado y lo cerca que se encontraba de la vía pública despertaron el gusto de Publio Cornelio Escipión, hecho que lo motivó a contactarse con la mujer antes de tomarla sin consulta. El joven general entendía muy bien que los romanos contaban con la simpatía del pueblo de Tarraco, y no iba a acabar aquello por el solo hecho de atropellar a una mujer. Él pensaba que conversando con ella podía llegar a algún tipo de entendimiento.

Publio Cornelio Escipión sabía que su familia lo debía acompañar hasta Tarraco, más allá de sus límites sólo podía ir él, pues en una guerra las familias de los adversarios se convertían en un botín muy preciado para ser manejados como extorsión. Antes de iniciar los preparativos de lo que ya tenía en mente, debía garantizarles una estancia agradable a su esposa y a su hija. Quería hacer corta la guerra en Hispania, pero no siempre se contaba con el apoyo de los dioses, y estos últimamente estaban siendo muy caprichosos.

En la tienda que ocupaba el general se presentó la mujer que Publio Cornelio Escipión ansiaba conocer.

—Señor —dijo aquella que había sido conducida por Martel hasta la presencia del joven general.

—¡Tú debes ser...! —exclamó Publio Cornelio Escipión sin concluir la frase.

—Mi nombre es Adriana, y he quedado a cargo de la propiedad de mi primo Cristóbal de Pérgamo.

El joven general quedó callado mientras escuchaba las palabras de aquella mujer cuya presencia y seguridad le brindaban una buena impresión. A pesar de no ser una matrona a los ojos de Publio, su rápida mente la relacionaba con su madre Pomponia.

—Adriana, no me llames "señor", en Hispania represento la autoridad de Roma, soy general, dime "general", con eso me basta —dijo Publio, se levantó de su silla y caminó hacia ella.

En la entrada de la tienda seguía descansando Martel, el *primus* lictor del general romano.

—Entiendo que no eres romana, pero en los tiempos de esta inacabable guerra, Roma ha de contar con todos los aliados posibles para vencer a su enemigo —y Publio seguía caminando muy cerca de ella—. ¿Sabes que soy familia de los procónsules asesinados? —preguntó en un tono más familiar.

—General, en Tarraco todos esperamos su llegaba, creemos en Roma y tememos que Cartago nos castigue por habernos mantenidos fieles a ustedes. A su padre no lo llegué a conocer, pero sí tuve la oportunidad de compartir con su tío, era un gran hombre y un valiente militar.

Aquellas palabras dejaron atónito al joven militar, quien no podía creer que tales recuerdos llegasen tan fuertes a su mente nuevamente.

—¿Eres casada?, ¿tienes hijos? —Publio quería conocer toda la vida de aquella mujer, pues su sola presencia lo había intrigado desde el primer momento.

—General, tengo dos hijos, Acacio y Belisario, ambos se encuentran en el campamento romano que se levanta al norte del Ebro. Son auxiliares de las tropas romanas. El mayor tiene diecisiete años, y Belisario quince.

Publio Cornelio Escipión miró a Martel y luego a Adriana.

—Quiero proponerle algo Adriana —dijo Publio—, he traído conmigo a mi esposa Emilia Tercia y a mi pequeña hija Cornelia. La propiedad que usted administra me interesa, sirve para establecer mi residencia oficial, y de seguro servirá para asentar también a mi familia. A Emilia Tercia le gustaría la vista que desde allí se tiene. Le propongo que preste la vivienda a la autoridad de Roma, representada por mí, durante el tiempo que dure mi mandato en Hispania. Le aseguro que todas las mejoras que necesita la edificación correrán a partir de mañana por mi cuenta, y además quiero que se venga a trabajar con nosotros, para que sirva de ayuda y compañía a mi esposa. ¿Qué le parece mi proposición, Adriana? —dijo el joven general romano.

Adriana lo miró a los ojos entendiendo que semejante oferta era hasta increíble de escuchar. En guerra cualquier cosa podía suceder, y en Tarraco los griegos allí ubicados entendían que se encontraban entre la ira de los cartagineses y la desesperación de los romanos.

—General, acepto su oferta, que mi casa sea la suya por el tiempo que usted quiera. Que los dioses griegos y los mismos latinos lo guarden por la gratitud que ha tenido a bien ofrecerme —contestó Adriana, y se acercó a Publio, se arrodilló y le besó la mano—. Es igual a su tío Cneo, Zeus te cuide los pasos.

Publio quedó perplejo, pero había conquistado en buena lid lo que por ahora tanto quería, una casa para su familia.

Dos días después Emilia Tercia fue conducida por Martel y otros miembros de la guardia militar que le había sido asignada por Publio. Sin separarse de su pequeña hija Cornelia, ella llegó hasta el lugar donde se levantaba la edificación de Adriana. La primera impresión que tuvo Emilia Tercia fue favorable, pues sin tener las proporciones de las tradicionales *domus* romanas, mantenía unas dimensiones y unos ambientes que encajaban en los gustos habituales de ellos.

Emilia Tercia pudo observar cómo varios grupos de legionarios remozaban la edificación, mientras que un gran número de jardineros, constructores, mamposteros y escultores, venidos todos de la misma Tarraco, aportaban lo que podían ofrecer.

—Buenos días, honorable señora —dijo una encantadora mujer algunos años mayor que ella—, mi nombre es Adriana.

Emilia Tercia sabía de quién se trataba y se acercó un poco más.

—Soy Emilia Tercia, la esposa del general romano. Esta es Cornelia, la pequeña Cornelia.

Ambas mujeres se saludaron, y poco a poco se apartaron de la seguridad que les ofrecían los guardias romanos. Mientras tanto y un poco más atrás, Martel observaba cómo se estaban adelantando los trabajos en la propiedad, y pensaba si ese mismo avance llegaría también hasta las tierras del sur de Hispania. Muchas interrogantes rondaban su mente, pero también la confianza que había ido consolidando en torno a ese joven.

Por varios días a Emilia Tercia se la vio caminando junto a la griega Adriana, quienes a lo lejos eran vigiladas por el incansable Martel. Las dos mujeres reían y movían graciosamente las manos mientras conversaban sobre temas que solo ellas llegaban a entender. Los rayos de sol de la estación de primavera del año 209 a.c. se reflejaban en sus rostros, que dejaban pasar el tiempo de forma muy afable. Cornelia descansaba más tiempo en los brazos de otras esclavas que se habían incorporado a las tareas diarias en la renovada *domus* familiar. Allí estaban también los infaltables miembros de la guardia militar romana, varios jardineros, esclavas, sirvientes, un erudito en cartografía que había sido invitado por Publio y, por supuesto, Adriana, quien rápidamente se había incorporado a la reducida elite social que llegaba a mantener Emilia Tercia en Tarraco.

Por ahora, la adaptación de Emilia Tercia a la ciudad de Tarraco se había realizado sin traumas, ella había encontrado allí varios pasatiempos que nunca antes había practicado en su Roma natal. En cuanto a su marido, el general Publio Cornelio Escipión había designado a su amigo Cayo Lelio como general del ejército de tierra para que ejerciera funciones de legado para toda Hispania. Anco fue nombrado jefe de caballería, y el centurión Cayo Lucio Marcio Séptimo fue ascendido al cargo de tribuno militar, decisión que trajo al nuevo general romano en Hispania toda la gracia de aquellas tropas que desde los tiempos de su padre y de su tío allá se encontraban.

En la primavera del año 209 a.C., Publio Cornelio Escipión se decidió a marchar hacia el campamento general romano, que se encontraba tierra adentro, dejando la ciudad de Tarraco varias millas atrás. En ese campamento se concentraban todas las tropas que desde los tiempos de los Escipiones se ocupaban de vigilar y de salvaguardar la ribera norte del Ebro. La llegada del general a las precarias instalaciones del campamento general romano demostró a todos el grado de miseria en que se encontraban viviendo aquellas tropas que habían jurado lealtad a Roma. La mayoría de los legionarios vestían harapos, y otros ni siquiera portaban armas decentes, ni siquiera filos requeridos llegaban a tener. Los años de guerra y la falta adecuada de suministros habían hecho de esos legionarios unos seres abandonados que se encontraban sobreviviendo casi al borde de la miseria en un confín del mundo olvidado por Roma.

En los últimos meses del año 210 a.C., Publio Cornelio Escipión se ocupaba de las mejoras que necesitaba la *domus* familiar. Al mismo tiempo, mientras las últimas legiones llegadas de Roma se dedicaban a reconstruir Tarraco, convirtiéndola en una verdadera ciudad romana, el general Cayo Lelio impartía una adecuada disciplina militar al resto de las tropas que componían las demás legiones. Asimismo, realizó un censo sobre los legionarios con el fin de cuantificar el número real de fuerzas con las que efectivamente disponía Publio al comienzo de su campaña.

Publio Cornelio Escipión decidió recomponer las dos legiones que meses atrás había dejado el procónsul Cayo Claudio Nerón, con los legionarios más aptos que procedían desde los tiempos de su padre y de su tío. Los legionarios mayores, heridos y lisiados, quedaban a cargo de la vigilancia de la frontera norte desde el mismo campamento general, el cual sería debidamente acondicionado. Su administración se caracterizó por poner al día todas las pagas atrasadas que la República adeudaba a las tropas. Todos serían rearmados y equipados con nuevos pertrechos de guerra, sin distingo entre los últimos que habían llegado y los que aguardaban en Hispania al momento de su llegada.

El general Escipión hizo uso de sus nobles criterios y ordenó a todos sus cuestores que empezaran a trabajar limpiamente con los pescadores, así como con los comerciantes nativos y griegos que hacían vida en Tarraco, a fin de obtener de ellos una confiada fuente de suministros para las tropas romanas.

Durante el día, en Tarraco Emilia Tercia podía observar cómo Cornelia iba adquiriendo la fuerza y el parecido de su padre. La pequeña se distraía por largos ratos sentada en el césped y recibiendo en su carita el fresco aire que llegaba de la costa. Aquel jardín que con tanto esmero habían proyectado Publio y Emilia ahora estaba desbordante de vida y repleto de muchos colores. Los insectos eran atraídos por el perfume de las flores que crecían en las bellas tierras de Hispania, logrando que los ratos de largo reposo fueran bien apacibles.

Por las tardes Adriana se ocupaba de que su amiga Emilia Tercia aprendiera los secretos de la cocina hispana. Así, la romana patricia conoció la inmensa cantidad de mariscos y de crustáceos que llegaban a diario a las playas de Tarraco, traídos por los intrépidos pescadores griegos y nativos que habían perfeccionado la técnica de pesca en alta mar. Las historias que Adriana le contaba a Emilia Tercia estaban dedicadas a las fantásticas aventuras de pescadores que se habían adentrado en las costas del sur de Hispania, muy cerca de los límites de la ciudad fortificada cartaginesa de Qart Hadasht. Ella contaba cómo pescadores valerosos burlaban las galeras cartaginesas con tal de atrapar aquellas especies marinas que eran valoradas como manjares por los comerciantes griegos de Tarraco.

—Adriana, ¿te gustaría viajar a Roma? —preguntó Emilia Tercia mientras caminaba junto a su amiga por una de las calles de Tarraco.

Adriana miró a Emilia Tercia y después soltó sus suaves palabras:

—Honorable Emilia, has visto todos estos meses cómo se vive en Tarraco; esta vida me satisface. En algún momento quise viajar al reino de mi primo, a Pérgamo, pero los años siguientes me hicieron asentarme en este lugar. Tengo dos hijos a los que sigo observando como niños, aunque sé que en realidad son hombres que han salido del cuidado de su madre.

Emilia Tercia seguía con atención cada una de las palabras que iba diciendo su amiga.

—¿Sabes, Emilia? —continuó Adriana—, Acacio y Belisario son hijos de distintos padres. A uno lo conocí hace mucho tiempo, antes de llegar a vivir en Tarraco; al otro lo encontré en estas tierras, era un comerciante griego viudo, un hombre mayor que pronto murió. Los dos me llegaron a querer, mas no sé si pude corresponderles en el amor. El resto de mi vida aquí estuve al amparo de la familia de mi primo Cristóbal de Pérgamo, para mí fueron años muy hermosos y recordados. En los remozados jardines en que ahora juega esta Cornelia llegaron a jugar Acacio y Belisario.

Emilia escuchaba a Adriana mientras abrazaba contra su pecho a la traviesa Cornelia.

Martel junto a otro de los hombres de la guardia privada observaba de cerca cómo aquellas dos mujeres habían ido aumentando los lazos de su amistad. El veterano romano en ocasiones se detenía, y mientras se quitaba de su cabeza el casco que lo identificaba como *primus* lictor, procedía a secarse el sudor de su frente y mirar cómo a su alrededor muchos de los legionarios llegados con él desde la misma Roma reconstruían una verdadera ciudad romana en Hispania. Para Martel era evidente que aquel joven Escipión estaba hecho de otra madera. En sus ratos de sosiego recordaba a su *domino* Lucio Emilio Paulo, ¡cuánto daría por tenerlo cerca otra vez y brindarle ahora no un servicio, sino una amistad abierta y sincera como la que tejían Emilia Tercia y Adriana!

Serían muchas las noches en que, aprovechando la tranquilidad de esas horas, los jóvenes esposos se dedicaron a tener relaciones en las distintas áreas que poseía la renovada *domus*. Para Publio Cornelio Escipión era un verdadero placer intimar con su esposa en la recién construida piscina que era alimentada por aguas que se calentaban desde el sótano de la edificación. Allí, estando los dos desnudos, jugaban y se llenaban de placer, mientras Cornelia dormía al arrullo de una de las esclavas íberas que había logrado la confianza de la familia Escipión. En ocasiones el joven lictor que permanecía de guardia, cuidando los sueños de su general, no podía dejar de observar los actos lascivos que se desarrollaban en las recámaras de aquella hermosa vivienda, la misma que absorbía lo mejor de los estilos romanos, griegos e hispanos. Al joven lictor no le quedaba más nada por hacer que imaginarse con alguna mujer en los días de sus próximos permisos oficiales. Sus furtivas miradas se iban a perder en las curvas salvajes del cuerpo desnudo que exhibía Emilia Tercia. Muy complicada era la tentación para esos lictores que a fin de cuentas eran humanos.

Semanas después, Publio Cornelio Escipión hizo una reunión en el campamento general romano ubicado en las afueras de Tarraco. Una mañana su estudiado plan empezó a desarrollarse sin el conocimiento de sus tropas. Sólo su estado mayor se había enterado la noche anterior que aquella mañana Publio Cornelio Escipión partiría del campamento general en compañía de tres legiones, cuyas tropas portarían sus nuevas armas de guerra y los pertrechos acordados. Todos ellos fueron despedidos con las melodías de guerra que hacían recordar a las tropas los días en la querida Roma. Trompetas y tubas resonaron en los interminables bosques que emergían en ambas orillas del Ebro. Los impecables legionarios marcharon orgullosos detrás del joven general, sabiendo que aquel los conducía al bautismo de sangre en las temidas tierras del sur.

Cayo Lelio fue designado entonces almirante en jefe de la flota romana en Hispania, y zarpó de las playas de Tarraco para navegar mar adentro hacia un destino que solo conocían Publio y su persona.

Publio Cornelio Escipión marchaba a la cabeza de sus tres legiones, sin detenerse, conduciéndolas por parajes que sólo conocía por medio de los planos y de los mapas que había estudiado junto a su cartógrafo.

Durante varios días aquellas tropas caminaron sin aminorar la marcha, empleaban sólo algunos minutos para tomar el rancho a la mañana y el *prandium* al mediodía. Las noches eran aprovechadas para dormir y liberar en parte el cansancio que les absorbía los sueños como los cantos de las ninfas a los sorprendidos viajeros. No se armaban empalizadas de protección, sino que se dormía dentro de las pequeñas tiendas que utilizaba la tropa, tanto legionarios como oficiales y lictores. Las órdenes de Publio Cornelio Escipión eran extensivas para todos sus hombres, no importaba si eran simples auxiliares, legionarios u oficiales. El ejemplo partía del mismo Escipión.

La tercera noche, el cansancio era muy visible en toda la tropa, pero llegó un regalo de parte del general para todos ellos: se repartió un vaso de vino con la cena y otro después, antes de que todos durmieran. A la mañana siguiente las legiones habían dormido dos horas más de las acostumbradas, y una vez repuestas sus fuerzas emprendieron la marcha que llevaban en dirección al sur de Tarraco. Para las horas de la calurosa tarde, los legionarios de los primeros manípulos observaron consternados las ruinas que todavía se levantaban en torno a una tierra desgraciada, era Sagunto, la otrora metrópoli aliada a la República de Roma. Ya no había empalizada, ni torres, tan solo algunas paredes rocosas que recordaban los edificios que una vez se habían levantado en esa ciudad. Dentro de sus límites, solo seguía albergando mendigos y rufianes que trataban de esconderse de ellos y de los mismos cartagineses.

Emilia Tercia recibió esta información de la mano de uno de los mensajeros de su esposo varios días después de que Publio Cornelio Escipión hubo de alcanzar con sus legiones la ciudad cartaginesa de Qart Hadasht. Según las notas de Publio, las legiones de él se encontraron con parte de la flota de Cayo Lelio en la desembocadura del río Sucro, lugar donde levantaron un campamento de aprovisionamiento para sus tropas, equidistante entre Tarraco y Qart Hadasht. Ahora su esposo estaba en pleno territorio enemigo, tan sólo acompañado de sus valerosos legionarios. De ellos dependía el futuro de toda Hispania, de Emilia y de Cornelia.

En siete días de ardua marcha, Publio Cornelio Escipión y sus legionarios habían alcanzado los límites de Qart Hadasht. Allí se libraría la primera gran lucha entre las legiones de un nuevo Escipión y el consolidado nuevo orden cartaginés.

Emilia Tercia dispondría de muchos días de tranquilidad, los cuales la ayudarían para pensar sobre las vicisitudes que había tenido durante el transcurso de su vida. La pequeña Cornelia le llenaba el alma, y cuando ella se encontraba durmiendo sus acostumbradas siestas, podía disponer de tiempo suficiente para desplazarse tranquila por todas las áreas de su nuevo hogar. Otras veces Emilia Tercia, en compañía de Cornelia y de la misma Adriana, partía a pequeños paseos que no iban más allá de los límites seguros de la *domus*.

Una mañana en que Emilia Tercia había ordenado a su esclava que atendiese a la pequeña Cornelia, se quedó varias horas tumbada en su lecho, como tratando de hacer que su mente volara hacia aquellos espacios a los que acostumbraba a huir cuando era más joven. Ella sabía que por varios años sus premoniciones y sus sueños la habían abandonado. Emilia pensaba que eso tal vez se debía a las nuevas atenciones que estaba dando a su hija, pues la vida de soltera no era la misma que tenía estando casada. Varias preocupaciones involuntariamente habían entrado a su vida, y otras, como era lo normal, habían empezado a abandonarla.

Esa mañana, enrollada en un sinfín de frazadas, las mismas que de noche le brindaban el calor necesario, pero que con el día la dejaban transpirando, Emilia Tercia pensaba que quería algo más, algo que la distrajera en la ausencia de Publio. La juventud y la madurez de Emilia se estaban juntando en un cruce en que los deseos y la curiosidad oscurecían los rayos del sol para una romana. Por largo rato Emilia quedó tendida boca abajo mientras una de sus manos se abría paso a través de sus vellos púbicos. Emilia Tercia sintió la necesidad de masturbarse, quería ser penetrada, tan fuerte como lo había hecho durante largas noches su marido, pero quién, quién podía ayudar a la esposa del general romano que tanto respeto había levantado entre las tropas y los habitantes de Tarraco.

La joven matrona seguía masturbándose aún sin saber cuál era la técnica precisa para ello, pues nunca antes había tenido que atravesar tales necesidades de locura y de lascivia. Emilia Tercia cerró sus ojos ante el placer que estaba sintiendo, y al cabo de unos instantes tuvo que abrirlos súbitamente, pues sintió cómo unas finas manos de mujer le abrían poco a poco sus sudadas nalgas, y cómo luego una tibia lengua se perdía en las profundidades de su ser.

—¡Tranquila, mi niña! —llegó a decirle Adriana mientras volvía su cabeza hacia aquellas prohibidas partes del cuerpo de su *domina*.

Por un momento, Emilia Tercia estuvo tentada de zafarse del ímpetu de Adriana, pero luego aflojó todo su cuerpo para recibir aquello indescriptible que tanto había deseado. Las dos mujeres quedaron desnudas, y ambas empezaron a explorarse muy suavemente todos los rincones de sus cuerpos. La vergüenza y la consternación quedaron de lado aquella mañana en Tarraco. Emilia Tercia, la hija del cónsul, también se merecía una caricia prohibida, aunque viniera de una desconocida griega. Qué mejor que caer en las tentaciones de los romanos que estando fuera de Roma. En Hispania quedaría grabada esa aventura, la misma que haría conocer a Emilia otros lugares para los deseables placeres de su cuerpo.

Al ímpetu sucedió un rato de tranquilidad en el que ambas mujeres reposaron desnudas y agotadas, una al lado de la otra, tan solo con una delgada tela que las llegaba a cubrir.

—Adriana —dijo Emilia Tercia mientras tomaba una de las manos de su amiga—, esto jamás lo había hecho, en verdad fue como me lo había imaginado.

Adriana miró a Emilia y después le regaló un nuevo beso. Ambas mujeres se besaron por un largo momento antes de continuar conversando.

—Adriana, lo que hemos hecho me ha gustado, me ha brindado placer, pero debes entender que debo respeto a Publio —expresó Emilia Tercia esta vez mirando a través de una pequeña ventana por donde justamente se podía escuchar la fresca brisa de la mañana.

—Honorable Emilia, mi señora, sé muy bien cómo deben funcionar las cosas. No temas, seguiré estando al lado tuyo y guardaré este secreto por el resto de mis días.

Ambas mujeres soltaron una pequeña sonrisa y decidieron vestirse apropiadamente para salir en busca de Cornelia. Aquella mañana Emilia Tercia había calmado parte del fuego que le estaba consumiendo no solo su vida, sino también su alma. Por esos instantes, la hermosa esposa del general había olvidado sus sufrimientos y sus desdichas, y entonces consideró oportuno dirigirse al hermoso *lararium* que había mandado a construir a un lado del *atrium* de la *domus*, lugar donde haría una plegaria y una ofrenda a los dioses lares. Esa mañana la hermosa romana había conseguido una paz que no sentía desde hacía mucho tiempo. En el *lararium* rezó por su esposo Publio, para que su campaña en Qart Hadasht le trajera la absoluta victoria frente a los cartagineses. Encomendó también a sus dioses latinos el destino de la ciudad de Tarraco, lugar que definitivamente le había cambiado la vida; y por último, volvió a pedir por el descanso eterno de su padre, de su suegro y de todos aquellos romanos que habían muerto durante el transcurso de tan cruenta guerra.

Una mañana Emilia Tercia, su hija y Adriana se dirigían al puerto de Tarraco, pues uno de sus guardias le había comunicado que una nave perteneciente a la flota del almirante Cayo Lelio estaba fondeando en el estuario. Las mujeres partieron asistidas y escoltadas por la guardia militar, que tenía la orden de brindar toda la seguridad que fuera posible.

Mientras la procesión de acercaba más hacia las aguas del puerto, otro grupo de naves empezó a verse en el horizonte, todas ellas pertenecientes a la flota de Cayo Lelio. Casi inmediatamente los alrededores de los muelles fueron inundados por marinos y legionarios que sabían que debían prestar sus servicios de apoyo al desembarco que estaba próximo a realizarse. El capitán de la guardia militar sugirió a Emilia Tercia que se ubicara en otra zona del puerto, pues toda esa área sería inundada por decenas de personas en unos momentos. La esposa del general romano aceptó el consejo, y fueron hacia otro lugar, sin perder de vista lo que estaba por venir.

De la primera nave bajó un oficial, quien al parecer fungía como el encargado de la pequeña flota. Aquel hombre inmediatamente elevó su mirada hasta el lugar donde se encontraba Emilia Tercia, después partió hacia su encuentro.

—Honorable Emilia Tercia, traigo noticias de Cartago Nova —dijo aquel romano que se asemejaba más a un hombre de mar que de tierra—. Qart Hadasht fue tomada por el victorioso Publio Cornelio Escipión; en pocos días y después de una cruenta lucha, los muros de la fortificada ciudad fueron tomados por mar y tierra por las legiones de Roma. Qart Hadasht ha sido borrada de los mapas y de los escritos, ahora se conoce para todos los romanos como la gloriosa Cartago Nova.

Emilia Tercia y Adriana escucharon muy atentas las palabras que iba diciendo aquel marino romano. El resto de hombres que conformaban la guardia militar prontamente empezaron a esbozar unas sonrisas de incredulidad; pues para ellos era simplemente fantástico que su joven general hubiese asediado y tomado la invencible capital cartaginesa en Hispania.

Luego el marino romano entregó en las manos del capitán de la guardia un rollo que era para Emilia Tercia. Ella lo recibió del capitán y rápidamente empezó a leerlo.

Honorable esposa, escribo estas líneas para agradecer la fe y tus criterios, los cuales llegaron a guiar mi espada y mi mente para enfrentar con sorpresa y con valor a los cartagineses en su misma tierra. La victoria en Cartago Nova fue total, hemos tomado la capital cartaginesa en Hispania aun cuando siguen existiendo en la península hispana tres poderosos ejércitos cartagineses. He ordenado que parte de la flota zarpe rumbo a Roma, donde llegarán a apreciar las pesadas cargas de oro, plata, hierro y otros metales preciosos que hemos ganado a los cartagineses. Muchos prisioneros importantes también se incluyen como parte del botín que me asegurará la voluntad del Senado. Con ella he enviado también mensajes a nuestra familia, a mi madre Pomponia, a mi hermano Lucio Cornelio, a mi cuñado Lucio Emilio y a mi primo Publio Cornelio Escipión Nasica. La flota que llegará con este rollo es la que conducirá hasta Tarraco a los heridos de la batalla, también los víveres que tanto necesita la ciudad. Amada esposa, para el comienzo del invierno estaré de vuelta en Tarraco. Publio Cornelio Escipión. General *cum imperium* para Hispania.

Emilia Tercia terminó de leer aquel rollo y después lo pasó al capitán de su guardia, quien por orden de la *domina* lo leería en voz alta a todos los presentes. La voluntad de los dioses se había hecho escuchar. Publio Cornelio Escipión había conquistado lo impensable. Para muchos estrategas militares y políticos de Roma, estudiosos de la Segunda Guerra Púnica que se estaba desarrollando en varios frentes del mundo occidental, Cartago Nova marcaría el punto de inflexión en una lucha que todavía no estaba decidida en Hispania. En Roma la noticia de la victoria del joven Escipión hizo renacer la esperanza tanto de patricios como de plebeyos, quienes pensaron nuevamente que la guerra sí se podía ganar.

Esa noche Emilia Tercia mandó llamar a su amiga Adriana, quien acudió sin demora a la recámara.

—¡*Domina*! —dijo Adriana mientras se acercaba hasta el lugar donde se encontraba Emilia Tercia.

—Adriana, quiero comentarte algo que nos va a cambiar la vida aquí en Hispania —contestó Emilia Tercia y tomó una de las manos de Adriana y la llevó hasta su vientre.

Adriana quedó en silencio esperando aquellas palabras que debían salir de la boca de su *domina*.

—¡Estoy esperando un hijo! —exclamó Emilia Tercia y dirigió sus ojos vidriosos buscando la mirada de su interlocutora—. Estoy embarazada y quiero darle a Publio un hijo, un romano sano y fuerte —y la joven romana abrazó instintivamente a su amiga griega mientras dejaba escapar toda la emoción que la estaba embargando por dentro.

—*Domina*, lo que me dices es una grata noticia que llena el corazón de cualquier madre, y ayuda a cualquier hombre a tener fe en la vida. Hermosa Emilia, te aseguro que los dioses cuidarán de tu embarazo y darás a luz un fuerte varón, uno que seguirá con la noble estirpe de ambas familias.

Nuevamente las dos mujeres se dejaron arrullar por los cálidos brazos de ellas mismas, mientras se sentaban en un cómodo cojín para seguir conversando sobre la novedad que afectaba a Emilia Tercia. Ellas comprobaron cómo los dioses se habían mostrado generosos tanto con Publio como con Emilia Tercia, al punto de que les habían enviado un segundo hijo mientras se desarrollaba aquella guerra, aquel conflicto que hasta ese momento solo había dejado innumerables muertos en ambas partes adversarias.

Avanzado el año, Publio Cornelio Escipión descubrió por sus propios ojos cómo Cartago Nova era realmente una encrucijada por la que los cartagineses habían hecho fluir todo tipo de riquezas, empezando por los recursos humanos que se encontraban asentados en las principales tribus íberas del centro de Hispania. Esas personas durante años habían formado parte de la inmensa cantidad de esclavos que los cartagineses utilizaban para su servicio y como mano de obra abundante y económica, destinada a la edificación de las distintas ciudades fortificadas cartaginesas, entre las que se destacaban Cartago Nova y Orongis. Publio Cornelio Escipión no se imaginaba la inmensa riqueza que albergaban las escondidas minas que estaban en las áreas de influencia donde se levantaba Cartago Nova. Esa riqueza que los cartagineses durante años habían explotado casi en secreto ahora se descubría ante los ojos del joven general romano. Este sabiamente haría participar de todo aquello a su querida Roma, por supuesto; y desviaría una partida generosa hacia Tarraco, para retribuir así sus favores, y otra en menor medida hacia sus propias tropas, pero con la finalidad de que tuvieran mejores equipos y no se debilitara la logística militar requerida.

Hacia finales del otoño del año 209 a.C., Publio Cornelio Escipión, que atendía los distintos deberes que iban surgiendo en la ciudad de Cartago Nova, recibió la sorprendente noticia de que Emilia Tercia pronto daría a luz. Aquello hizo que Publio se dirigiera de inmediato hacia el Norte y llegara a tiempo para el nacimiento de su esperado hijo.

Esa noche, Emilia Tercia era atendida por las parteras que le había proveído Adriana. Los valientes tribunos y los centuriones que acompañaban al nervioso general romano escucharon el llanto que desprendía la pequeña criatura, la cual con gritos de furia y de rabia avisaba que llegaba con la gracia divina de la vida.

—¡Un varón! —gritó Adriana mientras le señalaba al general que podía pasar al *cubiculum* con el fin de conocer a la cría.

Publio Cornelio Escipión caminó decididamente al encuentro con su hijo, aquel vástago que le garantizaría la sucesión familiar y el recuerdo de los logros familiares.

—¡Tómelo en sus brazos, general! —le indicó una de las viejas parteras que había contribuido al nacimiento del pequeño romano.

El sorprendido Publio lo tomó con ambas manos y se lo acercó luego a su regazo.

—Hijo mío, Júpiter Optimus Máximo me ha premiado con tu nacimiento, quiero que sepas que te he aceptado como hijo mío y como miembro de la honorable familia Escipión. ¡Miren todos! ¡Este es mi hijo! Un vástago que llevará mi nombre y el nombre de mi padre.

Todos los presentes aplaudieron y empezaron a gritar loas a su general.

Publio Cornelio Escipión exhibía una enorme sonrisa que le llenaría el espíritu de satisfacción y de verdadero orgullo.

Mientras tanto, en el olvidado *cubiculum* descansaba Emilia Tercia, quien después de todo había podido ganarle la batalla a la muerte por segunda vez, pues en Roma un parto podía significar frecuentemente la muerte para cualquier mujer.

El invierno del año 208 a.c. fue el mejor que había vivido la ciudad de Tarraco últimamente, pues la ciudad recibía con mucho agrado a las orgullosas tropas romanas que habían participado en la Batalla de Cartago Nova. El victorioso Publio Cornelio Escipión había logrado lo que ningún otro militar hubiese pensado. El destacado y honorable general romano para Hispania llevó a la ciudad inmensas cantidades de trigo y de otros cereales que se hallaban depositados en las bodegas de Cartago Nova, asimismo, llegaron muchas herramientas, minerales para la fundición y una modesta riqueza que aliviaría las quebradas arcas de toda la población de Tarraco, que a cuenta de nada había confiado en los secretos planes de Escipión.

Publio Cornelio Escipión miró con sumo agrado todo el avance urbanístico que había experimentado Tarraco, pues sus delegados estaban haciendo un buen trabajo en cuanto a la completa remodelación de la ciudad y de su puerto. También se encontraba bastante adelantada una vía que conectaba de manera expedita a Tarraco con su puerto y con el campamento general romano que se ubicaba tierra adentro. El puerto de la ciudad experimentaba un aumento en su tráfico, pues para ese invierno el comercio entre Hispania y la metrópoli romana se había visto reforzado por las nuevas rutas, tanto militares como comerciales, que se estaban aventurando ante la seguridad que prometían las campañas militares de Escipión.

La llegada de Publio Cornelio Escipión a la *domus* familiar de Tarraco hizo resurgir una voraz pasión que llegaría a consumirlo junto a su deseable esposa. Ambos esperaban los últimos momentos de la noche para unirse en una sola carne a la tenue luz de las velas. Esta vez el lictor que estaba de turno admiraba con orgullo cómo su respetado general tenía comprobada fuerza e imaginación para acabar con su propia mujer. Definitivamente aquella temporada del año 208 a.C. en Tarraco dejaría a muchos contentos; muy pocos eran los que pensaban en los tres ejércitos cartagineses que seguían merodeando por el sur de Hispania, reclamando aquello que les había sido usurpado a fuerza de sangre y de sorpresa.

—Querido esposo, quisiera pedirte un favor para esta primavera —dijo Emilia Tercia a su amado esposo mientras seguían descansando en el lecho marital.

—¿Qué has de pedirme, Emilia? Lo que quieras te lo daré —respondió Publio mientras deslizaba sus dedos sobre los senos de su Emilia.

—Mírame a los ojos, Publio, sabes que nunca te he pedido riquezas ni regalos suntuosos.

—Así es, Emilia, sé de qué familia provienes, y nunca te has detenido en los regalos ni en las simplezas materiales. ¿Esta vez qué quieres?

—Amado esposo, quiero que transfieras del campamento general romano a los hijos de Adriana. Haced que ambos dejen de ser auxiliares de nuestras legiones y colócalos directamente en algunas de tus legiones. No quiero que se repita aquel infortunio de Camila, cuando le pedí a mi padre un mejor destino para su esposo. Esta vez quiero que estos jóvenes se sientan orgullosos de estar con los romanos, pero asegurando que sus cortas vidas no vayan a ser truncadas por ningún cartaginés.

—Entonces, Emilia, ¿qué es lo que quieres? —preguntó secamente Publio sin dejar de mirar a su esposa, y sin dejar de apreciar sus senos desnudos.

—Quiero que transfieras a Acacio a una de tus legiones, que quede bajo la autoridad de uno de tus mejores tribunos, que el joven aprenda cómo es la guerra en verdad. En cuanto a Belisario, envíalo a la guarnición de Cartago Nova, y por supuesto, que nadie lo toque.

Publio Cornelio Escipión develó una sonrisa ante las demandas de su mujer. Estas le indicaban hasta dónde había llegado la amistad que mantenía con Adriana. Emilia Tercia, por su parte, se colocó a horcajadas y llevó sus manos al pecho de Publio. Con ello ambos prosiguieron su juvenil frenesí sin importar las decisiones que tendrían que tomar horas después.

A la noche siguiente la *domus* de Publio se convirtió en la sede de una de las más importantes reuniones de todos los tiempos de su estado mayor. Estando en tránsito la primavera del año 208 a.C., Publio Cornelio Escipión decidió partir al sur del Ebro con una turma de caballería que llevaría a cabo tareas de exploración, y cuatro legiones romanas junto a las unidades ligeras íberas aliadas y demás tropas auxiliares. La caballería romana y aliada quedaría para salvaguardar los cruces del río Ebro. De esta manera el joven general romano seguía impresionando a los suyos, al ordenar que casi treinta y cinco mil hombres lo acompañasen en su nueva campaña militar hacia el Sur. La caza de los tres ejércitos púnicos había comenzado.

Nuevamente Emilia Tercia quedó asignada a la seguridad de su *domus* después de la partida de Publio Cornelio Escipión al mando de sus tropas. Ella seguía dedicándose a la crianza de Cornelia y de Publio mientras distraía sus tardes en compañía de Adriana. Ambas mujeres dedicaban parte de sus días a dirigir la construcción de un templo en honor a Juno, representada para los griegos por la misma diosa Hera. Tanto Emilia Tercia como Adriana sentían una fe ciega hacia la misma diosa, quien representaba los valores maternos y nobles de la sociedad. Para el día primero de marzo del año 208 a.C., Emilia Tercia organizó una celebración en honor a la diosa, la cual contemplaba una serie de fiestas que se llevarían a cabo en la ciudad de Tarraco, en torno al terreno donde se construiría el futuro templo. Esas fiestas, denominadas Matronalia, harían recordar a más de un romano lo cercano que uno se podía sentir de su Roma idealizada. Publio Cornelio Escipión, siguiendo las sugerencias de su esposa, ordenó que varios manípulos de sus legiones llevasen como atuendo una capa de piel de cabra, ofrenda que buscaba obtener los favores de la diosa Juno guerrera.

La primavera de ese año había estado acompañada de intensas olas de calor que llegaban después del *prandium*, momento en que Emilia Tercia aprovechaba para vagar por el exuberante jardín que poco a poco se había ido apoderando de los terrenos bajos de su estancia. Los miembros de la guardia seguían protegiendo el perímetro de la *domus* familiar, pues ante el renombre que estaba logrando el general Publio Cornelio Escipión, se hacía más necesario que su familia se mantuviese bien resguardada, lejos de los comunes envenenamientos y de los asesinatos a traición, los cuales casi siempre eran los métodos preferidos por los esclavos y por los sirvientes que asumían la traición. Fuera de la *domus* y en las mismas calles de Tarraco, se había asignado a un destacamento de legionarios para que cumplieran funciones de triunviros, garantizando estos la debida seguridad que debía tener la ciudad.

Adriana, por su parte, seguía ayudando con la crianza de los niños, sirviendo de hábil tutora y encantando todos los días a su *domina* amiga con nuevas sorpresas. Habiendo crecido Adriana entre varias culturas, sus habilidades en lo referente a la crianza de hijos, desempeño en la cocina y manejo de la *domus*, como la llegaban a entender los romanos, dejaba a los ojos de Emilia Tercia un digno ejemplo para seguir. En ocasiones la joven romana se imaginaba viviendo en Roma en compañía de Adriana, pero rápidamente el recuerdo presente de su suegra, mujer de un temperamento también especial, le recordaba que dos mujeres de carácter similar nunca podrían convivir bajo un mismo techo. Lo especial de la relación entre Emilia y Adriana se debía a lo diferente que ellas eran, y a la oportunidad que Emilia Tercia le estaba entregando, pues no toda matrona cedía tanto espacio como lo estaba haciendo ella.

En tierras de la península itálica, el veterano senador Marco Claudio Marcelo llegaba a su quinto consulado, nombramiento que le reconocía todos sus logros a favor de la República. Para esa ocasión el Senado designó como su colega al senador Tito Quincio Capitolino Crispino. Ambos llevaron inmediatamente una serie de escaramuzas que buscaban lanzar a Aníbal Barca a un enfrentamiento campal, en el que la superioridad numérica de los romanos estuviese nuevamente de manifiesto. Los dos cónsules acordaron conducir sus tropas hacia las cercanías de Venusia, sur de Roma y levantaron los campamentos consulares muy cerca de donde yacían los de Aníbal Barca. Por algunos días las patrullas romanas reconocieron los lugares donde podía hallarse Aníbal, y más aún, el posible lugar donde podían enfrentarse los ejércitos. Una mañana mientras ambos cónsules lideraban una patrulla de reconocimiento de tan solo siete turmas de caballería, y después de adentrarse en un bosque que les acortaba la visión y la correspondiente maniobra, debido a su espesura, un ataque inesperado de la caballería númida los redujo a nada. El honorable cónsul Marco Claudio Marcelo fue derribado de su montura cuando una certera lanza númida lo atravesó en seco y le causó una muerte instantánea; su colega Tito Quincio Capitolino Crispino fue herido y murió más adelante. Aquella desventura le sumó a Aníbal Barca dos nuevos cónsules a su larga lista de personajes romanos célebres asesinados durante sus campañas militares en la península itálica. Roma entró nuevamente en luto: esta vez los muertos eran dos de sus cónsules, uno de los cuales era la mayor referencia hasta ese momento para el soldado romano.

Publio Cornelio Escipión se enfrentó al ejército de Asdrúbal Barca en lo que se conocería como la Batalla de Baecula. Allí las fuerzas romanas y parte de sus nuevos aliados constituidos por algunas tribus íberas barrieron las posiciones del general cartaginés Asdrúbal Barca, obligándolo a huir con gran parte de sus tropas para así poder salvaguardarlas y destinarlas más adelante como tropas de refuerzo en la lucha que se estaba librando en los límites de la península itálica. Baecula llegó a ser la primera gran victoria campal acreditada al general Publio Cornelio Escipión durante su corta carrera militar. Indiscutiblemente esa primavera del año 208 a.C. sería recordada por todos los romanos debido a la furiosa victoria lograda por el joven Escipión en contra de quien se había atribuido la penosa muerte de su tío Cneo Cornelio Escipión años antes.

Ahora la parte alta del río Betis estaba bajo la presencia de las victoriosas tropas de Publio Cornelio Escipión, a quien no le bastaba con haber propinado un duro e inesperado golpe al ejército del general cartaginés Asdrúbal Barca, pues en su mente proyectaba seguir adelante con su propósito de aniquilar los otros dos ejércitos púnicos que aún se ubicaban al sur de su posición en Hispania. El derrotado Asdrúbal Barca con la mayoría de su ejército salvado se propuso olvidarse de Hispania y dejó a sus compañeros de armas la responsabilidad de proseguir la guerra contra el invasor romano. Entonces realizó su estrategia de cruzar los Alpes, para socorrer con un nuevo frente de guerra al norte de Roma a su hermano Aníbal Barca, quien seguía manteniendo posiciones fuertes al sur de la península itálica.

En Hispania Publio Cornelio Escipión había demostrado un amplio espíritu de camaradería y había innovado al decidir formar un selecto grupo de amigos, con los cuales discutir a manera de estado mayor sus intenciones y sus estrategias militares. No todos ellos eran oficiales aristocráticos o miembros de distinguidas familias. Publio Cornelio Escipión se rodeaba generalmente de hombres que tenían diversas edades y exhibían ante las tropas un récord de disciplina y de valentía, muy superior al de la media de los romanos y latinos que lo habían acompañado desde Roma. Había quienes detentaban cargos de tribunos militares, otros eran decuriones o primeros centuriones. Ante los ojos del joven general Escipión, todos pesaban lo mismo, y con el paso de los días y de las campañas por venir, llegarían a nivelarse en rango, cada uno de ellos tenía importancia para allanar el tortuoso camino hasta conseguir la derrota definitiva de Aníbal Barca.

Así como Alejandro Magno había contado con un grupo de amigos íntimos para convertir en un éxito inesperado la conquista de Asia Menor al ejecutar en el campo de batalla todas y cada una de sus decisiones, Publio Cornelio Escipión entendió que a los cartagineses solamente se les podía ganar si los manípulos, las legiones y las turmas de caballería sentían la verdadera confianza en sus oficiales superiores y si podían apreciar que entre estos y su máximo líder existían verdaderos canales de respeto y de confianza. A su entender, el exterminio de la mayoría de las legiones, los cónsules y los altos oficiales se había debido a la falta de empatía, respeto y confianza entre todos ellos. Muchos romanos y latinos acudían a un campo de batalla sin llegar a conocer ni siquiera la cara de su legado, tribuno o cónsul que los dirigía. Publio Cornelio Escipión cambió ese paradigma militar, convirtiéndose en un ser alcanzable para la mayoría de sus tropas, inspirando con sus decisiones acertadas y temerarias la fe de sus hombres, quienes estaban ahora seguros de que lo seguirían hasta las mismas puertas del infierno.

Publio Cornelio Escipión se propuso atender un capricho personal que durante varios años lo había atormentado. Este se refería a la idea de poder hallar los cuerpos de sus familiares muertos. Publio Cornelio Escipión había nacido en el seno de una de las familias más aristocráticas de Roma, que era muy respetuosa con la memoria de sus muertos. Por eso, Publio no podía conformarse con la simple respuesta que todos le daban, esa que resumía fríamente que los cuerpos de los procónsules Escipión habían sido abandonados a la suerte de la carroña por los bárbaros íberos traidores. El joven Escipión quería buscar una manera para rendir un tributo fúnebre a su padre y a su tío. A su mente llegaban constantemente los recuerdos de aquellos paseos, cuando niño y adolescente acompañaba a sus padres a la Tumba de los Escipiones, hermoso monumento fúnebre que se ubicaba en las afueras de la ciudad de Roma. Él podía recordar cómo atraían su atención las inscripciones en las tumbas de sus ancestros, y más aún, el imaginar el cuerpo de los suyos reposando bajo el cuidado de los que estaban vivos.

Después de la Batalla de Baecula, Publio Cornelio Escipión ordenó a varias patrullas la misión de recabar cualquier información que pudiera servir de ayuda para localizar aunque fuera en parte, los cuerpos de su familia. Otros líderes tribales que se asentaban en las proximidades del Betis fueron llamados a participar de tal evento, hecho que no ayudó a la campaña romana en Hispania, pero sí a que el espíritu del general romano estuviera más sereno.

A mediados del 208 a.C., Cornelia pasó sus tres años de edad. Su aspecto físico y muchos otros rasgos llevaban a la mente de Emilia Tercia el recuerdo de su marido. Como este se encontraba ausente, al mirar a su niña, Emilia podía verlo a él. Para la madre era gracioso ver cómo su pequeña hija era la misma estampa del padre, ese aristócrata romano, aquel delgado y común joven que le había jurado su amor, y que en Hispania había ido adquiriendo el semblante de todo un guerrero. Por su parte, el pequeño Publio estaba todavía supeditado a los brazos de su madre o de alguna esclava, pero crecía como un niño sano y hermoso.

Durante las tardes del largo verano, Emilia Tercia ordenó que le colocaran al aire libre uno de sus *triclinium*, bajo la leve sombra de una finísima carpa. Allí podía pasar horas enteras contemplando a su pequeña hija, la cual jugaba con aquellos juguetes que de antemano una de las esclavas había puesto a su alcance.

El arrullo del viento golpeando suavemente la cara de Emilia Tercia la hacía aletargarse por largos momentos, en los que sus ojos se extraviaban entre sueños y vigilias, sin dejar de tener siempre presente la imagen de su Cornelia. Algunos guardias que vigilaban cerca de Emilia, al ver cómo la *domina* se batía en una especie de guerra y rendición ante el dios de los sueños, por instantes se contagiaban y, preocupados movían sus piernas para evitar los calambres y llevaban su cabeza hacia otras direcciones con tal de vencer aquella modorra perjudicial.

El pequeño Publio en ocasiones era encargado a una de las esclavas más competentes, lo que le permitía a su joven madre descansar a su antojo en aquellas calurosas tardes estivales de Hispania.

Varias veces Emilia Tercia se quedaba profundamente dormida sobre su *triclinium*, al punto de olvidarse de la misma existencia de sus pequeños hijos. En ocasiones Adriana se situaba cerca de ella, velando sus sueños y a la vez preocupándose por Cornelia, quien calladamente seguía jugando sobre el césped con sus juguetes de madera, y por Publio, quien seguía en los brazos de la esclava asignada. Otras veces la misma Adriana se conformaba con observar desde más lejos el descanso de su *domina*, mientras seguía los pasos de la pequeña romana, quien al cansarse de sus juegos buscaba silenciosamente parte del vestido de su madre para sentirse más segura. Esas escenas se repetirían a lo largo de toda la estación de verano. Pues esos aires que llegaban de la costa, mezclados con los finos aromas que provenían del interior de Hispania, agotaban a fuerza de invisibles placeres y de delicados susurros, el ser de todas ellas, y muy especialmente el de Emilia Tercia, quien jamás había vivido sintiendo tanto placer por la vida, entendiendo la acción de no hacer nada, enamorada del largo descanso, y a la espera de que su marido conquistase toda la Hispania para la gloria de su familia y de la República de Roma.

Cornelia rápidamente empezó a forjar una personalidad orientada al silencio sereno de su madre y al respeto por la ausencia del *pater familias*. La niña sabía que existían en su mundo las esclavas, los sirvientes y los guardias, pero también que la vida se vivía haciendo presente el eterno respeto hacia sus padres y hacia todas aquellas personas que estuvieran vinculadas hacia la familia. En esos tiempos nadie escuchaba llantos caprichosos que proviniesen de Cornelia, las correcciones existían, y llegaban de la mano de su misma madre. Esa pequeña parte de Serbilia siempre estaría presente en Emilia Tercia, quien pedía a sus dioses poder educar a su hija como lo había hecho su inolvidable y amada progenitora.

El pequeño Publio solamente sabía recibir el seno de su madre o de aquella nodriza que alternaba en su alimentación. Por esos días los guardias que prestaban sus servicios en la *domus* del general Escipión se deleitaban ante las exhibiciones naturales de aquellos senos que sin vacilación sustentaban la pequeña vida del vástago romano, quien a cada mamada ratificaba su sincero amor a la vida.

Para el invierno del año 208 a.C., el general cartaginés Asdrúbal Barca había recompuesto su ejército después de su derrota en la Batalla de Baecula e ingresó a la Galia. En sus planes estaba la idea de unir sus fuerzas a las de su hermano Aníbal dentro de la península itálica. En la primavera del año 207 a.C., Asdrúbal Barca dejó atrás la cordillera de los Alpes y tuvo entonces la oportunidad de pisar el norte de la península itálica. A su paso por la cadena montañosa, más de diez mil hombres provenientes de distintas tribus galas se sumaron a su ejército, que elevó su fuerza militar a más de cuarenta y cinco mil soldados de infantería y cerca de ocho mil jinetes; además Asdrúbal Barca llevaba consigo alrededor de quince elefantes, los cuales habían sido entrenados y traídos de Hispania.

Para el año 207 a.C. el joven senador romano Lucio Cornelio Escipión, hermano del general Publio Cornelio Escipión, había logrado la autorización del honorable Senado para partir hacia Hispania llevando consigo nuevos pertrechos militares y la compañía de dos legiones que complementarían las fuerzas que lideraba su hermano. Los logros alcanzados en Cartago Nova y Baecula habían hecho posible que Roma otorgase estos limitados recursos al general Escipión, con la intención de que siguiera en marcha la estrategia de distraer a los cartagineses en Hispania, evitando con ello que alguno de los tres ejércitos se aventurase a prestar ayuda al general Aníbal Barca.

Publio Cornelio Escipión se sentía muy agradado ante la llegada de su hermano, pues su única familia de sangre en dichas tierras la componían Emilia Tercia, Cornelia y el pequeño Publio, y ellos nunca abandonaban la seguridad que brindaba Tarraco. Por el contrario, Lucio Cornelio acompañaría a su hermano en los distintos escenarios por donde el general se moviera. Ambos pasaron agradables momentos recordando a Pomponia y al resto de primos. Publio llegó a confesarle a su hermano sus ideas en torno a la búsqueda de los cuerpos de su padre y de su tío, diligencias que a esa fecha parecían casi imposibles de alcanzar, pero dejándole muy presente todos los esfuerzos que en ello había depositado.

Publio Cornelio Escipión dejó que su hermano se encargara de asediar y de conquistar la fortificada ciudad de Orongis, quien liderando dos legiones obtendría su primera victoria como parte de una prometedora carrera militar. Asimismo, Publio Cornelio Escipión conoció a un oficial romano que llegó desde Roma junto con su hermano, llamado Marco Junio Silano, quien prontamente adquiriría la confianza del general Escipión y lograría una inesperada victoria al apresar al general Hanón, el cual sería enviado como prisionero a Tarraco, teniendo como destino final la ciudad de Roma.

La inesperada llegada de Asdrúbal Barca a la península itálica encendió las alarmas dentro del Senado, el cual entró en sesión permanente hasta que se alcanzara un consenso sobre qué estrategia seguir para evitar que Roma sucumbiese ante una táctica de tenaza venida desde el sur por las fuerzas de Aníbal, como por el norte a cargo de Asdrúbal. Esa desagradable noticia hizo que nuevamente los logros de Publio Cornelio Escipión en Hispania quedasen en un segundo lugar, pues ahora la supervivencia misma de la República se ponía en duda ante la inesperada desgracia que representaba la llegada de aquella nueva fuerza invasora. Definitivamente muchas batallas se habían librado en el sur de la península itálica, pero el norte seguía manteniéndose como una puerta que quedaba abierta a cualquier incursión extranjera.

Asdrúbal Barca cruzó el mítico río Po, y después colocó bajo sitio la ciudad de Plasencia, asedio que no pudo verse compensado con la victoria cartaginesa debido a la organizada resistencia que presentaron los habitantes de la ciudad. Plasencia le había quitado importantes días a los planes de Asdrúbal Barca, mas no sus conocidos recursos militares, razón por la cual decidió levantar el sitio y dirigir sus fuerzas hasta el pequeño puerto de Fanos, en el mar Adriático, y ubicar el total de sus fuerzas al norte de la desembocadura del río Metauro.

En Roma se conoció la ubicación exacta de las tropas cartaginesas que llegaban del norte, por lo cual se procedió al nombramiento de los dos cónsules, que correspondía para la fecha. Por mayoría el Senado nombró al veterano y ex cónsul Marco Livio Salinator, quien era recordado por su destacada actuación al lado del fallecido Lucio Emilio Paulo durante el transcurso de la Segunda Guerra Ilírica. Su nombre aportaba la confianza que tanto necesitaban las tropas romanas, las cuales empezaban a cansarse al ver cómo ninguno de los cónsules anteriores había podido aniquilar al escurridizo Aníbal Barca. Sin embargo, la situación general dentro de la península seguía manteniéndose equilibrada para ambas partes.

La bancada conservadora se anotó un punto al postular a uno de los suyos para el otro cargo de cónsul. Inesperadamente el capaz y calculador senador Quinto Fabio Máximo le entregó una nueva oportunidad al alicaído senador Cayo Claudio Nerón, quien devolvió la nueva gracia del líder conservador, dedicándole unas palabras de agradecimiento: "Juro por mis dioses y por la vida que ahora me sustenta que dejaré bien en alto el apoyo y la confianza que ahora me otorgas. En mi vida no habrá otra Hispania, esta vez en nuestra península itálica avasallaré hasta alcanzar el aniquilamiento de ese cartaginés. Gracias, Quinto Fabio Máximo, por tu confianza. Marte guiará mi victoria, nuestra victoria".

Por esos mismos días el orgulloso general cartaginés Asdrúbal Barca detallaba calladamente las piedras que llegaban a formar parte de la Vía Flaminia, vía que llegaba a rozar la costa y que por el momento albergaba en parte a sus tropas. Él sabía que aquel monumental camino de piedra y grava lo conduciría hacia el interior de su mismo enemigo, pero a su vez conocía el precio que podía pagar ante tal aventura. Por algunos días, Asdrúbal Barca caminó por ese espacio de la Vía Flaminia, tratando de armar una estrategia que lo llevara a unir sus tropas a las del sur, las cuales estarían aguardando bajo las órdenes de su hermano Aníbal. Una mañana, mientras observaba el vasto mar Adriático que separaba esa tierra de la conocida Iliria, Asdrúbal Barca decidió enviar a varios de sus jinetes a llevar una carta destinada a su hermano. Ellos cabalgaron presurosamente hacia el Sur en busca de las fuerzas cartaginesas de Aníbal Barca. En la mente de ellos estaba el lograr alcanzar al conocido líder cartaginés en las proximidades de Tarento.

Por otra parte, el Senado romano, que ya había nombrado a sus nuevos cónsules, ordenó que Marco Livio Salinator se dirigiera con sus legiones consulares hacia el norte de Roma, precisamente a encontrarse con las fuerzas adversarias de Asdrúbal Barca; mientras que Cayo Claudio Nerón debía de partir con las suyas hacia el sur de la península itálica, a fin de mantener acosado al temible Aníbal Barca.

Al norte, el cónsul Marco Livio Salinator ubicó sus tropas en el puerto de Sanigallia, a pocas millas al sur de la posición de Asdrúbal Barca en Fano. Mientras tanto, Aníbal Barca, informado por sus propios canales de comunicación y espionaje, decidió marchar con sus hombres un poco más al norte, más allá de la sureña Canosa, y cerca del río Ofanto. Aníbal Barca intuía que cualquier encuentro cartaginés debía darse ineludiblemente en las cercanías de Plasencia. Por otra parte, varias turmas de caballería perteneciente a los ejércitos del cónsul Cayo Claudio Nerón contaban con la fortuna de los dioses al llegar a interceptar y apresar a los emisarios de Asdrúbal Barca que cabalgaban desde el norte en busca de Aníbal Barca.

El propio Cayo Claudio Nerón se enteró de los detalles de la controvertida carta, la cual informaba las intenciones de Asdrúbal Barca de unir sus ejércitos a los de Aníbal y sus indicaciones a este último para que cruzara los Apeninos y se juntara con él en tierras de Umbría para después lanzarse juntos sobre la ciudad de Roma.

Cayo Claudio Nerón tomó una de las decisiones más controversiales en la historia de la República Romana, con el apoyo de otros oficiales romanos que seguían las ideas del senador

Quinto Fabio Máximo: abandonar Lucania y marchar hacia el puerto de Sanigallia, llevando consigo a seis mil legionarios y mil jinetes. Durante días y noches sus tropas caminaron las casi doscientas cuarenta y nueve millas hasta Sanigallia y sorprendieron con su inesperada llegada al general cartaginés Asdrúbal Barca. Este no tuvo más opción que presentar pelea en las inmediaciones del río Metauro a un superior ejército romano conducido por sus dos cónsules.

La Vía Flaminia fue el medio en que las decididas tropas romanas salieron al encuentro del invasor y lo dejaron totalmente sorprendido y arrinconado, lejos del apoyo militar que hubiera podido brindar Aníbal Barca. La confrontación que sobrevino se conoció como la Batalla del Metauro, y en ella murieron cerca de diez mil tropas cartaginesas y dos mil legionarios. La estrategia cartaginesa utilizada, muy común en los hermanos Barca, no pudo lograr los resultados esperados, aun contando con la furia de sus quince elefantes y el apoyo de los bravos guerreros íberos, galos y ligures que habían jurado lealtad y valor a los cartagineses.

Las rápidas maniobras envolventes ejecutadas por el temerario Cayo Claudio Nerón, la fortaleza y la sostenibilidad que aportó Marco Livio Salinator y la obediencia y la decisión exhibida en el campo de batalla por el oficial Marco Porcio Catón hicieron que los romanos se llevaran la victoria ese día. Asdrúbal Barca murió peleando, sin ver cumplido el sueño de su hermano de llegar a postrar a Roma. Su cabeza fue cortada y enviada al general Aníbal Barca, como una irrefutable prueba de que Roma estaba decidida a no perder la guerra.

Aquella extraordinaria victoria ocurrida en el año 207 a.C. entregó a partir de ese momento la iniciativa de la guerra a los romanos, quienes veían de nuevo la posibilidad de acabar a corto plazo aquella guerra que había empezado a diezmar a toda la República.

El conocimiento de la muerte de su hermano hizo que
Aníbal Barca se ensimismara y se quedara aislado por varios
días en la privacidad de su tienda, sólo llorando la ausencia
de Asdrúbal, sin la compañía de nadie. Días después se retiró
hacia la región de Brucia, donde por mucho tiempo no fue
molestado por los romanos. Estos últimos habían logrado
herir el corazón de aquel encarnizado lobo que tantos romanos y latinos había devorado durante los últimos años de la
guerra.

Marco Livio Salinator y Cayo Claudio Nerón compartie-
ron un triunfo y entraron victoriosos en Roma. El primero,
con su acción, logró salir del ostracismo que lo había alejado
de la vida política y militar desde los tiempos de Lucio Emilio Paulo. El segundo se levantaba como un prominente y
renovado líder romano, que había hecho olvidar a todos su
penosa actuación en Hispania. Por su parte, una nueva creación política del senador Quinto Fabio Máximo con la Batalla
del Metauro había saltado definitivamente hacia el complicado mundo del reconocimiento político. Se trataba de Marco
Porcio Catón, quien de ahí y en adelante entró a formar parte
del selecto grupo de senadores que podían aspirar a la sucesión
política del respetado y temido Quinto Fabio Máximo.

Prontamente estas vertiginosas noticias traspasaron las
fronteras y entraron en la tienda del joven general Publio
Cornelio Escipión, quien en compañía de su nuevo grupo
de valientes y obedientes oficiales procedió a analizarlas. De
inmediato entendió que aquella victoria romana alcanzada
en la península itálica lo alejaba de la merecida atención que
debía tener después de haber conseguido en Hispania lo que
ningún otro romano había podido ni siquiera intentar.

Para finales del año 207 a.C. Publio Cornelio Escipión
mandó de vuelta a Roma a su hermano Lucio Cornelio, quien
se encargó de defender desde el Senado los intereses de la

familia y los avances alcanzados en Hispania. Lucio Cornelio Escipión partió con notables prisioneros de guerra que complacieron la sed de venganza que aún sufría Roma, también llevó el cuantioso botín de guerra capturado en Oringis.

Las noticias siempre llegaban oportunamente a la ciudad de Tarraco y ofrecían la segura tranquilidad que tanto necesitaba Emilia Tercia al lado de sus queridos hijos. La familia entretenía sus días uniendo sus vínculos maternos y filiales por medio de juegos, canciones y conversaciones en los que nunca llegaban a faltar los temas que se referían a los antepasados ya fallecidos y a las glorias por pertenecer a la República de Roma. Madre e hijos fortalecían sus vínculos; y ellos, sin saberlo, iban edificando un carácter común que a futuro los revestiría de fortaleza para saber sobrellevar las cargas que el reconocimiento y la traición les traerían en el inevitable destino.

Emilia Tercia se sentía orgullosa de tener como hija a Cornelia, una niña que reflejaba lo mejor de ambas familias. La pequeña, por la edad que tenía, había ido dejando algunos de sus primeros juegos. Aquellas interminables tardes bajo el sol en el jardín no volverían a su corta vida. Ahora Cornelia prefería caminar de la mano de su querida madre por todos los rincones del tupido jardín y, en ocasiones, efectuar agradables paseos por las playas arenosas de Tarraco. La niña dedicaba esos momentos a recolectar conchas marinas y entretenerse con el mar que se desvanecía en la orilla. Emilia Tercia sentía cómo sus años en esa ciudad romana en tierras de Hispania la habían llevado a un nivel superior de existencia natural, en el que la paz interior y la tranquilidad que entregaba la lejanía la conducían inevitablemente hacia otra forma de entender la vida.

Desde el inicio de las operaciones militares de su marido en Hispania, Emilia Tercia había contado con pocos y cortos espacios de tiempo de verdadera convivencia familiar. Entendía cabalmente las complicaciones que afectaban la vida de

Publio y nunca anteponía a sus responsabilidades las necesidades de sus hijos y de ella misma. Como ejemplar matrona romana, sabía que su obligación perenne se fundamentaba en ayudar a que el líder de la familia alcanzase los objetivos que se había planteado. La familia en época de guerra quedaba en un segundo plano inevitablemente. Emilia Tercia quería transmitir a Publio que el verdadero enemigo se encontraba al sur de Hispania, no en una confortable *domus* de Tarraco.

Durante las largas ausencias de Publio, Emilia Tercia había dejado que su amiga Adriana se mantuviese muy cerca de ella, a tal punto que antes de llegar a padecer alguna crisis relacionada con su noble misión de exhibirse como la respetable esposa del general romano en Hispania, prefería desvanecerse entre las manos de Adriana, entregándole a ella sus naturales angustias y sus sentidos temores sobre el futuro.

Algunas tardes, después de que la cariñosa Cornelia y el pequeño Publio se dormían en sus *cubiculum*, Adriana se hacía presente en los aposentos de Emilia Tercia, brindándole un satisfactorio masaje que la llegaba a dormir despierta. Adriana sabía cómo desvestir el torso de su *domina*, para luego dejar flotar sus manos bañadas en aceite de oliva y delicadas esencias en toda la blanca piel de la romana. Ambas mujeres se complementaban en un solo nivel de afecto, Emilia Tercia se dejaba conducir al placer, el cariño, la lujuria y la paz, que la llevaban a los mismos inicios de su vida, cuando el amor y las caricias de Serbilia solo despertaban en ella las ganas de vivir y de morir en unas manos como aquellas.

Los afectos palpables desataban en Emilia Tercia un canal de compasión hacia todos los hijos de la vida, sobre aquellos que al igual que ella estaban compartiendo la suerte de vivir las consecuencias de una guerra injusta y cruel, pero que definitivamente debía ser ganada por Roma por medio de un Escipión, y para gloria de los mismos Emilio-Paulos.

En la primavera del año 206 a.C. en la región de Turde-tania, ubicada dentro de la península hispánica, se desarrolló la Batalla de Ilipa, contundente enfrentamiento que terminó con la categórica victoria de Publio Cornelio Escipión sobre los ejércitos cartagineses que comandaba el general Asdrúbal Giscón, quien estaba asistido por el general Magón Barca, her-mano menor de Aníbal Barca.

Al final de la referida batalla, Asdrúbal Giscón escapó con cerca de seis mil de sus hombres al cerco que le tendía Publio Cornelio Escipión. Partió a la sureña ciudad de Gades, desde donde embarcaría sus pocas pertenencias y tropas para refu-giarse en el norte de África.

Masinisa, líder númida aliado a los cartagineses, quedó librado a su propia suerte y se dedicó a vagar por el centro de Hispania con los restos de su caballería, mientras que sus anti-guos aliados se iban acercando al rey Sifax, ficha que empe-zaba a servir a los intereses cartagineses después de la derrota de Ilipa.

Magón Barca zarpó de Hispania con destino a las islas Baleares, donde siguió aunando esfuerzos para ayudar a su hermano Aníbal Barca, quien continuaba afectando dura-mente el sur de la península itálica.

Cartago perdió definitivamente su presencia en Hispania, haciendo que el legado de varios años de trabajo de parte de la familia Bárcida se esfumara para siempre. Los íberos con-tinuaban presentes en dichas tierras, pues estas constituían el asiento de sus vidas, pero el final de la lucha entre Roma y Cartago en Hispania también los afectaría notablemente, pues la inmensa mayoría de sus tribus se veía diezmada por los largos años de la guerra. La mayoría de los íberos entraron en una alianza que se suscribía a las condiciones que exigía Publio Cornelio Escipión. Seguirían sin embargo algunos levanta-mientos en los límites de Lusitania, pero estos no llegarían a entorpecer la gloria militar lograda por Escipión.

Cartago seguía manteniendo la supremacía en las aguas del Mediterráneo, lo que significaba que Roma no debía bajar la guardia de sus ciudades portuarias en todas las costas de dicho mar.

Después de la Batalla de Ilipa, Publio Cornelio Escipión fundó al sur de Turdetania la ciudad de Itálica, la cual albergaría a todos los veteranos de guerra que habían quedado lisiados durante ese enfrentamiento y que en su mayoría pertenecían a las unidades auxiliares itálicas.

Después de la huida cartaginesa, la ciudad de Gades se abrió a la ocupación romana pacíficamente, sometiéndose sin reparos a la nueva autoridad que llegaba en sustitución de la cartaginesa. Desde ella se realizaron varias incursiones romanas sobre Bética, con la finalidad de sofocar a las distintas tribus que albergaba, las cuales seguían mostrándose afines a los cartagineses.

Después de la fundación de Itálica, Publio Cornelio Escipión contrajo una extraña enfermedad que empezaría a consumir todo su cuerpo con altas fiebres y sudores interminables. Los tratamientos de sus médicos no llegaban a erradicarle dicho mal, y tenía que conformarse con los afectivos cuidados que le llegaba a brindar su preocupada esposa. Cuidados que lo mantenían conectado a la vida durante los angustiosos días en que se derrumbaba en su lecho, lejos de las miradas de sus hombres y de sus apreciados compañeros de armas.

Emilia Tercia se preparaba para marcharse definitivamente de Hispania, dejando atrás una estela de años vividos, repletos de paz, reconciliación y madurez. La hermosa matrona regresó a Roma acompañando a su victorioso marido, a una hija que entendía la realidad de las cosas y a un pequeño varón que llevaba sobre sus delicados hombros el orgullo de la familia Escipión. Todos ellos partieron llevando consigo a la mayoría de los hombres que habían hecho posible que Publio Cornelio Escipión ganase para Roma toda Hispania, eliminando para siempre el peligro cartaginés de sus tierras. Atrás dejaba Emilia el placentero recuerdo de los días compartidos junto con Adriana, quien quedó acompañada por sus hijos Acacio y Belisario. Aquella entrañable amiga que tanto apoyo había entregado a Emilia Tercia nuevamente regentearía la *domus* que había sido de su primo Cristóbal de Pérgamo. Los años de servicio hacia la familia del general Escipión la habían premiado con una pequeña renta que percibiría hasta el propio final de sus días. Belisario seguiría prestando servicio militar en Cartago Nova, mientras que Acacio retornaría a Tarraco, donde acompañaría a su madre en los años posteriores.

Los procónsules Lucio Cornelio Léntulo y Lucio Manlio Acidino fueron los encargados de suceder en Hispania al general Publio Cornelio Escipión.

La nave zarpó lentamente del puerto de Tarraco, y un general romano admiró totalmente agradecido a sus dioses las tierras de Hispania. Allí iba quedando la región que durante más de cuatro años había sido testigo de la fiera y sorpresiva lucha que había enfrentado a romanos, cartagineses, númidas e íberos. Muchas nacionalidades se habían involucrado en una guerra que precisamente se había iniciado con la aniquilación de la ciudad de Sagunto. Ahora, una vez transcurrido el tiempo necesario, Hispania quedaba administrada en una vasta parte por las fuerzas de ocupación romanas, las cuales no querían cometer los mismos desaciertos que habían estado cometiendo por años los cartagineses. Roma decidió mantener el equilibrio de poder que dejaba instalado Escipión y abocarse, por otro lado, a la guerra que seguía desangrando a la península itálica.

Mientras sostenía en brazos a su pequeño Publio, Emilia Tercia observó a la distancia aquella edificación que por muchos años se había convertido en su añorada *domus*. En aquel lejano punto que resaltaba el color verde del jardín, aquel que años atrás habían sembrado y cuidado los romanos, quedaba el recuerdo de Adriana, la hábil mujer que había hecho un espacio dentro del corazón de Emilia Tercia para las inimaginables pasiones adultas que pudieron transmitirle el placer y el cariño que le faltaba durante las ausencias de Publio. "Adiós", pensó Emilia Tercia mientras enfrentaba la realidad de su destino, observando a lo lejos la hermosa costa que regalaba Tarraco.

La llegada a Roma fue celebrada por el pueblo como una especial fiesta que anunciaba el ansiado arribo de sus feroces héroes, los cuales habían conseguido expulsar a los cartagineses de Hispania. Las calles se vistieron de espontáneo festejo, en el que jóvenes patricios y plebeyos de todos los niveles esperaban conocer de cerca a quienes habían hecho posible la conquista de Hispania en pocos años de lucha. Sin embargo, para el Senado la llegada de Escipión y de toda su distinguida oficialidad no pasó de ser un evento político más. Tal conducta permitía deducir que detrás de ella estaba involucrado el siempre presente senador Quinto Fabio Máximo.

Publio Cornelio Escipión no había olvidado cómo el mismo Quinto Fabio Máximo había auspiciado y apoyado su iniciativa de partir hacia Hispania, con la inocultable intención de esperar su fallecimiento en dichas tierras, tal cual como el destino había obrado contra su padre y contra su tío. El hecho de irse a Hispania ostentando un cargo de general con imperio no le permitía a Publio Cornelio Escipión obtener un triunfo a su llegada, aun cuando su proeza militar era realmente envidiable a los ojos de todos los senadores. Pero el joven general Escipión sabía de antemano cuáles eran las condiciones y la situación que le esperaba a su llegada a Roma.

Emilia Tercia, por su parte, al ser una mujer observadora y detallista, podía a simple vista apreciar cómo la realidad imperante en Roma había cambiado desde la recordada fecha en que partieran hacia Hispania. Era evidente que la República se había fortalecido lo bastante como para transmitir un sentimiento de seguridad y confianza a todos sus ciudadanos. Después de la Batalla del Metauro, el norte de la península itálica había quedado bajo el control de Roma, mientras que ahora los movimientos de Aníbal Barca sólo se limitaban a pequeñas acciones en algunos rincones del sur de la península itálica.

Emilia Tercia conoció cómo aquel increíble ejército cartaginés que en el transcurso de año 216 a.C. había aniquilado las legiones de su padre ahora figuraba como una fuerza diezmada, golpeada por los largos años de la guerra y por la miseria que se había extendido hacia el sur de la península. Ciudades como Capua, Tarento, Siracusa y otras de la zona meridional de la península itálica que habían dado su apoyo a la causa cartaginesa ahora sufrían el peso de la venganza romana, que castigaba con fuerza la deslealtad demostrada, por medio de esclavitud y desposesión de riquezas.

Publio Cornelio Escipión, al igual que su inteligente esposa, entendía que la presencia de Aníbal Barca al sur de la península seguía siendo un problema para Roma. El Senado había finalmente aceptado que, aplicando correctamente las tácticas fabianas, Aníbal Barca acabaría siendo una simple molestia que algún día se desvanecería.

Emilia Tercia tomó al pequeño Publio con su mano y se sobrecogió cuando el cortejo que encabezaba su marido se detuvo frente a la *domus* de la honorable familia Escipión. Justo en ese lugar una enorme cantidad de personas se congregaban para recibir y para saludar al matrimonio que gracias a la voluntad de los dioses estaba de vuelta. Cornelia abrió sus ojos como si hubiera esperado aquel episodio durante años, el reencuentro con su sangre, la entrevista con su ansiada abuela Pomponia. Emilia Tercia por todas partes observaba caras nuevas, pero con el pasar de los instantes identificaba aquellas que había conocido antes de partir hacia Hispania.

La esposa del valiente general romano ubicó al fin a todos aquellos sirvientes y esclavos que por años se habían mantenido fieles a la familia de su marido, entre ellos Druso Sejano, quien era el depositario de toda la confianza de Pomponia, Lucio y Publio. Los hombres que componían la guardia privada eran en su mayoría veteranos que habían compartido armas con el difunto cónsul Escipión durante las memorables batallas de Tesino y Trebia. Algo que siempre había caracterizado a la familia Escipión era que los miembros de su guardia privada y algunos de sus sirvientes poseían un extraordinario récord al servicio del Ejército romano. No eran simples voluntarios, o jóvenes que deseaban hacer carrera al servicio de una familia, como aquellos que llegaban a contratar los Emilio-Paulos; los Escipiones conocían muy bien la capacidad de su propia gente, y los demás también lo sabían.

Después de recibir los saludos y los aplausos correspondientes, el matrimonio Escipión cruzó el memorable *ostium* de la *domus* familiar hasta llegar al encuentro con su familia en el área del *tablinium*. Allí estaba esperando entre gestos de júbilo y de emoción la matrona de la familia, quien corrió a besar y a estrechar a su hijo Publio. Lucio Emilio Paulo en compañía de Papiria acogieron a Emilia Tercia y a sus críos, llenándolos de besos y de infinito cariño. Lucio Cornelio Escipión esperó afanosamente su turno para saludar a cada uno de los recién llegados. A todos ellos, Lucio Cornelio regaló afecto y calidez. Más allá seguían esperando Publio Cornelio Escipión Nasica y alguien a quien Publio no esperaba encontrar, el comediógrafo Tito Maccio Plauto, a quien Publio le había brindado la oportunidad de ascender por la vida, al contratarlo para el cierre de la temporada de obras en los tiempos en que se desempeñaba como edil en la ciudad de Roma.

Con el pasar de los días una nueva realidad fue surgiendo para todos los miembros de la familia Escipión: Publio Cornelio Escipión fue aceptado por consenso como el nuevo *pater* y líder indiscutible de todos los clanes de la familia. Emilia Tercia, por voluntad de Pomponia, fue considerada como una matrona, igual que ella, y con *imperium* dentro de la misma *domus* y ante todos los esclavos y sirvientes de la familia. Ambas mujeres gozaban con la crianza de Publio y de Cornelia.

Después de su victoria en Oringis y de su regreso de Hispania, Lucio Cornelio Escipión había empezado a destacarse en el Senado como un joven senador que sabía representar muy bien los intereses de la familia Escipión. Por esos años descubrió que poseía verdaderas facultades para saber llevar los negocios de su casa.

En cuanto a Lucio Emilio Paulo, había seguido la trayectoria política de su difunto padre, pero apartándose de la fuerza conservadora que lideraba Quinto Fabio Máximo. Sus intervenciones en el Senado se caracterizaban por no utilizar palabras ofensivas y vulgares, así como por el hecho de evitar atacar directamente a los conservadores sin razón alguna. Lucio Emilio Paulo se convertiría en el conciliador de las opiniones dentro del Senado, y en la parte ecuánime de los debates, cuando se tocaban los intereses de los Escipiones.

En el año 205 a.C., en la ciudad griega de Fénice, en los límites de Epiro, las dos grandes potencias del norte del Mediterráneo firmaron un acuerdo de paz que se conocería como Tratado de Fénice. Este controversial tratado daba por terminadas las prolongadas hostilidades que habían enfrentado a romanos y a macedonios desde los inicios de la Segunda Guerra Púnica. La República de Roma siempre sentía un omnipresente temor del reino de Macedonia, pues en algún momento del pasado memorable los macedonios habían llegado a conquistar Asia Menor, ensanchando los límites del mundo conocido. Los inconvenientes surgidos en su casi eterna lucha contra Cartago habían dado lugar a que Macedonia aprovechara las circunstancias para rivalizar directamente contra Roma, pero lo que el monarca Filipo V no había tomado en cuenta era que Roma no era ni se manejaba como un reino. Roma era una República atendida y dirigida por un Senado, cuyo estado nunca quedaba supeditado a los caprichos de una sola persona. Con el pasar de los años y del agotamiento producido por la guerra, Roma se mantuvo sólida tanto militar como económicamente, mientras que Macedonia veía menguada su estabilidad. Para el año 205 a.C. se hizo evidente que ninguna de las dos potencias había perdido significativamente intereses a lo largo de la guerra, pero se intuía que de seguir el conflicto entre ambas, Macedonia empezaría a declinar poco a poco. Pues Roma había demostrado que podía contener con sangre y con esfuerzo a Cartago, más aún lo podía lograr contra ella.

Resumiendo la historia, se podría decir que la tortuosa convivencia política entre el reino de Macedonia y la Liga Etolia se vio afectada directamente por la Segunda Guerra Púnica. El rey Filipo V, por consejos del influyente Demetrio de Faros, entabló nexos con Aníbal Barca, quien para el momento se encontraba en la península itálica avasallando a los romanos. La ambición surgió en la mente de Filipo V, quien armó a su reino con una nueva flota militar. Ante el temor de que la alianza Macedonia-Cartago llegase a revertir sus escasas esperanzas de victoria, Roma abrió un frente de batalla al este de la provincia romana de Iliria. Filipo V intentó dos veces invadir por el Adriático la provincia de Iliria, y a su vez detener por tierra los avances enemigos, consiguiendo el puerto de Lissus y la capitulación de Iliria. Después Roma buscó el apoyo de la Liga Etolia por medio de un acuerdo que a la postre incluiría otras ciudades estado griegas que distraerían por dos años las pretensiones de Macedonia. Seguidamente los romanos dejaron solos a sus aliados griegos, oportunidad que aprovechó nuevamente Filipo V para recuperar lo que había perdido en sus luchas contra todos ellos. Con varios años de desgaste, las partes aceptaron firmar el Tratado de Fénice. Al reino de

Macedonia se le reconoció su territorio, además de la captura de Iliria, pero debía renunciar a su alianza con Aníbal Barca, así como a cualquier otro futuro tratado con Cartago.

Filipo V decidió retirarse a su palacio de Pella, recordando las ideas embriagantes de su consejero Demetrio de Faros, quien súbitamente lo había abandonado después de haber iniciado las hostilidades contra Roma. El monarca macedonio nunca abandonó la idea de propinarle un golpe de gracia a Roma, o al menos participar en su derrota. Ahora, en su soledad, Filipo V observaba cómo Aníbal Barca iba quedando como la única alternativa factible para frenar el poderío romano en el Mediterráneo. Los primeros años de su reinado se le habían ido soñando e imaginando que la grandeza de su reino quedaba hacia el Oeste, olvidando que sus ancestros lo buscaban al Este.

Aprovechando la fama y la fortuna que había obtenido en Hispania, Publio Cornelio Escipión se embarcó en una aventura, esta vez mayor y diferente a la que hasta ese momento había experimentado. Para comienzos del año 205 a.C., el veterano Escipión puso a prueba todas las alianzas y las lealtades que juraban estar con él. Se reunió con los senadores liberales que antes habían sostenido acuerdos políticos con su padre y con su tío, también con aquellos que se hacían llamar independientes, e incluso atrajo a su causa algunos senadores conservadores que se relacionaban con la familia de los Emilio-Paulos.

El ahora calculador Escipión hizo conocer a su esposa la intención de tomar para sí uno de los dos cargos de cónsul que debían ser designados para ese año. Publio le dijo sin rodeos a Emilia Tercia que su fin último era llevar la guerra hasta la misma Cartago, en el norte de África. La entendida esposa sabía que aquellas palabras no eran dichas en broma por Publio, y que al igual que había sucedido en Hispania, Publio buscaría finalizar esa eterna guerra en las calientes arenas al otro lado del mar Mediterráneo.

Fue así como Publio Cornelio Escipión, claro y decidido, se lanzó como uno de los varios candidatos para optar por el consulado ese año 205 a.C. Por más que el senador Quinto Fabio Máximo se opusiera a tal aspiración, el veterano Escipión, quien ya llegaba a los treinta años de edad, obtuvo por el voto unánime de todas las centurias el consulado, aun sin haber ocupado nunca el cargo de pretor.

Emilia Tercia durante las soleadas tardes se entregó no a esos desenfrenados descansos de Tarraco, sino a intercambiar muchas ideas con su querida suegra; también a vigilar de cerca el comportamiento de los maestros que instruían a los niños. Publio había acordado con ella la contratación de varios maestros, que iniciaban de este modo la educación de Cornelia y de Publio, preparándolos a muy temprana edad, como lo habían hecho con ellos.

—Querida Emilia —dijo Pomponia mientras sacaba de una bandeja de plata una de las tantas uvas que estaban reposando desde la mañana—, aún no pierdo la emoción por tener de vuelta a mi hijo, han sido tantos los años desde que ustedes partieron, que he tenido que fortalecerme con la idea de pensar que los dioses así lo habían querido.

Emilia Tercia entendía perfectamente a qué se refería Pomponia cuando hablaba de fortaleza. Ella misma había aprendido que quien en vida no se fortalecía se convertía en un cadáver viviente, algo que el tiempo iba descomponiendo cada día hasta hacerlo desfallecer en el momento menos esperado.

—Pomponia, llegué a sufrir con la muerte de Serbilia, tú sabías lo especial que era conmigo. Mi espíritu se destrozó cuando supe que mi padre había desaparecido para siempre en las tierras de Apulia, y sin embargo, aquí me tienes, soy la madre de dos críos y esposa de tu hijo, del único general romano que pudo doblegar a los cartagineses en Hispania. Querida suegra, si he llegado de vuelta a tu *domus*, ha sido porque me he envuelto en fortaleza, la misma con que tuvo que envolverse Publio para combatir en la tierra y con los enemigos que habían hecho desaparecer a su padre y a su tío.

—Así es, Emilia, somos unas mujeres excepcionales, muy capaces de quitar nuestras lágrimas y continuar asumiendo las cargas que Júpiter y Juno nos entregan. Por ello, querida hija, anhelo organizar un encuentro que me recuerde el pasado refinado que vivimos con Publio, mi marido, cuando hacía reuniones en las que las letras y el teatro gustaban a todos. Quiero que me ayudes a organizar una noche de talento en honor a Publio y por supuesto en honor tuyo, quiero que las fuertes emociones que transmiten los hombres sensibles de Roma nos hagan sentir más que nunca vivos, llenos de sentimentalismo y de gloria. ¿Me ayudarías, Emilia?

La joven romana miró a su suegra y luego le contestó:

—Sí, Pomponia, quiero una noche de arte en la *domus*, quiero sentirme romana al mejor estilo de un Escipión, ¡Hagámoslo!

Ambas mujeres finalizaron sus palabras y se comprometieron a representar una sencilla obra de teatro, comedia si era posible, para el placer y el gusto de todos.

Durante esos días del año 205 a.C., después de que Publio Cornelio Escipión fuera elegido como cónsul, se demostró que la República se estaba recuperando de las heridas que a lo largo del tiempo había ocasionado Aníbal Barca. El poder de Roma descansaba en su Derecho y en el *imperium* de sus leyes, pero también en el apoyo irrestricto que el pueblo y el Senado otorgaba a sus héroes. Esta circunstancia era la que a fin de cuentas utilizaría el cónsul Escipión para exponer al pueblo romano y al honorable Senado la intención de proseguir la guerra hasta derrotar definitivamente a Aníbal Barca, no solo en la península itálica, sino en su misma África.

La diosa Fortuna llegó en auxilio de Publio Cornelio Escipión cuando por ley romana se estableció que quien se desempeñara como Pontifex Maximus tenía prohibido expresamente ausentarse de la península itálica. El senador Publio Licinio Craso había sido elegido cónsul junto con Publio Cornelio Escipión y era a la vez el Pontifex Maximus de Roma, circunstancia que ayudó a los planes de Escipión de llevar la guerra fuera de la península, e incluso más allá del mar Mediterráneo.

—Querida Emilia, para esta noche he programado una selecta reunión en la que definiré muy bien los puntos que expondré mañana ante el Senado —dijo Publio mientras desviaba su mirada hacia uno de los mapas que pertenecían a su padre—, quiero llegar a África.

—Amor mío, sabes que apoyo todas tus ideas, manteniéndome firme a tu lado, si eso es lo que deseas —contestó Emilia al tiempo que deslizaba una de sus manos sobre el hombro de su marido, quien se aferraba cada vez más a la idea de golpear a Cartago donde más le doliera, en su misma tierra—. Ordenaré a los sirvientes que preparen algo sobrio para la noche, no habrá mucho vino ni mucha comida, pero sí un ambiente que ayudará a que tus palabras queden grabadas en las mentes. Cuenta con ello, Publio.

Publio Cornelio Escipión una vez más volvió sus ojos hacia el mapa que descansaba abierto sobre la mesa del *tablinium*.

—Gracias, Emilia —fue la simple respuesta del cónsul de Roma.

A la mañana siguiente, mientras se desarrollaba la esperada sesión en la Curia Hostilia, un nutrido grupo de senadores inspirados en las ideas y en las palabras de Quinto Fabio Máximo logró acaparar la mayoría de votos, y se acordó entonces que los planteamientos del cónsul Escipión sólo fueran tomados a medias. La premeditada intervención del senador Quinto Fabio Máximo respetó la intención del cónsul de dirigirse hasta el sur de la península itálica, y hasta Sicilia, pero no le autorizó la movilización de sus tropas consulares al norte de África. Asimismo, se aprobó la postura de Quinto Fabio Máximo para que Escipión no pudiera maniobrar con sus legiones consulares en ninguna otra parte del extranjero.

Esa no fue la única sesión en la que se discutieron los planteamientos de Publio Cornelio Escipión, habría otra, y luego muchas más, pero tras cada nueva sesión se podía apreciar que los conservadores endurecían su natural postura, alegando cualquier tipo de reparos, por simples que fueran. Todo eso haría que el cónsul Escipión tuviera que meditar sobre los pocos puntos que el Senado le estaba permitiendo.

Después de todas aquellas sesiones y de pensar por horas y por noches qué era lo que realmente más le interesaba, Publio Cornelio Escipión tomó la sabia decisión de aceptar las condiciones que le ofrecía el Senado. De esta manera, el obstinado cónsul Escipión partió hacia el sur de la península itálica, pensando cómo revertir la prohibición impuesta por el Senado, que le negaba la posibilidad de disponer de su ejército consular y también del derecho a efectuar levas en la misma península.

Publio Cornelio Escipión, reunido con su familia, llegó a la conclusión de que seguiría adelante con sus planes para alcanzar el norte de África. Tuvo que recurrir entonces a los aliados y a los clientes que mantenía su familia, esperando obtener de estos toda la ayuda y la logística que el Senado le había negado. Escipión aprovechó el resquicio legal y empezó a formar un ejército expedicionario con aquellos voluntarios que libremente quisieran sumarse a su aventura. Por supuesto, aquellos hombres empezarían a llegar de todos los rincones de la península itálica, en su mayoría de Campania y Etruria, lugares donde los Escipiones tenían mucha ascendencia.

Publio Cornelio Escipión viajó con su esposa Emilia Tercia y sus hijos Publio y Cornelia a Sicilia. También lo acompañaron sus fieles oficiales, aquellos que lo habían ayudado en la consecución de sus méritos durante las campañas militares desarrolladas en Hispania. Una vez en la isla, Emilia Tercia se dedicó a descubrir muchos de los encantos que todavía mostraba la ciudad de Siracusa, mientras que Publio Cornelio Escipión, junto con su amigo Cayo Lelio, se contactaban con todos aquellos hombres que habían sido confinados a perpetuidad en Sicilia, y que una vez habían llegado a formar parte de las Legiones V y VI, derrotadas por Aníbal Barca en la Batalla de Cannae.

De esta manera todos los hombres que reunió Publio Cornelio Escipión con la ayuda de Cayo Lelio y de otros personajes aliados a su familia fueron ubicados en dos legiones, las cuales seguirían llamándose Legión V y Legión VI. Estas fueron entrenadas por sus mejores oficiales a fin de convertirlas en máquinas de guerra tan temibles como aquellas legiones consulares que el Senado le había negado. El manejo del la Legión V fue otorgado a los oficiales Quinto Terebelio y Sexto Digicio, y la Legión VI quedó bajo las órdenes de los oficiales Aulo Vulso y Cneo Atilio Pulo. Ellos tendrían la titánica misión de renovar los canales de disciplina y de valor olvidados por la mayor parte de los legionarios malditos, y a su vez, sembrarlos en todos aquellos voluntarios latinos que nunca habían formado parte del servicio militar romano.

Publio Cornelio Escipión volvió a apoyarse en sus apreciados tribunos militares, entre los que se destacaban Anco, Marco Junio Silano, Cayo Lucio Marcio Séptimo y Kaeso Ralla. Su mano derecha recayó en el general Cayo Lelio. Todos ellos constituían una potente fuerza de mando que se encaminaba a exterminar al temible lobo en su olvidada madriguera.

Ahora, como cónsul, Publio Cornelio Escipión empleaba, de acuerdo con la ley romana, una guardia formada por doce lictores. Nuevamente Martel era el *primus* lictor del cónsul y tenía la responsabilidad de designar y coordinar a los once lictores restantes. Todos ellos seguirían a Escipión hasta las mismas puertas del Hades para arrojar al Tartarus al poderoso Aníbal.

Emilia Tercia y sus dos hijos quedaron alojados en una edificación que se asemejaba más a un palacete griego que a una *domus* romana. Esta vez la distinguida matrona, de veintiocho años de edad, tenía a su disposición todo lo que podía imaginar, pues convertida en esposa del cónsul Escipión, empezaba a darse cuenta de las verdaderas opciones que estaban al alcance de su nuevo status. Sin embargo, ella seguía comportándose como la esposa recatada y obediente que de noche ayudaba con sus consejos a su marido. Emilia se dedicaba a sus hijos sin olvidarse de Publio Cornelio Escipión, el gallardo cónsul que estaba viviendo las mismas circunstancias que una vez había experimentado su padre cuando fuera cónsul de la honorable República de Roma.

—Dime, Aristarco, ¿quien fundó Siracusa? —preguntó Emilia Tercia al sirviente griego que atendía las funciones de atriense en su nueva morada.

Aristarco sin perder la compostura se acercó lentamente hasta el *triclinium* que ocupaba la respetada matrona.

—*Domina*, Sicilia fue fundada por valientes y temerarios navegantes griegos. Siracusa fue la segunda colonia que fundaron los griegos en la isla después de Naxos. Específicamente se le debe su fundación al navegante Aristarco, quien pertenecía a la familia corintia de los baquíadas.

Emilia Tercia escuchaba atentamente las palabras del atriense, mientras que a su mente llegaba el lejano recuerdo de Filotas, aquel maestro griego que había tenido cuando era muy joven.

—Siempre había pensado que su fundación se debía a los fenicios, nunca a los griegos, pero a fin de cuentas ustedes siempre han estado por todo el Mediterráneo con sus naves —dijo Emilia Tercia y esbozó una sonrisa mientras llevaba a sus labios algo del *mulsum* que reposaba en una cercana copa—. No me tomes a mal —agregó la romana, y volvió a beber.

—*Domina*, no quiero ser impertinente, pero es conveniente aclarar que fueron los griegos quienes fundaron Sicilia —contestó Aristarco, cuyo rostro se frunció demostrando una leve molestia por aquellas palabras.

—Aristarco, ¿por qué te molesta que no hayan sido los griegos? ¿Acaso eres un defensor *ad litem* de todos los griegos? —respondió Emilia, y aquello hizo sonrojar al atriense, quien no sabía qué contestar—. Aristarco, estás con Roma, ¿verdad?

El atriense calló unos instantes, helado ante la pregunta, luego habló:

—*Domina*, soy romano, y estoy con Roma.

Emilia Tercia observó la gota de sudor que rodaba por la frente de aquel impoluto atriense, quien aseguraba que sabía y conocía más mundo que cualquier otro.

—Por Cástor y Pólux, pero si Aristarco es un bello nombre griego, ¿por qué lo llevas entonces? —dijo Emilia Tercia, que ahora había eliminado de su cara toda amabilidad, demostrando la dureza de sus inquisitivas palabras.

—Respetada *domina*, perdóneme, pues he sido impertinente, verdaderamente no soy romano, soy oriundo de Siracusa, y aún llevo en mi cuerpo una herida que me recordará por mucho tiempo la caída de nuestra ciudad.

Emilia Tercia nuevamente cambió su expresión, esta vez tratando de entender bien a dónde quería llevarla el astuto atriense, quien había quedado desenmascarado ante ella.

—Aristarco, me tiene sin cuidado el saber si llevas nombre griego o no, si realmente eres griego o romano, todo eso no es más que aire para mí. Quiero que entiendas que nuestro único enemigo por ahora es Cartago, y Aníbal Barca su cabeza. Imagino que si estás prestando tus servicios a Roma en esta *domus*, es porque realmente eres de fiar, de lo contrario hubieras ido a parar al fondo de las murallas, como muchos otros desafortunados. Los Escipión son unas de las pocas familias romanas que sienten un hondo respeto por todo lo que venga de la histórica Grecia, por ello no veo ningún problema cuando quieras hablarme de Grecia o de los temerarios navegantes griegos. Aristarco, nosotros admiramos Grecia, pero su gloria lamentablemente ha pasado ya; desde hace décadas estamos viviendo el auge de Roma, y no será Cartago quien destruya lo que con sangre y orgullo se ha ido edificando. Te pido que seamos aliados en esta guerra, en esta gran aventura que por ahora timonea mi esposo, puede que mañana no esté en Siracusa y lleve a Roma el agradable recuerdo de haber tenido un magnífico atriense griego que supo tratarme como la matrona que soy.

Aristarco quedó totalmente callado, mientras la matrona terminaba de decir cada una de sus palabras. En su mente retumbaba el carácter amable y dulce de sus últimas oraciones.

—Mi *domina*, quiero que cuente conmigo para cualquier mandado, de verdad quiero convertirme en el mejor atriense que haya tenido en su vida.

Emilia Tercia asintió con su cabeza y poco después recordó que debía dar una vuelta por el lugar de sus hijos. Atrás de ella quedó el griego, que todavía sentía el natural temor del sitio de Siracusa.

Siguiendo la costumbre de sus padres, Cornelia dejaba transcurrir sus mañanas atendiendo las clases que le brindaba un viejo maestro que su padre le había conseguido en la isla.

Aquel maestro también era de origen griego, pertenecía al floreciente grupo de lumbreras que habían hecho de Siracusa la cuna del saber mediterráneo en medio de la gran guerra púnica que había amenazado con borrarla de la historia. Cornelia tomaba las clases en uno de los salones que en su hogar se reservaba para el aprendizaje. Por su parte, el pequeño Publio empezaba a mostrar un súbito interés por el saber, y sobre todo, por los largos discursos que salían de la boca de esos iluminados que pacientemente enseñaban a su hermana Cornelia.

A mediados del año 205 a.C., el cónsul Publio Cornelio Escipión ordenó a su general Cayo Lelio y a su oficial Sexto Digicio que escogieran a los legionarios más capacitados con el fin de iniciar una serie de operaciones navales y de desembarco en las costas del norte de África. Sexto Digicio aportó sus valiosos conocimientos en materia naval, mientras que Cayo Lelio dio lo mejor de sí para las operaciones de tierra que se fueran a desarrollar. El plan del cónsul Escipión consistía en destinar varios *quinquerremes* con suficientes hombres y pertrechos de guerra, que desembarcarían en playas del norte de África. Desde ellas se iniciarían una serie de ataques a pequeños poblados, así como a guarniciones cartaginesas, con el fin de desatar el pánico y crear el consiguiente temor en la población civil ante un posible desembarco romano de mayor escala en sus propias tierras.

Cayo Lelio y Sexto Digicio además tenían que confeccionar mapas y planos en los que se indicara la posición exacta de las fortalezas cartaginesas que estuvieran más próximas a las playas y la ubicación de sus puertos y poblados, destacándose si estos eran grandes o pequeños, relevantes o irrelevantes. De esta manera el increíble sueño de Publio de llegar a invadir África estaba dando sus primeros pasos. Pero un nuevo enemigo estaba moviéndose muy cerca de él, casi detrás de sus talones, y ese era precisamente el tiempo. En Roma los cónsules tenían el mandato de un año, y una vez transcurrido ese período, debían cesar en sus funciones, al menos que fueran nombrados procónsules en alguna región, idea que empezaba a asimilar el convencido cónsul de Roma.

Ese mismo verano Publio Cornelio Escipión partió fuera de Sicilia. Su destino no fue conocido para ninguno de los suyos, pues quienes lo conocían pensaron que se había marchado hacia el interior de Sicilia para dirigir parte de los entrenamientos militares a sus dos legiones. La realidad era que el cónsul Escipión movilizaría la Legión VI hasta las playas de Locri, ciudad ubicada al sur de la península itálica, como parte de una estrategia para medir sus fuerzas con las de Aníbal Barca.

Cuando sus dos hijos ocupaban horas al aplicado saber, Emilia Tercia gozaba de un poco de tiempo libre y entonces tomaba entre sus manos un rollo que contenía los versos saturninos pertenecientes a la traducción que de la *Odisea* había hecho el escritor Livio Andrónico. Emilia Tercia leía en completo silencio aquellos versos que luego empezarían a resonar en su mente. La quietud del *tablinium* de su marido le otorgaba un adecuado lugar para conectarse con el saber, y con aquellas historias épicas que le traían la añoranza de su infancia. Al entender cada verso del estupendo Livio Andrónico, Emilia Tercia profundizaba cabalmente lo que había sido su vida a lo largo de todos aquellos conflictos en los que se había visto envuelta su República. Emilia Tercia por fin entendía, gracias a esa traducción de la *Odisea*, que la vida de un romano irremediablemente iba a estar vinculada a los hechos de guerra de su nación. Paz, guerra, gloria, derrota y triunfo eran meros ciclos que siempre afectaban la vida de los hombres.

Así como aquellos años en Hispania habían sido de descanso y de espiritualidad en la vida de Emilia Tercia, en Siracusa el conocimiento de las grandes obras llegó a ser de su máximo interés. La romana sentía curiosidad por las obras literarias de los grandes latinos, cuyas enseñanzas en el fondo tenían más aspectos de la vida griega que de la misma Roma. Emilia Tercia en parte estaba comprendiendo cómo era la vida de difícil para una persona como su atriense, quien se encontraba encarcelado entre dos mundos, uno griego que abarcaba su mente y sus deseos de espiritualidad, y otro romano, el cual mediante sus leyes y sus normas dictaba claramente hacia dónde debía marchar el mundo occidental.

Emilia Tercia sentía un alejamiento de las pasiones a las que una vez se había visto sometida, inclusive respecto de lo que había experimentado con Adriana. Ahora a su mente llegaban otras necesidades, unas que se relacionaban con el saber y con el entendimiento; sobre todo con aquellas materias intangibles que tanta preocupación habían traído a los griegos.

—*Domina*, para que no siga pensando que sólo dedico tiempo a las grandes obras griegas, aquí le ofrezco esta —dijo Aristarco extendiéndole un rollo—, tome y léalo.

Emilia Tercia recibió entre sus manos el vetusto rollo de papiro y empezó a desenrollarlo con la tranquilidad que le transmitía el área del *tablinium*. Mientras ella dedicaba tiempo al saber, aislándose en la biblioteca de su esposo, la servidumbre velaba por que Publio y Cornelia no perturbasen su tranquilidad.

—¡*Poenicum Bellum*! —exclamó Emilia Tercia, y su cara demostró al instante un interés por empezar a leer tan magnífico poema épico escrito en saturnios—. Gracias por ofrecérmelo, Aristarco, sabía que en la *domus* de Roma descansaba uno y justo en Siracusa lo estaba extrañando.

Aristarco se marchó para ocuparse de otros deberes ese día, dejando atrás a una *domina* cuya fascinación por las letras era inusual para la época. El atriense se puso a pensar a qué clase de familia debía pertenecer su *domina*, cuando lo corriente era que las mujeres no supieran ni qué significaba la palabra "Grecia". Después de todo, esa mujer le estaba demostrando al confundido atriense que aun después del sitio de su ciudad, el respeto y la admiración por el saber infinito nacido de los griegos tenían un valor.

Emilia Tercia empezó a leer muy despacio el *Poenicum Bellum*, que había escrito el reconocido Nevio, analizando muy de cerca los principales hechos que habían caracterizado los primeros enfrentamientos entre romanos y cartagineses. Parte de esa mítica historia quedaría ahora incrustada en la mente de Emilia Tercia, quien imaginaría cómo su abuelo Marco Emilio Paulo había enfrentado todas aquellas penurias durante la Primera Guerra Púnica que se había extendido por muchos años. Ahora se daba cuenta de que aquellas anécdotas que le había contado su padre tenían, después de todo, un origen cierto, como la realidad que ahora estaba viviendo su decidido esposo de querer acabar en África con la Segunda Guerra Púnica.

Publio Cornelio Escipión retornó a Sicilia después de haberse ausentado inadvertidamente para la mayoría de los romanos que seguían aguardando en dicha isla.

—Emilia, quiero que sepas que los preparativos para la invasión de África se encuentran prácticamente listos. Marte y Júpiter Optimus Máximo deben ayudarme en mi expedición.

Emilia Tercia observó cada pequeño gesto que salía del rostro de su amado esposo, como tratando de grabar el último instante de su existencia.

—Publio, sé muy dentro que estarás de regreso, trayendo contigo la corona de la victoria y los méritos que acabarán por siempre con esta larga guerra.

—Mi querida Emilia, me complace escucharte, pues no hay nada mejor para los oídos de un esposo que las palabras de aliento de su mujer, pero quiero que entiendas que parto para no regresar; mi vida, he de regresar cuando Aníbal Barca deje de ser para siempre un peligro para Roma, cuando Cartago se arrodille ante nuestra autoridad, y cuando todos los pueblos del Mediterráneo entiendan de una buena vez que la República de Roma es la única potencia llamada a regir los destinos de los hombres en este mar.

La serena esposa de Escipión apreció todas las palabras que emotivamente estaba pronunciando su marido, ella sabía que una promesa que era dada por un Escipión siempre terminaba cumpliéndose o al menos llevándose su vida. La pasión y la determinación siempre caracterizarían a cada miembro de esa poderosa familia patricia.

—Te dejo en libertad si quieres regresar a Roma o por el contrario quedarte en Sicilia hasta el momento que quieran los dioses que yo regrese. La decisión que tomes será respetada. Emilia, cuida a nuestros hijos y está en comunicación con mi madre. Ella te necesita, tú eres su vínculo con nuestros niños.

Emilia Tercia iba dándose cuenta de que la decisión que había asumido su marido era la más determinante de su agitada vida. Publio Cornelio Escipión tenía la convicción de que al partir de Sicilia con destino a África no habría vuelta atrás: o regresaba triunfante a los límites de su República, o terminaba asesinado, convertido en polvo junto con sus hombres en alguna duna de ese árido país. Cartago conocería la furia acumulada que este romano tenía en sus venas. No solamente era una furia irracional y vengativa lo que lo impulsaba a pelear en África, sino también la lenta y disciplinada preparación surgida del estudio minucioso de su adversario, la espera que había comenzado en los caóticos días de la derrota de Tesino.

—Publio, qué más te puedo decir. Amor mío, he aceptado mi destino junto al tuyo, esperando que los dioses sean misericordiosos con nosotros. Y si no lo fueran, es de mucha gloria morir peleando por los valores de nuestra nación y de nuestra familia. Siempre supiste cuáles fueron los valores que movieron a mi padre en vida, conocisteis los de tu padre y los de tu tío, ahora es el turno para que escribas tu historia, la mía y la de nuestros hijos. Las futuras generaciones jamás olvidarán que detrás de ti siempre estuvo una familia, una Emilia Tercia y dos hijos. Todos, mi querido esposo, seremos parte de tu historia, lo quieran los dioses o no.

Publio Cornelio Escipión abrazó a su amada esposa, estrechándola fuertemente entre sus brazos. El olor de ella, el que manaba de su cabellera negra, de su cuello y de su pecho fue absorbido por el decidido militar, para llevárselo consigo hasta las calientes tierras de África.

En la primavera del año 204 a.C., Publio Cornelio Escipión despidió a su familia, que regresaba a la ciudad de Roma. Emilia Tercia y sus dos hijos salieron de la ciudad de Siracusa dejando atrás a un esposo que se encontraba decidido a llevar la guerra al norte de África. En el momento de su partida, Emilia Tercia pudo constatar cómo las playas y las ensenadas cercanas a los puertos de Siracusa estaban repletas de todo tipo de embarcaciones, las cuales lentamente seguían llegando desde los más variados confines del Mediterráneo, para unirse definitivamente a la operación militar que comandaría Publio.

En la nave militar acondicionada para transportar a la familia de Escipión, una matrona viajaba de vuelta a su hogar, llevando de la mano a sus dos hijos, Publio y Cornelia, quienes habían grabado en sus jóvenes mentes una experiencia muy grata vinculada con las ancestrales tradiciones y artes griegas. Personalmente Emilia Tercia llevaba consigo algunos rollos que había podido adquirir en Siracusa, donde se plasmaban obras de teatro, comedias, historias y ensayos relacionados con la vida. Todos ellos irían a parar a la *domus* de la familia Escipión, aumentando la biblioteca que se había ido formando desde las generaciones anteriores.

Las lentas olas llevaban sobre sus crestas la pesada nave romana, que en forma cauta trataba de no alejarse de la seguridad que le brindaban las dos naves que le servían de escolta. Hacia estribor se podía contemplar la costa italiana, donde seguía librándose una lucha por el poder y la supervivencia. Cada vez los ataques y la amenaza cartaginesa eran menores en la península itálica, pero aquel balance todavía no brindaba una plena seguridad para que las personas por su propia cuenta pudiesen moverse por medio de las numerosas vías y caminos que conectaban las principales ciudades romanas y latinas.

Emilia Tercia hizo todo lo posible para que sus dos hijos disfrutaran del viaje, para que se distrajeran con el paisaje que regalaba el horizonte taciturno, que como testigo mudo veía cómo la historia de todos esos marinos y eso hombres seguía avanzando hasta la consecución del puerto previsto. La matrona escuchaba el sonido del mar que golpeaba contra el casco de madera, pero ignoraba los gritos que se elevaban desde el lugar de los remos, espacio que generaba el ansiado desplazamiento de la nave a fuerza de latigazos y lamentos. El pequeño Publio en una oportunidad tomó el vestido de su madre, indicándole lo que acababa de caer al mar.

—No te preocupes, hijo, es solo un cuerpo que ha caído al mar y que buscará unirse al reino de Neptuno.

Publio observó callado cómo el oleaje hacía mecer aquel cuerpo que cubierto con una sucia tela dejaba poco a poco de flotar.

—Madre, tengo miedo de Neptuno —dijo el pequeño romano siguiendo unido al vestido de Emilia.

Uno de los marinos que bebía agua de un odre observó cómo aquel pequeño que todos conocían como el primogénito de Publio Cornelio Escipión experimentaba susto con el cadáver de un esclavo que acababa de sucumbir bajo el trabajo de los remos. Al marino le causó gracia aquello, pues la ironía de la vida le indicaba el capricho de los dioses. En Ravena sabía que tenía un hijo, más o menos de la edad de este pequeño romano, pero su hijo no temía a los muertos, menos a los esclavos. En cambio este pequeño patricio, hijo y nieto de militares destacados, no era ni la sombra de ellos. El marinero curtido de tantas cosas que había visto a lo largo de su complicada vida sabía de inmediato que aquel vástago nunca llegaría a satisfacer los deseos de su padre.

Esta vez el marinero miró disimuladamente a la esposa del general romano, y le pareció que era tan apetecible como cualquier mujerzuela de los mercados de Roma. Muchas mujeres, esposas y amantes de militares y políticos romanos habían navegado en esa nave, y todas ellas, aun las ancianas, llegaban a despertar la lujuria animal que poseía cada marinero.

Uno de los guardias militares encargado de la seguridad de los miembros de la familia Escipión, con la ligera amenaza de un codazo, despertó de su sueño erótico al ocioso marinero. Este último después de soltar el odre se dirigió a una de las bodegas de la nave, dejando tranquila a la distinguida tripulación.

Publio Cornelio Escipión partió días después con toda la fuerza de su armada. La flota salió desde el puerto de Lilibeo, estaba formada por más de quinientas naves, entre las que había una nave insignia y diez *quinquerremes* de guerra. El resto estaba constituido por todo tipo de naves de carga y pesqueras, acondicionadas para transportar las Legiones V y VI junto con todas las fuerzas aliadas y voluntarias, que desembarcarían en algún lugar de África dos días después. Era el año 204 a.C.

Una vez en Roma, Emilia Tercia, Publio y Cornelia empezaron a vivir sus vidas nuevamente, esta vez bajo los ojos de Pomponia, y al lado del cariñoso Lucio Cornelio Escipión, quien a cada momento se ganaba más el aprecio de su cuñada y el cariño de sus sobrinos. Emilia Tercia ordenó que sus rollos traídos desde Siracusa se almacenaran en el *tablinium* de la *domus*, a la espera de ser leídos en cualquier oportunidad; pero los días inevitablemente irían transcurriendo e inadvertidamente serían olvidados por ella ante los avatares de la lucha diaria. Un día Druso Sejano, el esclavo atriense de la familia Escipión, comunicó una novedad que sacó de su tranquilidad a Emilia Tercia. El esclavo comentó para conocimiento de sus *dominos* que en el Forum se había enterado de la muerte de dos escritores. Ellos eran Nevio y Livio Andrónico.

Emilia Tercia escuchó los detalles de aquellos rumores e inmediatamente sintió un hondo pesar por ellos. Nunca los había conocido en persona, pero si no hubiese viajado a Siracusa, a lo mejor nunca se hubiese enterado de la existencia de ellos, y mucho menos habría disfrutado tantos días con los temas interesantes que escribían. Emilia Tercia se dirigió al *lararium* de la *domus* y ofreció unas oraciones al dios griego Apolo, esto con la intención de que las bellas artes no se extinguieran jamás en Roma y en el mundo civilizado.

Los meses siguieron pasando, y no se tenían noticias de Publio Cornelio Escipión. La ciudad de Roma estaba muy agitada ante una ola de rumores que distaban mucho de la realidad. Algunos pregonaban que Aníbal Barca había muerto al sur de la península itálica debido a una penosa enfermedad; otros comentaban que los ejércitos del general cartaginés Magón Barca estaban fortaleciéndose en Génova; y unos pocos apenas comentaban que Publio Cornelio Escipión navegaba hacia África con los malditos de las Legiones V y VI. Todos aquellos rumores que se podían escuchar a lo largo del Forum Romano iban cambiando cada día: en algunas ocasiones se afirmaba que Cartago se había encargado de Escipión, y otras veces que los romanos ganaban espacio por todo lo largo de la península itálica.

Emilia Tercia al igual que Pomponia aguardaba todas las tardes la llegada de Lucio Cornelio Escipión, quien después de asistir a las acostumbradas sesiones del Senado debía enterarse alguna novedad que afectase a su hermano. Pero hasta ese momento el hermetismo de los medios oficiales seguía imperando como la práctica más general de los romanos. El Senado no quería que a ellos les sucediese lo mismo que a Filipo V, cuando sus correos dirigidos a Aníbal Barca fueron interceptados por los romanos, que habían obtenido así una clara ventaja en cuanto a las decisiones que debían asumir. Con respecto a Publio Cornelio Escipión, los demás integrantes de la familia sabían muy bien que tarde o temprano llegarían noticias, solo que el momento y la oportunidad de comunicarlo no se había presentado.

En cuanto a Lucio Emilio Paulo, el tiempo que había estado separado de su querida hermana lo había dedicado a varias actividades. Una de ellas había sido el estudio de las leyes romanas así como de todos aquellos tratados de historia que existían en la época. Al igual que los Escipiones, Lucio Emilio Paulo había heredado de su aristócrata padre la completa biblioteca que se nutría de los más diversos escritos latinos y griegos. Lucio Emilio Paulo guardaba con reconocido celo los mismos rollos que había empleado muchos años atrás su maestro Fabio.

En los años de ausencia de su hermana, el joven senador Lucio Emilio Paulo había incursionado en el respetado colegio de augures y había logrado hacerse un lugar dentro de la afamada colegiatura. Allí se codeó con personajes tan ilustres como el mismo senador Quinto Fabio Máximo, cuyas facultades no solo políticas, sino también adivinatorias contribuían a su prestigio. Lucio Emilio Paulo seguía regentando la impresionante *domus* que había heredado de su padre, pero se empezaba a notar que su buen carácter no le "auguraba" una reputación como un *pater familias* administrador. Lucio Emilio Paulo era desprendido con los suyos, y con los mismos extraños, no le importaba tener que disponer de su fortuna para ayudar a los necesitados, en vez de invertir sus recursos en el requerido mantenimiento de sus bienes. Seguía casado con Papiria, y con ella tenía hasta el momento dos hijos varones, el mayor llamado Lucio Emilio Paulo, y el menor llamado Marco Emilio Paulo. Sin embargo, su relación con Papiria no era nada prometedora, pues las disputas y la falta de amor entre ambos poco a poco iba mermando la solidez de su matrimonio.

Lucio Emilio Paulo dedicaba gran parte de sus días a las sesiones del Senado y a sus estudios en el colegio de augures, el descanso sólo lo dejaba para su vuelta al hogar, donde había unos hijos que reclamaban más atención y una esposa que soñaba con otras cosas.

El vínculo entre Lucio Emilio Paulo y su hermana Emilia Tercia seguía siendo muy fuerte, ambos tenían el tiempo suficiente para rememorar los años inolvidables, esos en que el respetado senador de Roma y su amada Serbilia se jugaban todo por ellos. Ambos se sentían siempre huérfanos del amor de padres y en sus momentos de intimidad y retrospección se preguntaban por qué sus dioses les habían arrebatados a sus padres, si habían sido a los ojos de las divinidades buenos hombres. Tanto Lucio Emilio Paulo como Emilia Tercia estaban muy compenetrados con la familia Escipión, Publio y Lucio eran como unos queridos hermanos, y Pomponia la respetada matrona que dirigía con educación y con ejemplo los espíritus de todos ellos, por lo menos hasta el momento en que le tocase el turno para partir hacia el largo camino de la ineludible muerte.

La ausencia de Publio Cornelio Escipión ese año 204 a.C. fue tomada por todos los miembros de la familia Escipión y de los mismos Emilio-Paulos como la dulce espera de aquello que se estaba desarrollando en algún lugar del continente africano. Ambas familias sabían las implicaciones de llevar una guerra hasta aquellas fronteras sin contar con el pleno apoyo del Senado y teniendo tropas integradas en gran parte por legionarios perdonados y convocados para otra oportunidad, hombres que exhibían un pasado de cobardía y de derrota, que dejaba mucho que desear. Pero también había en ellos un eterno sentimiento de venganza que hacía mover sus fibras más sensibles, sobre todo cuando se recordaba en momentos íntimos y muy personales la muerte del cónsul Lucio Emilio Paulo y de los procónsules Publio Cornelio Escipión y Cneo Cornelio Escipión.

Para los Escipión el recuerdo de Lucio Postumio Albino no implicaba nada en sus vidas, pero para los hermanos Lucio y Emilia quedaba muy clara la importancia que había llegado a tener dicho senador en las suyas. La guerra a fin de cuentas se había tragado a grandes hombres, romanos que aparte de la referencia política y militar que habían generado para su República, dejaban a los suyos un sentimiento de integridad y de entereza que los mantendría siempre vivos en el corazón de sus familias.

Después de varios meses de incertidumbre, al fin una comunicación escrita con el puño y letra de Publio Cornelio Escipión llegó a las manos de su esposa. Emilia Tercia dio las gracias a Mercurio por el hecho de hacer posible que aquella carta la informara sobre el estado de su querido esposo, pues gracias a ella pudo enterarse de que Publio estaba vivo, y más aún, complacido por haber llevado la Segunda Guerra Púnica a su final.

Querida Emilia Tercia, después de estos años puedo decir humildemente que la guerra entre Roma y Cartago ha terminado. La Batalla de Zama ha finalizado el mayor conflicto armado que hayan conocido los romanos. La promesa que había hecho a todos ustedes y al pueblo de Roma la he cumplido. Pero esa impresionante victoria que obtuvimos en África frente a los ejércitos de Aníbal Barca no hubiese sido posible sin la intervención de todos mis legionarios y aliados. Zama se ha tragado a mis mejores hombres y oficiales, he tenido que enterrar camaradas y amigos aquí, en las cercanías donde se libró esta feroz lucha. Querida Emilia, no volveré a ver a la mayor parte de estos valientes que me acompañaron durante mis campañas en Hispania, ahora descansan en el Hades, a la espera de tenerme allí en algún futuro momento. Quiero que sepas que el fiel Martel ha fallecido, su cuerpo ahora descansa junto a los otros héroes romanos y latinos que dieron todo por la paz de Roma.

Amada esposa, son muchas las cosas que quisiera escribirte, pero todavía me encuentro eclipsado ante tantos eventos que golpean mi pobre mente. Extiende mis saludos a Publio y a Cornelia, diles que su padre pronto los alcanzará en Roma, donde celebraremos un magnífico triunfo. Cayo Lelio ha sido de gran ayuda, y espero volver lo antes posible a la eterna ciudad, como te dije, para gozar de todos los míos, de ustedes. Doy gracias a Marte Vengador, gracias a él hoy escribo estas líneas que tanto me complacen. Saludos, querida familia. Publio Cornelio Escipión. Procónsul de Roma.

La Batalla de Zama se había librado el día diecinueve de octubre del año 202 a.c. en las llanuras de la mencionada región, fuera de los límites de la ciudad de Cartago. Publio Cornelio Escipión había comandado una fuerza militar superior a cuarenta mil hombres, de los que aproximadamente treinta mil eran legionarios romanos y latinos, el resto lo componían fuerzas aliadas de Numidia. Por otra parte, Aníbal Barca, a pedido del Senado cartaginés, se había retirado de la península itálica, y había llegado a comandar un poderoso ejército conformado por cuarenta y cinco mil soldados, seis mil jinetes y ochenta y dos elefantes de guerra. El ejército cartaginés sumó una variedad de aliados, lo cual demostraba el carácter mundial que tenía la Segunda Guerra Púnica. En sus filas lucharon íberos, celtas, cartagineses, galos, baleares, númidas, griegos, brutios, ligures, boios, mauritanos, e incluso una legión constituida por cuatro mil macedonios liderados por el general Sópatro, aporte que entregó Filipo V como última ayuda al cartaginés para que venciera a la República de Roma.

El final de la lucha se inclinó a favor de los romanos gracias a la intervención conjunta de la caballería romana que comandaba Cayo Lelio, y a la caballería aliada númida que dirigía Masinisa; ambas caballerías golpearon inesperadamente la retaguardia cartaginesa, produciendo la desbandada de ese ejército. Cientos de cadáveres cubrieron las arenas de Zama, convirtiéndose en el tributo que los dioses romanos necesitaban para finalizar la prolongada guerra. El conflicto había durado más que la guerra entre griegos y troyanos. Aníbal Barca huyó hacia Hadrumentum con sus tropas supervivientes, bajo la venia de Escipión, quien le dio ese beneficio para convertirlo en una leyenda viva, en un personaje que con sus proezas influenciaría las mentes de todas las generaciones de romanos, gracias a la magnanimidad de Escipión.

En las cláusulas del tratado de paz acordado, la República de Cartago perdía todas las colonias de ultramar, pero con-

servaba su soberanía al norte de África. En adelante, para que
Cartago pudiese involucrarse en una futura guerra con cualquier adversario, debía recibir antes la aprobación y el permiso
de Roma, condición que la dejaba postrada ante las innumerables tribus africanas que deseaban ensañarse contra sus fuerzas. Cartago entregó toda la flota militar del Mediterráneo;
asimismo, reconoció a Masinisa como el rey de Numidia y
las nuevas fronteras que los regirían en adelante. Además, se
comprometió a cancelar a Roma, como indemnización por
guerra, la cantidad de diez mil talentos de plata, lo cual traería
la verdadera debacle para la economía cartaginesa, al punto
de propiciar una nueva guerra civil entre los distintos sectores.
Finalmente Publio Cornelio Escipión escogió de la aristocracia cartaginesa cerca de cien rehenes que partieron con él hacia
Roma, rehenes que garantizaban a los romanos que Cartago
daría fiel cumplimiento a las cláusulas del tratado de paz. En
el año 201 a.C., los senados de Roma y de Cartago ratificaron
todas las cláusulas del acuerdo, y se dio inicio a una prolongada paz entre ambas repúblicas.

Por supuesto, Roma había ganado después de todo, empezaba su sostenido dominio sobre todas las costas del imponente mar Mediterráneo. La grandeza de Roma abandonaba
la península itálica, dejándole las puertas abiertas en Hispania, encerrando a Macedonia dentro de sus límites naturales,
y empobreciendo a una humillada Cartago que ahora solo
cuidaría de sus pobres fronteras en el norte de África. Roma
quedaba libre para mirar ahora hacia Grecia, y aún más allá, a
los mismos confines de Asia Menor.

Después de Zama, Publio Cornelio Escipión se enfrentó
a la cruda realidad de dos inesperadas noticias. La primera
era que su querida madre Pomponia había muerto de causas
naturales. La matrona de los Escipiones no había llegado a ver
el triunfo de su querido hijo mayor. La segunda le anunció la

muerte del calculador senador Quinto Fabio Máximo, líder de los conservadores en el Senado, lo que daría paso a otra generación de políticos conservadores aún más inquisitivos que el fallecido. Personajes que se convertirían inmediatamente en los nuevos adversarios de la familia Escipión, al punto de afectar el resto de la vida de la honorable Emilia Tercia.

Campo de Marte, Roma. Verano del año 201 a.C.

El *curator* del triunfo de Publio Cornelio Escipión era el senador Tito Quincio Flaminino, quien tenía la tarea de supervisar todos los detalles de la magna celebración que se convertiría en uno de los tantos hitos históricos de la República de Roma.

De acuerdo con la *lex* romana, Tito Quincio Flaminino acudiría muy temprano en la mañana al Campo de Marte, donde se entrevistaría con Publio Cornelio Escipión. El *curator* era el único que podía autorizar un triunfo por las ancestrales calles de Roma. Para ello empezó primero por aprobar al mismo general Publio Cornelio Escipión, observando detalladamente cada parte de su vestimenta. Sus ojos se fijaron en las sandalias doradas que calzaba Publio, después apreció el magnífico *paludamentum* color púrpura que se decoraba con finos bordes dorados cosidos con hilos de oro. La coraza protocolar que le protegía tanto el pecho como la espalda contenía tallas de figuras guerreras y cabezas de caballos; y además, exhibía unos llamativos brazaletes que hacían juego con sus *faleras*. Desde la lejanía se podía ubicar la esbelta figura de Publio, quien se ayudaba además con los accesorios que había destinado especialmente para ese día.

Publio Cornelio Escipión entendía muy bien que Tito Quincio Flaminino debía cumplir con la debida y rigurosa revisión de todas las tropas que ese día desfilarían por las calles de Roma; la desesperación y la premura, por supuesto, estaban en su mente y en su espíritu, pero todo se justificaba ese día. Roma y su general victorioso sabían que después de ese triunfo vendrían otros, pero el de Publio Cornelio Escipión marcaba el final de la Segunda Guerra Púnica. La Batalla de Zama quedaría inmortalizada para las futuras generaciones de romanos, por haber puesto fin a la racha victoriosa de Aníbal Barca, y por haber logrado finalmente el dominio de la acaudalada Cartago. Acababa una gran guerra, militar, económica y política, que dejaría el camino abierto a la grandeza de Roma en el contexto mundial conocido.

Detrás de Publio Cornelio Escipión, estaban con rostros de júbilo todos los legionarios de las distintas unidades militares que integraban las legiones V y VI. Ese memorable día desfilaron junto con Escipión la mitad de los manípulos de cada legión, pues aunque Publio quería que todos lo hicieran, las calles de Roma no eran lo suficientemente amplias y largas para contenerlos. Los alegres legionarios desfilaron ese día vistiendo togas limpias y nuevas, elaboradas amablemente por las matronas más consideradas de Roma, asimismo sus pies calzaban nuevas *caligae*, que quedarían en propiedad de ellos al término del desfile. Las viejas serían utilizadas por los nuevos reclutas, que a mucha honra meterían sus pies en ellas, las mismas que habían tocado tierra en África. Todos los legionarios elegidos para la marcha iban sin portar armas, ni cotas de malla, ni grebas, ni *scutum* o corazas.

Los caballos que acompañaban el desfile de Escipión habían sido meticulosamente seleccionados y atendidos los días anteriores en el Circo de Flaminino y aprobados por el *curator* del desfile.

El desfile empezaba oficialmente cuando todos los senadores que aguardaban de pie bajo la Puerta Carmenta, ubicada en la Vía Jugarius, se encaminaban hacia el área del Forum. Detrás de ellos iba el *curator* del triunfo. A cierta distancia de este último, se abría espacio el inmaculado general Publio Cornelio Escipión, quien para ese momento detentaba el honorable cargo de procónsul de la República de Roma. Él marchaba henchido de orgullo y de grandeza, seguido por su *primus* lictor y por el resto de lictores. Después iban sus tribunos militares, los primeros centuriones y los centuriones. Seguidamente marchaban las unidades de vélites, encargadas de portar los estandartes de las legiones V y VI, así como los distintos *tituli* que consagraban todas las hazañas que se habían vivido en África para el asombro de los presentes.

Después del desfile de los estandartes y de los *tituli*, tocaba el turno a las unidades de *hastati*, príncipes y *triarii* de la Legión V. Después iban las unidades de *hastati*, príncipes y *triarii* de la Legión VI.

A lo largo de todo el glorioso recorrido, más de un centenar de músicos militares ubicados en los altos edificios públicos anunciaron con los claros sonidos de sus trompetas, tubas, *bucinatores* y *tubicines* la marcha de los veteranos, de los vencedores absolutos de Zama. Asimismo, desde las alturas de la muralla servia, miles y miles de pétalos de distintas flores empezaron a cubrir con inesperado color y encanto aquellas ancestrales calles de la ciudad de Roma.

Por disposición de Escipión, su desfile contemplaba la exhibición de varios prisioneros de guerra, los cuales después del triunfo eran conducidos hasta la Roca Tarpeya, donde serían ofrecidos al dios Marte. Más atrás seguían los bueyes blancos que serían sacrificados en honor a los dioses romanos para la bendición de la República. No podían faltar tampoco las varias carretas que mostraban al pueblo romano todas las riquezas que el aclamado procónsul había conseguido en África. Ese glorioso día de verano del año 201 a.C., cerca de ciento veinte mil libras de oro, plata y metales preciosos brillaban bajo los centellantes rayos de sol que anunciaban un nuevo amanecer para la República y el nuevo futuro de todos los romanos y latinos.

La proximidad de la Puerta Carmenta hizo que Escipión empezase a respirar de forma desordenada debido a la fulminante emoción que estaba viviendo. El procónsul se acordó en ese momento de su difunto *primus* lictor Martel, quien se había desvanecido delante de él al no aguantar la inconmensurable presión que se vivió durante la Batalla de Zama.

Publio Cornelio Escipión hizo espacio en su mente para pensar aunque fuera fugazmente en su querida Emilia Tercia. También en Cornelia, y sobre todo, en Publio, su vástago, al cual quería augurarle la misma dicha que se encontraba viviendo. Escipión entendía naturalmente que en cuanto a su entrañable hermano Lucio Cornelio, era cuestión de tiempo para que también siguiera sus pasos. El día de ese triunfo era propicio para que se proyectaran las mejores intenciones, así como los mejores deseos en beneficio de todos los miembros de la distinguida familia Escipión, y eso lo sabía muy bien el vitoreado procónsul.

Cuando Publio Cornelio Escipión estuvo debajo del arco que forma la Puerta Carmenta, la cual se encontraba decorada para la ocasión como Puerta Triumphalis, se pudo percibir casi simultáneamente un ensordecedor ruido de instrumentos, acompañado por gritos de multitud, los cuales retumbaron por todo el *pomerium*. Eso desató la completa locura de toda la muchedumbre e hizo desbordar de emoción a la ciudad.

Por primera vez en la vida de Roma se escucharon los gritos que decían: "¡Africanus! ¡Africanus! ¡Africanus!". Publio Cornelio Escipión súbitamente sintió todo su cuerpo temblar ante la euforia que embargaba su mente. Su espíritu saltó hacia el Monte Olimpo de los griegos y retornó a Roma bajo la gracia de Júpiter Optimus Maximus, pero el esclavo que llevaba a sus espaldas mientras sostenía sobre su cabeza una corona de laurel se encargó de traerlo al mundo de los hombres mientras recitaba ininterrumpidamente a sus oídos: "Respice post te! Hominem te esse memento!, Memento mori, memento mori".

Publio Cornelio Escipión dio las gracias a sus dioses por haberse llevado al Hades a Quinto Fabio Máximo, pues de estar vivo, habría caído muerto al ver el espectacular triunfo que se le otorgaba a un Escipión. Aquella perturbable molestia para beneplácito de Escipión no estaría presente nunca más. En cambio, con lágrimas que surgían de sus ojos y recorrían por entero sus mejillas, Publio dedicó a su querida madre Pomponia el triunfo que vivía, ese extraordinario logro por el que tanto tiempo había luchado y que era un hito para los Escipiones y para la eterna Roma.

Más allá de la Puerta Triumphalis, el desfile, que proseguía su ruta, se abrió en las tierras bajas del Velabrum, que para ese día mantenía sus acostumbradas tierras húmedas bastante secas. Después la emotiva marcha continuó en dirección al Forum Boarium, en donde las gentes más humildes se golpeaban por tan solo tener la rápida visión de Escipión y de sus valientes legionarios.

Los pétalos de flores y la magnífica música no faltaban, pues seguían cayendo de las manos de todas aquellas personas comunes que lloraban por saludar a sus héroes, a los verdaderos liquidadores de Aníbal Barca.

En las inmediaciones del Forum Boarium, Publio utilizó una cuadriga que su hermano Lucio Cornelio le había reservado junto a los mejores caballos de los establos familiares. A ella subieron Escipión, el conductor y el esclavo que por tradición seguía sosteniendo sobre la cabeza del procónsul la corona de laurel.

Continuaron hasta las inmediaciones del Circo Máximo, y de allí hasta el Monte Capitolino, para lo que se utilizó la Vía Sacra del Forum Romano.

Los viejos senadores estaban cansados ante el largo esfuerzo de su caminata, pero entendían muy bien que tenían que proseguir a la cabeza del desfile, como una manera efectiva de hacerse públicos ante una muchedumbre que aplaudía los logros militares de Escipión.

Por tradición, ellos aprovechaban la circunstancia para endosarse algunos méritos derivados de tan descomunal e inusual hazaña militar.

Finalizando el desfile, la cuadriga se detuvo frente a las escalinatas del Templo de Júpiter Optimus Máximo. Allí Publio Cornelio Escipión, en compañía de sus tres lictores de mayor confianza, Sexto Vilio, Marcelo Segundo y Tito Máximo, ofreció al supremo dios romano los laureles de la victoria, sellando con ese gesto la ancestral alianza habida entre dioses y romanos, generosos protectores de las grandes hazañas y de las proezas militares.

En otro lugar fuera del templo señalado, el Senado autorizaba el reparto de miles de monedas de oro entre toda la población que se volcaba a la presentación de sus héroes. De esta manera el pueblo llano recibía la alícuota de riqueza durante ese día de gloria. Después, y como cierre a los magníficos sucesos de esa jornada, todo el pueblo romano era convidado a una abundante comida pública, en la que corrían hasta la locura el vino, el pan y la carne.

A la salida del Templo, Publio Cornelio Escipión dio por concluido su anhelado desfile y dirigió su cuadriga hacia su *domus* familiar. Junto con él permanecían sus oficiales más allegados y los presentes lictores. Fuera de la edificación, una radiante Emilia Tercia aguardaba totalmente emocionada al lado de sus hijos Publio y Cornelia. Ellos tres sentían cómo el orgullo y la exaltación les formaba un nudo en la garganta, que les impedía el libre respirar. Emilia Tercia lucía radiante y muy hermosa, se mostraba así como la mejor mujer de los Emilio-Paulos. Por su parte, Cornelia, que tenía cerca de once años de edad, cada vez se asemejaba más a las mujeres de la familia Escipión: exhibía un rostro y un cuerpo que recordaba la presencia de su padre. Publio alternaba la mirada entre su hermosa madre y la congestionada calle que pronto mostraría en público a su padre. El vástago de Escipión aún era muy joven para poder asimilar la cadena de hechos fastos que su padre había llevado a la familia. En su mente y en su espíritu, su padre era concebido como un guerrero todopoderoso al que Roma le debía todo. El temor del pequeño Publio se mezclaba con el orgullo que sentía por su padre.

También esperaba la llegada de Africanus su incondicional hermano Lucio Cornelio Escipión, quien resaltaba por encima del resto de familiares, amigos y allegados, debido a la emoción que manaba su ser. Las horas de ese glorioso día se grabarían en las mentes de toda la concurrencia, así como en la historia delirante de la República de Roma. Momentos que sabiamente quedarían envueltos en un aura de gloria para la trascendencia de Roma y de la familia Escipión.

Aún faltaban los actos políticos, los cuales se desarrollaban al final de los actos públicos y ceremoniales. Consistían en una sesión solemne que los senadores de Roma desarrollaban en el edificio de la Curia Hostilia. Esta última reunión cerraba el protocolo del día y dejaba establecido en la memoria colectiva de la República el triunfo que había tenido lugar. A partir de ese día y para siempre, Roma conmemoraría el triunfo de Africanus sobre Cartago.

Para el año 200 a.C. nuevamente la guerra estalló entre la República de Roma y el reino de Macedonia. El inconforme rey macedonio Filipo V empezó agazapadamente a extender su influencia por los territorios griegos que se encontraban más vulnerables. Varias ciudades estado griegas, aun cuando se encontraban aliadas a Roma, veían cómo parte de sus territorios caían bajo las fuerzas militares de Macedonia. Pero la paciencia de Roma no se haría esperar como en el caso de Sagunto. Esta vez Roma respondió enviando un ultimátum a Filipo V, en el cual se le notificaba que Macedonia pasaría a convertirse en una provincia romana. Pero como era de esperar, los macedonios se prepararon para enfrentar campalmente a los romanos. Esa situación dio comienzo a la Segunda Guerra Macedónica, y durante los tres años siguientes Roma envió suficientes legiones a distintos puntos de Grecia bajo las órdenes del general Tito Quincio Flaminino. Por su parte, Filipo V reunió uno de los mayores ejércitos macedonios de todos los tiempos y decidió que era el momento adecuado para cobrarles todas sus desventuras a los romanos.

Esta vez en otro escenario, pero en el mismo mar Mediterráneo, el rey Filipo V suscribió una alianza militar con el emergente rey sirio Antíoco III, quien se encontraba en plenos preparativos para convertir a Siria en un extenso reino que más tarde se denominaría Imperio seléucida. La anarquía que reinaba en el trono de Egipto en ese momento fue aprovechada por el ambicioso rey Antíoco III, quien planeaba quedarse con las posesiones de ultramar de la dinastía ptolemaica. El rey sirio le propuso a Filipo V que le respetaba su natural ambición de mirar hacia Grecia si por su parte le aseguraba el apoyo, o por lo menos la seguridad de cuidar su franco norte mientras se aventuraba a la invasión del territorio de Celesiria. Los embajadores romanos nuevamente tuvieron trabajo con Filipo V, y logrando un entendimiento con los sirios, se acordó entre las tres potencias que tanto Siria como Macedonia se comprometerían a respetar la integridad de Egipto, propuesta que sería aceptada, pero dejando por fuera los territorios egipcios de ultramar, oportunidad que aprovecharía Antíoco III para seguir con su política de expansión.

De esta manera las tropas sirias capturarían los pequeños puertos del río Jordán, y posteriormente se apoderarían del importante puerto de Sidón. La República de Roma podía apreciar cómo los hechos bélicos se sucedían uno tras otro, sin dar a veces el tiempo necesario para que las legiones pudieran descansar de su última movilización. Los problemas se estaban iniciando lejos de la península itálica, pero así como había sucedido con Sagunto en Hispania, todos los senadores temían que luego llegase el peligro hasta las mismas puertas de Roma.

La relación conyugal entre Publio Cornelio Escipión y Emilia Tercia estaba en su máxima plenitud; cada día era vivido por ellos con una valiosa carga de pasión, ayuda, orgullo, satisfacción, desenfreno y ambición. Alejado Lucio Cornelio Escipión de la *domus* familiar para dedicarse a su propia carrera política o viajar a Campania para atender los negocios familiares, Publio y Emilia Tercia demostraban la furia que brotaba de sus cuerpos y de sus almas. Por las noches Publio y Emilia Tercia ordenaban preparar la piscina que se ubicaba en el jardín, y en ella ambos se desahogaban con gritos y gemidos que llegaban a escucharse por toda la propiedad. El fiel atriense Druso Sejano era el encargado de vigilar que durante aquellos encuentros conyugales nadie osara molestar a los *dominus*, quienes sin el temor a ser vistos por esclavos ni sirvientes, se entregaban a las más desmesuradas pasiones hasta que el sueño se apoderaba completamente de ellos. En algunas ocasiones, era el mismo Druso Sejano quien se encargaba de cubrir con una piel el cuerpo desnudo de Emilia Tercia, quien yacía dormida sobre uno de los cómodos *triclinium* del jardín, mientras Publio Cornelio Escipión aguardaba las horas de la mañana estudiando los diversos planos que se encontraban en su *tablinium*, o tal vez leyendo algunos de los sobresalientes escritores latinos.

Para Publio Cornelio Escipión el triunfo ya estaba alcanzado, pero aquel logro no apartaba de su mente el querer ofrecerle esa misma oportunidad a cada uno de sus aliados y familiares. Africanus, como se le había llamado y como quedaría designado en adelante, empezaría a utilizar toda su influencia política para que sus más allegados pudieran abrirse espacio dentro del competitivo mundo político de Roma.

En el año 199 a.c. Publio Cornelio Escipión consiguió alcanzar el honorable cargo de censor, hecho que lo catapultó hacia una nueva era de poder político, y que le daría tanto o más prestigio del que le había procurado la victoria en Zama. A este punto, los logros de Publio ya habían eclipsado los méritos de todos sus ancestros juntos, y Emilia Tercia se erigía como la matrona más poderosa e influyente que jamás habían tenido los Emilio-Paulos e incluso la misma familia Escipión. Sería cuestión de pocos años, después de la Batalla de Zama, que Emilia Tercia sin tener la intención borrara el recuerdo de Pomponia y, por supuesto, el de su querida Serbilia.

En el marco de la Quinta Guerra Siria, durante el año 198 a.C., Antíoco III, al mando de los ejércitos de su Imperio seléucida, enfrentó a los ejércitos del reino ptolemaico que comandaba el reconocido militar griego Escopas de Etolia. Ambas fuerzas militares chocaron en las adyacencias de Panion, en la misma Celesiria, y el resultado fue una de las batallas más espectaculares que se acreditaron al ambicioso Imperio seléucida. La novedad del encuentro lo constituyó el ataque de los *catafractos* seléucidas, entendidos como cuerpos de caballería pesada que golpearon brutalmente a la caballería ptolemaica en sus flancos, debilitándola y logrando que huyeran fuera de la batalla. Después la retaguardia egipcia sucumbió ante los mismos catafractos, exponiendo a los cuerpos de infantería ante una segura masacre.

Antíoco III se hizo con el absoluto control de Celesiria, a pesar de que varias fortificaciones permanecerían por largo tiempo en manos de extremistas ptolemaicos. Ptolomeo V pidió la paz a Antíoco III, y este se la dio a cambio del pleno otorgamiento de Celesiria, y del arreglado matrimonio con su hija Cleopatra.

Para alegría de Publio Cornelio Escipión y de todos los romanos y latinos que habían combatido en Hispania durante la Segunda Guerra Púnica, el Senado aprobó por la mayoría de sus honorables miembros que Hispania se convirtiera en la tercera provincia romana después de Sicilia y de Cerdeña; su territorio se dividiría en dos áreas geográficas delimitadas, y cada una de ellas estaría regida por un pretor. Nacían así Hispania Citerior e Hispania Ulterior. Pero aquella paz que había alcanzado Africanus después de su victoria en Ilipa con las distintas tribus íberas quedaría en el olvido. La mayoría de los líderes íberos se levantarían y se revelarían contra la autoridad romana, acarreando un conflicto casi interminable que consumiría por largos momentos la atención del Senado. Sin embargo, los recursos económicos seguían llegando de Hispania a Roma, haciendo posible que cualquier pérdida o revés que la República tuviese en dichas tierras no menguase sus intenciones por mantenerla bajo su autoridad.

La influencia política de Africanus quedó de manifiesto cuando su aliado político Cayo Lelio, aun cuando no era un senador con principios legales o un buen orador, consiguió ser electo en el año 197 a.C. para el cargo de edil plebeyo, cargo que le daba la oportunidad de ingresar al *cursus honorum*. Esto luego le abriría las puertas dentro de las magistraturas romanas. Cayo Lelio era el mayor aliado político con el que contaría Africanus dentro del Senado, el enlace constante entre Escipión y los veteranos de guerra que seguían manteniéndose fieles a la causa familiar.

Hacia el año 197 a.C., el conflicto entre romanos y macedonios se decidió en tierras de Tesalia, donde los dos poderosos ejércitos midieron sus fuerzas de tierra como nunca antes lo habían hecho. Roma envió al cónsul Tito Quincio Flaminino, quien poco a poco se había estado haciendo un nombre dentro de los círculos de poder de Roma, al punto de disponer de dos legiones consulares, además de mil cien jinetes que formaban parte de sus cuerpos de caballería. Los etolios se aliaron a la causa romana y aportaron un contingente de diez mil soldados, los cuales serían empleados por los romanos junto con veinte elefantes de guerra que había obsequiado el rey númida Masinisa. Filipo V contaba con cerca de dieciséis mil falangistas, los cuales constituían el grueso de su máquina de guerra, y lideraba también a dos mil hoplitas, dos mil jinetes y una fuerza aliada constituida por cinco mil quinientos soldados de infantería ligera procedentes de Iliria, Tracia y la isla de Creta.

El encuentro se denominó Batalla de Cinoscéfalos, y en ella Roma obtuvo una contundente victoria que acabó por siempre con la gloria militar de Macedonia. Para la historia militar quedó demostrado que el sistema de pelea conocido como "falange macedónica" había llegado a su fin, ya que había sido vulnerada por la movilidad de las legiones romanas. La hegemonía militar macedónica que había surgido a raíz de Alejandro Magno dejaba sencillamente de existir, y Roma retomaba su puesto como la más grande potencia militar de Occidente.

Filipo V seguiría regenteando el trono de Macedonia, pero a la derrota de Cinoscéfalos se le sumaría el pago de una indemnización que lo sacaría de la escena mundial, ya que tendría que afrontar graves problemas económicos internos, que lo dejarían muy ocupado y en bancarrota. Roma en cambio seguiría transitando por el camino de la gloria y el respeto.

Una noche Emilia Tercia pensó en sus años de querida infancia, cuando lo más grande que podía recibir era la mirada de su ocupado padre retornando de la calle. Ella apresuraba silenciosamente sus pasos para ganarse los ojos de Lucio Emilio Paulo. Esos días habían quedado grabados en la mente de la niña Emilia, a quien el paso de los años no le había borrado sus gratas vivencias.

Postrada en su lecho y sin la agradable perturbación que le significaban sus hijos, Emilia Tercia miraba el techo de su *cubiculum*, el mismo que durante tantos años había pertenecido a otra generación de Escipiones. Emilia Tercia apreciaba cada grieta que exhibía el ancestral friso, y también las temblorosas sombras que producía la tenue luz de la lámpara de aceite. Al rato de estar mirando esas lentas y surrealistas imágenes, sus pensamientos se perdían en un inadvertido sueño que la conducía hacia los laberintos del espíritu humano.

Emilia Tercia estaba en compañía de Publio Cornelio Escipión y de sus dos hijos. Todos ellos conversaban mientras reposaban sobre un césped de color verde donde compartían algo de comida y de agua. Por largo rato reían, y sus manos se movían sutilmente por los aires. Alrededor de ellos varias paredes levantadas con ladrillos que estaban desgastados por el tiempo ocultaban la completa visión que pudieran tener. Nadie, a excepción de Emilia Tercia, sabía que al otro lado de aquellas paredes había un mundo lleno de tranquilidad y de esperanza, uno mejor que el que estaban viviendo. Las voces de los suyos y sus risas hacían que no pudiesen apreciar lo que se estaba moviendo detrás de los ladrillos. Emilia Tercia sabía que un extraño ser rondaba alrededor de todos ellos, exhalando un aire que dejaba un desagradable halo. Ella trataba de comunicarles a los suyos lo que estaba observando, pero ninguno se percataba de la situación reinante. Emilia Tercia se levantó del césped y caminó hasta la cercanía de la pared que tenía al frente, allí, por unos instantes, pudo observar cómo aquel halo que flotaba por los aires se acercaba a ella, pero desplazándose al otro lado de la pared. Emilia Tercia distinguió dos cuernos, como si de un toro se tratara, y después comprendió que era el mismo Minotauro el que se encontraba dentro de aquel laberinto. Ella y toda su familia disfrutaban distraídos en el mismo centro de aquel infierno, y aunque parecía incomprensible, Publio Cornelio Escipión, el gran general de Roma, permanecía ajeno a lo que les estaba sucediendo. Toda la familia Escipión corría el inminente peligro de sus vidas; solo estaba alertada Emilia Tercia, quien en mitad de su sueño no sabía qué hacer o hacia dónde correr.

Emilia Tercia volvió a la realidad cuando Publio Cornelio Escipión decidió acariciarla inadvertidamente. Ella quedó con el sueño muy presente, pero sin poder entender a qué peligro se refería este.

—Querida Emilia, ¿qué te preocupa? —preguntó Publio Cornelio Escipión al contemplar el rostro de su mujer.

—Publio, mientras me adormecía pude sentir una extraña sensación de peligro, algo que me cuesta explicar, pero que definitivamente me advierte que nuestra felicidad no será eterna —contestó ella, y sus ojos mostraban la preocupación que la embargaba.

—Desde el mismo momento en que obtuvimos el discernimiento, hemos estado retando el peligro, Emilia. No quiero con mis palabras dejar de lado tu preocupación, pero quiero que comprendas que desde el momento en que nacimos, el peligro y la angustia han vivido de nuestro lado, como si fueran circunstancias obligatorias e inalienables. Amada Emilia, para llegar hasta donde hemos llegado, la vida nos ha enfrentado con demasiadas pérdidas y con situaciones que a cualquiera hubieran derrumbado. En verdad no entiendo qué clase de sueño acabas de tener, pero lo que sí te prometo es que estaré para protegerte a ti y a toda la familia.

Emilia Tercia apreció las comprometedoras palabras de su esposo, pero seguía teniendo claro que al destino de los dioses no se le podía rehuir. La romana se acordó de todas aquellas visiones que había tenido de su padre, y cómo al final de sus días su vida se había extinguido de una forma muy parecida a la presentida.

—Emilia, ambos sabemos que estamos viviendo el sueño de nuestras vidas, y también entendemos que nuestros enemigos políticos se han fortalecido desde la misma muerte de Quinto Fabio Máximo —dijo Publio; miró fijamente las vacilaciones que producía aquella lámpara de aceite y luego prosiguió con sus palabras—. Por eso quiero prometerte que seré más cauto durante mis asuntos públicos y trataré de no cometer ningún error que pueda ser aprovechado por nuestros adversarios en el Senado. Amor, fuera de Roma este Escipión no tiene enemigos, pues los que tenía ahora corren fugitivos, yacen muertos o son nuestros aliados. Es dentro de Roma que nuestros temores nos pueden hacer una broma, pues el peor enemigo para un romano es siempre otro romano, y eso lo sabemos, Emilia.

Aquellas palabras que seguía dirigiéndole Publio Cornelio Escipión no tranquilizaron a la preocupada Emilia, quien decidió que lo mejor que podía hacer a esa hora de la noche era dirigirse al *lararium* y dedicar una oración a la diosa Hera, y por su puesto, a los dioses Lares y Penates, pidiéndoles fe y esperanza de una vida sin sorpresas, para que la integridad de todos los miembros de su familia estuviese salvaguardada ante cualquier peligro o traición. Los temores en Emilia Tercia siempre habían sido fundados, por eso ella debía prepararse para cualquier novedad nefasta que atentase directa o indirectamente contra su amada familia.

Finalizada la Batalla de Cinoscéfalos, el militar romano Tito Quincio Flaminino acudió como representante de la República de Roma a la ciudad griega de Corinto, lugar donde se realizarían los Juegos Ístmicos. Estos eran un acontecimiento al cual asistían los pueblos griegos, que competían en una serie de juegos dedicados al dios Poseidón. La organización generalmente corría a cargo de la gente de Corinto, pero se acostumbraba que otros pueblos griegos participaran en la toma de sus decisiones. Los romanos, por su parte, participaban desde el año 228 a.C., fecha en que habían sido aceptados por el comité griego organizador.

Pero lo realmente importante para la historia de Roma fue que el destacado militar romano Tito Quincio Flaminino, durante el desarrollo de los Juegos Ístmicos del año 196 a.C., tomó la palabra y, dirigiéndose a una concurrida audiencia, decretó la libertad de todos los pueblos griegos del yugo macedonio. Esa iniciativa generó un sentimiento de rechazo generalizado hacia el reino de Macedonia, cuya intención por décadas había sido enseñorearse como ente rector de la vida griega. Aquel discurso llegó desde luego a oídos del rey macedonio Filipo V, quien reavivó su eterno odio contra la República de Roma, sobre todo después de que esta última cruzara el mar Adriático para entrometerse directamente con sus intereses naturales.

Aparte de verse el monarca macedonio mencionado en dicho decreto de liberación, los romanos aspiraban enviar un mensaje oculto al rey sirio Antíoco III, quien desde hacía rato estaba imaginando extender su naciente Imperio seléucida hacia las fronteras europeas. Entendiendo que Cartago ya no significaba un peligro para la República, los romanos empezaron a mover sus fichas con jugadas precisas y calculadas por algunas ciudades de Asia Menor. En esto los romanos eran más meticulosos que los sirios, y lo mejor que podían hacer para ese año 196 a.C. era declarar a los griegos libres de todo caudillo o reino, y por supuesto, convertirlos en potenciales aliados para Roma.

Siguiendo el calculado juego romano de decretar la libertad y la independencia griega para todos los griegos, Tito Quincio Flaminino encabezó un comité romano asesor y, contando con la venía de notables griegos influyentes, estableció los términos de paz que tendría que acatar el reino de Macedonia en adelante. Asimismo, este comité asesor resolvería el destino de varios territorios que hasta hacía poco habían estado bajo la autoridad de Macedonia. A este respecto, se acordó que Tesalia fuera dividida en cuatro estados independientes: Dolopia, Magnesia, Perrebia y Tesaliótide. Con respecto a los etolios, solo se les otorgó Ambracia, Fócida y Lócrida, y ninguna otra área quedó bajo la administración o el dominio de la Liga Etolia como tal. Es decir, los etolios se vieron recompensados, pero sus aliados de la Liga no, circunstancia que se convirtió a la larga en un preocupante malestar para los mismos romanos. Por su parte, los aqueos recibieron la región del Peloponeso; pero la verdadera novedad fue que Tito Quincio Flaminino reservó para Roma ciertas posesiones en las que más adelante se levantarían las guarniciones romanas, las mismas que posteriormente serían destinadas para ayudar a la disuasión de sus futuros enemigos en Asia Menor.

Mientras se desarrollaba en tierras de Corinto toda una entramada política para adelantar las bases de la presencia romana en Grecia y en Asia Menor, en la ciudad de Roma un plural Senado designaba para el cargo de pretor al general Cayo Lelio, visible aliado político de la familia Escipión. La inmensa mayoría de senadores no discutían los orígenes plebeyos de Cayo Lelio, pues ellos no podían negar la valentía y la decisión que había demostrado el conocido general durante las campañas militares de Escipión. El fallecimiento del senador Quinto Fabio Máximo había generado una renovación en sus mandos conservadores, pero mientras estos se engranaban adecuadamente para seguir llevando adelante su pensamiento, Publio Cornelio Escipión se apresuraba para favorecer y apalancar políticamente a sus allegados y a sus aliados, como parte de su propia estrategia para hacer cambiar el pensamiento sectario existente en la mayoría de los romanos.

Con los eventos que estaba desarrollando Tito Quincio Flaminino en Grecia y en Asia Menor, tratando de que Roma asumiera las riendas de un contexto más mundial, Escipión aprovechó para trabajar desde el Senado realizando reformas e innovaciones que rápidamente repercutirían en la cultura de la República. Esto dejaba a un lado costumbres etruscas y latinas que partían aun antes de la fundación de Roma, y adoptaba otras que pronto se absorberían desde el Este, como la literatura, el teatro y la historia.

Para el año 195 a.C. Cayo Lelio se dirigió hacia la isla de Sicilia ostentando el cargo de propretor, y llevando consigo las ideas de su amigo Publio Cornelio Escipión.

Publio Cornelio Escipión fue elegido cónsul por segunda vez en el año 194 a.C. Se encontraba en la plenitud de sus facultades físicas y mentales, e hizo trascender toda su obra épica gracias a cómo se relacionaba con sus veteranos de guerra, así como con los *pater familias* de todos los clanes de su tiempo. Escipión se rodeaba de escritores y de pensadores que empezaron a escribir la historia de sus hechos y de sus hazañas. Estos eran narrados por él mismo y por las ideas que en privado le brindaba Emilia Tercia. De esta manera, la historia de la familia Escipión empezó a ser escrita por la misma familia Escipión, realidad contra la cual los mismos senadores conservadores, considerados como los latinos más fanáticos, no podían hacer nada. Entre estos últimos estaba el senador Marco Porcio Catón, quien por esos años se desempeñaba como pretor en Hispania. Pero aunque se encontrase muy lejos de Roma, jamás dejaba de seguir de cerca los pasos de Escipión, y se había jurado acabarlo políticamente.

Ese mismo año Roma declaró la guerra contra Antíoco III, colocando en estado de alerta a sus legiones, aun cuando no existía un verdadero *casus belli* que así lo demostrase.

Durante los días de estos connotados años, en el Senado romano se discutían y planteaban diferentes puntos, que generalmente tenían que ver con la nueva sensación de grandeza que experimentaba la República de Roma. Aquellos temas minúsculos que se trataban antes pasaban ahora a un segundo plano, y lo que se privilegiaba era lo que sucedía más allá del mar Mediterráneo. Todos los senadores querían ser parte de las ideas de grandeza que estaban moldeando una nueva Roma, esta vez bañada por su asumida posición de gran potencia militar, la cual le estaba abriendo puertas en nuevos escenarios, así como la firma de originales tratados con nuevos aliados.

Los hombres de poder de la ciudad de Roma salían muy temprano de sus residencias para dirigirse inmediatamente a las instalaciones de la Curia Hostilia, pues no querían perderse la trama que auguraba una veloz grandeza para la República. En la *domus* de la familia Escipión, la agitación causada por tantos compromisos diarios, generalmente los referidos a los banquetes, agasajos, brindis, reuniones y discusiones, estaban cambiando la vida de todos sus miembros. Desde los *dominus*, los miembros y los aliados familiares, hasta sus clientes, allegados y servidumbre, todos estaban viviendo unos tiempos que efectivamente serían los días más memorables de sus vidas.

La familia Escipión se abría paso no solo en la ciudad de Roma, lugar donde descansaba el centro del poder de la República, sino también en la región de Campania, zona donde se ubicaban algunas villas que por muchas generaciones habían pertenecido a los ancestros de Escipión. Muchas de estas propiedades rurales milagrosamente se habían salvado de la devastación cartaginesa durante la larga invasión púnica a la península itálica. La más conocida era Villa Literno, antiguo predio rústico que llegaría a conquistar el corazón de Emilia Tercia y el de todos sus hijos, debido a la belleza de sus paisajes y a la sobriedad con que se erigían aquellas viejas edificaciones que servían para varios propósitos.

Durante estos convulsionados años de trabajo para Escipión, su esposa Emilia Tercia y sus hijos irían constantemente a Villa Literno, y aprovecharían esos viajes para supervisar los negocios de la familia. Muchos senadores tenían predios rústicos en las afueras de la ciudad de Roma, como lo había hecho Quinto Fabio Máximo, pero los Escipiones habían aprendido la lección practicando el principio según el cual "aquello que se oculta no genera envidia".

Emilia Tercia se llenó de gratitud hacia sus dioses cuando su hermano Lucio Emilio Paulo le comunicó que el Senado lo había designado como triunviro, asignándole la misión de fundar una colonia en Crotona, al sur de la península itálica, en lo que antes se denominaba Magna Grecia. Emilia Tercia se sintió orgullosa ante el logro político de su hermano mayor, pues aun estando inmersa en los grandes logros de su marido y de la misma familia Escipión, la había preocupado un poco que Lucio Emilio Paulo no siguiera los mismos pasos de su padre. La importante romana, matrona de la familia Escipión se hinchó de orgullo y se lo hizo saber personalmente a su hermano, quien modesto y sereno de espíritu, le dijo que gran parte de su logro se debía a su querido cuñado.

Durante ese mismo año otro Escipión logró encumbrarse en el poder romano mediante la obtención del cargo de pretor para desempeñarse en la provincia de Hispania Ulterior. Ese miembro de la familia era Publio Cornelio Escipión Nasica, quien al igual que el resto de los aliados sabría cómo convertirse en los ojos de Publio Cornelio Escipión en aquellos alejados territorios de Hispania.

Por ese tiempo Cornelia, hija de Emilia Tercia y Escipión, rondaba los dieciocho años de edad. Empezaba un romance permitido con su querido primo Publio Cornelio Escipión Corculum, hijo del senador romano Publio Cornelio Escipión Nasica, y primo hermano de Escipión. Tanto Publio como Emilia Tercia permitían el romance de su hija Cornelia con aquel miembro de la familia Escipión, ambos se sentían muy satisfechos por la elección y por la aceptación de Cornelia, debido a la personalidad y a la inteligencia que empezaba a demostrar aquel joven. El senador Publio Cornelio Escipión Nasica era un destacado jurista, conocedor de las leyes romanas y de todos los mecanismos jurídicos y sacramentales que orientaban la vida diaria de los romanos, y su hijo Corculum desde muy temprana edad lo había imitado, y esto lo había convertido en absoluto merecedor de la confianza de los padres de Cornelia.

Una de esas tardes en que la *domus* familiar mantenía una relativa calma, y en que los hombres de la familia estaban fuera de ella atendiendo sus oficios, madre e hija mantuvieron una agradable conversación.

—Querida madre —dijo Cornelia reposando sentada en una banca mientras Emilia Tercia peinaba sus cabellos—, tengo mucha gratitud hacia ti y también para con mi padre por permitir mi romance con Corculum.

Emilia Tercia observó detalladamente los cabellos de su hija, los cuales eran muchos más claros que los suyos, pero a diferencia de Emilia, Cornelia exhibía una piel más oscura, muy parecida a la de su padre.

—Hija, los años de la vida transcurren tan rápido que uno no se da cuenta de los varios umbrales que llegamos a atravesar mientras caminamos hacia nuestro fin.

—¡Sigues siendo joven y hermosa, madre! —respondió Cornelia mientras miraba el suelo y dejaba que las manos de Emilia Tercia se deslizaran por encima de su cabeza.

—Siempre me han gustado los elogios, más si vienen de mi propia familia —contestó Emilia y respiró profundamente—, pero no me siento vieja aún; por Júpiter que he tenido una vida llena de emociones, pero sigo considerándome una mujer joven y también atractiva para tu padre. Aquí estamos las dos, compartiendo un breve momento como pocas veces podemos hacerlo, como pocas veces nuestros hombres lo permiten.

Cornelia y Emilia Tercia observaron cómo un rayo de luz solar se colaba por una pequeña ventana que comunicaba con el exterior. Allí se abría un mundo totalmente diferente al que estaban viviendo, pero adentro ellas dos se mantenían ajenas a las realidades que vivían ladrones y mendigos, quienes postrados en las mismas calles de la ciudad esperaban una oportunidad para robar y para comer.

—Madre, ¿qué has pensado sobre el futuro de mi hermano? —preguntó con vigor Cornelia, logrando cambiar la atención de su progenitora.

—Sobre eso he conversado con tu padre. No quiero que mi querido Publio se sienta presionado por las obligaciones que ineludiblemente tendrá que asumir, tarde o temprano un joven en Roma debe cargar sobre sus hombros el innegable destino —dijo Emilia y dejó de peinar a Cornelia y simplemente se conformó con mirarle sus cejas y mejillas—. Publio debe empezar a asistir a los cursos de caballería como lo hace cualquier vástago romano, de lo contrario no forjará ningún destino importante en su vida.

Cornelia miró los ojos de su madre, entendiendo que ella empezaba a cargar una prematura preocupación por el destino que correría el joven Publio.

—Hija, tú estás preparándote para el matrimonio, hecho que corresponde a toda patricia que anhele ser respetada. Pero a tu hermano aún lo veo muy joven y débil para que se integre a la caballería romana. Publio no me decepciona en absoluto, pues tanto tú como yo sabemos lo inteligente que es. Talento ha heredado de ambos padres; no puedo negar el carácter y la determinación que siempre ha caracterizado a los hombres de la familia Escipión; ni tampoco el arrojo y la decisión que siempre demostró tu abuelo Lucio Emilio Paulo. Por eso, hija, y muy a mi pesar, Publio, tu hermano, debe ingresar a la caballería romana a fin de encontrarse con los valores que siempre han identificado a los hombres de nuestras familias. Con tu padre volveré a conversar, y será él quien nos garantice que la vida de Publio será salvaguardada mientras termina de hacerse un hombre de verdad.

—Sí, madre —respondió Cornelia aceptando sin réplica alguna las palabras de su querida progenitora.

—Hija, no todos los hombres nacen siendo legionarios; los hay quienes primero son políticos o comerciantes. A pesar de que nuestra costumbre nos dictamina que todo patricio debe durante su juventud iniciarse en la caballería, la realidad nos demuestra otra cosa, pero como a Roma la mueve el amor y el respeto por las leyes, debemos acatar ante todo los preceptos de nuestros fundadores.

Emilia Tercia de esta manera comunicó a su hija la preocupación que desde siempre había sentido por su hijo Publio. Ella como madre romana entendía que su vástago era frágil, muy frágil para llegar a blandir una espada como sí lo había hecho durante su corta edad Africanus. Pero de todas maneras, el destino para los romanos era ineludible, pues pertenecía a sus dioses, y eran solo ellos quienes disponían de la vida y de la suerte de todas las personas. El joven Publio no podía ser la excepción a la regla; él también tendría que acudir a un campo de batalla tarde o temprano.

La cada vez mayor sonoridad que había adquirido el nombre de Antíoco III había impulsado al Senado romano a designar una embajada de alto nivel para sostener una entrevista con el nuevo líder del Imperio seléucida. De Roma partió un grupo de senadores prominentes dirigidos por el entonces carismático Publio Cornelio Escipión. Estos se dirigieron por mar hasta la ciudad de Éfeso, a orillas del mar Egeo, en busca de una reunión con Antíoco III.

Nuevamente Publio Cornelio Escipión dejaba la seguridad que le brindaba su *domus*, para aventurarse en una nueva tarea oficial en la que los intereses de la República estaban en juego. Ante su ausencia, su hermano, Lucio Cornelio Escipión, quedaba a cargo de la representación de la familia, asistido en todo momento por sus aliados parientes Publio Cornelio Escipión Nasica y Lucio Emilio Paulo. Por su parte, Emilia Tercia detentaba toda la autoridad como matrona de la familia Escipión. A estos años de su vida, Emilia Tercia era considerada una mujer justa y equilibrada, capaz de llegar hasta las últimas consecuencias con tal de salvaguardar los intereses de sus hijos y de su familia. Ella desde siempre había sabido que se casaba con un hombre cuya fortaleza física y moral dejaba poco para la ayuda, no obstante, trataba de estar lo más próxima a él con la finalidad de ayudarlo en aquellos detalles que por su simple condición de hombre a veces podía dejar de lado.

Antes del viaje a Éfeso, el Senado en coordinación con Africanus, decidió darle prioridad a una serie de disputas territoriales que se estaban suscitando entre el rey Masinisa y Cartago. Entre estos dos factores de poder siempre había existido una eterna disputa en relación con los límites territoriales, rencillas que habían aumentado después de acabada la Segunda Guerra Púnica. En ese entonces Cartago se había comprometido a aceptar la autoridad del nuevo monarca Masinisa en todos los territorios que de acuerdo con la historia habían pertenecido a la influencia de Numidia. Masinisa, por su parte, sacaba el máximo provecho al espaldarazo que estaba recibiendo de Roma, tratando ahora de suscitar un nuevo conflicto bélico con Cartago, intentando ganar con ello mucho más territorio del que había recibido hasta el momento.

Publio Cornelio Escipión era el hombre idóneo para dirigir esta otra entrevista, de modo que vio colmado el año 193 a.C. con múltiples diligencias que lo mantuvieron totalmente alejado del cariño de su familia, pero sintiendo que cumplía con el sagrado deber que le correspondía como patricio al servicio del honorable Senado.

Por esos años, la matrona Emilia Tercia, recordando su agradable amiga Adriana, empezaría a dedicar parte de su tiempo al disfrute de las cosas sencillas que entregaba la vida. En su caso, se abocó a adiestrar aún más a la cocinera que desde hacía años atendía los requerimientos culinarios de los Escipiones. Esta esclava de avanzada edad había empezado a trabajar aun antes de la llegada de Pomponia, pero los años le habían dado una sazón que solo a ella correspondía. No todo lo que cocinaba era un arte prominente, pero demostraba que lo dominaba por encima de la media de las esclavas de la ciudad de Roma. Tiempo atrás, la esclava en cuestión había recogido de las calles de la ciudad a una niña que estaba desamparada y, con la venia de la matrona Pomponia para llevarla a la *domus*, había asumido su crianza y poco a poco la había introducido en el difícil oficio de la cocina. Esa niña se llamaba Claudia Agripina, y hacia el año 193 a.C. tenía cerca de once años de edad. Pero lo más interesante era que esta pequeña esclava a los ojos de sus *dominus* estaba demostrando que entendía cabalmente los principios de la cocina romana.

A mitad de mañana, cuando Emilia Tercia se desembarazaba de sus hijos y de los deberes que tenía que atender ante la ausencia de Publio, se dejaba llegar inadvertidamente hasta la *culina* de la *domus*, y veía cómo la vieja cocinera descansaba su añejo cuerpo en un banco de madera oscuro, mientras que la joven Claudia Agripina se desplazaba por toda la *culina* sin solicitar la ayuda de otra esclava. Emilia Tercia pronto descubrió que la joven esclava era una promesa para la familia Escipión, y que su destino era seguro en ese lugar de la casa en el que se había estado formando desde su llegada a la familia.

—Querida madre, qué olor tan agradable sale de vuestra cocina —dijo Publio a Emilia Tercia mientras terminaba de llegar al *tablinium* de la *domus*.

—Qué bien que hayas notado la diferencia de lo que ahora se está cocinando —contestó Emilia Tercia y dibujó una ligera sonrisa mientras observaba a su hijo.

—¿Has empleado a otra esclava en la *culina*?

—¡Sí, hijo mío!, pero no alguien de afuera —Emilia Tercia sintió placer por lo que estaba por contar—. Desde hace unos días ha estado cocinando Claudia Agripina, y debo admitir que hasta el aura de la *domus* ha cambiado con los nuevos olores.

Publio quedó por un momento perplejo tratando de imaginar cómo una esclava tan joven estaba conquistando a su complicada madre.

—Madre, ¿dónde está la otra esclava?

—¿Te refieres a la vieja que ha cocinado hasta para Júpiter? —la pregunta de Emilia respondió la que hacía Publio y causó gracia a ambos.

—Sí, madre —contestó Publio mientras devolvía una sonrisa a su progenitora.

—No te preocupes, sabes que me porto bien con los esclavos y con la servidumbre. La anciana ahora duerme todas las mañanas sentada en el banco de madera, soñando con los olores que produce Claudia Agripina. Esa joven fue su descubrimiento, y a ella le debemos la alegría que nos ha traído a todos.

Definitivamente Emilia Tercia conocía una nueva razón para sentirse gratificada. A los años de su vida, la buena cocina estaba produciéndole un sinnúmero de sensaciones que la conducían por caminos de placer y la hacían olvidar una vez más, aunque fuera por cortos y breves momentos, que la realidad que acompañaba a toda mujer patricia podía ser realmente agradable, alejada de la vanidad y de la ostentación.

La agradable amistad que Emilia Tercia tenía con su cuñado Lucio Cornelio Escipión se vio afectada repentinamente cuando el Senado lo designó pretor para la provincia de Sicilia. Aquel acontecimiento se sumó a la cadena de sucesos políticos que durante ese año 193 a.C. harían que los hombres de la familia estuvieran alejados de Roma, desempeñándose en los diferentes cargos para los cuales habían sido elegidos. En Roma sólo quedaba Lucio Emilio Paulo, quien trataba de pasar todas las tardes en compañía de su hermana, retardando el retorno a su hogar al final de cada día.

Emilia Tercia y Lucio Emilio Paulo se daban cuenta de que por capricho de sus mismos dioses ese año 193 a.c. estaban llevando en Roma las riendas de dos de las más poderosas familias de la República. El poder y la influencia política estaban ahora a disposición de ambos hermanos, quienes lo entendían, pero definitivamente por la crianza que habían recibido de sus padres no estaban dispuestos a enlodarse por culpa de una desmedida ambición.

Emilia Tercia seguía siendo la fiel amiga de las suyas, pero no formaba nuevos vínculos afectivos como lo había hecho en su pasado. Por su parte, Lucio Emilio Paulo destinaba gran parte de su tiempo al estudio de la ciencia de los augurios, así como a la comprensión de las leyes romanas que tanta conveniencia traían al que las conocía. Ambos hermanos destinaban siempre varias horas del día para continuar con la formación de un espíritu amplio y sereno, dispuesto a comprender los grandes misterios del mundo y las distintas sensaciones que afectaban la mente. En cambio, los Escipiones habían nacido para blandir espadas y cerrar importantes acuerdos políticos que cambiarían los términos de la convivencia romana.

Al año siguiente, Lucio Emilio Paulo logró sobresalir nuevamente dentro del competido mundo político de Roma. Esta vez, y gracias al respeto que le tenían varios sectores del Senado, logró ser designado como edil curul junto con otro notable político romano. Se destacaba ante todos como un joven senador que siempre dirigía sus esfuerzos a la reconciliación y el entendimiento. La casi constante presencia de Lucio Emilio Paulo en la vida de su hermana le daba a ella la seguridad que había perdido con la muerte de su padre. Seguridad y comprensión que la convertían en una persona mucho más amable y dedicada, al punto de convertirse en la verdadera matrona de todos los clanes de la familia Escipión.

Una tarde, mientras Emilia Tercia abandonaba su *triclinium*, después de finalizado el *prandium*, caminó hasta la seguridad de su lecho y decidió desplomarse allí. Antes de cerrar sus ojos dio instrucciones a la esclava que la acompañaba para que no la fueran a molestar, y después Emilia Tercia simplemente cerró sus ojos y se dejó llevar por un pesado sueño que venía reprimiendo desde hacía un tiempo. En pocos instantes Emilia Tercia estaba soñando, alejándose aunque fuera por poco tiempo de la realidad que le tocaba vivir.

"Querida hija de Zeus, he de visitarte para alumbrar el camino por el que has de andar. Desde que llegaste a este mundo supe que traías contigo el don de la clarividencia, habilidad que te permite para mal o para bien descubrir lo que está por suceder. Soy Apolo, uno de los dioses más cercanos a los hombres. Unos me veneran, mientras que otros se burlan. Lo cierto es que mi lira encanta a unos, mientras que mi arco asusta a otros. A ti, hermosa Emilia Tercia, mujer que sabe diferenciar lo bueno de lo justo, lo feo de lo conveniente, te he elegido para hacerte saber parte de lo que depara la diosa Fortuna a tu familia. En pocos años una niña has de tener, hermosa como tú, pero con el temperamento de su padre. Esa pequeña será la menor y ayudará en su tiempo a la grandeza de vuestra estirpe. Para los dioses no existen los regalos sin que haya el desprendimiento de parte de los hombres. Emilia Tercia, has de perder algo muy querido en pocos años, algo que te hará doler las entrañas como cuando pariste. Cuida tu carne querida, Emilia, porque de lo contrario solo contarás con dos hijas cuando nazca la menor. Soy Apolo, el dios de la lira y el arco; y por el hecho de mostrar a veces la lira, no dejo de ser un guerrero. No todos los hombres pueden exhibir siempre el arco y la flecha para ser respetados. Querida hija de Zeus, así como en el año 212 a.C. Roma me consagró los Ludi Apollinares, deseando que la República eterna acabara derrotando a los cartagineses del poderoso Aníbal Barca, quiero que me consagres un pequeño *lararium* en tus tierras de Literno. Hazlo en lo más profundo del bosque, para que nadie moleste las silenciosas melodías de mi lira. Te prometo que protegeré a tus hijos, y por sobre todo, juro que en caso de secuestro moveré el mismo Olimpo para traerlo de vuelta. Júrame fidelidad y fe, Emilia Tercia, que tus súplicas en su momento serán oídas. Ahora sigue descansando, que cuando despiertes sentirás solo el perfume que deja el amoroso Apolo".

Emilia Tercia continuó durmiendo en su lecho, mostrando una sudoración que le llegaba a pegar las telas a su delicado cuerpo. Por instantes se movía, como tratando de responder a las intenciones del sueño que estaba viviendo. A veces giraba hacia la derecha y otras veces hacia la izquierda. La hermosa patricia para ignorancia de todos estaba en un profundo trance; con sus involuntarios movimientos daba respuesta a las peticiones de alguna deidad que le comunicaba por medio del canal onírico hechos que estaban por suceder. Cuando despertara, la hermosa patricia volvería a tener una visión premonitoria de hechos futuros. Solamente ella tenía la sagrada opción de escoger acertadamente qué camino era el más conveniente para la suerte de su familia.

Hacia el 191 a.C. era evidente que las diligencias realizadas por Africanus en el norte de África habían conseguido los resultados esperados, pues Cartago era la única nación que seguía reprimida, eso sí, no solamente por Roma sino también por las vengativas intenciones de Masinisa.

En cuanto a las expectativas romanas generadas por el viaje de Africanus a Éfeso, se podía decir que el rey Antíoco III demostraría públicamente cuál sería el camino que escogería para calmar sus sueños expansionistas.

En el año 191 a.c. el rey Antíoco III decidió como oportuno el momento que estaba viviendo, circunstancia que lo llevó a reunir una fuerza militar combinada integrada por tropas seléucidas, etolias y unas pocas griegas que a última hora se habían adherido a su causa. Antíoco III movilizó su fuerza militar hasta el área de las Termópilas, con intenciones de llegar hasta los límites del reino de Macedonia. Meses atrás la alianza militar que habían suscrito sirios y macedonios se había disuelto, generando que el rey Filipo V tuviera la preocupante necesidad de moverse hacia el lado romano en procura de hacerse de un aliado fuerte. El monarca macedonio veía con mucha preocupación la nueva amenaza que ahora representaba Antíoco III, al pretender este último abrirse paso hacia el mar Mediterráneo como fuera posible, capricho que lo llevaría a combatir a sus antiguos aliados.

En aquel escenario natural, visto como agreste por algunos, y como oportuno por otros, se enfrentaron las tropas combinadas del rey Antíoco III contra las legiones romanas que lideraba el cónsul Manio Acilio Glabrión, cuya oportuna aparición equilibró la victoria hacia el lado romano, generando asimismo que la integridad de Macedonia quedara a salvo. Las operaciones militares romanas desarrolladas oportunamente en tierras griegas hicieron que la fuerza militar seléucida se replegara de nuevo hasta la ciudad de Éfeso. Esto generó la imperiosa circunstancia de que el rey Antíoco III empezara a buscar de nuevo un escenario apropiado donde poder desquitarse de la derrota que sorpresivamente le habían propinado los romanos. Esta Batalla de las Termópilas marcó una inesperada distinción para el senador Marco Porcio Catón, a quien se le acreditó el duro golpe de una piedra que le rompió la sonrisa a Antíoco III. Este pasaje quedó guardado en la historia como si de una espectacular hazaña se tratara. En los pasillos de la Curia Hostilia se llegó a festejar, y se lo comparó incluso con las mismas proezas que Escipión valerosamente había ejecutado en Cartago Nova o en la Batalla de Zama.

A la par de la primera victoria que lograba la República de Roma sobre el Imperio seléucida, al senador Publio Cornelio Escipión Nasica se le presentaba una oportunidad política: el honorable Senado lo designó para el consulado junto con el senador Manio Acilio Glabrión. Este nombramiento traería muchos beneficios futuros para la familia Escipión, pues por una parte, Publio Cornelio Escipión Nasica conquistaría una importante magistratura que más adelante le otorgaría una sólida reputación como uno de los juristas más notables de su época, al punto de rivalizar en muchas ocasiones con el senador Marco Porcio Catón, miembro conservador que dedicaba su vida a perseguir a los Escipiones; y por otra parte, porque abriría con su acertada gestión el camino militar que enrumbaría la carrera de su primo Lucio Cornelio Escipión en tierras de Asia Menor, cuando inevitablemente tocase el tiempo de enfrentar nuevamente al Imperio seléucida.

Lucio Emilio Paulo aprovechó el tiempo libre que tenía aquella tarde y visitó a su querida hermana para comunicarle una agradable noticia.

—¡Emilia! —le dijo, buscando su atención.

—¡Que los dioses te bendigan, querido hermano! —contestó Emilia Tercia mientras iba al encuentro de Lucio y le tomaba la mano a modo de saludo—. He rogado a mis dioses lares que vinieses a visitarme pronto, pues tengo en mente algo que me perturba. Por supuesto, no es nada grave, ni tampoco algo que haya sucedido.

Lucio Emilio Paulo comprendió de inmediato que se trataba una vez más de algún sueño de su hermana, o de alguna visión que seguro le estaría anunciando algún suceso preocupante.

—Por Cástor y Pólux, siempre tu hermano ha de tener tiempo para ti, querida Emilia —dijo Lucio mostrando una sonrisa, pero rápidamente dejó de lado la premura de su hermana—. Querida Emilia, el Senado me ha ordenado que marche en las próximas semanas hacia Hispania Ulterior. El viaje no se puede retrasar más, pues las tribus rebeldes siguen sonsacando a otras para que se levanten contra Roma, y un largo letargo de nuestra parte implicaría que la República pudiera perder lo que con tanta sangre se ha ganado.

Emilia Tercia relacionó aquellas palabras de su hermano con los sueños premonitorios que había tenido.

—Hermana, he pensado en llevar a Publio conmigo, pues para mí sería muy satisfactorio que mi sobrino pudiese andar por las tierras por las que una vez su padre caminó, también que tenga la sagrada oportunidad de conocer el lugar donde su abuelo encontró la muerte durante la Segunda Guerra Púnica.

Emilia Tercia sintió cómo las palabras de su hermano retumbaban en sus oídos, y cómo el rostro alegre de Lucio Emilio contrastaba con las palabras que le había indicado el dios Apolo.

—Lucio, sobre eso mismo quiero hablarte. Reconozco la buena voluntad que nace de tus intenciones, sin embargo, ese poder o ese castigo que me ha perseguido desde mi niñez ahora me indica que mi hijo Publio corre peligro, y no quiero perderlo, es mi único hijo varón, el vástago de Africanus.

Lucio Emilio Paulo entendió inmediatamente que su natural idea tenía que desecharla, pues la voluntad y las ideas de su hermana eran muy fuertes para ser contrariadas.

—¿Qué me sugieres, Emilia? —preguntó Lucio Emilio Paulo con un evidente estado de confusión—. Sabes que siempre acato tus sugerencias, querida hermana —y Lucio arrugó su cara esperando las palabras de su hermana.

—Te diré qué es lo que me sucede —dijo Emilia, mientras con su hermano se sentaba en los *triclinium* que tenían cerca—. El dios Apolo me ha estado aconsejando que cuide a Publio, y me advierte un peligro de muerte para él.

Lucio Emilio Paulo guardó silencio ante las palabras que estaba diciendo Emilia Tercia. A su mente llegaba el recuerdo de su padre, cuya muerte también le había sido anunciada a su hermana.

—Lucio, no quiero que mi hijo se retire de los cuerpos de caballería romana. Eso podría ser aun peor que cualquier oscuro presagio. Todos sabemos que un patricio que rehúye el servicio militar sufre el deterioro de su vida política, y eso no lo quiero para él.

—¿Qué quieres entonces, Emilia? —preguntó intrigado Lucio Emilio Paulo.

—No quiero que Publio te acompañe a Hispania. A mi mente llega el recuerdo de Fausto, el oficial de caballería muerto junto con mi padre en Cannae. En esa ocasión llegué a pensar que cualquier allegado podría estar a salvo cerca de un Emilio-Paulo, pero no fue así. Con todo respeto, querido hermano, te deseo mucho éxito y fortuna en Hispania, pero no puedo dejar que Publio marche a tu lado. Más adelante veré con quién puede recibir su bautismo de guerra, seguro se presentará otra oportunidad.

Lucio Emilio Paulo quedó callado ante el pedido de su hermana, entendía que ella casi nunca se equivocaba.

—Querida Emilia, hermana de mi alma, si eso te tranquiliza, pues ni modo, así será, este procónsul partirá sin su sobrino a Hispania, pero sabiendo que ha hecho feliz a su preocupada hermana.

—Gracias, Lucio, Júpiter Optimus Máximo guíe tu viaje y te traiga de nuevo a Roma, para que la familia se honre con tus victorias y tus hazañas.

—Así será, Emilia, los caprichos de los dioses también deben ser respetados.

Ambos hermanos se tomaron de las manos y ante la nerviosa mirada de algunas esclavas que limpiaban cerca del *tablinium*, se despidieron con un beso.

Emilia Tercia quedó tranquila en parte, sabiendo que su hijo no iría a Hispania, pero en su mente quedaban otros escenarios en los que su angustia se podía acrecentar. En ese momento pensó que el mejor lugar a donde podía ir era precisamente al *lararium* de la *domus*, rincón donde dedicaría algunas plegarias a sus lares y penates, entregándoles a ellos parte de sus preocupaciones y de sus pesares. Todos estos hechos presentes y los que estaban por suceder mantenían a Emilia Tercia algo confundida.

Las hazañas de Publio Cornelio Escipión y su prominente influencia política estaban aún otorgándole el poder senatorial con el que tanto había soñado cuando solamente era un decurión de caballería.

En el año 190 a. C. la República de Roma eligió dos nuevos cónsules. Esta vez dos poderosas fichas políticas pertenecientes a la influencia de Africanus. Uno de ellos era el gallardo general Cayo Lelio, y el otro el senador Lucio Cornelio Escipión.

El hermano de Africanus no tenía un historial tan extraordinario como el suyo, pero la mayoría de los senadores recordaban que Africanus no era nadie cuando había decidido embarcarse hacia Hispania para iniciar con sus propias manos el final de la larga guerra. El Senado sabía la influencia que tenía Africanus sobre la persona de su hermano y sobre el general Cayo Lelio, y determinó regalarle un capricho más al destacado e histórico Escipión.

Pero las sorpresas y los méritos no terminaron con tales nombramientos. En otra sesión llevada a cabo en el Senado, un grupo de censores decidió otorgar el título de *princeps sena-*

tus a Publio Cornelio Escipión, mérito que lo conduciría a la plena gloria política dentro de Roma.

Mediante un rápido enroque político, Lucio Cornelio Escipión designó a su propio hermano como su legado militar, dándole la oportunidad para que lo acompañara hasta Asia Menor, lugar donde llevaría a cabo la tarea de terminar de una vez y para siempre con la amenaza que representaba el Imperio seléucida. Para muchos senadores conservadores, aquella designación no era más que una nueva oportunidad para que Africanus dirigiera tropas consulares y, por supuesto, se llenara de glorias. Tantas glorias que ahora la República no tenía un nombre adecuado para poder distinguirlo.

Prontamente los sectores de oposición empezaron a desacreditar el nombramiento de Africanus, pero la fuerza de sus discursos y la notable presencia que irradiaba cuando se presentaba en el estrado de la Curia Hostilia, acalló rápidamente cualquier crítica venida de los senadores conservadores. Africanus a los ojos de todos seguía siendo un poderoso senador, uno cuyo vigor físico y cuya temida habilidad mental le dejaban verdaderos espacios abiertos.

Aquella impensable novedad hizo que nuevamente Emilia Tercia se preguntase si sería seguro que Publio, su cuidado hijo, pudiese acompañar al nuevo cónsul en su campaña militar por Asia Menor. Lucio Cornelio Escipión era indiscutiblemente un perfecto cuñado, alguien a quien se le podía encomendar la custodia de un familiar, pero también se presentaba la oportunidad para que Publio viajara junto con su respetado padre, quien ahora se desempeñaba como legado militar y estaba encargado de orientar las operaciones militares, elaborar las estrategias inherentes a la futura pelea y, además, vigilar de cerca la integridad de su propio hijo. ¿Quién mejor que Africanus para sentirse seguro? Emilia Tercia aceptaba convencida que su hijo estaría cien veces mejor protegido bajo la mirada de su padre y de su tío, que con su propio hermano Lucio Emilio Paulo en tierras de Hispania.

Una sola campaña militar era lo que necesitaba el joven Publio para que probara su hombría y su respeto; después tendría tiempo suficiente para dedicarse sin peligro alguno al ejercicio de la política o a los negocios de la familia. El Senado romano generalmente se nutría de valerosos militares antes que de cobardes políticos. Eso lo sabía muy bien Emilia Tercia y por eso dejó marchar a Publio.

Africanus estaba ocupado desenrollando unos mapas en la tranquilidad de su *tablinium*, cuando la presencia de Emilia Tercia lo trajo de vuelta a la realidad. Sobre la mesa de madera estaban los planos de Asia Menor y de todas aquellas rutas que indicaban los senderos y las vías por los que marcharía el ejército consular de su hermano en pocos días.

—¿Qué te trae, Emilia? —preguntó pensativo Publio mientras trataba de ordenar todos sus pensamientos.

—Amado esposo, veo con buenos ojos que lleves contigo a nuestro hijo, pues indudablemente debe de cubrir su experiencia en algún campo de batalla.

Publio Cornelio Escipión se quedó por un momento observando los negros ojos de Emilia Tercia, como tratando de volver a esos años en que la juventud era lo que sobraba.

—Me he enterado lo que hablaste con Lucio Emilio —dijo Publio, que seguía serio ante la presencia de su mujer—. No pienses que corrió a contarme lo sucedido, tu hermano es un romano muy prudente. Lo que pude saber de sus labios se debió a mi pregunta sobre si llevaría a Publio con él dentro de los cuerpos de caballería que se embarcarían a Hispania.

Emilia Tercia cambió la expresión de su rostro a la espera de algún reclamo por parte del líder de la familia.

—Emilia, apoyo tu decisión de no enviar a Publio a Hispania. Esas tierras requieren de hombres de mucho temple, y no soy ciego para observar que a nuestro vástago le falta parte de ello. No lo tomes a mal, pero Hispania me trae malos presagios en caso de enviar a Publio. He decidido, Emilia, que nuestro hijo formará parte de la caballería consular que partirá para Asia Menor bajo las órdenes de mi hermano Lucio.

La pareja se miró fijamente como queriendo aceptar este último destino; Publio agregó:

—Recuerda que llevamos con nosotros varios oficiales leales a nuestra familia, quienes de seguro ayudarán en el campo de batalla a nuestro querido Publio.

Emilia Tercia sintió que las palabras de su esposo le daban tranquilidad, sin embargo comentó:

—Esposo, no pongo en duda tus conocimientos de guerra ni tu honorable palabra, pero te pido una vez más que hagas todo lo posible para que a nuestro hijo no le suceda nada. Si llegase a encontrar la muerte lejos de Roma, yo desesperaría de tristeza y de dolor. A él le tengo un aprecio muy especial, ambos sabemos que no nació con tu determinación ni con tu coraje, por eso te pido que no lo dejes a la suerte de nuestros enemigos.

—Emilia, ten la seguridad de que al joven no le sucederá nada. Allí estará su padre para protegerlo.

Ambos siguieron conversando en torno a la campaña militar que se llevaría a cabo en Asia Menor y que se convertiría en la primera operación militar romana en dichas tierras. Esa misión requería de toda la logística y la destreza posible, pues un enorme ejército consular, apoyado por legiones latinas y aliados griegos, se estaba movilizando hacia una frontera que se situaba más allá de las normales líneas de aprovisionamiento con que hasta entonces hubiese contado ejército romano alguno.

En diciembre del año 190 a.C., Emilia Tercia estaba en las adyacencias de un terreno donde se proyectaba la construcción de una fuente en honor a la ninfa Juturna. Emilia Tercia era una devota romana y sentía gran aprecio por las deidades y demás seres mitológicos que regían la vida de todos los hombres en la tierra. Esa tarde, en compañía de su hija Cornelia y de varias esclavas de su dominio, caminó muy despacio por aquel terreno imaginando cómo se vería una vez que estuviese concluida la ansiada fuente. Esta llegaría a convertirse en la madre de Fontus y regiría todas las fuentes de agua de la Roma republicana.

Emilia Tercia tomó entre sus manos algo de la tierra del sitio y sintió una especie de conexión entre su carne y el polvo de la tierra. Entendió que a la larga la vida de todos los hombres concluía en simple materia, en polvo y ceniza. Cornelia caminó al lado de su madre, exhibiendo su autoridad y la entereza que le caracterizaba por ser la hija mayor de Africanus. Por su parte, Emilia Tercia se olvidó de quién era y se abocó a conectarse con los elementos allí presentes. El agua como elemento divino en la vida de Roma fluía con energías y noticias para todos aquellos cuyos sentidos quisieran apreciar su grandeza.

Unos niños estaban cerca de un estanque de agua que llegaba a albergar algunos peces, hacia ellos se dirigió la mirada de Emilia Tercia, quien olvidándose de todo su entorno observó cómo uno de aquellos infantes capturaba con una rudimentaria red al menor de los peces. Emilia se percató de que el pequeño pez al alejarse del grupo de peces se había convertido en fácil presa para las intenciones de aquellos niños. El pez se movía incesantemente en la red, mientras los ojos de todos ellos contemplaban orgullosos lo alcanzado. Emilia Tercia pudo sentir cómo los demás peces, en apretado banco, se habían quedado quietos y enfocaban su cara. Los instantes transcurrieron, y aquellos niños corrieron de un lado hacia otro, conservando dentro de la red su captura.

Todo lo demás dejó de tener valor, pues lo único que le interesaba a Emilia Tercia era determinar qué pasaría con aquel secuestro, con aquella separación repentina del pez menor del estanque. En ese momento, el niño más grande y a quien parecían obedecer todos le susurró algo al que sostenía la red. Este último lo miró con respeto y después aceptó devolver el pequeño pez al estanque. El resto de los peces continuaban agrupados en torno al pez de mayor tamaño, quien solamente tenía actitud para contemplar lo que sucedía fuera del agua. Una vez puesto en libertad, el pequeño pez capturado nadaría presuroso hacia el reencuentro con los suyos, sería recibido por todos ellos y se mimetizaría con el banco que estaban formando.

Emilia Tercia una vez más miró a los niños, fijándose en la actitud del mayor, quien sencillamente ordenó que se devolviese el pez al estanque sin llegar a recibir ninguna contraprestación. Esa tarde aquella situación vivida le llamó mucho la atención, se dio cuenta de lo fácil que había sido que una mano inexperta capturara a un escurridizo pez, sobre todo encontrándose este último en medio de otros peces grandes. La matrona de los Escipiones fue al fin alcanzada por su hija Cornelia, quien percibió la expresión ensimismada que mantenía su madre.

—¿Sucede algo, madre? —preguntó.

—No, hija mía, solo que esos niños me han hecho pensar muchas cosas.

—¿Han sido irrespetuosos contigo?

—No, Cornelia, ellos simplemente jugaban cerca del viejo estanque, y he observado sus juegos, nada más.

Emilia Tercia y Cornelia seguían caminando por los alrededores del terreno, acompañadas muy de cerca por sus esclavas y vigiladas a lo lejos por los miembros de la guardia privada de la familia.

En el año 189 a.C. los hermanos Escipión regresaron a Roma desde las tierras de Asia Menor. Allá se había librado un feroz enfrentamiento que sería conocido como la Batalla de Magnesia. En ella, las legiones consulares y latinas de Lucio Cornelio Escipión junto con las tropas aliadas del reino de Pérgamo se midieron en un combate transcendental contra los ejércitos del Imperio seléucida. Al final de ese día, los romanos y sus aliados se llevaron la victoria, generando con sus movimientos y sus decisiones acertadas la más grande derrota que jamás hubiese sufrido el líder Antíoco III. En las llanuras de Lidia, muy cerca de la ciudad de Magnesia, una inmensidad de cadáveres quedó abandonada para la saciedad de los carroñeros. Roma definitivamente había logrado lo inimaginable para muchos, aquella victoria marcaría el principio del fin del Imperio seléucida, y sobre todo para el rey Antíoco III, cuya pesada derrota lo llevaría directo a la firma de una paz para poder zafarse por una parte de los romanos, mas no de sus propios problemas económicos y militares.

Pero aquella arrolladora victoria no contó con la presencia del vigoroso y veterano Publio Cornelio Escipión, quien días antes del choque definitivo tuvo la desgracia de ver cómo su inexperto hijo, junto con una patrulla de reconocimiento de caballería romana, era aniquilado por tropas aliadas a los seléucidas. Todos los romanos habían muerto, a excepción del joven Publio. Este fue reconocido por el mismo Aníbal Barca, quien se desempeñaba como asesor militar de Antíoco III, y fue llevado ante la presencia del mismo rey sirio, a fin de que dispusiera del destino que se le daría al hijo del famoso Africanus. La oficialidad romana nunca llegó a enterarse con total precisión el motivo por el cual Antíoco III decidió liberar sin contraprestación alguna al hijo de Escipión. Lo cierto es que el oficial de caballería Publio fue conducido ante la presencia de su padre y de su tío.

Publio pudo darse cuenta de cómo la salud de Africanus se había deteriorado, pues al entrar en la tienda consular halló a un flaco enfermo que en nada representaba a su fuerte padre. Africanus había padecido la tormentosa angustia de ver cómo su propio y único hijo podía morir en las manos de sus más acérrimos enemigos. Nada menos que Aníbal Barca y Antíoco III habían tenido en su poder la suerte y la vida de su hijo. Ante semejante agonía, Publio Cornelio Escipión volvió a experimentar una serie de dolorosos síntomas, muy parecidos a los que había padecido durante sus años en Hispania. En cuestión de unos pocos días, la vida de Africanus se había destrozado, y aunque el retorno de su hijo se pudo lograr, jamás volvió a exhibir la entereza y la vitalidad que tanto lo habían caracterizado. Aquel juramento que le había hecho a Emilia Tercia en Roma, de proteger la vida de su hijo, lo había conducido irremediablemente a un fatal abismo, donde la enfermedad, la ansiedad, el temor y el miedo se habían conjugado para robarle las ganas de vivir.

Emilia Tercia recibió en su *domus* a un esposo enfermo que solo quería abstraerse de la dura realidad que había vivido. Su llegada fue anticipada con respecto a la de los demás. Por esa fecha Roma celebraba la victoria sobre Antíoco III en las llanuras de Lidia, y además la próxima firma del acuerdo de paz, que prácticamente sacaría del juego político mundial al monarca sirio. A partir de ese memorable momento, el Imperio seléucida empezaría a transitar hacia un seguro declive político y militar que terminaría con la caída de Antíoco III.

Por palabras de su marido, Emilia Tercia se enteró de todo el suplicio que tuvieron que vivir tanto Publio como Lucio con el inesperado secuestro de su hijo. Emilia Tercia conoció cómo la profecía del dios Apolo se había cumplido, no en Hispania como todos lo habían pensado, sino en Asia Menor.

Días después arribó a Roma el esperado cónsul Lucio Cornelio Escipión, quien junto con sus tropas de élite llegó para celebrar la jubilosa victoria que se había alcanzado en tierras de Asia Menor. También lo acompañaba su sobrino, quien no tenía palabras para describir la difícil situación por la que había tenido que pasar para volver a encontrarse con vida. Emilia Tercia entendió que la realidad de la familia Escipión había cambiado muy a pesar del retorno de su hijo y de su marido, y además del triunfo que el honorable Senado le concedería a Lucio Cornelio Escipión. Una nueva etapa estaba por comenzar, se acababa de esta manera la vertiginosa carrera política y militar que tanto había caracterizado a Africanus. El año 189 a.C. marcó el punto de inflexión de los logros personales de Publio Cornelio Escipión; después de allí, lo que vendría serían traiciones y ataques para acabarlo como figura de poder dentro de la República de Roma.

Los enemigos militares habían dejado de existir y habían dado paso a los enemigos internos que se ocultaban tras las columnas de la Curia Hostilia, aprovechando la oportuna ocasión para asestar el golpe de gracia que no había podido concretar el senador conservador Quinto Fabio Máximo.

Lejos, en Hispania, el pretor Lucio Emilio Paulo recorría toda la provincia de Hispania Ulterior ejerciendo el título de procónsul, siguiendo siempre los pasos documentados que años atrás dejara su cuñado Escipión. En dichas tierras Lucio Emilio Paulo conoció la victoria, pero también la dura derrota, sin embargo, por ser de una personalidad conciliadora, recibió siempre el inconstante apoyo del Senado y logró luego levantar su campaña en tierras hispanas.

Lucio Emilio Paulo era un senador ilustre, hijo a su vez de otro honorable senador recordado por muchos como un romano educado y preparado. Dejaría para la posteridad un evento que sería pionero en el complicado mundo de las libertades civiles. El procónsul Lucio Emilio Paulo fecharía para las futuras generaciones de romanos e íberos que el día 19 de abril del año 189 a.C., en la fortaleza íbera mejor conocida como Turris Lascutana, en la ciudad de Asta Regia, se decretaba ante los legionarios y los oficiales de su ejército que todos aquellos esclavos que se encontraban en dicha torre quedarían absueltos de la humillante condición de esclavos. Este decreto fue la primera inscripción epigráfica que se levantó en Hispania. A partir de ese momento, todos los romanos residentes en Hispania, así como aquellos íberos pertenecientes a las distintas tribus, entendieron que Lucio Emilio Paulo sería la primera autoridad en toda Hispania, capaz de haber decretado una libertad colectiva en beneficio de la pacificación de la provincia. Nunca antes, ni durante los tiempos de los griegos o cartagineses, se había decretado algo igual. Por supuesto, aquella iniciativa emprendida por Lucio Emilio Paulo no cuadraba con los tiempos que estaba viviendo la República de Roma, pero definitivamente el fin justificaba los medios, pues con dicho decreto muchas vidas se salvarían por un largo tiempo.

Después de la llegada del joven Publio a Roma, sus primeros pasos se encaminaron al encuentro con su padre y también con su añorada madre. Publio había conocido de boca de su tío en los días cercanos a la Batalla de Magnesia que su padre se encontraba muy enfermo, y que su enfermedad no había podido ser diagnosticada dentro de las habilidades de los médicos que acompañaban a la tropa. Sudores fríos durante el día, acompañado de abundantes sudoraciones de fiebre por las noches hacían que el temple del fiero *pater familias* se resquebrajara en aquellas retiradas tierras de Asia Menor. Publio, después de su inesperada liberación, se juró que no le fallaría nuevamente a su padre, mucho menos a su madre. El día anterior de la feroz batalla le había confiado a su tío Lucio Cornelio Escipión que no se dejaría atrapar por ningún enemigo, y que durante la lucha blandearía la *gladius* como todo un Escipión.

Aquellas palabras dichas por el joven Escipión se cumplieron, pues al final de la Batalla de Magnesia, retornó ante la presencia de su tío mostrando un uniforme cubierto por la roja sangre de los enemigos de Roma. Aquel memorable día el joven Escipión recibió una nueva oportunidad de sus dioses: lo antes ocurrido quedaba en el eterno olvido, y su lucha en Magnesia se convertía en su verdadero bautismo de sangre. Pero como los espías llegaban a las mismas partes que las legiones, en Roma se conoció el secuestro del joven Escipión, y se empezaron a tejer toda una serie de especulaciones en torno al modo en que Africanus había logrado que liberaran a su querido y débil vástago.

—¡Madre! ¡Madre! —gritó el joven oficial de caballería al tener al frente la presencia de su progenitora.

Emilia Tercia corrió veloz para estrechar el cuerpo de su hijo como si de un niño se tratara.

—Por todos los dioses, ¡has regresado al hogar! —exclamó Emilia Tercia sin ocultar las lágrimas que recorrían sus mejillas ante la inesperada felicidad que estaba sintiendo.

—Madre, perdóname por haberlos hecho sufrir —susurró entre sollozos el joven Publio.

—No te preocupes, hijo mío, Apolo me lo había descrito, tenía que pasar algo realmente doloroso para conocer la verdadera fuerza de nuestro dios. Apolo ha cumplido su promesa, has vuelto al hogar después de un indescriptible suplicio. Solo llegue a conocer lo sucedido por tu padre, él me contó todo lo que sucedió en Magnesia, pues de haberlo sabido antes hubiera acabado muerta ante el dolor que implicaba la desagradable noticia.

—¿Y mi padre cómo se encuentra? —preguntó Publio, queriendo hallar una grata respuesta a su otra preocupación.

—Hijo, tu padre ha regresado muy enfermo. Desde su llegada ha estado en cama y no presenta signos de cura, debo pensar que la pena que llegó a sentir al saber de tu secuestro lo fulminó en vida. Por mis dioses, que estoy sintiendo una enorme culpa por lo que le sucede. A él le pedí el juramento de protegerte y por eso se encuentra derrumbado, enfrentando el hecho que casi te cuesta la vida.

Publio abrazó a su querida madre deseando a Júpiter que su padre superara aquella prueba. Muy dentro de sí, sabía que su padre era el más duro de los Escipiones, y aquel indeseado susto no debía ser la causa de una prematura muerte. Si llegase a morir en aquel momento, la familia seguiría contando con Lucio Cornelio Escipión y con Lucio Emilio Paulo, pero era mil veces mejor contar con el fiero temperamento que solo podía exhibir Escipión.

Druso Sejano, en ese momento de profunda intimidad, se acercó hasta sus *dominus*. Cargaba entre sus brazos a una niña que permanecía muy quieta mirando el techo de la *domus*.

—¡Hola Druso! —dijo Publio mientras se acercaba hasta la posición del fiel esclavo—. ¿Has sido padre? —preguntó el joven Escipión tratando de tocar una de las manitas que estaba moviendo la criaturita.

—¡*Domino*! —contestó el viejo Druso Sejano y agachó su cabeza en señal de respeto.

Publio volteó para mirar a su madre ante la escena tan peculiar que estaba viviendo.

—Publio, mírala bien, esta criaturita es tu hermana Cornelia, mi hija Cornelia Menor, nacida de mi vientre y de la carne de tu padre.

Publio quedó sorprendido al saber que contaba ahora con una hermana mucho menor.

—¡Madre! —fue la única palabra que atinó a decir el joven Escipión ante la inesperada sorpresa.

—Sí, hijo, es tu hermana.

El viejo esclavo acercó la criaturita aún más hasta el cuerpo de su domino, y Emilia Tercia continuó:

—Antes de partir tu padre para Asia Menor, me dejó fecundada, y esta niña ha sido mi apoyo emocional ante la ausencia de ustedes dos. A Hera le debo este milagro y el poder seguir teniendo un hombre que me represente y que la llegue a aceptar como suya propia.

—Madre, te creo que es hija de nuestro padre —dijo Publio al escuchar las palabras de su madre.

—Gracias, hijo, por ser tan consecuente conmigo, pero sabes que la tradición reza que es el *pater familias* quien acepta y reconoce un hijo, no la mujer —de este modo Emilia Tercia dejó planteadas muchas interrogantes que llegarían a cambiar el panorama de la convivencia familiar.

Ese mismo año 189 a.C. el procónsul Lucio Emilio Paulo retornó de Hispania y se encontró en Roma con la agradable noticia de que por voluntad de sus dioses era nuevamente tío de un crío Escipión. De Hispania traía grandes logros y muchas satisfacciones personales, pero aquello no le bastaba y postuló su nombre para el consulado del año en curso. A pesar de su agradable personalidad y de su aceptable desempeño, la mayoría del Senado decidió no votar por su postulación. Lucio Emilio Paulo comprendió de inmediato que dentro de la Curia Hostilia el bando conservador estaba trabajando meticulosamente para atentar contra las aspiraciones de cualquier allegado a Africanus.

Por otra parte, los logros alcanzados en Magnesia eran suficientes para que el Senado aceptara otorgar un triunfo al cónsul Lucio Cornelio Escipión y más aún aceptar que lo llamaran en adelante Asiaticus, en honor a su conquista en tierras de Asia Menor. La familia Escipión veía en Publio y en Lucio aquello que no habían podido ver en Publio y en Cneo. Aquellas magníficas victorias logradas en las Batallas de Zama y Magnesia inmortalizarían definitivamente a ambos hermanos, sin importar toda la serie de traiciones y descréditos que con antelación ya se estaban emprendiendo en su contra desde el mismo Senado romano, por supuesto a instancia de los senadores conservadores que habían sido fieles seguidores de la doctrina latina que caracterizara en vida al senador Quinto Fabio Máximo.

Ambos hermanos Escipión ahora se encontraban con un nuevo enemigo común, el cual se ubicaba dentro de la misma Curia Hostilia y juraba acabarlos empleando para ello todos los canales legales y jurisdiccionales que la *lex* romana contemplaba. Marco Porcio Catón era el senador que tomaría la bandera de la cruzada contra la familia Escipión. En Roma el tiempo lo diría todo.

Publio Cornelio Escipión contempló en silencio la frágil figura de la pequeña Cornelia. Allí estaba ella, distraída y sentada sobre una estera bajo los cielos que transitaban por el jardín de la *domus*. El fiero militar se había recuperado de su gravosa enfermedad, había recuperado la movilidad y la fuerza de todo su cuerpo. Pero aquella recuperación solo estaba dirigida a presenciar la imagen de la chiquilla que se decía su hija.

Africanus notó los ojos de la pequeña, sus diminutas manos y sus movimientos, y ciertamente se parecían mucho a los de su hija mayor. También le traía el añorado recuerdo de su difunta madre Pomponia. Aprovechó ese momento para pedirle a la diosa Hera que se encargara de cuidar a su querida progenitora donde quiera que su alma se encontrase.

—Hola, Publio —dijo Emilia Tercia mientras llegaba a las espaldas de su marido—. ¿Qué piensas de Cornelia Menor? —y la mujer esta vez encaró con temple a su mismo marido esperando la respuesta que daría paso al reconocimiento de la pequeña.

—Esta niña es mi hija, Emilia, y quiero proceder al reconocimiento de acuerdo con la costumbre.

Con aquellas cortas palabras Publio Cornelio Escipión dio el importante paso de agrandar su propia familia con la llegada de un nuevo miembro. Días después el *pater familias*, en presencia de los principales miembros de su distinguido clan, procedió a reconocer a Cornelia Menor como la nacida de su relación con Emilia Tercia. La pequeña gozaba de todos los beneficios que la *lex* romana deparaba a los ciudadanos patricios.

Emilia Tercia se encargó se organizar un extraordinario banquete al que asistieron no solo los miembros más cercanos de la familia Escipión y de los Emilio-Paulo, sino también todos los amigos y los compañeros de armas de su esposo. Con ese gesto se ganó una nueva aprobación de su marido, y a la vez alegró la *domus* familiar como cuando recién había acabado la Segunda Guerra Púnica, allá en el año 201 a.C.

Ahora Publio Cornelio Escipión, convertido en un *pater familias* de cuarenta y siete años de edad, destinaba parte de las horas del día a contemplar disimuladamente aquella niña llamada Cornelia Menor. Fuera de la seguridad de su *domus*, los asuntos políticos gradualmente empezaban a afectar los intereses de la familia Escipión. A menudo y desde las mismas gradas del Senado, se atacaban todo tipo de propuestas que tuvieran un origen o una relación con los intereses de Africanus. Los seguidores y los aliados políticos de la familia Escipión empezaban a flaquear ante el acoso ejercido por el senador Marco Porcio Catón, y con esto la bancada de liberales fue gradualmente perdiendo el requerido espacio de poder dentro del Senado. Sin embargo, la mayor parte de los veteranos militares que ahora ejercían como senadores seguían fieles a la causa de Africanus y a todo lo que tuviese que ver con la honorable familia Escipión. El pueblo llano y las juventudes también se identificaban con Escipión, situación que colocaba en equilibrio las fuerzas de poder en Roma.

Los años que siguieron fueron muy duros para Emilia Tercia, quien tuvo que hacerse fuerte para poder enfrentar el cúmulo de emociones que estaba golpeando constantemente a su familia.

En cuanto a su marido, Emilia Tercia sabía que el senador Marco Porcio Catón sólo tenía en mente execrarlo del espacio político de Roma por medio de premeditadas acciones judiciales que tenían por objeto desnudarlo para el escarnio público, e inclusive arrastrarlo hasta la condena de una muerte miserable. Pero la valiente matrona sabría cómo orientar oportunamente a su marido para que no fuera a caer en la trampa cernida sobre él y sobre los demás miembros de la honorable familia Escipión.

Publio Cornelio Escipión, aun cuando seguía siendo una persona importante dentro de la República, dejó de ocupar cargos relevantes. Esto entristeció a Emilia Tercia, pero por otra parte sabría aprovechar la situación, dedicándose junto con Publio a los negocios familiares que tenían en la región de Campania, específicamente en Literno, lugar donde la familia Escipión dirigía una enorme villa desde los tiempos ancestrales. Emilia Tercia entendía que su marido se estaba alejando gradualmente del Senado debido a los ataques políticos. Ante tales circunstancias, ella hacía todo lo posible para que el líder de la familia Escipión se entretuviera viviendo agradables reuniones y viajes con aquellos veteranos a los que tanto aprecio había llegado a tener.

La familia invertía parte de su tiempo en viajar a Etruria o a su villa de Literno, lugares en los que se relajaban con obras de teatro, encuentros amigables, ceremonias en algún templo, comidas y agasajos, actividades que llegaban en el momento que la pareja más lo necesitaba. Pero aparte de todas estas situaciones, comunes a los patricios famosos que iniciaban su retiro, aunque en el caso de Escipión fuera forzoso, Emilia Tercia observaba cómo con cada amanecer que llegaba, las facultades físicas y mentales de su querido esposo iban disminuyendo. Había días en que estaba muy lúcido, como si quisiese dirigirse nuevamente al Senado y apoderarse de la República; y otros, su cuerpo no le daba ni siquiera para levantarse de su lecho. Aquella serie de sucesos contradictorios iban preocupando a la hermosa y madura Emilia Tercia, quien llegó a la determinación de dejar vivir sin límites a Publio Cornelio Escipión, con el deseo de que sus últimos años fueran tan agradables como aquellos días en que su *gladius* y su potente voz abrían los espacios de Roma por las tierras de Hispania.

Emilia Tercia empezó a consentir a su esposo en que se distrajera con infinitos juegos lascivos dentro de la *domus*, dándole la oportunidad de saciarse de todas sus esclavas en la más absoluta privacidad; y es que aquello en Roma no estaba expresamente prohibido para los *pater familias*, pero en el caso de Escipión, este siempre había mantenido una compostura de respeto y de moral que había heredado de sus padres. Emilia Tercia creía con sincera fe que lo mejor para un abnegado guerrero y un convencido *pater familias* que había luchado durante toda su vida era que disfrutara como más quisiera sus últimos días.

En la *domus* de la familia Escipión nadie osaba recriminar conducta alguna al *pater familias*. Muchos sabían de los ataques nerviosos y físicos que afectaban la vida de Escipión, pero nadie lo comentaba. Hacia el final de sus días, habitando en Literno, Publio Cornelio Escipión pasaba el tiempo viviendo entre la consciencia y la inconsciencia. En aquel limbo de realidades se movía la íntegra Emilia Tercia, quien para el año 184 a.C. se haría cargo de las riendas de la familia Escipión, esperando ser asistida por su hijo Publio y por su incondicional hermano.

Pero a la par de los problemas políticos y físicos que afectaban la vida de su marido, Emilia Tercia tuvo que saber convivir con los propios problemas y desventuras de su cuñado Lucio Cornelio Escipión, quien después de haberse consagrado militarmente como Asiaticus, el gran señor conquistador de Asia Menor, se desmoronó inesperadamente ante los ataques que también emprendió contra él el detestable senador conservador Marco Porcio Catón.

Lucio Cornelio Escipión demostró que era mucho más débil que su hermano Publio. Su fortaleza física y mental no era tan testaruda como la del gran Africanus, y necesitó la protección que le sabía ofrecer Emilia Tercia. Esta romana patricia tuvo que brindar apoyo a ambos hermanos, cuyas vidas se habían apagado inesperadamente para beneficio de sus enemigos políticos.

La suerte quiso que el senador Lucio Cornelio Escipión, tiempo después de haber recibido un triunfo por la grandiosa victoria en la Batalla de Magnesia, quedara luego desamparado y sin bienes. El Estado romano embargó sus propiedades para garantizar y cubrir un juicio que se le hacía supuestamente por la apropiación indebida de un botín de guerra durante su campaña militar en Asia Menor.

Al caer afectado Africanus, irremediablemente le siguió su hermano menor Asiaticus. Eso demostró, para alegría de algunos, cómo operaba el efecto dominó contra los miembros de la familia Escipión. Pero a pesar de la desgracia que los estaba afectando, Emilia Tercia sabía cómo sostenerse y cómo seguir brindando ayuda emocional a los suyos, sin abandonar a la suerte de nadie el destino de Publio y de Lucio. Ella sabía batallar con las enormes adversidades que estaban golpeando incesantemente a su familia, y para ello se erigía como una nueva mujer, cargada de respeto, fuerza y determinación. Atrás quedaban los años de la infancia añorada, de la juventud vivida, del descanso absoluto y de la paciente crianza de los hijos. Esta vez Emilia Tercia tenía que saber llevar bien las riendas de la familia Escipión, para que la fama y la historia que se había logrado desde los tiempos de la fundación de Roma no se perdieran en el olvido de los años.

Emilia Tercia juró a su dios Apolo y a su diosa Juno que un tonto senador con ideas retrógradas no destruiría a su familia.

Vería inmortalizada la obra de su marido y de su padre, antes que el triunfo de por vida del traidor en las gradas del Senado. Así pensaba Emilia Tercia.

La matrona de la honorable familia Escipión se reunió con los miembros de su familia y les dijo que necesitaba del apoyo irrestricto si querían que la familia y el legado de sus patriarcas no se perdiera en el olvido. Supo así ganarse el apoyo de Publio Cornelio Escipión Nasica, quien se comprometió a defender desde las gradas del Senado los intereses de la familia. Con él los Escipiones no quedarían desasistidos en cuanto al conocimiento y a la aplicación de las leyes de la República. Asimismo, su hijo y actual marido de Cornelia Mayor se sometería a los criterios y a las decisiones de Emilia Tercia, convirtiéndose igualmente en un elemento importante para que ella pudiera tener ojos dentro de la Curia Hostilia. Ese matrimonio era el más joven de la notable familia Escipión y ayudaría a que las ideas del *pater familias* ausente no se diluyeran en el tiempo.

En cuanto a Publio, el vástago de Escipión, dejó para siempre el mundo militar, le bastaba la experiencia lograda en Lidia, cuando había estado a punto de morir asesinado por hombres del rey sirio. Publio quedó bajo el cobijo que le brindaba su tío Lucio Emilio Paulo, y juntos se los veía a menudo en las gradas del Senado, para la constante rabia de Marco Porcio Catón. El hijo de Escipión demostraba sin mentiras ni alegatos superfluos que no había heredado la habilidad militar de Africanus, ni tampoco la agudeza jurídica de sus primos; pero a fin de cuentas era el corazón de su madre el que latía dentro de su pecho, y mientras se encontrara en el Senado, bajo su toga vivían las agradables y serenas ideas de una patricia romana que a lo largo de su vida había podido entender cómo se movía Roma y cómo era el proceder de sus romanos.

Cuando faltara su admirado padre, Publio sería quien velaría por la suerte de su querida madre. Publio era aquel romano que había nacido no para ser famoso con arrolladores triunfos y ovaciones eternas, sino para ser amado por una preocupada madre como lo era Emilia Tercia. Para él no habría familia, ni esposa, ni hijos, solo la idea de ayudar a su progenitora para que pudiera seguir rigiendo los destinos de los Escipiones ante la ausencia de Africanus.

Cornelia Menor crecía rápidamente y se iba pareciendo en muchas cosas a su madre. La precoz niña entendía que tenía el orgullo de su padre y el corazón y la intuición de su madre. A ella Emilia Tercia dedicaba todo el tiempo que podía, ayudada por las fieles esclavas que seguían viviendo en las propiedades de la familia. Claudia Agripina era una de las esclavas que mejor atendía a Cornelia Menor cuando Emilia Tercia no estaba presente. Claudia Agripina le recordaba a Emilia Tercia a la esclava Lucila, con quien había vivido varios años cuando los juegos, los cantos y las diversiones eran parte de sus quehaceres diarios. Cuando todavía existían Serbilia y su querido padre Lucio Emilio Paulo.

La diferencia de edad entre sus hijos alentaba a Emilia Tercia para que la pequeña Cornelia asumiera una conducta totalmente diferente a las que exhibían las demás niñas de su edad. La matrona solo quería preparar a su pequeña para lo que en un futuro cercano le tocara vivir, teniendo en mente los designios de los dioses y también las voluntades de los hombres de poder.

Durante la arremetida política que llegaba de parte de los senadores conservadores en contra de los miembros más representativos de la familia Escipión, el senador Lucio Emilio Paulo fue uno de los menos perjudicados, a pesar de que en varias ocasiones llegó a perder la elección cuando quiso lanzarse para el cargo de cónsul.

Sin embargo, este noble romano no se enfrascaba en una lucha perdida contra aquellos poderosos senadores opositores que habían aprendido a sacar parte de los resquicios legales existentes. Muchas veces pasaba con la cabeza baja, pero manteniendo vigente sus vínculos con la familia Escipión. Sus puntos de vista eran escuchados en el Senado, y muchos le tenían gran aprecio, por lo que durante esos años caracterizados por la dura confrontación política él era visto más como una figura de conciliación que como adversario.

Lucio Emilio Paulo no era tan capaz como su hermana Emilia Tercia para conducir adecuadamente su propia familia. Todo lo heredado de su padre lo iba perdiendo poco a poco, y su relación con Papiria se había deteriorado tanto que su matrimonio se estaba convirtiendo en un completo suplicio. La falta de determinación para sus asuntos familiares y conyugales contrastaba en gran medida con su manera conciliatoria de arreglar las cosas fuera de la *domus*.

Pero Lucio Emilio Paulo seguía estando muy cerca de su hermana, a la cual visitaba casi todos los días, al punto de consultarle sus asuntos más privados y pidiéndole la acertada opinión frente a sus dudas. Ambos hermanos sabían cómo abrirse paso en las circunstancias que estaban viviendo, pero sin olvidarse del pasado compartido. Para Lucio Emilio Paulo significaba también una distracción el poder viajar a tierras de Campania acompañando a los miembros de la familia de su hermana. Durante esos viajes, su mente y su espíritu se nutrían con nuevas ideas acerca de los diversos asuntos políticos de la República.

Este destacado senador, líder de los Emilio-Paulos, era padre de cuatro hijos, todos nacidos de su relación con Papiria. Eran dos varones y dos hembras. El mayor de los varones era Lucio Emilio Paulo. Él sería adoptado por el mítico senador conservador Quinto Fabio Máximo después de la muerte de su propio hijo. Luego del fallecimiento del senador conservador, a Lucio Emilio Paulo se lo llegó a conocer como Quinto Fabio Máximo Emiliano. Esa adopción fue muy discutida por todos los miembros de la familia Escipión, más que por los Emilio-Paulos, pero a la larga ese convenido pacto traería para el líder de los Emilio-Paulos mayores beneficios que desventajas, pues al fallecer el senador Quinto Fabio Máximo, sus personeros y aliados más allegados no atacarían tan fieramente a Lucio Emilio Paulo como sí lo hicieron contra el resto de los integrantes de la familia Escipión, pues era lógico que un vínculo lo llegaba a unir con la familia Fabia.

El segundo hijo del senador Lucio Emilio Paulo, conocido como Marco Emilio Paulo, fue inmediatamente adoptado por Publio, hijo de Africanus. Se presumía que Publio Cornelio Escipión había presionado a su propio hijo para que lo adoptara, siguiendo el ejemplo que había dado el senador Quinto Fabio Máximo con el primer hijo de Lucio Emilio Paulo.

A todo ello, el senador Lucio Emilio Paulo se sentía afortunado al ver cómo grandes personalidades de la República, aun siendo durísimos adversarios entre sí, se peleaban por ser los padres adoptivos de sus hijos varones.

Las dos hembras nacidas de su esposa Papiria se llamaban Emilia Mayor y Emilia Menor y permanecerían bajo la custodia directa de su madre por varios años.

De esta manera en la familia de los Emilio-Paulos surgían nuevos miembros, muy diferentes a los que nacían en la familia Escipión. Sin embargo, la adopción de los hijos de Lucio Emilio Paulo llegaría a unir ambas familias, e incluso construiría un nuevo camino sobre el cual se seguiría edificando el glorioso apellido Escipión durante los años siguientes de la República.

Villa Literno, Región de Campania

Una mañana un grito desgarrador recorrió todos los rincones y demás estancias de Villa Literno.

—¡Padre! ¡Padre! —fueron las palabras que salieron de la garganta de Cornelia Mayor al observar el cuerpo sin vida de su padre.

El sirviente de la familia encargado de la asistencia del *pater familias* en tierras de Literno se apresuró a salir de su *cubiculum* para encaminarse hacia la estancia de su *dominus*. La mañana era bastante oscura, se sentía en la piel el helado viento que llegaba a aprisionar la carne junto a los huesos.

Muchos fueron los que acudieron ante los fuertes gritos de Cornelia Mayor, los cuales se hacían cada vez más claros y estremecedores. Junio Colatino, el sirviente en cuestión, apresuró su marcha mientras sujetaba con fuerza su propia túnica, así como la capa que le cubría las espaldas. Mientras caminaba presuroso por los pasillos de la *domus*, a su lado izquierdo podía contemplar la niebla que súbitamente se iba mezclando con las plantas del jardín interno próximo a la estancia de Africanus. Las hojas de aquellas plantas estaban húmedas por el efecto del interminable rocío nacido en la inolvidable madrugada transcurrida.

Cuanto más se acercaba a la entrada del *cubiculum* de su *dominus*, Junio Colatino más advertía que ese día no deseado había al fin llegado. Literno entraría pronto en una extraña dimensión cuando se conociese la noticia que tanto se presentía. Una vez llegado al umbral de la referida estancia, el sirviente pudo observar cómo varias personas se le habían adelantado, pues allí estaban algunos de los miembros de la guardia personal de Publio Cornelio Escipión y buena parte de los sirvientes que por razones de sus atribuciones eran los primeros en levantarse para llevar a cabo las labores diarias en la villa.

Junio Colatino fue llamado por su *domina* Emilia Tercia, quien con lágrimas en sus ojos, le dirigió una mirada de dolor indescriptible. Al lado de ella, y arrodillada junto al lecho de su padre, estaba Cornelia Mayor, quien no dejaba de llorar mientras contemplaba con rostro compungido el cuerpo de su progenitor, el cual a esa hora de la mañana yacía inmóvil como si estuviera dormido.

El sirviente, después de tomar una de las manos de su *domina*, la soltó para dirigirse seguidamente hasta el lecho de su *dominus*. Junio Colatino contempló bien a su *dominus*, al honorable general Publio Cornelio Escipión, el cual se encontraba muerto, en su rostro no había mueca alguna de dolor ni de alegría. Allí permanecía inmóvil, se dejaba ver como aquello que siempre había sido: un hombre luchador que en los últimos meses había sido arrasado por el dolor, la pena y la enfermedad, hasta un desenlace totalmente esperado y fatal. Su mente y su cuerpo habían colapsado, y eso era difícil de entender para todos aquellos que lo habían conocido en Roma, o durante los años en que se había desplegado su brillante carrera política y militar. Pero para Junio Colatino quedaba claro que Escipión había perdido su batalla personal desde el momento en que empezó a transitar por su obligado exilio, quedando recluido definitivamente en sus tierras de Literno.

—¡Padre! ¡Padre! —repetía constantemente una hija que se sabía la heredera de todos sus principios y de su íntegra moral.

Solo ella entendía lo que se había marchado de este mundo, y lo que habían perdido los hombres de su época. Sabía que el gran precursor del engrandecimiento de Roma había partido para no regresar.

Emilia Tercia volvió a acercarse a donde se encontraba el constante sirviente, el cual continuaba inmóvil ante lo que estaba presenciando.

—*Domina*, ¿qué puedo hacer por usted? Por favor, quiero instrucciones —dijo el sirviente, mostrando una auténtica preocupación.

—Junio Colatino, a mi marido lo sorprendió la muerte mientras dormía. Junto a él pasé la noche, y aunque tardó bastante en dormirse, al igual que las últimas noches, nunca llegué a imaginar que moriría estando a mi lado. Se ha ido, se nos fue Publio, el general de Roma, aquel que tanto dio a su

República y de la que solo recibió al final este exilio injustificado. Ahora pueden reír algunos de sus adversarios políticos —dijo Emilia Tercia con lágrimas en sus ojos, y continuó—, pero más pronto que tarde comprenderán que la notoria grandeza que envolvió a mi marido durante su vida no lo seguirá hasta el más allá. No. Su grandeza ha de quedar en este mundo por siempre, porque si Roma pudo sobrevivir a los cartagineses, la obra de Publio Cornelio Escipión perdurará por siempre en el espíritu de su pueblo, ese que llegó a adorarlo como a un dios, como un mismísimo rey, a pesar de que él nunca tuvo intenciones de serlo, solo anhelaba ser querido como un simple y respetado senador romano.

Todos aquellos sirvientes que se agolpaban dentro y fuera del *cubiculum* donde yacía Africanus no hacían más que evidenciar lo terrible de la noticia. Su guardia personal, los sirvientes y los esclavos que hacían vida dentro de la enorme *domus* campestre de Literno sabían calladamente que su *dominus* no tardaría en partir del mundo de los vivos, pues sus días se habían vuelto una antesala gris de lo que pronto lo esperaría. La sorpresa era para Emilia Tercia y para su hija Cornelia Mayor, quienes eran los miembros de su familia que más se acercaban a él, pero solo durante los distantes viajes que realizaban hasta Literno para verlo.

Publio Cornelio Escipión había quedado quietamente dormido en su lecho. Su *cubiculum* dejaba entrever la limpieza, el orden y la austeridad que siempre había envuelto su vida. En el suelo, a un lado de su lecho, se veían las frías *caligae* que habían sentido sus pies en las últimas caminatas de su agitada vida. Sus ojos cerrados no volverían a abrirse para apreciar los queridos cielos de su península itálica, esos cielos que gracias a sus campañas militares ahora se extendían a otros continentes. Para el día de su partida, quedaba una República muy grande y crecida, una nación que seguiría expandiéndose todavía más gracias a los esfuerzos venideros de hombres que tratarían de emular sus logros y sus méritos.

El sirviente de confianza dejó el *cubiculum* de su *dominus* en medio de tanta consternación, y partió con rumbo premeditado hacia el *tablinium*, donde Africanus había destinado largas horas de sus días para pensar y poder escribir en silencio sus anecdóticas memorias, esas que anhelaba dejar como herencia a todos los romanos, referidas a los días de tanto dolor y gloria vividos durante la Segunda Guerra Púnica. Rápidamente sus pasos lo llevaron a las puertas del *tablinium* y allí comprendió que era la primera vez que lo hacía desde que su señor había fallecido. En un armario modesto, elaborado con maderas de *alnus cordata* que provenían de los árboles antiquísimos que daban sombra a la villa familiar, descansaban las memorias escritas por la mano de Africanus. En otra pequeña mesita de madera rústica quedaba guardada una copia que había escrito su sirviente como respaldo y en respuesta al requerimiento que le hiciera en vida Escipión, quien había sido muy previsivo con sus proyectos, al punto de pensar que sus enemigos políticos y muy especialmente el senador Marco Porcio Catón en cualquier momento podían intentar hacer desaparecer su obra, para que de esta manera reinase ante el mundo civilizado solo la versión de la historia contada desde la bancada conservadora. Por ello, había un original y la copia realizada por Junio Colatino, pacientemente lograda en el tiempo de aquellas tardes en que la salud y el espíritu de Africanus así lo permitía.

El nervioso Junio Colatino abandonó el *tablinium* llevando con él la copia de dichas memorias y las depositó finalmente en un armario de su *cubiculum*. El sirviente recordó en ese momento y con nostalgia parte de todas las conversaciones que en vida había llegado a tener con su *dominus*. Después se encaminó a la dependencia donde se guardaban las pertenencias de su difunto *dominus* y empezó a buscar aquella túnica que fuera más adecuada a fin de vestir al general para las ceremonias fúnebres que pronto comenzarían. Había que buscar y limpiar la *lorica segmentata* que acostumbraba usar el general, así como los demás accesorios que la costumbre mandaba a exhibir. Su *gladius*, su *pugio*, el *paludamentum*, las nuevas *caligae* que luciría, sus *faleras*, y cualquier otro objeto que su viuda y su hija quisiesen incluir en su funeral.

Fuera de la villa la densa niebla no dejaba levantar el día, se sentía un frío muy crudo. Algunas gotas de lluvia empezaron a caer sobre los altos techos de la villa, envolviéndola toda con un sinfín de sonidos que nacían con el choque del agua. Fuera del *cubiculum* de Escipión, Emilia Tercia se reunió con el capitán de la guardia privada para acordar así el envío de mensajeros, los cuales debían partir llevando consigo la lamentable noticia del fallecimiento hacia tierras de Etruria, al resto de Campania y, por supuesto, a la esquiva Roma. Todos debían enterarse que el gran general romano Publio Cornelio Escipión, llamado también Africanus, acababa de morir en su villa de Literno.

Rápidamente en los establos de la villa se empezaron a preparar los caballos que serían utilizados para transportar a los jinetes que llevarían el mensaje fúnebre. Afuera el tiempo estaba empeorando, aquella llovizna dio paso a una fuerte lluvia que pronto inundaría toda la campiña circundante. En pocos instantes los caminos que salían de la villa estuvieron anegados por la lluvia, al punto de formar verdaderos lodazales que dificultaban la salida de los mensajeros. Aún así, aunque Plutón abriese las puertas del inframundo, la salida de los jinetes era impostergable, pues una cadena de eventos históricos estaba apenas comenzando.

Emilia Tercia encomendó a su fiel sirviente que se dedicara de inmediato a redactar los escritos que llevaría cada uno de los mensajeros que pronto abandonarían Literno, ella dio las ideas generales sobre su contenido y dejó a Junio Colatino las formas. Luego Emilia Tercia colocó su firma y el correspondiente sello de la familia, con lo cual los mensajes quedaban autenticados.

Cornelia Mayor seguía en el *cubiculum* de su padre, no se ausentaba de allí por nada ni nadie. Ella continuaba derramando lágrimas de dolor, llenando su mente con todos aquellos recuerdos que habían colmado de felicidad alguna vez su vida. Una y otra vez tomaba la mano de su padre, observaba detenidamente todas aquellas pequeñas cicatrices y marcas que el tiempo no había podido borrar. Eran las marcas que evidenciaban que había tenido una vida signada por la lucha y por la guerra. Cornelia Mayor observaba sus uñas ahora moradas, sus fuertes nudillos que apenas cubría una delgada capa de piel. Sus dedos, fuertes y endurecidos, con los cuales en un pasado lejano había llegado a sostener su poderosa *gladius*. Eran las manos de su padre, de hombre fuerte y sufrido al final de sus días. Eran las manos de un generoso legionario romano, como todos aquellos que habían muerto en Tesino, Trebia, Trasimeno, Cannae y muchas partes más.

Cornelia Mayor estaba allí, llorando por todos los que en ese momento no se encontraban despidiendo a tan digno hombre, a ese que había sido su querido padre, al mejor general que había tenido la República al final de los tiempos. Ella, la hija mayor, la más obediente y atenta con su padre, contemplaba una y otra vez su cadáver. La estancia estaba más fría que la misma campiña húmeda de Literno. Una fuerte ráfaga de viento apagó las velas que iluminaban la habitación, haciendo que la sufrida hija dejase de mirar a su padre y procediera a encender nuevamente la llama de los cabos. Frío y oscuridad eran una compañía muy triste para aquel momento que se estaba viviendo.

Una vez que el capitán de la guardia privada resolvió lo referente al envío de los emisarios, se abocó a planificar la seguridad que debía reorganizarse desde esa misma mañana, todo con miras de afrontar las innumerables visitas de familiares, amigos, vecinos y curiosos que pronto empezarían a llegar hasta los límites de la villa.

La tranquilidad que se mantenía en el *cubiculum* del difunto desapareció cuando una esclava llamada Silvana, en compañía de otras esclavas, llegó para asear el cuerpo del general. Ellas habían sido enviadas por la misma Emilia Tercia, quien quería con eso tener a su difunto marido preparado lo antes posible para que luciera como lo que había sido en vida: una leyenda. Ella, la matrona de la familia Escipión, quería que se viera imponente, que desprendiera respeto y también provocara en los sufridos y curiosos que pronto llegarían una admiración sublime incluso en su propio lecho de muerte.

Cornelia Mayor se hizo a un lado para dejar que las esclavas hicieran su trabajo. Entre todas ellas se encontraba Silvana, la última amante secreta que había tenido Publio Cornelio Escipión. Ella retiró la sábana que cubría el cadáver de Africanus. Después hizo lo mismo con la túnica que lo vestía.

Silvana quedó por un corto momento contemplando aquel cuerpo inerte que en vida le había inspirado tanto miedo, pero que luego de largos meses de comunicación y agradables tratos había llegado a querer, a sentir, a añorar y, por supuesto, desde ese día, a extrañar. Silvana dejó escapar unas lágrimas mientras que un trapo húmedo sostenido por sus manos empezaba a limpiar cada pequeño rincón de aquel legendario cuerpo. Al levantar su mirada pudo ver reflejado su dolor en las lágrimas de sus compañeras, esas que también habían sido parte de aquellas tardes desenfrenadas de juerga y tardía perversión. Ellas hubiesen querido que su secreto y lascivo juego no conociera el fin. Ese día gris, mientras Cornelia Mayor, de pie en un rincón del *cubiculum*, observaba compungida cómo aquellas esclavas limpiaban y vestían el cuerpo de su padre mientras lloraban, asumió que ellas también habían llegado a quererlo, pero nunca se imaginó cómo ellas lo habían llegado a querer.

Allí descansaba Publio Cornelio Escipión. Su apariencia mostraba a un envejecido general, uno cuyos tormentos y cuyas aflicciones lo habían carcomido muy rápidamente desde el interior de su cuerpo y de su espíritu. Pero aparte de esa impresión inicial, Publio Cornelio Escipión seguía manteniendo aun después de muerto un temple y una fortaleza que se podían apreciar no en las arrugas de su rostro, sino en los tiesos tendones de sus manos, los cuales mostraban unas extremidades fuertes que en vida habían sido capaces de batir a cualquier contrincante, inclusive al mismísimo Aníbal Barca durante la Batalla de Zama. Su delgado pero poderoso cuello sobresalía de sus impolutas ropas, haciéndolo lucir atractivo y temido a la vez. Su figura, ahora fría y rígida, seguía siendo mítica y respetada para todos los vivos que tenían la oportunidad histórica de apreciarlo en su lecho de muerte.

Un grupo de hombres fornidos, miembros de su guardia privada, lo colocó en una camilla y lo condujo hasta las inmediaciones de un inmenso salón, ubicado en la misma *domus* campestre donde se llevaría a cabo el sepelio. Estaba ahora sí preparado para la vista de todos los presentes. Todo el personal que vivía en Villa Literno, tanto sirvientes, esclavos y guardias, como amigos y clientes, participaron en los arreglos y en los detalles que se requerían para llevar a cabo un magnífico y recordado sepelio. Emilia Tercia estaba siempre detrás de todos aquellos detalles fundamentales para despedir al general.

Ese triste día no se organizó el *prandium*. La sala donde se llevaría a cabo el sepelio quedó abierta al público. Para esa hora eran varias las personalidades y las autoridades que viniendo de los alrededores de la misma Campania, se habían dado cita en la villa de los Escipiones. La noticia, pese al mal tiempo reinante, se había propagado velozmente, primero en Campania, luego en las demás provincias itálicas que estaban en el camino a Roma. La fecha en que había muerto Publio

Cornelio Escipión ayudaría a la preservación de su cuerpo, pues el frío de ese otoño estaba endureciéndose por esos días.

Emilia Tercia había dispuesto que su esposo fuera enterrado en un pequeño mausoleo familiar que se encontraba entre los pocos concurridos bosques de la villa. En ese mismo lugar Emilia Tercia había mandado levantar una especie de *lararium* en honor al dios Apolo en la época en que su hijo había retornado de Asia Menor. Por otra parte, Emilia Tercia entendía que muchos senadores anhelaban exponer en capilla ardiente el cuerpo de Africanus, por supuesto dentro de los muros de la Curia Hostilia, pero ella no quería seguir generando intrigas y mucho menos dándole tribuna a los comentarios de aquellos senadores opositores. Su intención era darle la sepultura final en Literno, lugar de su exilio y de su muerte, para que ese hecho sirviera como ejemplo de dignidad y de temple para todos los romanos y demás hombres de la familia. Los años dirían si sus restos luego serían trasladados a la Tumba de los Escipiones, ubicada en las afueras de la ciudad de Roma y en la misma Vía Apia que por largos años lo había visto transitar. Emilia Tercia recordó con nostalgia aquel día de mágico sol en que ambos en compañía de sus respectivas familias habían visitado aquel impresionante monumento fúnebre levantado en honor a los grandes hombres de la familia Escipión. Ese había sido un día maravilloso, un tiempo en que la idea de la guerra y de la muerte aún no rondaba su cabeza. Solo un agradable recuerdo podía aligerarle las penas ese sufrido día.

Para Emilia Tercia el sepelio de Africanus duraría el tiempo que fuera necesario para tirar por el suelo cualquier rumor relacionado con su muerte y con el surgimiento de alguna premeditada historia que contase su posible retorno al poder en Roma. Emilia Tercia quería que todos se aseguraran de que Africanus había fallecido dócilmente en su propiedad de Literno, después de sufrir debido a una injusticia que lo había torturado hasta el último de sus días, aun cuando muchos pensasen que el fantasma de Escipión era temible o peor que el mismo Aníbal Barca. Ya vendrían tiempos aún mejores para la familia de la mano del resto de sus hombres y mujeres. Los Escipiones engendraban buenos frutos, y mientras vivieran sus matronas, ellas harían aparecer nuevos retoños que ayudarían a la grandeza de la República.

Al finalizar ese día, pocos sabían que el gran comediante Tito Maccio Plauto se le había adelantado a Escipión. De seguro Africanus no estaría solo cuando llegase al Hades. En su barca, Caronte a lo mejor le reservaba un lugar junto a otro de los suyos. De ese modo sería mayor la bienvenida que le aguardaba una vez que hubiese atravesado el largo Aqueronte. No hay que olvidar que el cruce del espacio físico hacia el espiritual es siempre un evento grandioso para todos aquellos hombres que han sabido cambiar oportunamente el curso de la historia, así como el destino de sus pueblos. Con estos sucesos una era de oro finalizaba; otra estaba por empezar.

Capítulo V. Viudez

Después de que los emisarios venidos de Campania llegaron anunciando la noticia de la muerte de Publio Cornelio Escipión, el Senado romano acordó enviar una delegación hasta Villa Literno. En esto había un doble propósito: primero, cerciorarse efectivamente del deceso de Escipión y recolectar datos acerca de la forma y de las circunstancias de su muerte; y segundo, rendir a la viuda, los hijos y el resto de su clan familiar los merecidos respetos por el sentido fallecimiento. Esa delegación estuvo de regreso a los pocos días con toda la información necesaria que sería expuesta en el Senado.

A un mes de la muerte de Escipión no había dudas de que el fallecimiento había sido real, sin embargo, el pueblo de Roma seguía esperando un pronunciamiento especial sobre tal acontecimiento.

El tres de enero del año 183 a.C., a un mes de la sentida partida física de Publio Cornelio Escipión, el Senado a primera hora de la mañana sesionó para levantar el edicto que reconocía la muerte de Africanus. Se acordó que los pregoneros públicos dedicaran todo el día a vociferar la noticia en el área del Forum, así como en los demás lugares públicos designados, tanto en la ciudad de Roma como en todas las demás ciudades de la península itálica durante los siguientes tres días. Se acordaron tres días de duelo nacional extendido a todas las ciudades y provincias de la República a partir de la correspondiente notificación en destino. Se dejó sin efecto la medida de exilio que pesaba sobre Escipión, por lo cual su viuda o sus herederos podían trasladar el cuerpo hasta Roma o cualquier otra ciudad de su elección. La heredera Cornelia Menor de ipso facto dejó de ser rehén de la República, podría disfrutar en delante de todos los privilegios y las libertades que tenía antes de la medida de exilio de su padre.

Asimismo, la guardia de triunviros que se mantenía apostada en la *domus* de la familia Escipión podía ser retirada si la matrona viuda así lo determinaba. Se procedía en definitiva a rehabilitarlo post mórtem políticamente, su nombre y su biografía quedaban inscritos en los registros oficiales de la República, y se procedía a la elaboración de los bustos y las esculturas que fueran necesarias para la conservación de su memoria y de meritorio legado.

Hasta ese día había llegado parte de la lucha que mantenía el senador Marco Porcio Catón contra Escipión; a partir de allí tocaba pelear contra su fantasma y su memoria, lo que iba a ser muy difícil, pues a pesar de que el rumor de la muerte de Escipión se conocía hacía días, cuando el populacho se enteró de boca de los pregoneros, una histeria colectiva empezó a desatarse por toda la ciudad de Roma. Ese día tres de enero del año 183 a.C. no había amotinamiento en las legiones *urbanae* o en los cuerpos de triunviros, pero la oficialidad no pudo dejar pasar por alto la connotada noticia. Los eventos y los servicios funerarios tuvieron que ser desarrollados de acuerdo con la tradición romana para evitar los conatos de indisciplina y de insubordinación.

Publio Claudio Pulcro y Lucio Porcio Licinio, cónsules en su desempeño, no pudieron dejar pasar ante sus tropas la noticia del fallecimiento de Publio Cornelio Escipión. Ellos tuvieron la imperiosa necesidad de llevar a cabo los correspondientes servicios funerarios en memoria de Africanus. Sus tropas consulares ante la situación que se planteaba aceptaron cualquier ceremonia sencilla, no perdonaban que ese día se pasara por alto algo que realmente estaba incrustado en el corazón de todos los legionarios. Todos ellos en su hondo pecho querían pelear e imitar las hazañas de Escipión. La religión y las situaciones infaustas estaban muy adheridas a la mentalidad del romano y sobre todo del esforzado legionario. Seguramente, a partir de ese momento, más de un legionario encomendaría su vida en batalla al espíritu de Publio Cornelio Escipión, pidiéndole fuerzas, resistencia y victoria ante cualquier amenaza de muerte en los campos de lucha o ante los peligros que siempre aparecían a lo largo de los veinte años que duraba el servicio militar para ellos.

Los templos de la ciudad de Roma y de toda la República empezaron a recibir a un incontable número de visitantes y de devotos, quienes de diferentes maneras concurrían para encomendarle a sus deidades el espíritu y el merecido descanso del que fuera su más extraordinario general. La gran peregrinación romana llegaba desde todos los rincones de la República, y era común que todos comentasen en tabernas, hospedajes, templos, caminos, vías, edificios públicos, fuentes, puertos, campos, mercados, circos y en foros de cada ciudad cuentos o historias relacionadas con la vida de Africanus.

Ese día Roma dejó ver todo el amor y la humilde simpatía que se llegaba a tener para con el héroe de la República; muchos otros cargarían por el resto de sus días con el recuerdo imborrable de saber que había sido Africanus quien en definitiva había acabado con la pesadilla que llegó a representar Aníbal Barca. La vida del olvidado cartaginés ya no tenía importancia ni relevancia para los romanos, pues aun habiendo muerto su mejor general, sabían en el fondo que Aníbal Barca jamás volvería a pisar el suelo itálico liderando aquellas temibles tropas africanas; lo más seguro es que llegara a arrastrar sus pesadas cadenas mientras fuese conducido hacia la altura de la Roca Tarpeya, lugar que le esperaba tarde o temprano.

Desde los primeros meses en que empezó a cursar el exilio de Escipión, Emilia Tercia tomó la iniciativa de dedicar todos sus esfuerzos a la renovación de las propiedades y edificaciones que estaban dentro del patrimonio de la familia Escipión. Asimismo, Emilia Tercia empezó a ayudar tanto con ideas como con recursos económicos a familiares y allegados, con lo cual quería exhibir a los ojos de los otros senadores una sensación de nuevo poder y renovado progreso. Emilia Tercia quería demostrar al Senado que los Escipión seguían siendo una de las familias de mayor renombre e importancia dentro de los círculos privilegiados de Roma, aún sin contar con la presencia viva de Africanus.

Lago de Juturna, Forum Romano. Marzo del año 183 a.C.

Muy próximo se encontraba el final del invierno en la península itálica, trayendo consigo las novedades de la primavera. En Roma la ciudad poco a poco empezaba a prepararse para recibir el cambio de estación, así como a las nuevas autoridades que llevarían las riendas del poder por un nuevo año.

Entre las actividades que acostumbraban a realizar los romanos al inicio de esta temporada, estaban las labores de mantenimiento y de remodelación que se destinaban a los distintos lugares públicos. En un principio tales labores correspondían al Estado romano, pero una costumbre de antigua data indicaba que cualquier familia, magistrado o grupos de senadores podía graciosamente dedicarse por voluntad propia y con su propio peculio a la restauración de algún espacio público o sagrado.

Ese mes de marzo la familia Escipión acordó apadrinar las labores de mantenimiento necesarias para conservar siempre decoroso y respetable el lago de Juturna, el cual se ubicaba a poca distancia de la *domus* de la familia. Para esa ocasión Emilia Tercia destinó algo de recursos para el mantenimiento y las refacciones menores que precisara la hermosa fuente que se ubicaba en el área del Forum Romano. Dicho lago, conocido también como Fuente Juturna, consistía en una hermosa fuente construida años antes de que se iniciara la Segunda Guerra Púnica. La tradición romana indicaba que después de una gran victoria militar, los Dioscuros que se dirigían a Roma habían abrevado a sus caballos en aquellos hermosos manantiales que corrían cerca del centro de la ciudad. Tiempo después las autoridades romanas ordenaron edificar una hermosa fuente que captaría las aguas que aún seguían brotando de aquellos puros manantiales. Esa construcción fue dedicada a la ninfa Juturna, que con el transcurso del tiempo llegaría a ser muy querida y apreciada por los romanos. Juturna, según la historia que contaban los romanos, era una ninfa poseedora de una belleza sin igual, y luego se convirtió en la ninfa del agua y de todos los manantiales de Roma.

Esa hermosa edificación era visitada muy a menudo por Emilia Tercia, quien así se llegó a interesar por su mantenimiento. Para el Senado aquello se traducía en una carga económica menos que atender, y para Emilia Tercia en parte de su política para relanzar el nombre de su familia y afianzar sus lazos con otros sectores del pueblo romano.

La Fuente Juturna era uno de los lugares más visitados por las jóvenes y por las doncellas de Roma, pues las aguas que recogía eran necesarias para la limpieza personal. Además, aprovechaban esas constantes visitas para pedirle a Juturna por el amor y por la felicidad en sus futuros matrimonios, así como para tener partos tranquilos y sin ningún tipo de complicación.

Junio Colatino tenía la tarea de dirigir una cuadrilla de esclavos pertenecientes a la familia. Estos, como primera tarea, tenían que cepillar las piedras de la fuente que tendían a ponerse oscuras debido a la humedad. Otros esclavos atendían la limpieza de las estatuas de los Dioscuros que decoraban el centro de la fuente, utilizando en su tarea pequeños cepillos y algunas fibras vegetales para lograr recuperar los detalles más hermosos que exhibían Cástor y Pólux.

Los esclavos refrescaban sus rostros con aquellas frías aguas mientras limpiaban y restregaban las piedras de la fuente. Algunos de ellos se dedicaban a la poda de los árboles, aquellos que habiendo sido plantados por otra generación de romanos, embellecían ese rincón de la Roma urbanizada.

Una mañana, mientras se continuaba con los trabajos de conservación, el sirviente de la familia, Junio Colatino, recibió a su *domina*, quien llegaba esta vez acompañada por su hija Cornelia Mayor y por varios miembros de su guardia privada.

—¡*Domina*! —dijo el sirviente Junio Colatino ante la presencia de Emilia Tercia.

—Buen día, Junio Colatino, hoy la curiosidad me ha impulsado a constatar cómo marchan los trabajos —las palabras de Emilia Tercia se sentían cargadas de buen ánimo.

—¡Madre! —dijo Cornelia Mayor—, recuerdo cuando venía a la fuente casi todos los días para pedir a la ninfa Juturna el poder hallar un buen marido.

—Y te ha escuchado, hija, reconozco lo buen marido que es Publio Cornelio Escipión Nasica Corculum. Eso demuestra que lo que se pide con verdadera pasión la ninfa Juturna lo concede —y Emilia Tercia se dirigió luego a su sirviente—. ¿Has tenido algún problema con la autoridad o con alguien en especial?

—¡No, domina! —respondió Junio Colatino—, a menudo los triunviros pasan por aquí mientras efectúan sus rondas, y a veces se detienen a admirar a alguna doncella en particular, pero luego siguen su recorrido.

—Mi estimado sirviente —agregó Emilia Tercia—, pienso que eso es algo normal, recuerda que a nuestro hogar también acuden a visitarnos los triunviros de Roma.

—Y en especial el tribuno de la plebe —las palabras de Cornelia Mayor ruborizaron a su querida madre, haciendo que ésta última le dirigiese una rápida mirada.

—Querida hija, eres tan parecida a tu padre que tus naturales celos me hacen pensar en él —el tono de las palabras de Emilia Tercia había vuelto a apaciguarse, pero no así la cara de susto repentino que seguía conservando Junio Colatino.

—Perdón, madre, por mis palabras —dijo Cornelia Mayor mientras devolvía la mirada a Emilia Tercia.

—Hija, no te preocupes, tus palabras y tus puntos de vista son lo que hacen tu personalidad. Te quiero por lo que eres y por lo que piensas. En ti veo a mi difundo marido, al único hombre que he amado.

Luego de aquellas sentidas palabras, ambas mujeres se tomaron de las manos y procedieron a intercambiar sonrisas. Cerca de ellas quedaba de pie y observándolas el recatado Junio Colatino, y más allá varios guardias fornidos miraban en silencio aquellas escenas que se repetían en la familia Escipión. Algunos de ellos dirigían sus ojos hacia las doncellas que seguían llevando agua, y otros, en cambio, paseaban sus miradas hacia los alrededores de la Nova Vía, manteniendo una vigilancia y una protección adecuada sobre sus *dominas*.

De pronto y al cabo de unos instantes, varios gritos empezaron a llegar desde ambos extremos de la Nova Vía, lo que preocupó inmediatamente a los miembros de la guardia privada de la familia. Los gritos se hacían más y más fuertes, mezclándose con palabras, risas y alaridos que todavía seguían inentendibles para todos ellos. De pronto se vieron varias personas correr desde el centro del mismo Forum, seguidas por una descomunal turba de gente que inundaba rápidamente todos los accesos y las calles cercanas a la Fuente Juturna. Algo realmente preocupante estaba sucediendo en esos instantes en la ciudad de Roma. Frente a lo que estaba sucediendo, ninguno de los presentes sabía cómo responder, todos ellos optaron por mantener la debida calma.

Sonidos de trompetas ensordecedoras y de otros instrumentos de aire empezaron a recorrer los cielos y los aires de la ciudad eterna, provocando con ello que mucha más gente se volcase a las ya apretadas calles de Roma.

Junio Colatino, los esclavos que estaban bajo su mando y las matronas de la familia Escipión seguían perplejos ante lo que se desarrollaba y buscaron refugio entre los mismos sorprendidos miembros de la guardia privada de la familia. Estos últimos corrían sus capas hacia atrás dejando descansar atentamente sus respectivas manos sobre las empuñaduras de sus armas. De repente y de manera sorpresiva, aquella muchedumbre que antes se escuchaba a lo lejos empezó a acercarse, se destacó entonces la inmensa cantidad de personas que la formaba. En ella había viejos, jóvenes, niños, extranjeros y ciudadanos, personas provenientes de todos los estratos sociales de la ciudad. Esa turba alocada pasó frente a la Fuente de Juturna, donde seguían inmóviles los miembros de la familia Escipión. Todos ellos observaron cómo ese innumerable flujo de seres desbordaba la vía, dirigiéndose en medio del caos a lugares indeterminados.

—¡Madre! ¿Qué estará sucediendo? —preguntó Cornelia Mayor, al tiempo que sus ojos seguían la carrera descontrolada de todas esas personas, quienes no paraban de gritar y hasta llorar, mientras que otros reían y elevaban a sus dioses cualquier simple canción.

—Querida hija, no entiendo nada —dijo Emilia Tercia mostrando una especie de confusión en su rostro.

Uno de los miembros de la guardia privada de la familia al fin optó por tomar a uno de aquellos desconocidos por el brazo y le preguntó el porqué de todo aquello. La respuesta que ofreció dejó aún más perplejos a todos ellos.

—¡No lo puedo creer, madre!¡Ha ocurrido! Tantos años han pasado que escuchar ahora esta noticia parece increíble —Cornelia Mayor no daba crédito a las palabras que acababa de escuchar en medio de la descontrolada algarabía.

—A mí también me cuesta creerlo, incluso en una oportunidad llegué a pensar que ese hombre era inmortal —contestó Emilia Tercia, que compartía la incredulidad que estaba experimentando su hija.

Los demás miembros de la guardia privada se miraban entre ellos, dejando claro ante todos los presentes que ellos también se encontraban sorprendidos e impactados por aquella revelación. Definitivamente a partir de ese momento, el día para todos ellos, para la familia Escipión, para todo el pueblo romano había cambiado.

Por las calles de la ciudad de Roma se corría la noticia que anunciaba que Aníbal Barca había muerto. El gran general cartaginés, ese que por largos años había subyugado el suelo itálico, había dejado de existir. Todas las historias que para ese momento eran parte del dominio público contaban hechos diferentes. Unas decían que Aníbal Barca había muerto peleando contra las tropas de Tito Quincio Flaminino; otras que había sido traicionado por sus mismos hombres en algún rincón del mundo, e incluso estaban los que pensaban que los hijos de Antíoco III le habían dado muerte por venganza. En ese momento la forma de los hechos era lo menos que llegaba a importar. A cada momento la histeria colectiva agrandaba y deformaba aún más la realidad que había sucedido en relación con la suerte corrida por Aníbal Barca. Para el pueblo romano, lo único seguro era que su eterno fantasma había por fin sucumbido ante uno de los suyos. Cómo había sido su muerte lo entendería cada quien de acuerdo con la historia que más le gustase imaginar, pues lo único importante ahora, para todo el populacho de la República y para sus victimas directas, era que el enemigo de todos los romanos había cruzado por fin el umbral de la muerte.

Las labores de mantenimiento de la Fuente de Juturna fueron detenidas, y una vez que todos los esclavos de la familia recogieron sus utensilios y sus herramientas, fueron apresuradamente hasta la *domus*. Roma en momentos de histeria colectiva nunca olvidaba derramar un poco de sangre innecesaria, por eso, lo más seguro ante este tipo de eventos era resguardarse bajo la seguridad de los gruesos muros de una fortificada *domus*. Todos ellos seguían caminando con prisa, mientras sus escoltas prevenidamente miraban hacia todos los lados, evitando con ello que alguno de los suyos y de sus protegidos fuera sorprendido por algún rufián, de los que normalmente siempre pululaban dentro de las turbas alocadas.

El camino hacia la *domus* se efectuó casi de memoria, dejando que las piernas los condujeran a su ansiado destino. En esos instantes de apresurada marcha todos trataban de digerir la trascendental noticia que acababan de oír. Con ello Roma estaba cerrando otro capítulo de su larga vida republicana, enterrando para siempre a uno de los hombres que más terror, rabia y sed de venganza había traído a los romanos durante décadas, y cuyo recuerdo quedaría grabado por siempre en el colectivo de ese pueblo. De ahí y en adelante, ninguna de las infinitas generaciones de romanos olvidaría el nombre de Aníbal Barca, como tampoco el de su vencedor Publio Cornelio Escipión Africanus. Lo que había hecho Tito Quincio Flaminino fue colocar la piedra que sellaría el destino definitivo de aquella leyenda que por años había devorado a los hijos de Roma.

—¡Madre! Roma bulle por la noticia que da a conocer la muerte de Aníbal Barca —dijo algo eufórico el joven Publio mostrando a Emilia Tercia una de las pocas caras que reflejaban inusitada alegría.

—Hijo, hemos tenido tiempo suficiente para llegar hasta acá. Las turbas devoran las calles de Roma.

En la *domus* de la familia todo era un frenético movimiento, como si el mismo Aníbal Barca estuviese vivo y se dirigiera a tomar por asalto los muros de la ciudad.

Mirando por una de las ventanas del piso superior, Cornelia Menor observaba el caos que se desarrollaba por todos los rincones de la ciudad. La menor de la familia Escipión se quedó en silencio por un largo rato mientras trataba de comprender la magnitud del evento que se estaba desarrollando. Ella pensó en su difunto padre, a quien le hubiese gustado estar presente para apreciar todo aquello. La joven Cornelia también sabía a su edad aquella historia en la cual se contaba que Africanus, después de concluida la Batalla de Zama, había decidido dejar escapar al general Aníbal Barca con la intención en mente de que con ello se acrecentara la historia y la leyenda de aquellos trágicos años vividos por todos los romanos. Ahora ella, callada, contemplaba la euforia que había nacido de las intenciones de su padre muchos años atrás. Era inevitable no pensar en ello, cuando esos romanos corrían como locos, chocando entre sí y manifestándose como si los infiernos y los cielos se hubiesen abierto a un mismo tiempo.

Como romana que profesaba fe y respeto a sus dioses, Emilia Tercia se dispuso a iniciar una oración a los Lares y Penates de su hogar, así como también al poderosísimo Júpiter Optimus Máximo y al respetado dios de la guerra, Marte. A todos ellos elevó una plegaria con el objeto de agradecer la inesperada noticia que cerraba al fin aquel oscuro capítulo de muerte dentro de la historia de la República. Emilia Tercia sentía que aquel círculo que en su vida había iniciado su padre al fin había concluido, luego de haberse tragado a buena parte de sus seres queridos, tanto a esos que había tratado como aquellos que habían sido parte de la vida de los suyos. Allí se encontraba ella, regentando una *domus* y una familia dentro de la cual no había nacido, pero a la que se había integrado de acuerdo con las tradiciones patricias de su tiempo.

Lucio Emilio Paulo fue al encuentro de su hermana, pues también él quería estar cerca de un ser amado para recordar con dichos sucesos cómo el destino le había arrebatado a su padre durante el desarrollo de la Segunda Guerra Púnica.

—¡Hermana! —gritó Lucio Emilio Paulo cuando se encontró traspasando el *ostium* de la *domus* de los Escipiones.

—¡Lucio! —devolvió el grito Emilia Tercia, dirigiéndose en carrera hasta el lugar donde se encontraba de pie su hermano.

Ambos hermanos se abrazaron y estando unidos en ese filial gesto derramaron silenciosas lágrimas por el común recuerdo del cónsul Lucio Emilio Paulo, muerto durante la Batalla de Cannae.

—Emilia, vuestro esposo hizo justicia al sellar con su victoria en Zama el final de la larga guerra; pero ha sido esta noticia la que nos ha devuelto la serenidad al afirmar que ese cartaginés se ha marchado de este mundo al verse rodeado por nuestras tropas.

—Querido hermano, lo sufrido bajo el poder de Aníbal Barca no tendrá una medida —y los ojos de Emilia Tercia dejaban escurrir todas las lágrimas que podía su rostro entregar—. Ambos sabemos lo difíciles que han sido nuestras vidas desde que tuvimos razón, pero nada es eterno, nuestros dioses han querido que seamos nosotros los que presenciemos estos tiempos, necesarios para dejar grabados en las futuras generaciones el inmenso dolor que sufrimos ante una guerra que fue interminable.

—Sí, hermana, grandes hombres se marcharon de nuestro mundo sin llegar a conocer este episodio, pero al final así ha sido la vida de Roma desde su fundación, unos empiezan la guerra, y otros la terminan, para gloria y vida de nuestra República.

Por unos instantes Emilia Tercia deslizó sus manos sobre la toga de Lucio, tal como haría una madre sobre los vestidos de sus críos. Para ella, su hermano significaba mucho en su vida, ocupaba un lugar tan importante como cualquiera de sus tres hijos.

—Querido hermano, ante la partida de Publio y de Lucio, la familia Escipión ha quedado sosteniéndose en la base que representa Publio Cornelio Escipión Nasica. Su ayuda y su presencia han sido de vital importancia para mí —dijo Emilia Tercia, y observó cada detalle de un hermoso mosaico que estaba a sus pies—, pero quisiera que pudieras alcanzar alguna posición por tu propio esfuerzo, anhelo verte convertido en cónsul, igualando los pasos de nuestro padre.

Lucio Emilio Paulo mantuvo el silencio, mientras su mente evocaba cada uno de sus inolvidables momentos políticos, momentos en los cuales aparecía directa o indirectamente la presencia de Escipión. Lucio Emilio Paulo comprendió el sentido de las palabras de su hermana. Irremediablemente había llegado para él el oportuno momento de destacarse por sus propios méritos, dejando atrás como una agradable experiencia sus días a la sombra de su padre, de sus protectores y de los demás miembros de la honorable familia Escipión.

—Hermana, juro por la memoria de nuestro padre que seguiré adelante. Seguiré peleando en las gradas del Senado, manteniendo muy en alto el nombre de nuestras familias.

A los días de conocerse aquella inesperada noticia, el Senado romano decretó tres días de fiestas públicas extensivas a toda la República. La ocasión fue aprovechada para apaciguar los ánimos existentes entre todos los bandos políticos que vivían dentro de Roma. La Curia Hostilia era el epicentro de toda una serie de medidas y de celebraciones que se acordaron para la nación. Estaba claro que la Segunda Guerra Púnica había terminado hacía años, pero la inesperada ocasión que llegaba con la muerte del general cartaginés Aníbal Barca marcaba la necesaria oportunidad para que la clase política romana fortaleciera sus vínculos con el pueblo, por lo que se exaltó la importancia de aquel hecho histórico, logrado solo por el ejercicio representativo que descansaba en el Senado.

En el año 183 a.C. el honorable Senado eligió como sus nuevos cónsules a los senadores Marco Claudio Marcelo y Quinto Fabio Labeón. Ellos coincidían en que el pueblo romano necesitaba celebrar la muerte de Aníbal Barca como una manera de ver superada aquella demencia colectiva, en la cual el pueblo llano de Roma había eternizado las hazañas de Aníbal Barca. En Roma, después de acabada la Segunda Guerra Púnica, por lo menos cada familia romana y latina había perdido un miembro como consecuencia de las épicas batallas que se habían librado tanto en la península itálica como fuera de ella. El luto había sido de rango nacional y no sería olvidado por la generación de romanos y latinos que habían conocido la noticia de la victoria romana en Zama, ni por aquella que luego la había sucedido. El dolor por la pérdida y el miedo ante lo vivido por sus padres y por sus abuelos aún continuaban socavando la mente y la carne de todos ellos. Era el mayor de todos los temores, como nunca antes lo había sentido el pueblo romano.

Marco Claudio Marcelo y Quinto Fabio Labeón organizaron en esos tres días diversas actividades en memoria de los romanos y los latinos que habían caído bajo las huestes de Aníbal Barca durante los años de la Segunda Guerra Púnica. También acordaron conmemorar a todos aquellos ilustres políticos y militares que habían dado sus vidas a la tarea de combatir a las fuerzas cartaginesas. La lista era muy larga, pero serían incluidos todos ellos, partiendo por Africanus, su hermano, los cónsules caídos, generales, tribunos militares, legados, senadores, cuestores, oficiales, decuriones e incluso primeros centuriones y centuriones. Las familias de todos ellos recibieron el más sincero agradecimiento proveniente del honorable Senado.

Las avenidas y las calles de la ciudad de Roma fueron preparadas con decoraciones que ayudarían a la memoria colectiva. Los tres días de celebración conducirían a la República hacia un camino de planificado reencuentro nacional y de unión de sentimientos comunes.

La Vía Nomentana desde la Puerta Collina, la Vía Tiburlina Vetus desde la Puerta del Viminal, la Vía Labicana desde la Puerta Esquilina, la Vía Tusculana desde la Puerta Caelius y empalmando con la Vía Sacra, la Vía Sacra desde la Puerta Capena, la Vía Ostiensis desde la Puerta Raudusculana y las salidas ubicadas en las Puertas Trigémina, Carmenta y Fontus fueron acondicionadas para la celebración. Cada una de ellas estaba dedicada a la memoria de los diferentes héroes militares y demás figuras políticas que fueron imprescindibles durante los largos años en que se desarrolló la lucha contra el invasor cartaginés. En ellas se colocaron los *tituli* y otros emblemas que señalaban a todos los manípulos y las legiones, sin importar si formaban parte de los que habían caído en derrota, o de los que habían vencido en batallas.

Nuevamente los legionarios de un cuerpo consular marchaban dentro del *pomerium* a manera de triunfo, pero sin ser precedidos por un cónsul ni por los infaltables senadores. A cambio de ello, a la cabeza del desfile de la tropa consular, un portador cargaba el busto del general romano Tito Quincio Flaminino, quien aún se encontraba en las lejanas tierras griegas. Ese hecho demostraba a todos los presentes que el referido general había sido el último romano encargado de echar sobre la tumba de Aníbal Barca la palada de tierra que lo dejaría sepultado muy lejos de Roma. Aquellos jóvenes legionarios que marchaban orgullosamente representaban el poder militar con que contaba Roma, el cual era capaz de llegar hasta los confines del mismo mundo con tal de acabar con los enemigos manifiestos de la República.

Se realizaban suficientes y pomposos sacrificios, dirigidos a los dioses latinos venerados en todos los magníficos templos de la ciudad eterna. También se organizaban banquetes colectivos y públicos en los diferentes mercados de la ciudad, los cuales saciaban en parte la eterna hambre que habitaba en la mayoría de los habitantes de la siempre querida Roma. Otras actividades se hacían en las inmediaciones del Campo de Marte, lugar a donde acudía la mayor parte de los jóvenes.

Por su parte, en la esfera de la familia Escipión y de la familia de los Emilio-Paulos, la connotada noticia no se dejó pasar por alto. Emilia Tercia y su hermano Lucio Emilio Paulo organizaron una comida en la residencia de aquel, en recuerdo al fallecido cónsul muerto valientemente en el desarrollo de la Batalla de Cannae. Estaba claro entre ellos que el senador Lucio Emilio Paulo se estaba posicionando como el nuevo miembro de poder dentro de ambas familias. A pesar de que en ese año 183 a.C. no fuera elegido para alguna magistratura, los hechos inevitablemente afirmaban que pronto estaría ocupando alguna de ellas. La desaparición física de su cuñado Publio, así como la baja política de su concuñado Lucio, traía la consecuencia circunstancial de ubicarlo como la persona más idónea para la protección de las dos familias.

Esa noche estaban presentes los miembros de ambas familias y todos aquellos militares y políticos que se habían mantenido vinculados a ellas, apoyando desde las gradas de la Curia Hostilia las iniciativas y los planes que a la larga ayudaron a la consolidación de los logros que los llevarían a destacarse. Estaban los antiguos héroes y veteranos de la lucha en Hispania; aquellos que solo habían sabido de las derrotas en la península itálica y que habían soportado con valentía esos tristes momentos grises de la historia romana; también los infaltables protagonistas del norte de África. Estaban presentes varios escritores y poetas latinos que se encontraban vinculados a la familia Escipión, los cuales ayudaban a conmemorar las hazañas de Africanus así como la obra que había producido el destacado Tito Maccio Plauto, quien en vida fue una fuente de distracción y de momentos de distensión para sus legionarios. Asistieron los senadores liberales, independientes y algunos conservadores de mente amplia que durante los últimos tiempos habían simpatizado con la amable y educada personalidad de Lucio Emilio Paulo. También, a pedido de su hermana, Tiberio Sempronio Graco y todos los hijos de Emilia Tercia. Esa sería una magnífica ocasión que quedaría por siempre grabada en la mente de todos los asistentes.

Esa noche, luego de servirse el banquete principal, dentro de la *domus* de los Emilio-Paulos se empezaron a formar pequeños grupos de personas afines que se relacionarían de acuerdo con la edad a su historia y a las ideas que los identificaban. Los esclavos y los sirvientes trabajaban calladamente atendiendo los pedidos de todos los invitados, tratando de complacer a cada uno de ellos con servicios, tragos y comidas.

Vino o *mulsum* según el pedido, platillos, exquisiteces, bocadillos y todo tipo de abrebocas serían colocados a disposición de todos los concurrentes. Varias mesas estaban servidas con esas maravillas propias de la cocina patricia. Había también las acostumbradas bandejas que eran atendidas por varios esclavos, quienes las hacían circular por los rincones de la reunión.

—Por mis dioses, quiero una vez más felicitarte porque fuiste el último general romano que puso a correr a Aníbal Barca al lograr vencer el numeroso ejército de Antíoco III en tierras de Asia Menor.

—Gracias, Cayo Lelio, por el halago, pero sabes que detrás de todo eso estuvo mi hermano —dijo Lucio Cornelio Escipión y regaló un afectuoso gesto a su compañero de armas—. La operación militar de Asia Menor fue obra de mi hermano.

A él le debemos todo esto que ahora se celebra en Roma. Solo él ha hecho posible que recordemos con alegría la muerte de Aníbal Barca, acaecida muy lejos de Roma y de Cartago, sin compañía y casi desterrado como Publio —aquellas palabras demostraban las claras ideas que seguían existiendo en la mente de Asiaticus—. Cayo Lelio, un nuevo poder se está levantando en nuestras familias. Sí, tocará a Lucio Emilio Paulo darle vida y protagonismo a nuestra gente. Mis días en la política no me vaticinan nada interesante. Tú, en cambio, y a pesar de que eres bastante viejo, sigues gozando del aprecio político de varios sectores. Aprovéchalo, amigo, porque todo lo que hagamos será siempre en provecho de nuestros hijos, de nuestras familias y de nuestra República.

—Los dioses te cuiden, hermano —dijo Cayo Lelio mientras estrechaba fuertemente su mano.

Aquellas palabras sellaron la hermandad que existía entre el veterano general romano Cayo Lelio y los miembros sobrevivientes de la familia Escipión. Para Cayo Lelio habría aún nuevas sorpresas tanto en lo político como en lo militar. Para Asiaticus, en cambio, el año 183 a.C. solo traería el ocaso de sus días.

—¿Qué piensas de todo esto? —preguntó Publio Cornelio Escipión Nasica Corculum a su primo.

—No sé —contestó con algo de pena el joven Publio—, todo romano se enorgullece de la muerte de Aníbal Barca, y razones hay para ello, pero en mi caso, siento un sensación amarga al saber que tanto mi padre como ese cartaginés han dejado una honda huella en mi vida. Casi por la voluntad de ambos llegué a convivir con la muerte, y a la vez retorné de las cenizas como el ave fénix. Ahora que la muerte los ha recibido, y puedo mirar al lado de todos ustedes lo que celebra Roma, solo llegan a mi mente dudas, preguntas e interrogantes.

—No te preocupes, primo, que el tener dudas o el hacerse preguntas no es desmérito para nadie. La vida a veces otorga mucha carga emocional a unos y destreza física a otros. Todos juntos hacemos mover el universo, nuestro mundo.

Publio soltó una ligera sonrisa ante las palabras pronunciadas por Publio Cornelio Escipión Nasica Corculum, entendiendo que definitivamente tanto él como su primo pertenecían a la élite pensadora de la familia, y no a los que blandían la espada temerariamente en algún confín del mundo occidental.

Emilia Tercia se acercó hasta el lugar donde se encontraba su querido hermano. Ella, mostrando un rostro agradable y emotivo, se colocó muy cerca de él. Tomó una de las copas que permanecía servida en una de las tantas bandejas que reposaban en las manos de algún indeterminado esclavo.

—Bebes vino, ¿verdad? —preguntó en tono muy bajo Lucio Emilio Paulo a su querida hermana.

—Sí. Esta noche el vino se convertirá en un medio para hacer fluir amenamente las noticias que nos han llegado a última hora.

—¿Te refieres a la muerte de Aníbal Barca? —preguntó nuevamente Lucio Emilio Paulo mientras seguía devolviendo los saludos a parte de la concurrencia que acababa de llegar.

—Me refiero a Aníbal Barca y también al Marco Petilio.

Estas palabras dejaron inmóvil al sonriente Paulo.

—¿Has dicho Marco Petilio? —quiso saber—. ¿Ha muerto el senador Marco Petilio? —y su rostro demostraba un sorpresivo asombro ante las palabras de Emilia Tercia—. ¿Quién te lo ha contado?

—Querido hermano, ese enemigo político de nuestra familia ha decidido marcharse el mismo día en que toda Roma ha tenido conocimiento de la muerte de Aníbal Barca. Así es, Lucio, ese maldito ha dejado este mundo para tranquilidad de nosotros. Así como años atrás el destino quiso que el prepotente senador Quinto Fabio Máximo no estuviera presente para el triunfo de mi marido, esta vez ha querido llevarse a esta escoria para que no opaque con sus palabras y desafueros los heroicos momentos que nuestro pueblo guarda de Publio —estas palabras hicieron entender a Lucio Emilio hasta qué punto Emilia Tercia era capaz de descargar toda la rabia que había acumulado en tantos años llenos de traiciones y ataques políticos—. La novedad me ha llegado por Tiberio Sempronio Graco, quien me comunicó que Marco Petilio falleció en su misma *domus*, desvanecido a los pies de su venerada estatua de Pomona. Al parecer la diosa se cansó de todas sus aberraciones.

Lucio Emilio Paulo seguía sin dar crédito a lo que pronunciaba su hermana. Para él esa novedad se enmarcaba dentro de la justicia que tarde o temprano llegaba de los dioses para castigo de los hombres.

—Hermano, sigamos con lo pautado, esta copa ahora sabe mejor, salud, por Roma y por nosotros —y una peculiar sonrisa se dibujó en los labios de Emilia Tercia.

En cuanto al hijo de Emilia Tercia, lo que estaba viviendo le devolvía en las caras de todos los presentes la vida de su padre. En todos los rincones de la *domus*, los presentes rememoraban los hechos más trascendentales sucedidos en el transcurso de la vida de su querido padre. Fuera de la propiedad el vino se dejaba escanciar derramándose por los innumerables callejones que circundaban la vieja Roma. Hombres, mujeres y jóvenes se entregaban a livianas pasiones impulsados por los vapores de la bebida. Todos sabían que Aníbal Barca había muerto, pero los detalles no importaban, pues cada quien podía creer lo que quisiera. Lo único importante era su muerte, la segura muerte que lo había alcanzado para bien de la República.

En la *domus* de la familia Escipión, un grupo de sirvientes tomaba su última comida durante ese memorable día, degustando todos ellos los exquisitos guisos de Claudia Agripina, tal cual lo hacían los invitados de honor en otras áreas de la edificación. Mientras tanto, a lo lejos se seguían escuchando los sonidos de las trompetas y de otros instrumentos majestuosos, los cuales hacían recordar que la República estaba de fiesta. Las calles continuaban plagadas de borrachos, mujeres desinhibidas y otros que emergían de las oscuras partes de la ciudad, muy habituales cuando se producían grandes eventos. Ese día se vivían las hazañas del ayer para gloria y grandeza de Roma.

Meses después Lucio Emilio Paulo volvió a lanzar su postulación y logró obtener los votos necesarios para alcanzar uno de los dos consulados. Era la primera vez que este noble romano se convertía en cónsul de la República de Roma. Logró tan meritorio cargo junto con el senador Cneo Baebio Tánfilo. Ambos empezaron a desempeñar sus cargos a comienzos del año 182 a.C. Durante los primeros meses de sus mandatos, estuvieron ubicados en las cercanías de la ciudad de Roma, dedicándose al adoctrinamiento de sus tropas, a la preparación y al adiestramiento de ellas y a otras cotidianas labores que no les traerían honores en un campo de batalla. Después de largos años de luchas e interminables batallas, aquel 182 a.C. se despuntaba como un año tranquilo y sin sobresaltos para el pueblo romano, el cual no entendía el porqué de tanta paz.

El último año de vida del senador Lucio Cornelio Escipión estuvo repleto de silencio y de un sentimiento de entrega en que lo único que a diario pasaba por su mente era la idea de poder partir al encuentro con su hermano. El Senado había dado una oportunidad política al líder de los Emilio-Paulo, pero sin olvidar que la meta propuesta y llevada a cabo por el senador conservador Marco Porcio Catón consistía en barrer con la persona de Asiaticus, negándosele mediante los canales legales toda participación dentro de la política romana.

Lucio Cornelio Escipión no tenía problema alguno para confiar todos sus bienes a su cuñada, a quien consideraba a esa altura de su vida una fiel heredera de los principios de su querida madre. Para este abatido Escipión, la resignación y el perdón formaban parte de su retiro. Hizo las paces con familiares, con amigos y con todas aquellas personas a quienes en vida pudo faltarles. Sus negocios eran ahora atendidos por su sobrino Publio y por Emilia Tercia, esta última había dado orden a todos los sirvientes y esclavos para que se lo atendiese bien, con todo el respeto que se merecía, dejando muy claro que era tan *pater familias* como su propio hijo Publio lo era.

Lucio Cornelio Escipión, inmortalizado por la historia mediante sus hazañas militares en Asia y por ser aquel hermano que nunca le había faltado a Escipión Africanus, pasó a la inmortalidad como Asiaticus, el recordado general romano victorioso en Asia. Este honorable romano murió en la villa de Literno, lugar donde también había muerto unos meses antes su hermano Publio. Ahora ambos descansaban juntos en el inevitable Hades, última morada para los romanos.

Al conocer la muerte de Lucio Cornelio Escipión, la matrona Emilia Tercia ordenó nuevamente a sus sirvientes de confianza que prepararan sus pertenencias porque se irían a pasar una temporada en la villa de Literno. En esta nueva ocasión los acompañarían en la ida además de Emilia Tercia, Cornelia Mayor, Cornelia Menor, el joven Publio, Lucio Emilio Paulo y el general Cayo Lelio. En Literno debían esperarlos Marco Junio Silano, Marco Fulvio Nobilior, Cneo Baebio Tánfilo, Manio Acilio Glabrión y Cneo Domicio Ahenobarbo. En diferente caravana llegarían a Literno otras personalidades que habían sido parte de la vida de Asiaticus, entre las que se contaban su hijo Lucio Cornelio Escipión y el poeta Quinto Ennio.

A diferencia de otros viajes familiares que había emprendido Emilia Tercia después de la muerte de su marido, en este también iría el sirviente de la familia Junio Colatino, acompañado de Claudia Agripina. Este último detalle indicaba a muchos que la estadía en Literno sería particularmente larga.

La muerte del general Asiaticus había acaecido en días del mes de octubre del año 183 a.c. Una vez conocida la noticia, la ejemplar Emilia Tercia había ordenado que el cuerpo de su cuñado fuera enterrado junto al de su hermano, utilizándose una de las tumbas del panteón que se encontraba en aquel espeso bosque ubicado en el centro mismo de la propiedad de Literno. Estando en curso la estación de otoño, el cuerpo de Asiaticus fue expuesto en la misma sala donde habían velado a Africanus; la única diferencia entre ambos sepelios fue la poca asistencia que supuso el deceso de Asiaticus. Con esos tristes hechos descansaban al fin en paz los restos mortales de Lucio Cornelio Escipión, quien en vida sólo había anhelado estar siempre al lado de su querido hermano.

Tocó a Emilia Tercia y a su hijo Publio ejecutar parte de la voluntad de Asiaticus: dejar acomodado a su sufrido hijo, ese que solo había vivido hasta ese momento conociendo el abandono de un padre y la imagen terrible de la pobreza. Madre e hijo se encargaron de que el joven Lucio Cornelio Escipión se uniera definitivamente a la familia y formara parte de las metas y de los objetivos políticos que tanto Emilia Tercia como Lucio Emilio Paulo querían seguir abarcando para sus respectivas familias en la Roma republicana.

El viaje hacia Literno duró mucho menos que lo acostumbrado, no se supo por qué, pero lo cierto es que el traslado, a pesar de tener un triste fin, había sido grato y ligero para todos los venidos de Roma. Una vez en Villa Literno, se supervisó el velorio que seguía desarrollándose en las estancias de la propiedad. Como la llegada de los viajeros romanos coincidía con el mediodía, Emilia Tercia anunció que para el final de la tarde se procedería al entierro de su cuñado.

Las tareas relacionadas con el acondicionamiento de su tumba estaban bastantes adelantadas, pues en eso los sirvientes y los clientes de la familia que se encontraban en ese momento en la villa habían ayudado notablemente. Todos estaban al tanto de la importancia que seguía representando el difunto Lucio Cornelio Escipión Asiaticus para la familia y para varios sectores de la Roma republicana. Ante ello, era inocultable que la noticia de su fallecimiento revestía menor importancia que la de su hermano Publio, pero sin embargo todos sabían que en vida ninguno de ellos había podido estar sin el otro. Los logros de Publio en Hispania en parte también se debían a que desde Roma su hermano Lucio había ayudado a proveer los recursos necesarios para su campaña, y a que había servido de coraza protegiéndole las espaldas ante los continuos ataques que llevara a cabo el poderoso e influyente senador Quinto Fabio Máximo. La historia había vuelto a repetirse en las campañas militares de Publio en África. Para las campañas de Asia Menor, quedaba claro que Publio seguía mandando por medio de su hermano Lucio, cuando este último lo designó como su legado, logrando ambos la apoteósica victoria en el marco de la Batalla de Magnesia.

Lucio Cornelio Escipión Asiaticus descansaba luego de varios años amargos que lo habían disminuido hasta convertirlo en una persona retraída y dispuesta a asumir el llamado de su propia muerte. Muchos años atrás, fueron varios los que habían pensado que Publio se retiraría del espacio militar y de la complicada vida política, dejando con ello la brecha abierta para que Lucio desarrollase una vida de mayores logros, pero la diosa Fortuna se había mostrado esquiva con ese parecer, queriendo más bien que descansara bajo la sombra de los mismos árboles que ahora le daban cobijo en la villa de Literno a su querido hermano.

La presencia de los allegados de la familia dejó una honda satisfacción en Emilia Tercia, pues a ella llegaban nuevamente todos aquellos sentimientos que la habían seguido desde su niñez. Emilia Tercia sentía la fría dicha de sentirse querida y apreciada aún en los dolorosos momentos de la muerte.

Al igual que lo sucedido con Publio, Lucio fue vestido con esas indumentarias que habrían de recordar las grandes proezas que en vida había llevado a Roma. Allí descansaría vestido con una hermosa túnica que lo identificaba como Asiaticus, quien había sido capaz de contener la expansión del Imperio seléucida sobre el mundo occidental. El victorioso de Magnesia. El hermano de hermanos. Todo lo que había sido yacía allí, a la vista de sus más cercanos. Demostrando con el gesto final de su rígido rostro que la vida era muy corta, y que a veces era mejor rendirse a ella ante la impotencia de poder enfrentarla.

Después del entierro de Asiaticus, llegó una novedad que cambiaría la vida de Junio Colatino, por lo menos lo que restaba de ella. La *domina*, una mañana antes del previsto regreso a Roma, lo hizo llamar hasta la misma biblioteca que antes fuera utilizada por Publio Cornelio Escipión. Una vez allí, Emilia Tercia le dio a conocer sus planes.

—¡Buenos días, *domina*! —dijo Junio Colatino encontrándose frente a Emilia Tercia.

—Saludos, Junio Colatino —las palabras de Emilia Tercia eran parcas y sin emoción aparente—, he decidido llamarte para dar a conocer mis intenciones en relación con tu destino.

El sirviente de la familia se sintió sin aire y puso de inmediato sus manos sobre el borde de la mesa que lo separaba de su *domina*. Sus ojos seguían con paciente espera los gestos y las palabras que vendrían de la matrona.

—Junio Colatino, sabes que ha muerto mi cuñado y lo que su pérdida representa para la familia —Emilia Tercia hizo una pausa necesaria para poder continuar—. Aquí no me estoy refiriendo al dolor que está embargando a la familia, sino al vacío que está quedando en Literno para hacer frente al manejo de esta propiedad familiar. Personalmente no pienso ausentarme de Roma, pues debo ayudar tanto a mi hermano como a mi hijo para que surjan políticamente.

Junio Colatino seguía atónito ante las sorpresivas e incalculables palabras de su *domina*, que continuó:

—Por otra parte, Cornelia Mayor debe permanecer al lado de su marido, quien ahora está siendo reconocido como un habilidoso jurista.

Hasta aquí las palabras que iba escuchando Junio Colatino no hacían más que ahogarlo en un mar de inquietantes dudas y de numerosas confusiones.

—¡Junio Colatino! Acortando mis palabras para que tengas claro el fondo de mis intenciones, quiero decirte que la propiedad de Literno seguirá estando en las manos de nuestra familia y así será por muchos años más, sobre todo ahora que sus tierras guardan las cenizas de tan insignes romanos. Mi marido y mi cuñado. Pero es un hecho que la familia debe seguir en Roma, no habiendo quién tenga la disposición y el tiempo necesario para atender esta realidad.

—¿Qué desea, *domina*? —preguntó el confundido sirviente.

—Junio Colatino, sabiendo que eres el sirviente de mayor confianza en nuestra familia, he decidido que debes quedarte en Literno para atender, administrar y cuidar de esta propiedad en nuestra ausencia —dijo Emilia Tercia, tomó algo de aire nuevamente y prosiguió—. Al igual que lo hice durante los últimos meses de vida de mi marido, estaré visitándote, y también puede hacerlo cualquier otro miembro de la familia. Asimismo, he decidido que Claudia Agripina se quede para acompañarte, ya que es tu esposa, aun cuando nos estaremos privando de su exquisita cocina, pero ahora entendemos que en este mundo nada es eterno, ¿no es así, Junio Colatino?

—¡Domina!

Las últimas palabras de Emilia Tercia estaban dichas. Esa era su intención para el futuro de sus sirvientes.

—Mañana partirá la caravana hacia Roma, y espero que mi propiedad quede en buenas manos, Junio Colatino. Los dioses te han dado mucho hasta ahora, pero podrás recibir más que lo recibido hasta hoy; sólo cuida y administra los bienes de Literno como lo harían Publio y Lucio. Sé fuerte cuando debas y comprensivo en su momento. Quiero que sepas que toda la servidumbre quedará supeditada a tus órdenes, así como el cuerpo de la guardia privada que seguirá estando en la villa.

—¡*Domina*! —volvió a exclamar Junio Colatino.

—Quiero que esta noche Claudia Agripina nos despida con uno de sus mejores platillos, pues deseo llevarme el gusto de su cocina —dijo Emilia Tercia y después de esas palabras guardó un corto silencio.

—*Domina*, si su voluntad es que trabaje para ustedes desde Literno, pues esa voluntad se llegará cumplir. Ha sido un regalo de los dioses el poder compartir mi vida junto a Claudia Agripina, y por ello me siento muy complacido cuando ustedes autorizaron mi matrimonio. Créame, lo juro ante los dioses latinos, que haré siempre lo mejor para conservar y cuidar esta bella propiedad. De mí sólo llegarán a saber cosas buenas.

—Eso espero, Junio Colatino.

Emilia Tercia dio por terminada aquella reunión.

El sorprendido sirviente se dirigió hasta el lugar donde se encontraba su querida esposa para hablarle sobre el destino que compartirían. Todo había sido muy rápido e impensable para poder ser digerido por sus sencillas y elementales mentes. Junio Colatino empezó a discernir todo lo acontecido nuevamente mientras caminaba, entendiendo que su destino estaba ahora inevitable e ineludiblemente ligado al de sus fallecidos *dominus*, y por consiguiente, al de la familia Escipión. Atrás quedaba Roma, la puerta de Literno empezaba a abrirse para ambos. Ellos eran un joven matrimonio servil, que tenía la honrosa tarea de conservar por varios años el legado de una prestigiosa familia que oportunamente los había cobijado. La historia de Roma estaba bajo su cuidado, sus bosques tenían la gloria de toda una familia romana que había cambiado el destino de la humanidad en su tiempo.

Cornelia Menor caminaba en silencio y sola, deslizándose por aquellos pasillos que a lo mejor tanto su padre como su tío habían transitado. La joven Cornelia solo pensaba y apreciaba con sus cálidos ojos la herencia que allí se levantaba bajo esos hermosos cielos de Campania.

Para ella su destino también estaba marcado en Roma, al lado de su madre y de sus hermanos. Literno solo era una puerta para transitar al más allá. Para los Escipiones en Roma quedaba la guerra y en Literno la paz.

Esa tarde, en uno de los patios internos que existían en la villa familiar, un pensativo sirviente caminaba muy despacio en compañía de su esposa, mientras una ola de aire frío llegaba a envolverlos. En lo alto del cielo, se podía contemplar un grupo de aves migratorias que atravesaban con vuelo presuroso los bosques de Literno.

—Querida Claudia, acabo de conversar con nuestra *domina*, y me ha participado las serias intenciones que tiene para nosotros —dijo Junio Colatino, su cara lucía serena a la espera de poder ser comprendido por Claudia Agripina.

—Dime de lo que hablaron, no andes con rodeos. De ella nunca vendría nada malo.

—Me ha comunicado que ambos quedaremos en Literno, no viajaremos mañana con la caravana —y Junio Colatino en ese momento pateó con su sandalia una pequeña piedra que se interponía frente a sus pies.

—Entonces, ¿cuándo viajaremos? —preguntó Claudia Agripina, sin llegar a entender lo que aún no decía su compañero.

—Claudia, nuestra *domina* y el joven Publio han decidido que de ahora en adelante nos encargaremos de la administración y del cuidado de esta propiedad. Este predio será nuestra morada por varios años, a Roma no volveremos. Aquí trabajaremos y deberemos responder a la confianza que se nos ha encomendado.

Claudia Agripina y Junio Colatino quedaron callados, tan solo mirándose ante lo que ya no era un secreto. El destino había cambiado definitivamente para ellos.

A la mañana siguiente, la caravana partió precedida por varios jinetes que se adelantaban a las carretas que transportaban a las mujeres y a los ancianos que habían estado de visita. El tiempo no había cambiado y se mostraba frío y gris en los instantes de la despedida. Todos los que partían iban envueltos en capas y en gruesas mantas que los protegerían en el helado camino de regreso.

De Literno los primeros en partir fueron las autoridades que habían llegado apresuradamente desde Roma. Estas últimas cumplían fielmente con las debidas costumbres ante la familia del fallecido. Después, y sin mostrar ningún tipo de natural afecto, regresaron sin demora a la ciudad eterna, lugar donde otras actividades y sucesos más importantes reclamaban su presencia.

En una de las carretas, una persona levantó su brazo para despedirse de Junio Colatino. Ella, manteniéndose sentada en la misma posición, en la misma tabla y en la misma carreta que meses atrás había utilizado Junio Colatino, se marchaba a la *domus* de Roma para reemplazar a la ausente Claudia Agripina en las tareas de la cocina. Sus ojos penetraban la mirada de Junio Colatino, y ambos experimentaban un sentimiento de mutua complicidad relacionado con las vivencias que habían de compartir. Para Silvana una nueva vida estaba empezando, sin saber quién era Druso Sejano, ni lo que había llegado a representar Claudia Agripina para los hombres de la familia Escipión. Parecía como si ambas mujeres hubieran intercambiado roles, aceptando cada una con silenciosa alegría el destino que antes había vivido la otra. Poco a poco se fue perdiendo de vista la caravana, en las puertas de Villa Literno quedó la pareja de sirvientes, que solo un día antes se había enterado de su nuevo destino.

Los meses habían transcurrido desde aquellos eventos acaecidos y desarrollados en la villa de Literno.

—Querida hermana, quiero llevar conmigo a Publio —las palabras pronunciadas por Lucio Emilio Paulo dejaron una sensación amarga en la boca de Emilia Tercia—. El Senado ha acordado que debo marchar sobre la tribu de los ingaunios, quienes con su creciente poder naval se encuentran acechando las rutas mercantes de la República —y los ojos del romano mostraron una clara determinación frente al rostro de su hermana—. Mi campaña de seguro ha de ser corta y sin ningún tipo de sorpresas, por lo menos para Roma.

Emilia Tercia guardó el debido silencio hasta que su estimado hermano terminó de pronunciar aquellas palabras.

—Lucio Emilio, sabes que no dejaré ir a Publio a ninguna otra campaña militar, aunque fuera contigo. No quiero, hermano, que el fantasma de Magnesia vuelva otra vez sobre mí —dijo Emilia Tercia con serenidad—. Han transcurrido varios años desde aquel nefasto evento, y no quiero que volvamos atrás. Querido Lucio, tú tienes una vida por delante, sabemos que la diosa Fortuna te ha mirado decididamente esta vez, pero dejad a mi Publio quieto con sus labores en el Senado, no quiero que la guerra nunca más sea parte de su complicada vida.

Lucio Emilio Paulo fijó nuevamente su mirada sobre Emilia Tercia, dándose cuenta de que sus palabras y la oportunidad de gloria que estaba ofreciendo a su sobrino no serían aceptadas por Emilia Tercia.

—Querido Lucio, ahora eres un cónsul de la República, ve y marcha contra esos ligures, y por sobre todo alcanza pronto una reconocida victoria; nuestras familias necesitan de un nuevo triunfo para seguir siendo admiradas por las demás familias de Roma.

—Hermana, te prometo por Cástor y Pólux que sacaré el mayor provecho a esta oportunidad. Verás a tu digno hermano retornando de Liguria con los premios necesarios para un triunfo.

El cónsul Lucio Emilio Paulo abandonó la estancia del *tablinium* ubicada dentro de la *domus* de la familia Escipión después de despedirse de su querida hermana. En ella quedaba una patricia que defendería con todas sus fuerzas la vida y la suerte de su único hijo varón, a quien los dioses no habían premiado con la fortaleza propia de los Escipión, pero sí con la obediencia y el apego familiar que exhibían los miembros de los Emilio-Paulos.

En el año 181 a.C. el cónsul Lucio Emilio Paulo aceptó las órdenes del Senado de llevar la guerra contra los ingaunios ubicados en las costas de Liguria. Marcharía fuera de Roma liderando por primera vez en su vida cuatro legiones consulares. Lucio Emilio Paulo había tomado para dos de sus legiones consulares los nombres de Legión Quinta y Legión Sexta, en memoria de las legiones malditas que habían seguido a Publio Cornelio Escipión Africanus muchos años atrás. Esta vez el novísimo cónsul se dirigiría al Norte buscando entre los Alpes y los Apeninos a los nuevos enemigos de la República romana, quienes trataban de imponer su dominio sobre el lucrativo comercio mercante. Las legiones consulares de Lucio Emilio Paulo se adelantarían utilizando para ello las veloces vías que se extendían y se ramificaban fuera de la ciudad de Roma; fuera de los muros servianos estas vías unirían toda la península itálica. Con varios días de atraso marcharían después las legiones consulares de Cneo Baebio Tanfilo, quienes luego unirían sus fuerzas para aplastar definitivamente a los ingaunios.

Mientras cabalgaba, Lucio Emilio Paulo desvió su atención hacia los recuerdos vividos junto a sus fallecidos cuñados. Pensaba en todas aquellas acertadas decisiones que habían conducido a la gloria tanto a Publio Cornelio Escipión como a su hermano Lucio Cornelio Escipión. El callado cónsul pensaba en aquellos momentos que había tenido que vivir Africanus, cuando aun siendo un desconocido general romano, se decidió a marchar hasta la misma Cartago Nova sorprendiendo con su inesperada llegada a los incrédulos defensores cartagineses. Lucio Emilio Paulo quería emular aquellos logros, y ese pensamiento lo llevaría a dirigir sus propias legiones de manera sigilosa hasta los límites de Liguria.

La campaña militar desarrollada por los cónsules fue rápida y muy efectiva, y logró el aniquilamiento de la flota naval que trataba de afectar los intereses de Roma. Por otra parte, se capturaron las naves mercantes que estaban enriqueciendo intereses distintos a los romanos; todas ellas quedaban ahora bajo la autoridad romana y fueron enviadas al Puerto de Ostia, donde se renovarían bajo nuevos dueños y capitanes, tanto romanos como latinos. La campaña militar en tierra fue feroz, pero desarrollada coordinadamente entre ambos cónsules, lo que trajo buenos y prontos resultados para la exigente República, que desde hacía varios años se había enseñoreado prácticamente sobre la península itálica. Parte del éxito de la campaña militar llevada a cabo contra los ingaunios se debió a que el cónsul Cneo Baebio Tanfilo, considerado como muy cercano a los miembros de la familia Escipión, había aceptado los consejos de estos últimos, pues en su pasado cercano aún quedaba fresco el recuerdo de su fallida incursión militar, cuando por querer llevarse la gloria durante la campaña militar desarrollada contra los insubrios, desacató la orden de esperar las tropas del cónsul Lucio Cornelio Léntulo, llegando a ser derrotado y perdiendo un número importante de tropas profesionales. Muchos pensaron que el futuro militar y político del senador Cneo Baebio Tanfilo había llegado a su fin, pero en Roma los errores y las malas maniobras de los militares fácilmente pasaban al olvido si se llegaba a tener el suficiente carácter para afrontar los infortunios y el escarnio público. Cneo Baebio Tanfilo lo había tenido, y por esa razón estaba compartiendo ese año el consulado junto al senador Lucio Emilio Paulo.

En cuanto a Paulo, en su mente tampoco faltaba el recuerdo de lo ocurrido a su padre, cuando la voluntad de un arrogante cónsul había puesto su cabeza en las mismas manos de Aníbal Barca. Lucio Emilio Paulo llegó a un acuerdo con su colega, y este último lo aceptó como único medio para borrar su connotado fracaso militar. De esta manera ambos cónsules organizaron un planificado despliegue de tropas con el cual se consiguió la esperada victoria romana.

Para finales del año 181 a.C. tanto Lucio Emilio Paulo como Cneo Baebio Tanfilo retornaron a la ciudad de Roma cargando consigo las muestras de la victoria y las exigentes razones para reclamar ante el Senado y el pueblo romano un satisfactorio triunfo. A Roma llevaron las riquezas que habían confiscado a los ingaunios, además de todas las naves mercantes y de guerra que pudieron capturar en los puertos de Liguria. Un número significativo de esclavos y de prisioneros de guerra llegó a Roma para ser vendidos, y la utilidad percibida en esto iría a parar directamente al tesoro público.

Tanto los miembros del Senado como la parte pensante del pueblo llano entendían que aquella victoria militar alcanzada era bien recibida mas no extraordinaria, claro, si se la comparaba con las obtenidas por los anteriores cónsules. No obstante, a Roma la alegraba poder contar con generales y cónsules que supieran ganar, y sobre todo, que pudieran llenar sin reparos las menguantes arcas de la República.

A la salida del Senado, el cónsul Lucio Emilio Paulo se dirigió hasta la *domus* de su hermana acompañado por su sobrino Publio. Aquellos dos hombres caminaban orgullosos, escoltados por los doce lictores que obedecían fielmente a las palabras del cónsul. Ambos sentían las miradas de todos aquellos que se cruzaban ante su procesión.

—¡Viva el cónsul!

—¡Grande Roma!

—¡Júpiter Optimus Máximo salve a Lucio Emilio Paulo!

—¡Larga vida a los Escipiones!

—Sobrino, debo admitir que esta manifestación de aprecio y de júbilo llega a nublar mi mente. No puedo imaginarme lo que pudo llegar a sentir tu padre cuando regresó de Hispania y también de Cartago —dijo Lucio Emilio Paulo mientras continuaba saludando a todos aquellos que se cruzaban con su mirada.

—Tío, los dioses nos ayuden y protejan para no llegar a olvidar estos momentos de gloria. Nuestras dos familias aún siguen cosechando los esfuerzos y los sacrificios de nuestros ancestros.

Pétalos de rosas, flores de distintos colores, aplausos y muchísimas ovaciones acompañaban el camino de aquellos dos hombres que nunca olvidarían ese memorable día, fecha en que el Senado volvía generosamente sus ojos hacia alguien tan cercano y afín a la familia Escipión.

Emilia Tercia se asomó desde lo alto del balcón de su *domus* y pudo ver a sus dos hombres. Uno llevaba sobre su cabeza la corona de laurel que lo identificaba como el victorioso de Roma; y el otro, caminando esbeltamente, orgulloso de su toga impoluta que lo identificaba como uno de los senadores de la familia Escipión, legítimo heredero de los principios de su padre y de todos los legendarios ancestros que habían nutrido con triunfos y con dramas la vida de tan honorable familia.

Ella levantó sin temor su delicada mano para saludar con fuerza a su hermano y a su hijo, que retornaban al hogar. Ellos volvían mostrando una sonrisa que hacía olvidar todos los dolores y las penas que durante los últimos años habían azolado a la prestigiosa familia Escipión y, por qué no, a los mismos Emilio-Paulo.

—¡Madre! ¡Madre! —gritó el senador Publio Cornelio Escipión mientras salía al encuentro de Emilia Tercia—, mi tío tiene su triunfo.

Emilia Tercia besó a su hijo y después se abalanzó sobre el galardonado cónsul.

—¡Hermana, lo he alcanzado! —dijo Lucio Emilio Paulo y se abrazó con Emilia Tercia; y ambos sollozaron.

—No llores, Lucio Emilio —susurró Emilia Tercia—, no quiero que tus lictores te vean derramar lágrima alguna. Quiero que sepas que este no será tu primero y último triunfo. Vendrá otro mayor solo cuando nuestros dioses así lo estimen conveniente —expresó la emocionada romana al tiempo que apretaba las manos de su hermano entre las suyas—. Entremos a la *domus*, pues un banquete nos espera para celebrar de acuerdo con la tradición familiar.

—Vamos, tío, ve adelante, que eres el general de Roma —dijo Publio, quien no podría ocultar la emoción que representaba el triunfo de Lucio Emilio Paulo.

El cónsul de Roma se adelantó a todos, traspasó el umbral del *ostium* y fue recibido en su interior por otros notables.

—¡Viva nuestro cónsul!

—¡Marte te premie, Lucio Emilio Paulo!

—Saludos, Publio Cornelio Escipión Nasica. Marte me ayudó en Liguria y ahora me premia con la presencia de todos ustedes —Lucio Emilio Paulo demostraba legítimos afectos hacia los aliados de su familia.

Después de aquel afectuoso saludo, Lucio Emilio Paulo observó muy cerca de él a sus dos hijos mayores, a quienes abrazó y saludó con verdadero afecto. Después se cruzó con sus sobrinas, a quienes les brindó sobrado cariño.

—Querido hermano, hoy levantaremos la copa por la memoria de todos los nuestros, para que descansen eternamente al lado de nuestras deidades más próximas. Por Roma y por nosotros —dijo Emilia Tercia alzando su brazo lo más alto posible, como queriendo brindar junto a los dioses del Olimpo—. ¡Salud!

Aquella tarde transcurrió rápidamente, mientras las familias y los aliados a ellas se dejaban conducir hacia laberintos de placer tomados de la poderosa y engañosa mano del dios Baco. Emilia Tercia bebía afanosamente sin demostrar ninguna falta de respeto hacia nadie. Simplemente se dejó llevar por los embrujos y los vapores que esperan a los que beben plácidamente. Varias copas sellaron su sueño, que comenzó desde las primeras horas de la noche, por lo cual tuvo que retirarse de la programada velada que todavía tenía desarrollo dentro de las paredes de la *domus* familiar. Emilia Tercia fue conducida por Silvana hasta su *cubiculum*, y se desvaneció en la comodidad de su lecho, descansando su mente y su indómito espíritu hasta el otro día. Esa noche nadie interrumpió el descanso de la *domina*.

"Querida Emilia Tercia, desde el día de tu nacimiento he vigilado con atención tus pasos y puedo decir que eres una digna hembra que ha dado orgullo a la Roma de los hombres. Lamento mucho la pérdida de tu marido, pero su tarea en este mundo estaba cumplida, siempre recuerda que todos los mortales tienen una tarea asignada, y es mejor morir habiéndola cumplido que marcharse dejándola a medias. Oh, mortal romana, hija de patricios y matrona de guerreros, por medio de este inadvertido sueño acudo a ti para derramar mi gracia poderosa. Emilia Tercia, seguirás siendo la matrona de la familia Escipión, todavía tus ojos contemplarán cientos de amaneceres, así como numerosas noches con luna. Aquí te habla tu diosa Lucina para decirte que tu sangre y la de tu marido seguirán corriendo en una de tus hijas. No temas por el destino de tu hijo Publio, pues él pasará a la historia romana como el obediente hijo que nunca les faltó a su padre y a su madre. En una de tus hijas germinarán doce semillas que llegarán a convertirla en la matrona más venerada de toda Roma. Esa hija tuya tendrá su propia estatua y en bronce será recordada a lo largo de los años. Madre mortal de los romanos y de todos aquellos que llegasen a ser buenos hijos. Querida Emilia Tercia, duerme serenamente, que mis palabras no perturben tu mente, que mis revelaciones no agoten tu vida, sé feliz como en los años de Serbilia, o en aquellos en que tu marido te hacía el amor sin vergüenza alguna. Hija mía, hija de Roma, recuerda que has sido bendecida por Lucina, la diosa que cuida a los que van a nacer, a los que pronto llegarán para respirar el aire de los hombres. Querida Emilia Tercia, recuerda que la vida de los hombres, de los simples mortales que caminan debajo del Olimpo, solo se sustenta en la gloria y en el honor de una virtuosa vida, lo demás será polvo que consumirán los volcanes de la tierra".

Emilia Tercia seguía sumida en un profundo sueño del cual no despertaría hasta bien llegados los rayos de sol de la inesperada mañana. Los vaticinios de Lucina quedarían grabados en su mente; guardaría en adelante un sepulcral silencio en torno al destino que deparaba a sus tres hijos.

A la mañana siguiente Emilia Tercia partió hacia la privacidad que representaba para ella la Tumba de la Familia Escipión. Se decidió a tomar la Vía Appia que la conducía desde la Puerta Capena, en los muros de la ciudad de Roma, hasta la misma entrada al monumento fúnebre familiar. En esa ocasión Emilia Tercia no se dejó acompañar por ninguno de sus hijos, tan solo llevó consigo a su guardia privada y a un par de esclavas de su mayor confianza. Un sacerdote la esperaba junto a sus ayudantes fuera del *pomerium,* donde se uniría a su cortejo. Durante los años de ausencia de su recordado esposo, Emilia Tercia había conseguido valerse por sí misma imponiendo su voluntad ante sus esclavos y sirvientes, incluso los miembros de las dos notables familias a las que pertenecía jamás habían osado contrariar ni sus decisiones ni sus criterios, ideas que por lo general se ajustaban al normal proceder de cualquier *pater familias*.

Una vez en la Tumba de los Escipiones, la notable matrona emitió un perceptible gesto con el cual se le indicaba al sacerdote que podía empezar con los ritos concertados, necesarios para la consagración de los pedidos divinos del presente día. Los ayudantes del sacerdote bajaron de una de las carretas que formaban parte de la procesión una pequeña ternera amarrada de las patas y varios pavos reales. Estos animales serían consagrados a la diosa Lucina en agradecimiento por la revelación que había recibido Emilia Tercia.

La *domina* elevó una plegaria en presencia del sacerdote, cuyas palabras, pronunciadas en voz baja, solo eran perceptibles a sus propios oídos. Con esta fórmula Emilia Tercia entregaba su destino a la caprichosa diosa Fortuna, y ésta, una vez satisfecha por sus plegarias, le devolvería a Lucina aquello que por derecho propio le pertenecía. Emilia Tercia entendía que la voluntad de los dioses romanos debía ser respetada y acatada y que había que demostrar un sincero agradecimiento ante los avisos y los mensajes que se desarrollarían en el futuro cercano.

—¡Oh, divina Lucina! Que tu voluntad se cumpla de la misma manera que me ha sido revelada. Mis hijos son hijos de los dioses, yo solamente he sido la madre que los ha parido, sus vidas deben seguir con su marcado destino. Lucina, gracias te doy por haberme dado tres nacimientos felices. Gracias te doy por haberme traído de vuelta a Publio desde las arenas de Magnesia. Gracias te doy por el dichoso matrimonio de Cornelia Mayor; y finalmente las gracias te doy por el respeto que se tuvo hacia la vida de Cornelia Menor, gracias al tribuno Tiberio Sempronio Graco, quien garantizó su vida ante el peligro que representaban nuestros adversarios políticos. Lo que tengas decidido para sus vidas lo acepto y lo acato —Emilia Tercia terminó de decir sus palabras demostrando con su humildad y su sometimiento que aceptaba los designios de sus dioses.

—*Domina*, las entrañas de estos animales sacrificados me revelan que la gloria siempre estará reservada para los miembros de la familia Escipión. Ni su padre, ni su hermano, ni su esposo, ni su cuñado ni cualquier otro que lleve el apellido de los Escipiones o de los Emilio-Paulos será olvidado por la historia. A cada uno de sus tres hijos le aguarda un futuro y un destino muy particular. Cada uno de ellos llegará a cumplir su cometido en la Tierra.

Emilia Tercia sintió la sangre del sacrificio sobre su piel y quedó a la espera de ser bendecida por las ofrendas que había retribuido. El sacerdote dejó derramar más sangre animal sobre su humanidad, purificando con ella sus carnes y sus pensamientos. El acuerdo entre dioses y mortales estaba ahora sellado. Una vida de gloria y de honor esperaba a todos los hombres y las mujeres de sus familias. El destino sobre cada uno de sus hijos también estaba echado. Roma seguiría su curso, y estos mortales también el suyo.

Siendo pretor para la provincia romana de Hispania Citerior, corriendo el año 178 a.C., Tiberio Sempronio Graco retornó a la ciudad de Roma después de haber dedicado muchos meses a la pacificación de su provincia. Bajo su mandato la Primera Guerra Celtíbera se había continuado, y él se había destacado como un líder justo y con suficiente determinación.

Una vez en la ciudad de Roma, el Senado por consenso de sus miembros decidió otorgarle un triunfo al pretor Tiberio Sempronio Graco, quien indiscutiblemente había logrado demasiados méritos en tierras de Hispania, no solo en su provincia administrada sino también en el resto de tierras vecinas que formaban parte de la península hispánica. Las diversas tribus celtas que se habían alzado contra las autoridades romanas habían sido finalmente aplacadas y sometidas, y de este modo se había constatado la nueva manera de gobernar que había caracterizado al novedoso pretor.

Desde sus orígenes Tiberio Sempronio Graco se había identificado con el grupo de senadores que se consideraban independientes, sin llegar a tomar una postura extrema dentro de los avatares políticos del Senado. Su visión contemplativa de los hechos y su cauta personalidad lo habían hecho merecedor de ciertas atenciones por parte del líder Marco Porcio Catón, quien intentaría con diversos mecanismos políticos y otros incontables artilugios llegar a disuadirlo, incitándolo así a que se incorporara a la bancada conservadora. En cuanto a los notables senadores liberales, Tiberio Sempronio Graco nunca fue del agrado de Publio Cornelio Escipión Africanus, incluso el cónsul Lucio Cornelio Escipión Asiaticus durante los duros tiempos de sus campañas militares en Asia lo colocó en una posición de peligro durante el desarrollo de la Batalla de Magnesia, con la intención de desembarazarse de su presencia, pero por capricho de los dioses latinos Tiberio Sempronio Graco pudo burlar la muerte, escapándose milagrosamente de la fuerza aniquiladora que representaban los cuerpos de caballería de élite que servían al emperador Antíoco III.

Los años pasaban, y Tiberio Sempronio Graco no manifestaba un odio público contra los hermanos Escipión. Su conducta intrigaba a innumerables personalidades de la política romana, entre ellas a los senadores Marco Porcio Catón y Lucio Valerio Flaco. Más adelante ocuparía el cargo de tribuno de la plebe durante los difíciles años en que el Senado decidió llevar a juicio a los miembros de la familia Escipión. Para perplejidad de muchos, durante esos escabrosos momentos de la historia de Roma, Tiberio Sempronio Graco se mantuvo ecuánime con sus pronunciamientos y con sus posturas, y la mayoría de los senadores conservadores entendió que gracias a su calculada intervención el pellejo de los miembros de la familia Escipión se había salvado. La historia daría cuenta de que después del retiro político y militar de los hermanos Escipión, los caminos habían quedado abiertos para que otros ignorados romanos incursionasen en la difícil tarea de manejar la guerra y la paz en nombre de la República. Entre esos nuevos líderes estaba Tiberio Sempronio Graco, quien desde los hechos históricos ligados a su desempeño como tribuno de la plebe, se sentía atraído por el magnetismo que irradiaba tanto la familia Escipión como la familia de los Emilio-Paulos.

Tiberio Sempronio Graco había cruzado cortas palabras con el memorable Africanus y con su inseparable hermano, y a la vez había sentido el delicado rechazo que le transmitía el resto de familiares y allegados pertenecientes a ambas familias. Sin embargo, el tiempo jugaría a su favor, y de una manera casi inadvertida empezaría a tener conversaciones más largas y relativamente amenas con la matrona Emilia Tercia, quien simplemente lo aceptaba por haberse demostrado como un hombre de honor y completamente desinteresado durante los cruciales momentos que había vivido la familia Escipión.

Para muchos de los miembros de la familia Escipión, incluyendo sus callados esclavos y sirvientes, era casi seguro que Emilia Tercia sentía una especie de atracción hacia el controversial Tiberio Sempronio Graco, pero en ninguna oportunidad se produjo públicamente ni un pequeño atisbo de infidelidad.

Después de que falleció Africanus y finalizó la condición de rehén de Roma que pesaba sobre Cornelia Menor, Tiberio Sempronio Graco siguió yendo a la *domus* de la familia Escipión, siempre mostrándose como un perenne amigo de la romana Emilia Tercia.

Dos días después de la celebración del triunfo del pretor Tiberio Sempronio Graco, la *domus* de la familia Escipión contó con su inesperada visita. Frente a la propiedad llegó la comitiva que seguía al victorioso pretor.

—¡*Domina*! —dijo el atriense de la familia Escipión—, en la entrada de nuestra *domus* está el pretor Tiberio Sempronio Graco.

Emilia Tercia dirigió una rápida mirada a su hijo Publio, quien calladamente salió del *tablinium* para no poner nerviosa a su querida madre.

—¿Ha venido solo? —preguntó Emilia Tercia un poco preocupada.

—Un cortejo espera junto con él —contestó el atriense y nuevamente llevó sus ojos hacia el suelo a la espera de la orden de su *domina*.

—¡Apresúrate! Dale entrada al pretor y que espere en el *atrium* hasta ser recibido.

—*Domina* —exclamó el atriense entendiendo muy bien las intenciones de la matrona.

Mientras tanto Emilia Tercia se dirigió hasta el lugar donde se encontraba Cornelia Menor, llamando en su camino a su hijo Publio a viva voz.

—¡Publio! ¡Publio! —gritó moderadamente Emilia Tercia tratando que su voz no llegara hasta el área del *atrium*.

—¡Madre! —contestó el senador Publio.

—Hijo, no me malinterpretes, pero quiero que juntos recibamos en el *atrium* al pretor Tiberio Sempronio Graco.

—Pero, madre —las palabras de Publio fueron rápidamente interrumpidas por la insistente matrona.

—Querido hijo, dejemos a un lado todo aquello que nos amarga y continuemos con la vida, por ser amables no dejaremos de ser Escipiones. Mucho menos parte de la élite romana.

Publio miró a su respetada madre mientras sentía por dentro el seguro orgullo de saberse hijo de ella.

—Madre, te seguiré, cuenta conmigo para recibir al honorable pretor que nos visita.

Emilia Tercia esbozó una grata sonrisa mientras apreciaba cómo una de sus esclavas acercaba consigo a Cornelia Menor, que estaba muy hermosa para la ocasión. Esta joven patricia contaba con once años de edad y en muchas de sus actitudes se parecía a su madre.

En el conocido *atrium* el destacado pretor caminaba de un lado a otro, utilizando pasos cortos y seguros; vestía una elegante túnica blanca con bordes de color hueso. En esos instantes su mente recordaba aquellos días en que se había ocupado personalmente de la seguridad de la pequeña Cornelia, guardándola como rehén de la República mientras duraba el exilio de Africanus en Literno. Para él estaba claro que Emilia Tercia había hecho cambiar la decoración que existía desde esos memorables tiempos, pero la estructura física de la *domus* seguía siendo la misma.

—Honorable pretor de Roma —dijo el atriense—, he aquí la *domina* y sus respetados hijos.

El atriense se ubicó en el fondo del *atrium* dando paso a sus señores, que continuaban con el recibimiento del pretor.

—Por la Triada Capitolina que vigila la vida de los romanos, qué placer estar de nuevo aquí —dijo Tiberio Sempronio Graco al verse frente a los principales miembros de la familia Escipión.

—El gusto es nuestro, honorable pretor de la República —Emilia Tercia caminó hacia el lugar de Tiberio Sempronio Graco y le dio un beso en la mejilla en señal de saludo afectuoso—. Juno, nuestra gran diosa, te proteja.

—Senador —fue la palabra que dirigió Tiberio Sempronio Graco al joven Publio.

—Saludos, pretor, toda nuestra familia se honra al tenerlo aquí, y deseo personalmente que su campaña en Hispania nunca sea olvidada, como no fue olvidada la de mi padre.

Aquello último sorprendió a todos los presentes.

—Seguro será así, senador Publio. Roma no debe olvidar nunca los logros de esta noble familia.

Tiberio Sempronio Graco en ese instante volteó sus ojos hacia el lugar de la pequeña Cornelia y dio paso a su correspondiente y esperado saludo.

Después de ese sorpresivo encuentro, los dos hombres y las dos mujeres iniciaron un relajado paseo por los mosaicos de la *domus* y entre las plantas que envolvían el delicado jardín interno.

—Emilia Tercia, he decidido venir hasta acá porque no puedo dejar de lado la amistad que he tratado de forjar al lado de ustedes en el transcurso de estos duros años, espero que me entiendan.

—Tiberio —dijo Emilia Tercia—, los favores recibidos de usted tampoco pueden ser ignorados, esta familia y muy especialmente mi persona agradece todas sus atenciones y preocupaciones a lo largo de estos años. Su prolongada ausencia en Roma solo ha servido para que valoremos lo que significa la amistad.

—Gracias, Emilia Tercia —respondió agradecido el expectante pretor de Roma.

—Nuestra familia aún recibe los ataques del senador Marco Porcio Catón y de otros tantos personajes que quieren enlodar la memoria de esta familia. Sin embargo, usted, teniendo mucho que perder y poco que ganar, aun habiendo recibido un triunfo hace dos días, decide visitarnos. Eso lo valoro, Tiberio, toda la familia lo valora.

Publio calló ante las palabras que pronunciaba su madre, lo que destacó en él la gallarda postura que siempre mantenía de nunca interrumpir a su querida progenitora.

—Las palabras de ustedes halagan mis oídos y me hacen sentir fortalecido. Miembros de esta notable familia —volvió a hablar Tiberio Sempronio Graco—, quiero manifestarles todo el apoyo y la solidaridad necesaria. Quiero que sepan y entiendan que en mis intenciones está el sentirme un aliado más de su respetada familia.

Esto último socavó la serenidad de los tres Escipiones.

—Quiero ser un aliado de la familia Escipión, esa es mi voluntad.

Emilia Tercia en ese momento no sabía muy bien cómo abordar la situación que se estaba desarrollando, pues para ella estaba claro que no todas las conductas de los hombres se podían predecir, mucho menos sus incalculables emociones.

Publio tomó la iniciativa por parte del clan familiar.

—Honorable pretor de Roma, sus inesperadas palabras y su consiguiente pedido nos llenan de gracia y de orgullo. Usted y yo somos sobrevivientes de Magnesia, sobrevivientes de las muchas traiciones e injurias políticas que se han levantado. Muchos han muerto, descansando ahora en el Hades, otros en cambio siguen detentando el poder desde las gradas del Senado. Usted nos pide algo inesperado, pues la gran mayoría de romanos que ruega unirse a una familia se encuentra generalmente en franca situación de disminución, usted en cambio acaba de recibir un triunfo y nos halaga con este impensable ofrecimiento.

Emilia Tercia esperaba intranquila el fin de las palabras de su hijo Publio.

—Como *pater* de esta familia ni siquiera pensaré en su proposición. Desde ahora lo considero un aliado a nuestra familia.

Publio dio un paso al frente ofreciendo un respetuoso saludo al pretor. Emilia Tercia por su parte agradeció a sus dioses la inesperada oratoria de su hijo, en ese momento se sentía una de las matronas más felices de toda la República.

—¡Bienvenido a la familia, pretor! —respondió Cornelia Menor acercándose hasta el lugar de Tiberio Sempronio Graco y ofreciéndole un beso—, que Cástor y Pólux siempre estén con usted.

Aquella tarde estuvo simplemente signada por la nueva alianza que acababa de oficializarse, la cual a los ojos de muchos corría encubierta desde hacía años. Tiberio Sempronio Graco había entrado definitivamente al destino y a la gloria de la familia Escipión.

Al senador Publio Cornelio Escipión se le encomendó viajar hasta la ciudad de Itálica, ubicada en la península hispánica, y cuya fundación se le reconocía a su mismo padre. Publio se despidió de su madre y de Cornelia Menor prometiéndoles que estaría de vuelta mucho antes de lo previsto.

Por esos días el Senado de Roma deseaba comprobar los adelantos que se le habían acreditado al senador Tiberio Sempronio Graco en tierras de Hispania. Varios senadores fueron elegidos para visitar las diferentes ciudades que conformaban las dos provincias romanas en Hispania. Por haber sido fundada por el recordado Publio Cornelio Escipión Africanus al final de su campaña militar en Hispania y sostenida por los innumerables legionarios latinos y romanos que fueron lisiados durante el conflicto púnico en Hispania, Itálica sería reservada únicamente al senador Publio, para que llevase a cabo la encomendada inspección que había ordenado el Senado. Publio se enorgullecía al saber que viajaría hasta Hispania, tierra que le había visto nacer en el año 209 a.C., cuando su padre acababa de tomar la inexpugnable Cartago Nova.

Publio le había manifestado a su madre la emoción que estaba sintiendo al tener que representar al Senado en tierras de Hispania, sobre todo por tener que visitar la ciudad que había sido fundada por su padre. Hispania era para los Escipiones un completo espacio para la retrospección y el reencuentro, pues la historia de aquella posesión romana se había forjado sobre la sangre y las victorias de su poderosa familia.

Un trirreme perteneciente a la Armada romana del Mediterráneo se encargó de transportar a varias personalidades políticas de Roma, entre las que se encontraba Publio Cornelio Escipión. La nave zarpó desde el Puerto de Ostia y tenía como destino final el puerto de la ciudad de Cartago Nova.

—Querida madre, no puedo ocultarte la emoción que me embarga tener que viajar a Hispania —dijo Publio y abrió sus ojos demostrando con ello el sentimiento que lo devoraba—. No me imaginé tener que volver a la tierra que me vio nacer.

Emilia Tercia miraba a su hijo con cara de complaciente felicidad, pero por dentro su corazón trataba de conjeturar si ese viaje sería el último que emprendería su querido vástago.

—Hijo mío, solo puedo desearte toda la suerte posible, encomendándote a Júpiter y a nuestros Lares y Penates. Te bendigo para que regreses, para que vuelvas a Roma y no descanses fuera de sus límites.

Aquellas palabras pronunciadas por Emilia Tercia tranquilizaron en cierta medida el espíritu de Publio, pues este último había llegado a pensar que su madre simplemente no aceptaría su intención de viajar. Con los años transcurridos después de la muerte de su padre, Publio se había convertido en un senador romano que no osaba abandonar los muros de Roma. Pocas veces había viajado hasta las tierras de Literno, y pocas veces muy cerca de los mismos límites de la ciudad de Roma. Ambos, madre e hijo pensaban que el peligro de una muerte súbita podía llegar estando lejos de Roma. Sin embargo, aquella preocupación de Emilia Tercia con respecto a la seguridad y a la suerte de su hijo Publio, no existía para con sus hijas. Tanto Cornelia Mayor como Cornelia Menor gozaban de una libertad de movimiento que contrastaba enormemente con la que disponía Publio. Aquel temor que había sembrado el secuestro de Publio durante la campaña militar romana en Asia Menor había dejado un insuperable trauma en la mente de Emilia Tercia.

—Querido hijo, no creas que no reconozco mi temor, ese terrible fantasma que me ha perseguido desde que ocurrió tu secuestro en Magnesia, pero si he superado tantas desventuras y tantas catástrofes familiares, ¿por qué no puedo superar esta? Publio, quiero que reinicies tu vida con este viaje, que cumplas con tus asuntos en Itálica; llegues hasta Cartago Nova, donde tu padre ganó su primera batalla; y por último que te alcance el tiempo para que visites Tarraco, camines por la *domus* que levantaron tus padres, la misma que sirvió de refugio para concebirte.

Publio escuchaba muy atento las palabras de su dulce progenitora.

—Lo haré, madre.

—No puedo hacer que seas menos que tu padre, tan solo por tener una angustia y un eterno temor. Anda, hijo mío, ve a Hispania y has que tus ojos observen las tierras que les dieron fama a los Escipiones.

Emilia Tercia y Publio se abrazaron como era costumbre, manifestándose todo el esperado respeto que se tenían. Madre e hijo tratarían de superar los temores y los miedos que les habían sido heredados directamente de las poderosas hazañas alcanzadas por Africanus y Asiaticus.

Dos días antes de que la nave zarpara, Publio Cornelio Escipión junto con otros senadores romanos llegó hasta el Puerto de Ostia, ciudad en la que fueron atendidos mientras se finiquitaban los procedimientos del viaje. Ellos fueron hospedados confortablemente en la propiedad familiar de uno de ellos, quien procuraba que sus honorables huéspedes tuviesen una cómoda y grata estadía.

A pesar de la importancia estratégica que siempre había representado para Roma durante los distintos conflictos bélicos en que había estado involucrada, el Puerto de Ostia no llegaba a competir como un puerto modelo, ni siquiera como una ciudad de mediano desarrollo. El tráfico portuario era en ocasiones abrumador, pero las ganancias del comercio nunca se quedaban en Ostia; todo lo contrario, las caravanas que partían hacia la ciudad de Roma eran seguidas y constantes. El Puerto de Ostia solamente constituía una intersección necesaria para la llegada y la partida de todo tipo de mercancías. Su aristocracia nativa prefería vivir dentro de la seguridad que brindaban los muros de la ciudad de Roma. Otros sin embargo hacían lo mismo, pero manteniendo la necesaria presencia de sus negocios por medio de leales familiares o allegados muy vinculados a sus reconocidas familias.

La suciedad, la inmundicia, el pillaje y el poco acato a las leyes hacían de Ostia un lugar nada parecido a la ciudad de Roma, aun cuando esta última urbe también vivía una realidad que afectaba en gran escala a la mayoría de sus habitantes.

Fueron estas insanas condiciones las que habían favorecido el surgimiento de innumerables enfermedades que aniquilarían poco a poco a todos sus habitantes, infectándolos con todo tipo de males y conduciéndolos hacia seguros caminos de muerte.

Muchos inmigrantes llegados de los confines de la República recalaban en Ostia como paso previo para seguir hasta la ciudad de Roma, pero la realidad era que la inmensa mayoría de ellos no partían del Puerto hacia sus buscados sueños, pues al hospedarse en pocilgas mal olientes o en inmundos establos, sus cuerpos absorbían todos los males que desde hacía años se estaban devorando a los menos afortunados. Las enfermedades respiratorias presentes en la mayoría de los esclavos y trabajadores del puerto no se curaban con las acostumbradas sangrías, ni con los pobres sacrificios que los malditos llegaban a ofrecer. La tasa de mortalidad en Ostia era muy alta, pero a las autoridades de Roma eso no las perturbaba, pues en su mayoría eran los pobres infelices los que desaparecían; sólo importaba la situación del tráfico comercial que entraba a la creciente Roma.

La primera noche de Publio en el Puerto de Ostia estuvo marcada por las atenciones que brindó el patricio dueño de varios navíos de carga, los cuales frecuentemente navegaban a Egipto en busca de trigo. Varios senadores compartirían con Publio la invitación del *pater familias* para recorrer una de sus bodegas en las que se almacenaban los esclavos que serían transportados hasta las principales ciudades de la península itálica. Publio Cornelio Escipión había acompañado varias veces a su difunto tío Lucio Cornelio Escipión hasta los dominios de Villa Literno en las ocasiones en que se efectuaban las compras de esclavos para la familia, sentía la curiosidad por ver la mercancía directamente del comerciante importador. Para muchos era conocido que las compras de esclavos realizadas directamente en los depósitos y en los almacenes del Puerto de Ostia representaba un ahorro en cuanto al precio que se pagaba por ellos cuando eran trasladados a otras ciudades, pero también era sabido que los bajos precios en Ostia obedecían al deterioro físico y a las abundantes enfermedades que con toda seguridad siempre diezmaban la cantidad de esclavos desembarcados.

Al abrirse una puerta de madera que era custodiada por dos guardias armados, se pudo contemplar una entrada oscura y maloliente que no llegaba a tener forma ni semejanza a nada.

—Senador Escipión, quiero que siga la luz de las antorchas que pronto iluminarán.

El *pater familias*, vestido con su túnica de gala, permanecía de pie junto a la puerta de madera que se acababa de abrir.

—Sigue a mis guardias, y espero que sus ojos puedan apreciar cómo llegan los esclavos cuando son bajados de las naves, por supuesto me refiero a estos esclavos que son traídos fuera de la península itálica. Ninguno de estos tiene un origen romano o itálico, mucho menos celta o galo. Pero sigue adelante, honorable senador, para que se haga una idea de cómo funciona el comercio de los esclavos en Ostia.

Cada uno de los altos y corpulentos guardias tomó en sus manos una antorcha, la cual fue encendida en un instante por el fuego de una pequeña lámpara que traía otro esclavo de la familia. Publio Cornelio Escipión se decidió a seguir los pasos de aquellos dos guardias adentrándose poco a poco en un laberinto pestilente que muy lentamente era iluminado por la mortecina luz de las antorchas.

Lo primero en afectar los sentidos de Publio fue el penetrante olor a inmundicia que rebozaba por todos los rincones de la asquerosa mazmorra. Rápidamente Publio fue percibiendo con la luz que lánguidamente empezaba a inundar el lugar cómo fuertes y antiquísimas rejas mantenían a raya a una innumerable cantidad de esclavos. Todos ellos formaban una masa miserable que confundía sus edades, sexos y orígenes.

Los dos guardias siguieron caminando adentrándose en aquella réplica del Tártaro, mientras que Publio lentamente trataba de seguirles el paso, deteniéndose a veces para contemplar algunas incomprensibles y bestiales escenas que lo llegaban a repugnar. La mayoría de los esclavos se cubría con harapos, mientras que otros tantos yacían desnudos mostrándose todos sucios a los ojos del senador. Muy cerca de la reja por donde caminaba el senador Escipión se apreciaba cómo un esclavo de unos cuarenta años abusaba de una joven que le traía a su mente el recuerdo de Cornelia. La esclava estaba exhausta de tanto llorar, mientras que el esclavo se esforzaba para romperla con su penetración. Los dos guardias iluminaban sus caras con la vacilante luz artificial mostrando unas sonrisas cínicamente complacientes que no sorprendieron a Publio.

Más adelante aparecía otro despojo de mujer, pero esta vez se trataba de una anciana cuyo cuerpo desnudo solo causaba una sencilla aberración para la vista.

—¿De dónde son? ¿De dónde los han traído? —preguntó Publio a los guardias sintiendo esta vez un gran hastío.

—Unos son de las islas Baleares, muchas mujeres son de las tribus salvajes de Sicilia, también tenemos rebeldes númidas. Generalmente nuestras naves traen la escoria que sobra en el Mediterráneo —dijo el guardia, cuya la cara quedaría grabada para siempre en la mente de Publio.

En aquel mísero lugar no se filtraba el suficiente aire para mantener las antorchas encendidas. El poco aire estaba viciado por los vapores de la carne putrefacta de los que yacían muertos, y también por los abundantes depósitos de orina y excremento. Publio empezó a toser sintiendo cómo sus pulmones no recibían el oxígeno suficiente, experimentando un asqueroso escozor que le reventaba la garganta. Al instante el senador sintió que se desvanecía y fue socorrido por ambos guardias, quienes dejaron de reír ipso facto.

Fuera de todo aquello esperaba de pie un sereno *pater familias*, quien en ese preciso momento disfrutaba de una liviana brisa costera que inundaba sus sanos pulmones. Él observaba inmóvil cómo sus dos guardias traían sujeto por los brazos a un convaleciente senador cuyo rostro reflejaba la cara de la muerte.

—¡Senador! Será mejor que descanse por ahora, no se lo ve nada bien.

El *pater familias* ordenó a sus hombres que condujeran a Publio Cornelio Escipión hasta el interior de la *domus*, haciendo hincapié en que no se lo molestase por nada del mundo.

Los pies de Publio simplemente dejaban arrastrar sus sandalias bajo la ayuda de quienes lo sostenían. A su mente llegaban las aborrecidas imágenes que acababa de ver, mezcladas con aquellos caóticos episodios que había vivido durante los días en que había estado secuestrado en Asia Menor. Por ningún lado Publio podía encontrar a su padre o a su tío. Estaba seguro de que era un sueño delirante lo que estaba viviendo, pero aun así no podía recomponerse. Despertarse era imposible. Publio prontamente se vería acostado sobre un elegante *triclinium*, observando cómo su persona se ahogaba en repetidos ataques de tos. Era como si la inmundicia que acababa de apreciar se le hubiese infiltrado en pulmones y demás órganos.

Publio Cornelio Escipión sabía que las horas pasaban para el otro yo que yacía agónico en aquel ajeno lecho, mientras que por intervalos se acercaba hasta donde su cuerpo se descomponía, y en otros instantes viajaba hacia distintos e incomprensibles planos, el más recurrente era el de su malograda suerte en Magnesia. Publio había tenido la oportunidad de tener frente a él al temible general Aníbal Barca, también a los jinetes romanos asesinados en la emboscada siria.

El *pater familias* mandó traer al médico de costumbre y le rogó a sus dioses que el senador Escipión no se hubiese contagiado de los males que generalmente diezmaban a los esclavos.

Publio aún estaba en ese indescriptible trance y se acordó de las proféticas palabras de su querida madre: "No quiero que descanses fuera de los límites de Roma". "Querida madre, para tu tranquilidad moriré bien cerca de Roma, no te preocupes. Agradezco todo lo que hiciste por mí. Me siento orgulloso de mi padre y de ti. Siempre los amaré".

El senador Publio Cornelio Escipión esperó dos días más en su lecho, pero la recuperación no llegó para él. Del Puerto de Ostia zarpó el trirreme que embarcaría a los otros senadores romanos, mientras que por otro lado el cuerpo de Escipión fue conducido de regreso a Roma de acuerdo con las órdenes del *pater familias*. En una carreta se trasladó al moribundo senador que de seguro había caído abatido por las mismas extrañas enfermedades que siempre cegaban la vida a la mayoría de los esclavos que eran depositados en Ostia.

Emilia Tercia estaba ocupada atendiendo a los mercaderes que habían llegado con las telas del encargo, las cuales asegurarían a las mujeres de la familia los mejores vestidos para lucir en las próximas reuniones sociales en las que convergían las mujeres más notables de la vida política de Roma.

—Mi *domina*, estas telas que ofrezco son las mejores que han llegado hasta ahora de Asia; sus hilos y las terminaciones revelan el exquisito amor que se ha dedicado a su confección —dijo el comerciante griego, tratando de convencer a la matrona con productos que su misma familia había comercializado durante muchas generaciones—. Por favor deje deslizar sus dedos para que aprecie la textura.

Emilia Tercia primero miró a Cornelia Mayor, quien asintió con la cabeza; después le tocó el turno a Cornelia Menor, quien tan solo guardaba silencio ante los regateos de su madre.

—¿De qué parte de Asia provienen tus telas, griego? —preguntó Emilia Tercia mientras seguía apreciando los delicados géneros que se les ofrecían.

—*Domina*, estas que tengo a mi derecha provienen de Babilonia, muchas fueron traídas desde los confines más lejanos de esta ciudad; las que están a mi izquierda —dijo el griego señalándolas con su mano— provienen de Nicomedia, en las mismas tierras de Bitinia, lugar de encuentro de diversas culturas, donde el comercio no deja de sorprender con los productos y las novedades que llegan desde los impensables rincones del lejano mundo.

La madre de las Cornelias quedó fascinada ante la breve historia que contaba el hábil comerciante griego. Ella rápidamente se dio cuenta de que Nicomedia de una o de otra forma se relacionaba con los últimos días de vida del general cartaginés Aníbal Barca. Todo aquello que llegase a sonar a él le traía al instante pensamientos que le hacían recordar a los hombres de su familia.

—¡Perdóneme, *domina*! —interrumpió el atriense de la familia mientras se afanaba por captar inmediatamente la atención de la matrona.

—¿Qué sucede? ¡Explícate! —y Emilia Tercia levantó su mirada mientras seguía sosteniendo parte de la tela que estaba por adquirir.

—Está llegando del Puerto de Ostia el *pater familias*; el senador Publio Cornelio Escipión se encuentra muy enfermo.

Emilia Tercia soltó la tela que tenía en la mano y partió al instante hacia el *ostium* de la *domus*. Ambas hijas siguieron los pasos de su madre, en el *tablinium* quedó sólo el comerciante griego, quien se preguntaría en silencio a qué se debería tal alboroto. Parecía que la gran venta del día se le estaba yendo de las manos.

La matrona de la familia Escipión pasó el *ostium* y constató que efectivamente su hijo Publio estaba siendo descendido de una carreta con la ayuda de los guardias familiares. El joven senador tenía los ojos cerrados, y su cuerpo no llegaba a responder ante los pedidos de quienes lo estaban ayudando. Sus piernas no lo podían sostener, y sus brazos solo servían para que los hombres pudieran sujetarlo y conducirlo casi alzado hasta la seguridad de la *domus*.

—¡Hijo! —fue el grito que se escuchó rotundamente—. ¿Qué te ha sucedido, Publio? —dijo Emilia Tercia sin llegar a comprender lo que sus ojos estaban observando.

—¿Qué tiene, mi hermano? —preguntó a todo pulmón Cornelia Mayor mientras trataba de tocar la cara de Publio.

Publio Cornelio Escipión fue conducido hasta el interior de la *domus*, donde empezó a escucharse la repetida tos que lo estaba ahogando, que le negaba el aire y le impedía el habla.

—Corre y trae el médico, ¡corre ya! —ordenó Cornelia Mayor al atriense, quien partió al momento, mostrando igualmente una marcada cara de angustia y de contradicción.

Una vez que Publio fue dejado sobre su correspondiente lecho, Emilia Tercia impartió la orden a sus esclavas para que lo desnudaran y fuera puesto bajo la protección de las frazadas con las que acostumbraba a dormir.

—Quiero que averigüen con exactitud qué le ha sucedido a mi hijo —Emilia Tercia aún no dejaba brotar una sola lágrima—. Que ese médico llegue rápido, por todos los dioses.

La cara de Publio fue lavada, así como sus piernas y sus brazos. El polvo del largo camino en carreta desde el Puerto se le había adherido a la piel, y se veía desaliñado y tristemente enfermo, muy diferente a como acostumbraba a lucir durante sus días comunes, y frente a todas las personas. La tos que notoriamente lo atacaba no daba tregua para que su respiración pudiera normalizarse. Sus ojos tampoco se querían abrir para evitar mayor angustia a su familia. Era como si el desafortunado Publio se encontrara pronto a marcharse al mundo de los muertos. Al Hades, donde las almas tenían que vérselas solo con Caronte.

Emilia Tercia no quería derrumbarse ante sus hijas y decidió alejarse en solitario del *cubiculum* de su querido hijo. Ella se dirigió hasta el *lararium* para ofrecer sus oraciones y sus súplicas al dios Júpiter y a la diosa Juno. Emilia Tercia entendía lo que estaba ocurriendo, pero aun así, deseaba suplicar a sus dioses por la vida de Publio. La matrona de los Escipiones siempre había pedido que su hijo Publio no muriese fuera de Roma; está vez los dioses habían atendido rápidamente sus peticiones: Publio estaba muriéndose muy cerca de ella, en la misma *domus* de sus venerados ancestros. Los dioses de esta forma habían cumplido con su parte del trato, pues el cadáver de este Escipión no yacería en suelo de Hispania.

Varios días transcurrieron hasta que la muerte tocó el cuerpo del senador Publio Cornelio Escipión. Las familias se congregaron en torno a la golpeada Emilia Tercia, quien al fin vivía en carne propia y de manera efectiva la partida de Publio, su único hijo varón, al que tanto había llegado a proteger y a adorar. Para nadie de los presentes en aquel triste sepelio quedaba lugar a dudas de que Emilia Tercia había querido bien, mucho, a ese vástago de Africanus. Su eterna preocupación por la suerte de Publio había finalmente acabado. Su hijo yacía ahora en las puertas del Hades, tal vez esperando la misma barca que una vez había transportado a su padre y a su tío; a sus abuelos y a todos los hombres valerosos que habían influido de alguna forma en la grandeza y en la tradición de ambas familias patricias.

Con todo el dolor del alma, Emilia Tercia, ayudada por su hermano y también por los familiares pertenecientes al clan del senador Publio Cornelio Escipión Nasica, realizó los funerales debidos a Publio, los cuales se desarrollarían en la *domus* de los Escipiones ubicada en la ciudad de Roma. La ironía de la vida les indicó a todos los asistentes que Publio era el primero de las últimas tres generaciones Escipión velado en dicha propiedad. En la *domus* todos los esclavos y los sirvientes, así como los miembros de la guardia privada, sintieron la inesperada partida del joven *pater familias*, que nunca en lo militar había llegado a imitar a su padre ni a otro de sus ancestros, pero que en el plano de las relaciones interpersonales siempre se había destacado como un conciliador de las partes, y más específicamente como un obediente hijo. Su vida quedaría grabada junto a las hazañas de todos los suyos en los eternos papiros que escribirían los historiadores romanos y latinos posteriores.

De esta manera, el año 173 a.C. cerraba su natural ciclo dejando claro a todos los vivos que la muerte podía sobrevenirle a cualquiera que pudiese respirar y caminar sobre la tierra, sin importar si se destacaba como un fiero general, como un maldito legionario, un inteligente senador, un desgraciado miserable o, en el caso de Publio, como un respetuoso hijo. Para todos llegaría tarde o temprano la muerte, el final de todo en este mundo.

Lucio Emilio Paulo se encargó de ofrendar abundantes sacrificios a los dioses latinos y romanos, teniendo en mente el descanso de su sobrino. Sus amplios conocimientos en ofrendas y demás protocolos ceremoniales le permitían brindar una formal despedida, dejando en la memoria de todos los deudos, y por sobre todo, en la mente de su hermana, la sensación de que los vivos hicieron todo lo posible para que el descanso de Publio se llevara a cabo de acuerdo con los ritos y las fórmulas romanas.

Aun después de la victoria militar de los romanos junto con sus aliados macedonios en la Batalla de Magnesia, y habiendo sido eliminado el peligro que representaba tanto para Roma como para el resto de sus aliados griegos la presencia y sombra del Imperio seléucida, Roma seguía recelando del rey macedonio Filipo V. Para todos los romanos y griegos entendidos, era cierto que este monarca macedonio siempre había ejercido la dualidad con sumo descaro, pues durante los distintos conflictos en que se había visto involucrado a veces se presentaba como un inesperado enemigo y otras veces como un oportuno aliado.

La derrota de Antíoco III y el derrumbe de su otrora poderoso imperio le trajeron a Macedonia el premio de ver condonada su deuda por indemnización de guerra. Roma decidiría por medio de su Senado perdonar la deuda que Macedonia arrastraba a favor de la República, no obstante, muchos senadores se empeñaron en afirmar que la paz que prometía Filipo V nunca sería definitiva.

El monarca Filipo V, después de la Paz de Apamea, se entregó a la justa tarea de consolidar su reino, el cual se encontraba bastante maltrecho debido a las inacabables guerras que siempre habían florecido durante sus años de reinado. Era evidente para el ahora avejentado rey macedonio que su ciudad preferida, Pella, necesitaba de una ejemplar dedicación a fin de poder llevarla nuevamente a sus tiempos de gloria, momentos en los cuales llegó a caminar por sus calles el mismísimo

Alejandro Magno. Filipo V se dedicó a sanear las finanzas del Estado, dándole un nuevo destino a los dineros del erario público, construyendo nuevos edificios públicos, ampliando los templos existentes, preocupándose por la suerte de sus lisiados que dejaba la guerra y, en definitiva, queriendo ser recordado al momento de partir de este mundo por las obras que había consolidado en Macedonia, más que por sus fallidas campañas militares.

Sus últimos años Filipo V, a la par de querer recuperar el tiempo perdido para su reino, tuvo que vérselas con las continuas discusiones que se encendían entre sus dos hijos mayores. El mayor, Perseo, representaba la misma personalidad y la continuidad de las ideas que habían definido en su tiempo a Filipo V. El menor era conocido como Demetrio, y su carácter era totalmente diferente, exhibía un claro pensamiento prorromano, al punto de manifestar frente a su padre y a su hermano la necesidad de aliarse definitivamente con Roma para superar todas aquellas antiguas rencillas que siempre suponían un inminente peligro para la existencia del reino macedonio.

Roma no dudó en sentir una amplia inclinación hacia la persona de Demetrio, en quien veía un nuevo aliado, capaz de ser fácilmente manejado desde el Senado romano, y quien por fin garantizaría el camino que tanto requería Roma para poder llevar por tierra sus legiones todopoderosas, dispuestas a iniciar la conquista de la recién probada Asia Menor.

Filipo V enfermó de causas naturales, pues toda su vida había sido una eterna diligencia, situación que preocupaba a Perseo, quien viendo que los romanos trataban de impulsar la sucesión de su hermano menor después de la muerte de su padre, decidió golpear primero a fin de garantizarse su propia suerte y el nuevo destino que debía tener Macedonia sin Filipo V.

Perseo llegó a crear un juicio contra su hermano Demetrio, inventando pruebas que lo culpaban a los ojos de su padre y de los intereses mismos del reino. Durante aquel premeditado juicio, haciendo ver a Demetrio como un culpable prevaricador, Perseo logró que Filipo V emitiera la decisión que acabaría con la vida de su mismo hijo. El confundido monarca llegó a firmar la suerte de Demetrio, cegándole así su honrosa vida. Perseo asumiría de esta manera la sucesión después de la muerte de su padre.

Al año siguiente, 179 a.C., el monarca Filipo V falleció víctima del propio dolor moral que fatalmente lo embargó al saber que la muerte de su hijo Demetrio había obedecido a una estratagema de Perseo. La traición, la ira y la falta de fuerzas anímicas terminaron por consumir la poca vida que le quedaba a Filipo V, sin darle tiempo a cumplir su último deseo, el cual consistía en traspasarle el trono a otro familiar, tratando de saltar la línea sucesora como castigo para Perseo.

Al final el monarca todopoderoso del reino de Macedonia cerró los ojos dejando tras de sí a una reconstituida Macedonia, la cual empezaba a llenarse nuevamente con las riquezas que sobraban de la saneada administración pública. Fueron muchos los conflictos militares en los que se vio envuelto el incansable Filipo V durante toda su vida, pero de todas aquellas maniobras no quedaría nada relevante al momento de su muerte. Los límites del reino de Macedonia seguían siendo prácticamente los mismos de siempre, y aquella gloria que pretendía igualar las hazañas de la Macedonia de Filipo y Alejandro Magno tan solo era un sueño que alimentaba el nacionalismo macedonio sin ningún tipo de beneficio verdadero.

Pella quedó convertida en una espléndida capital que despediría al siempre controversial Filipo V, y a su vez, recibiría con sus puertas abiertas al novedoso Perseo, el nuevo monarca macedonio al que la historia le deparaba un destino casi anunciado.

Conocida la muerte de Filipo V, y habiéndose sabido del destino de Demetrio, probable aliado futuro de la República, Roma no tuvo más alternativa que mantenerse siempre en preventiva alerta, pues los años le habían enseñado sobre la conducta habitual que generalmente seguían los monarcas macedonios. Con ellos nada era definitivo, pues una paz presente rápidamente se podía convertir en el motivo de guerra del mañana. Llegado al trono de Macedonia, Perseo sabría sacar profundo provecho a los arraigados temores que en vida había tenido su padre. Filipo V, siguiendo siempre la idea de que Roma tarde o temprano invadiría Macedonia, durante sus últimos años de vida había dedicado parte de aquella relativa bonanza económica a mantener al día sus fuerzas militares. Perseo encontró arsenales repletos de armas nuevas, los cuales se ubicaban en todos los límites de las fronteras del reino. También se contaba con un censo actualizado, el cual indicaba la cantidad de hombres que podían servir al ejército macedonio en caso de un futuro conflicto.

Todos esos elementos hallados por Perseo al subir al trono de Macedonia le darían una seguridad que poco a poco lo encaminarían para que prosiguiera en cierta forma con las ideas propuestas por su padre, esas que se referían al propósito natural y necesario que tenían los macedonios de abrirse espacio atacando a la única potencia verdadera del Mediterráneo.

Perseo, como monarca, dio un primer paso en política internacional enviando una embajada hasta la misma República de Roma. El objeto de esta era llevar la noticia oficial de que Perseo era ahora el nuevo monarca del reino de Macedonia. Por el momento Perseo no deseaba romper la frágil paz que existía con los romanos.

Roma, por su parte, y por medio de su Senado, recibió a los embajadores macedonios con todas las necesarias formalidades del caso. Este órgano del poder romano, en una larga pero suntuosa sesión extraordinaria, aceptó a Perseo como rey de Macedonia, y a su vez, ratificó el tratado de paz que fuera firmado en tiempos de Filipo V.

Una vez logrado ese cometido, Perseo empezó por asegurar las fronteras que hacían limitar su reino con las tierras de Tracia. En ellas un líder tribal conocido como Abrúpolis, quien se había aliado a Roma y se revelaba contra la soberanía de Macedonia, iniciaría una serie de hostilidades que pondrían en aprietos al nuevo monarca. Sin embargo, Perseo habiéndose asegurado la alianza con los romanos, no dejó pasar aquel suceso de rebeldía y emprendió un ataque feroz contra las fuerzas que lideraba Abrúpolis. Como era de esperar, el poder macedonio aplastó las incipientes fuerzas del tracio, que debieron de huir tierra adentro para poder salvar lo poco que quedaba de su maltrecha tribu.

Los años transcurrirían y demostrarían que Perseo sólo deseaba fortalecer su reino. Poco a poco y de manera muy lenta pero también metódica, Perseo empezó a ganarse a su pueblo, convenciéndolo categóricamente de que Macedonia debía de alcanzar el puesto que le había obsequiado Alejandro Magno. Varias reformas legales ayudarían a traerse para sí a los sectores más volátiles, quienes terminarían tarde temprano apoyando sus futuras ideas de grandeza.

Ese mensaje que estaba caracterizando el mandato de Perseo gradualmente empezaría a causar una marca de arraigo en todos aquellos macedonios que durante muchos años se habían marchado de su tierra. Esta vez las palabras y los notorios hechos llevados a cabo por Perseo harían que muchos, cientos de macedonios e incluso griegos, retornasen a Macedonia queriendo ser parte de aquel resurgir. Fue así como a la par de los macedonios que se encontraban regados por todas las costas del mar Egeo y del mar Jónico, grupos de griegos, tracios, ilíricos, decepcionados con Roma y hasta celtas que habían huido de la península itálica verían a Macedonia como el nuevo hogar que les abría las puertas, sin saber que en el fondo solo estaban sumándose a los nuevos números que juiciosamente tenía en mente el ambicioso Perseo.

Pero esta empatía no solo se producía con los habitantes de estos pueblos panhelénicos, esta vez se empezarían a sumar a la novedad macedónica varios principados y reinos que se ubicaban en tierras de Asia. Entre ellos estaba precisamente el golpeado Imperio seléucida, que siendo gobernado por Seleuco IV Filopactor, buscó la necesidad de hallar nuevos aliados para enfrentar el ganado poderío de Roma. Estaba también el reino de Bitinia, regenteado en ese momento por el rey Prusias II, quien estrecharía la alianza con Macedonia al casarse con Apamea, una de las hermanas de Perseo.

De todos los reinos ubicados en la influencia griega, se podía decir que Pérgamo era el único que estuvo cercano a los romanos y mantuvo siempre viva su hostilidad contra Macedonia.

Más tarde, en el año 172 a.C., la República de Roma dio el primer paso destinado a encaminar sus legiones hacia la Tercera Guerra Macedónica. Los incontables temores fundados, así como las notorias suspicacias que provenían del rey Perseo, hicieron que los senadores al fin se decidieran a declarar la guerra contra su vecino reino, pero la esperada declaración de guerra no iría necesariamente acompañada de un inmediato inicio de hostilidades, pues Roma ese año estaba poniendo en orden varios desarreglos administrativos que afectaban las finanzas públicas que se destinaban al funcionamiento de sus tropas.

La inactividad romana después de haber declarado la guerra a Macedonia fue claramente aprovechada por el rey Perseo, quien trató por todos los medios de conseguir los apoyos necesarios entre los griegos más cercanos a su causa, preparándose así para el inminente choque militar que tendría contra Roma. Perseo, a diferencia de su difunto padre, intentó ganarse a los griegos, aprovechando de ellos el odio que durante años habían acumulado en contra de la presencia romana, la cual operaba indirectamente por medio del dominio marítimo y del sostenimiento de ciertos reinos griegos. También aprovecharía los aportes de tropa y demás suministros militares, los cuales acrecentarían sus fuerzas militares y le proporcionarían una mayor confianza a la hora de tener que enfrentar a las legiones romanas.

Al fin Roma envió al cónsul Publio Licinio Craso para que dirigiendo sus legiones consulares y numerosos destacamentos de caballería atravesara las tierras de Epiro y presentara combate a Perseo en Tesalia. Con esta maniobra militar acompañada de una completa movilización de tropas, Roma iniciaba materialmente su confrontación contra el perturbador rey de Macedonia.

Una vez en Tesalia, el cónsul Publio Licinio Craso formaba a sus legiones de una manera poco convencional pensando que sin disponer de las unidades de infantería pesada, podría vencer en un rápido combate a los macedonios empleando solamente sus fuerzas de caballería y las numerosas unidades de vélites y *hastati*. Publio Licinio Craso cometió el fatal error de pasar por alto la conocida efectividad que seguían teniendo las formaciones macedonias cuando empleaban el sistema de falange. Durante la batalla librada en tierras de Tesalia, la infantería ligera romana cayó aniquilada ante las sarissas macedónicas. Mientras, una monumental lucha de caballería desarrollada en los alrededores resultaba en una aplastante derrota en perjuicio de las turmas de caballería romana, que perdió no solo los cientos de jinetes romanos que se batían en dura pelea, sino también su mismo cónsul.

De esta manera Perseo se anotó una inesperada victoria, logrando materializar su añorada alianza militar junto a otros líderes griegos, obteniendo finalmente adicionales recursos para ser utilizados en los futuros choques que pronto se aproximarían. Roma, por su parte, no descansaría hasta ver acabado al añejo reino que solo le había traído molestias y traiciones a lo largo de su existencia.

Emilia Tercia recibió la noticia de que en horas de la tarde estaría visitándola el senador Tiberio Sempronio Graco. A la golpeada patricia esta noticia le cambió rotundamente la cara, pues la enorme pena que había tenido que soportar desde la muerte de su hijo Publio la mantenía sumida en una existencia de llanto y de melancolía.

Frente a la *domus* de la familia Escipión llegó la comitiva que encabezaba el senador Tiberio Sempronio Graco. Este último antes de traspasar el ostium se quedó por largo rato contemplando los muros externos que le daban la requerida seguridad a la edificación. El callado senador pudo observar cómo a ambos lados de la ancestral *domus* se encontraban dos propiedades que se habían venido abajo, y que ahora permanecían desocupadas. Una de ellas era prácticamente un terreno en el que solo reposaban ruinas y escombros; mientras que en la otra, una edificación derruida y desvalijada por los años de la desocupación se afeaba junto a los muros de la casa que regentaba Emilia Tercia.

—Mi señor, la *domina* espera en el *tablinium* —anunció el atriense de la familia.

Tiberio Sempronio Graco ordenó a sus guardias y demás miembros que lo acompañaban que aguardaran fuera de la *domus*, pues solo él sería atendido por la matrona de la familia.

—¿Cómo ha estado tu *domina*? —preguntó el senador al sorprendido atriense.

—Ella ha seguido triste, en ocasiones deja de comer durante el día. Otras veces pasa sus horas orando sin querer ni siquiera atender a sus hijas cuando se le acercan.

Tiberio Sempronio Graco seguía caminando hasta que al fin se detuvo ante el *tablinium* de la *domus*. Una vez allí sus ojos no llegaron a ver a la mujer que había estado describiendo el sumiso atriense.

—Los dioses te bendigan, Tiberio Sempronio Graco —dijo Emilia Tercia.

—Respetada Emilia Tercia, mis ojos se complacen al verla —el senador apreció la belleza y el encanto que demostraba la mujer que ahora observaba—. Luce hermosa, como siempre lo ha sido.

Emilia Tercia dejó escapar una ligera sonrisa. Después se levantó de la antigua silla para dirigirse hasta el lugar del senador.

—Mis saludos, Tiberio, su visita siempre será agradable para la familia —contestó Emilia Tercia y como era su costumbre lo saludó con un beso—. Quiero que estemos cómodos —y con ello insinuó que se sentaran en los *triclinium* que estaban cerca de ellos.

—Gracias, Emilia.

—Qué te trae por acá, Tiberio, por supuesto, además de brindarme una desinteresada visita.

Los ojos del senador se fijaron mucho más en ella, poco a poco empezaron a recorrer cada uno de los pequeños rincones de su cuerpo que se marcaban debajo del sutil vestido.

—¿Cómo ha estado tu vida, Emilia? —preguntó Tiberio Sempronio Graco.

La romana se movía sin llegar a levantarse de su *triclinium*, mostrando con ello una sensación de incomodidad ante la pregunta que acababa de recibir.

—No ha sido nada fácil tener que lidiar con la pérdida de Publio. Gran parte de mi alegría se ha marchitado, no encuentro hasta ahora algo que me la devuelva.

—¡Pero sigues teniendo a las dos Cornelias!

—Eso es verdad, Tiberio, pero cada una de ellas tiene su propia vida. Cornelia Mayor desde hace tiempo se ha entregado a las tareas de su propia familia, y no pienso ser una madre egoísta, ni tampoco una suegra que amarga la vida de su yerno.

—¿Y en cuanto a Cornelia Menor? —insistió el senador frente a Emilia Tercia.

—Ella es la niña que se ha hecho mujer bajo las normas de otra mujer. Cornelia Menor durante las horas del día se dedica a estudiar y a aprender para que el día de mañana no falle como matrona ni como mujer.

Tiberio Sempronio Graco se quedó callado por un corto momento.

—Emilia, ¿qué pensarías si te dijera que en mis planes está ser parte de la familia?

Emilia Tercia volvió a moverse sobre su cómodo *triclinium* llegando a pensar instintivamente que Tiberio Sempronio Graco había ido a visitarla para proponerle matrimonio.

—Tiberio, a esta altura de mi vida y habiéndolo conocido en los duros años, no puedo más que aceptar cualquier pedido suyo —y Emilia insinuantemente le regaló una dulce mirada al senador que descansaba frente a su ojos.

—Hoy quiero pedirte algo, respetada Emilia —Tiberio Sempronio Graco cambió su postura y se sentó en su *triclinium*—. ¡Emilia! —volvió a expresar el senador.

—¡Acércate, Tiberio! —propuso una decidida Emilia Tercia.

Tiberio Sempronio Graco se levantó de su *triclinium* para luego sentarse en el de Emilia Tercia. Él tomó una de las manos de la romana y la apretó suavemente llegando a obtener de ella toda su atención.

—Quiero pedirte la mano de Cornelia Menor.

Emilia Tercia quedó eclipsada ante las palabras que pronunciaba Tiberio Sempronio Graco.

—¡Tiberio! —fue lo único que dijo Emilia Tercia.

—Quiero casarme con tu hija, Emilia, deseo casarme con Cornelia Menor.

Emilia Tercia soltó la mano de Tiberio y seguidamente se levantó de su *triclinium* dejando sentado y confundido a su visita.

—¿Qué me estás pidiendo, Tiberio? —preguntó consternada Emilia.

—¡Quiero casarme con Cornelia Menor! Hacerla mi esposa.

Ya de pie, Emilia Tercia sentía cómo su momentánea alegría se le esfumaba, al instante sintió todos los dolores que había acumulado con los años. Esa mañana, su cara y sus iniciales palabras solo habían sido parte de una efímera ilusión al esperanzarse con alguien que no le correspondía. El amor que pensaba que le llegaba a tener era solo respeto y un muy connotado aprecio, nada más.

—¿Sabes, Tiberio?, eres una buena persona, una con la que cualquier mujer podría soñar. Hasta yo misma en un tiempo me llegué a ilusionar. De seguro por tus palabras y tus acciones, esas que no se encuentran en cualquier hombre —mientras Emilia hablaba, Tiberio Sempronio Graco la miraba sin levantarse de su lugar—. Después de varios años conociéndonos, vienes a mí para pedirme matrimonio, para decirme que te quieres casar con mi hija menor. ¿Qué quieres que te diga?

Aquellos instantes en el *tablinium* fueron eternos tanto para Emilia Tercia como para Tiberio.

—Respetada Emilia.

—Sí, Tiberio, eso siempre he sido para ti, una respetada mujer que se dedicó íntegramente a luchar por su familia. Aquí sigo en pie, luchando desde cada amanecer, tratando de poder llegar a la noche mientras arrastro las penas que me traen los recuerdos de todos los hombres de mi familia, esos que han muerto desde que el maldito de Aníbal Barca apareció en mi mundo. Su cuerpo ahora se confunde con las arenas de Asia, pero yo todavía sigo viviendo los tormentos que él creó. Estoy sola, Tiberio, me siento sola y estoy sola.

Tiberio Sempronio Graco finalmente se levantó del *triclinium* y caminó hasta el lugar donde se encontraba Emilia Tercia.

—Emilia, te quiero mucho, demasiado, pero no como para convertirte en mi mujer —dijo Tiberio y la abrazó fuertemente mientras seguía susurrándole palabras al oído—. Estoy enamorado de tu hija, de la hija de Africanus, de la nieta y heredera de ambas familias. Entiende mis pretensiones, Emilia, pues nuestros dioses han querido que nos queramos, pero no para convertirnos en marido y mujer.

Emilia Tercia dejó brotar sus lágrimas de manera callada, que bajaron atravesando sus delicadas mejillas, mientras trataba de pensar en sus años de dicha al lado de Africanus, el verdadero amor de su vida.

—¡Tiberio! —dijo Emilia Tercia entre sollozos—, te concedo la mano de mi hija, la última hija de Africanus, como tú lo has dicho.

Tiberio Sempronio Graco no dejó escapar de sus brazos a la frágil matrona que estaba desmoronándose entre llantos y deseos reprimidos. Por un corto momento su nariz llegó a extasiarse con los olores del femenino cuello que sujetaba y que luego besó, al tiempo que deslizaba sus manos por todo el cuerpo de Emilia.

—Emilia, tal vez en otro mundo podamos estar juntos, por ahora solo agradezco al dios Apolo la amistad y la relación que he mantenido contigo.

—Llamaré a Cornelia Menor.

Emilia Tercia salió del *tablinium* dejando tras de sí al senador de Roma. Lo que acababa de acontecer era el comienzo de otra historia a la cual Emilia Tercia no estaría llamada por la historia.

Después de la muerte del cónsul Publio Licinio Craso, sus tropas sobrevivientes y aquellas que estaban en servicio activo dentro de la península itálica empezaron a manifestar actos de indisciplina que produjeron que la campaña militar hacia tierras de Macedonia se estancara. Varios generales pasaron a tener el mando de las distintas legiones romanas que estarían destinadas a invadir Macedonia, pero todos ellos solo demostrarían incompetencia al momento de querer iniciar el desplazamiento de sus respectivas tropas.

Al Senado le preocupaba toda esta serie de asuntos, pues desde los tiempos de la Segunda Guerra Púnica no se habían presentado tantos desórdenes dentro de las tropas, asimismo, la desorganización y la poca pericia exhibida por los generales llamados a dirigir las legiones dejaban mucho que desear.

Los romanos no habían tenido hasta el momento la oportunidad de entrar al suelo macedonio propiamente dicho, pues la mayoría de sus movimientos se realizaban en zonas pertenecientes a Iliria y a Grecia. En las mismas tierras de Iliria otro general romano fracasaría al caer derrotado ante una ofensiva inesperada del rey Perseo. Con esta victoria macedónica serían dos las grandes derrotas que cargaría a cuestas la República de Roma, y lo peor era que los actos de indisciplina seguirían a pesar de las fuertes medidas correccionales que adoptaban los oficiales romanos. En algunos casos puntuales, los oficiales que intentaron castigar a sus legionarios practicando la perversa medida de diezmarlos terminarían asesinados a manos de la misma tropa.

A pesar de esas dos oportunas victorias, Perseo no logró materializar sus imperiosos planes de involucrar a favor de su causa a otros aliados de peso. A este respecto, el monarca Eumenes II de Pérgamo no cayó en la tentación de traicionar a los romanos, con quienes había tenido una agradable alianza desde los tiempos en que Asiaticus dirigiera sus legiones consulares con el fin de enfrentar en Asia Menor al rey Antíoco III. Eumenes II no aceptó las tentadoras ofertas de Perseo, en las cuales Pérgamo seguiría una carrera de expansión territorial ayudada por Macedonia dentro de los confines del mar Jónico. Por otra parte, el rey Antíoco IV Epífanes del debilitado Imperio seléucida sólo se conformaba con proveer algunas armas a las tropas de Perseo, sin llegar a codiciar más problemas de los que hasta ese momento mantenía en Asia Menor.

De esta forma Perseo siguió adelante con su idea de hacerse respetar frente a Roma, pero a la vez aprovechando la oportunidad que se le estaba presentando para alejar definitivamente de sus fronteras naturales a la imperiosa República de Roma.

Nuevamente el Senado ordenó una nueva movilización de tropas, utilizando esta vez los servicios del cónsul Quinto Marcio Filipo, quien rápidamente reconstituiría sus legiones consulares convirtiéndolas en un verdadero ejército expedicionario, muy parecido al que había formado en su tiempo el cónsul Lucio Cornelio Escipión Asiaticus cuando se dirigió hacia la Batalla de Magnesia en tierras de Asia Menor.

A diferencia del difunto cónsul Publio Licinio Craso, Quinto Marcio Filipo estaba al tanto de la situación macedonia, pues por experiencia propia había formado parte de las distintas embajadas romanas que habían llegado en su momento a reunirse con el rey Filipo V; en ellas se había discutido el acordado retiro de las fuerzas militares macedonias que se hallaban estacionadas en las guarniciones de numerosas ciudades griegas. Para la oficialidad macedonia de aquel entonces, la intervención de esos embajadores romanos representó un adecuado canal para que tanto Roma como Macedonia olvidasen el camino de la guerra como opción a sus diferencias en lo relativo a la expansión de sus correspondientes influencias.

Después de la muerte del rey Filipo V, la voluntad demostrada por Quinto Marcio Filipo para la mediación de los conflictos fue clave para que el Senado lo volviese a enviar a tierras de Grecia a fin de concertar una entrevista con el nuevo monarca macedonio; por su parte, los asesores militares y políticos macedonios influenciarían en la mente de Perseo, convenciéndolo de aceptar la entrevista del conocido embajador.

Fue así como en las adyacencias de Tesalia, Quinto Marcio Filipo de manera equilibrada aceptó reunirse con representantes del reino de Macedonia, con quienes se acordó una reunión formal entre su persona y el mismo Perseo. Los días pasaron, y la reunión se desarrolló tranquilamente en las cercanías del río Peneo. En ella Perseo volvió a encontrarse con el embajador romano, pero ahora sin la condición de hijo de Filipo V, sino ejerciendo el soberano poder que le correspondía al saberse monarca de todos los macedonios. El embajador romano convino con el monarca macedonio una tregua, dejando a los macedonios en disposición de sus guarniciones y demás tierras ganadas tras las operaciones militares en las que derrotaron a los romanos. Perseo aceptó la nueva tregua pensando que esta indicaría a todos sus vecinos el poder que ahora concentraba Macedonia sobre las principales tierras griegas. Por su parte, Quinto Marcio Filipo se despidió de Perseo muy respetuosamente, sin demostrarle que su verdadera intención era ganar tiempo a favor de la República a fin de que Roma resolviera sus problemas de indisciplina y prontamente encaminara todas sus legiones para aniquilar definitivamente a Macedonia.

En el año 169 a.C. Quinto Marcio Filipo fue designado como cónsul por el Senado. Como tal, tuvo la única misión de dirigirse hasta la misma Pella para capturar y traer cautivo a Roma al indeseable rey Perseo. Pocos meses después el cónsul romano partió desde la península itálica llevando consigo parte del recién creado ejército expedicionario, el cual se uniría a las legiones consulares que aguardaban en Grecia al mando del cónsul saliente Aulo Hostilio Mancino. Su travesía se efectuó de manera combinada: primero por tierra cruzando la península itálica, y luego por mar por el Egeo.

Perseo no se enteró de la designación del nuevo cónsul y sin embargo siguió muy de cerca los movimientos de tropas que pudiese efectuar el cónsul Aulo Hostilio Mancino. Macedonia para ese momento seguía adelante con varias maniobras militares destinadas a enfrentar las tribus sublevadas que se ubicaban en Tracia. Jamás los oficiales macedonios llegarían a pensar que una nueva fuerza romana navegaba para unirse a las que aguardaban en Grecia.

La reunión de las fuerzas romanas se efectuó en Tesalia, en ella el cónsul Quinto Marcio Filipo tomó posesión de las legiones consulares que entregaba el saliente cónsul Aulo Hostilio Mancino. Fue entonces que las fuerzas militares de Macedonia entendieron que su reino se encontraba al borde de una invasión, la cual se pronosticaba para el momento en que las legiones romanas cruzaran la cordillera del Olimpo en dirección a Heraclea. Los centinelas macedonios rápidamente informaron a Perseo de las malas novedades que en poco tiempo afectarían el destino del reino. Perseo sin pérdida de tiempo movilizó a su ejército empleando marchas forzadas, así sus tropas de infantería se desplazaban sigilosamente por los serpenteantes caminos que se perdían en las faldas de la cadena montañosa que sale de Macedonia.

En pocos días Perseo se encontró liderando una oculta fuerza militar que se apostaría en casi todas las laderas inaccesibles y ventajosas que vigilaban el paso montañoso por donde seguro transitarían las tropas romanas. La tienda de campaña de Perseo estaba levantada en las inmediaciones de Dion, y desde ella saldrían y llegarían los mensajeros macedonios portando las novedades que pronto acaecerían en el intrincado frente.

Cuando los primeros manípulos romanos estuvieron a mitad de camino, atravesando estos la accidentada cordillera, los apostados macedonios esperaron la orden de Perseo para cargar sorpresivamente sobre ellos, pero las horas transcurrían, y el rey macedonio no la daba. Fue entonces cuando Perseo ordenó un cambio de estrategia: les indicó a sus tropas que no atacaran a los romanos y se dirigieran ahora a la ciudad costera de Pidna. Las tropas macedonias obedecieron sabiendo todas ellas que la oportunidad para haber barrido a los romanos se había perdido. Nadie llegó a saber qué motivos impulsaron a Perseo para abandonar su ventajosa estrategia. Lo cierto era que a los romanos se les había regalado la oportunidad de adentrarse en aquel territorio que permanecía bajo la influencia macedonia hasta ese momento.

A todo esto, el avance del cónsul Quinto Marcio Filipo tampoco llegó a ser utilizado para inclinar la balanza a su favor, pues una vez que sus legiones hubieron de cruzar la cadena montañosa, sus hombres exigieron detener la marcha justificando para ello el exceso de cansancio que sufrían. Fue así como todo el esfuerzo de Quinto Marcio Filipo murió sin que se hubiese blandido espada alguna. Los meses transcurrieron, y al Senado llegaron insolentes noticias, las que daban cuenta de la falta de disciplina de las tropas que estaban bajo la autoridad de Quinto Marcio Filipo. Esto en Roma fue recibido como desalentador, como una vívida pesadilla, que preocupó a todos por la pérdida de recursos y por la pobre imagen que estaban dando ante los griegos.

El Senado se reunió en maratónicas sesiones y después de varios días de contradictoria deliberación llegó a la conclusión de que para la campaña macedónica Roma necesitaba de un general que fuera lo suficientemente curtido en experiencia, y que a la vez defendiera honestamente los intereses de la República, sin importar en qué confín del mundo se encontrase. Para finales del año 169 a.C. Roma contaba con una numerosa generación de jóvenes generales, pero serían muy pocos los que realmente llegaban a llenar las expectativas exigidas por el Senado para esta campaña en particular. Entre los más veteranos y respetados, estaba Lucio Emilio Paulo, quien para ese entonces rondaba los sesenta y seis años de edad.

En el año 168 a.C. Lucio Emilio Paulo fue nombrado cónsul de la República, era la segunda vez que obtenía ese cargo.

El día de su aclamación, Lucio Emilio Paulo había sido con-vocado a la Curia Hostilia, hasta donde se acercó presintiendo que algo grande llegaría a su vida. Sus corazonadas no estaban confundidas, pues una vez que ingresó al edificio del Senado, su nombre fue propuesto para que integrara la terna de donde se elegirían a los dos cónsules para el año que se iniciaba. Los elegidos sabían que inmediatamente deberían afrontar el pro-blema de la guerra con Macedonia, que se desarrollaba desde hacía dos años y en la cual Roma no lucía como la posible ganadora.

Las autoridades encargadas de la elección al contar los votos entre los senadores asistentes pudieron constatar después de un segundo recuento de verificación que los senadores ele-gidos para los cargos de cónsules eran los respetables Lucio Emilio Paulo y Cayo Licinio Craso. Los senadores presentes en aquella memorable sesión habían elegido a dos personajes que deberían vengar la deshonra que estaba cargando Roma en tierras de Grecia. A Lucio Emilio Paulo se lo conocía por su destacada actuación al someter a los ingaunios durante su primer consulado, por lo que obtuvo un meritorio triunfo, además aún estaba fresco el recuerdo de la muerte heroica de su padre durante la Batalla de Cannae. Fama que de una o de otra forma perseguiría a Lucio Emilio Paulo hasta el final de sus días.

En cuanto al senador Cayo Licinio Craso, este era de menor edad que su colega y fue elegido para ejercer su propia venganza en contra del rey Perseo, pues era el hermano menor de Publio Licinio Craso, quien había sido cónsul y había caído muerto a manos de Perseo y sus macedonios en el año 171 a.C. A él se lo conocía como un joven magistrado que desde joven se inclinó por el estudio de las leyes romanas. En cuanto a su carrera militar, su récord personal se reducía a su experiencia como pretor de las legiones de su difunto hermano, se le reco-nocía cómo había actuado al dirigir la caballería romana que se había ubicado en el ala derecha de la formación, cuando los romanos fueron aplastados por los ejércitos macedonios.

Después de la elección, estos colegas conversaron apartados de los oídos de otros senadores.

—¡Saludos, respetado Lucio Emilio Paulo! —dijo Cayo Licinio Craso.

—Saludos, colega, por Marte, que tengamos un buen año para derrotar a los macedonios.

Cayo Licinio Craso se acercó aún más hasta la posición de Lucio Emilio Paulo.

—Respetado Lucio, agradezco a los dioses compartir contigo este mandato, reconociendo a la vez que entre ambos el que brilla eres tú. Quiero que sepas, y sin que nadie lo llegue a conocer, que pretendo cederte el mando de mis legiones, pues no quiero estropear tus planes ni la reconocida experiencia que posees para así aniquilar a Perseo.

—Honro tu franqueza, Cayo Licinio, y agradezco la oportunidad que me brindas, pero no soy de los que se aprovechan para llevarse por cualquier medio un triunfo. Roma reconoce los triunfos compartidos, y te prometo que ambos estaremos celebrando un mismo triunfo. Perseo y sus falanges caerán, no ante Lucio Emilio Paulo, sino ante la misma Roma. Tú y yo solo somos los brazos ejecutores de esta República, y por ello debemos asestar bien los golpes.

—Es un honor entenderme contigo, Lucio Emilio —contestó Cayo Licinio Craso, quien ante aquellas palabras recobró la autoestima que había perdido tras la penosa derrota de dos años atrás—. Cástor y Pólux harán que nuestras voluntades se unan para alcanzar una sola victoria en tierras griegas.

—Así será, colega.

Lucio Emilio Paulo dejó por un momento su conversación con Cayo Licinio Craso para ocuparse de otras actividades inherentes al protocolo de su nombramiento. Fuera del edificio de la Curia Hostilia, varias personas empezaron a aclamar el nombre de Lucio Emilio Paulo, haciendo recordar a todos los presentes y demás concurrentes del Forum Romano las hazañas de los siempre venerados generales y cónsules de la República.

Emilia Tercia pasaba gran parte de sus días ocupándose de los arreglos de su *domus*, tratando de mantener siempre presente y muy fresca la memoria de su familia. Unos extraordinarios bustos habían llegado desde el sur de la península itálica, los cuales reforzaban la presencia de los eternos hombres de la familia Escipión. Entre ellos estaba el busto del abuelo de su difunto marido. También los bustos de Publio Cornelio Escipión y de su hermano Cneo Cornelio Escipión, muertos en combate en Hispania en el transcurso de la Segunda Guerra Púnica. No podían faltar los bustos de su marido, Publio Cornelio Escipión Africanus, y su respetado hermano Lucio Cornelio Escipión Asiaticus. Un busto de su añorado padre, Lucio Emilio Paulo, también había sido encargado, el cual, para novedad de todos, fue situado en la *domus* de los Escipión y no en la de los Emilio-Paulos. Debido a la muerte de Publio Cornelio Escipión Nasica, ocurrida en el 171 a.C., dos años después de la muerte de Publio, Emilia Tercia había considerado la idea de dedicarle también un busto en su memoria, pues a fin de cuentas había sido un magnífico suegro para su hija además de un reconocido jurista, quien siempre había defendido a ultranza los intereses de ambas familias. Y por último estaba el busto más doloroso de todos, aquel que recordaba la vida y simple existencia de Publio, el hijo de Africanus y de ella, la matrona Emilia Tercia, quien lo salvó de una muerte en el extranjero, pero definitivamente no de la muerte.

Los extraordinarios bustos que llegaron a Roma por petición y encargo de Emilia Tercia descansaban en la *domus* de la ciudad de Roma. En cuanto a los otros que ya existían, que hacían recordar a los ancestros de la familia Escipión, fueron embalados y enviados a Villa Literno. Una vez allá, Junio Colatino sabría qué lugar otorgarles.

Cornelia Menor empezó a hacer su vida de casada fuera de la *domus* de la familia Escipión. Con todo su infinito dolor, Emilia Tercia se desprendió de la compañía de su hija menor, a pesar de que recibiría la visita de ella casi a diario, generalmente después de la hora del *prandium*. En cuanto al senador Tiberio Sempronio Graco, con él compartía una respetuosa amistad, sin volver a tener con él otro tipo de conversación que no fueran las que se referían al bienestar de Cornelia Menor.

La *domus* que una vez fue el asiento principal de la familia de Lucio Emilio Paulo se había perdido para él. Después de separarse de Papiria, Lucio Emilio Paulo le dejó la casa y otros bienes de fortuna a su anterior esposa, quien se quedó en posesión de todo eso y en compañía de los hijos de ambos. Papiria murió luego de causas naturales, y la propiedad fue rematada por acuerdo de los dos hijos varones de Lucio Emilio Paulo. Con ella desaparecería también el recuerdo del difunto senador Lucio Emilio Paulo, padre de Lucio Emilio y Emilia Tercia. La vida de Serbilia solo quedaría conservada en el recuerdo de sus dos hijos, nada de ella perviviría en las mentes de sus nietos. A esa altura de la vida, la nueva generación no sabría nada de Lucio Postumio Albino, quien años atrás se había convertido en el benefactor de los Emilio-Paulos.

Lucio Emilio Paulo se casó por segunda vez, y junto con su nueva esposa se alojó en una modesta *domus* fuera del área donde se exhibían el poder y la gloria de Roma. Procreó tres hijos, dos varones y una hembra. Lucio Publio, Lucio Lucio y Emilia Tercia, nombrada esta así en honor a su querida hermana. Su segunda esposa para criterio de muchos no era patricia, o tal vez sí lo era, pero proveniente de una familia patricia caída en desgracia. A pesar de todo esto, y de vivir sin holgura y fortuna económica, Lucio Emilio Paulo aceptó su elección como cónsul, no como una salida a su precaria situación de finanzas, sino más bien como un camino para retribuir a Roma todo el respeto que había recibido de ella a lo largo de su vida. Para muchos Lucio Emilio Paulo personificaba al romano justo y desinteresado, ese que daba todo por los ideales de la República sin llegar a esperar nada.

Cuando Lucio Emilio Paulo aceptó la alta magistratura, todos sabían en Roma que los días de Perseo estaban contados.

Largos sueños empezaron a afectar los serenos y melancólicos días de Emilia Tercia. Esta ejemplar mujer patricia al no tener qué más arreglar dentro de su *domus* romana, optó por dejarse desvanecer en los brazos suaves y misteriosos de Morfeo. Emilia Tercia pasaba las horas de la mañana y a veces de las tardes reclinada en uno de sus *triclinium*. Recostada en ellos su mente libraba a su propio cuerpo, dejándolo descansar, al punto de sentir suaves espasmos que dejaban aflorar los calambres que eran consecuencia de los tantos días de sacrificio y trajín que se habían ido acumulando con el pasar de los años.

Emilia Tercia recordaba en oportunidades a su difunta suegra Pomponia, a quien a veces en medio de esos sueños extraños confundía con su madre Serbilia. Para ella, a esa altura de su vida, aquellos nombres de matronas tan solo le producían una gracia que se agradecía con más horas de descanso.

Parecía raro, pero hasta el recuerdo del olor corporal de su Africanus se estaba diluyendo con el pasar de los días, su recuerdo nunca la abandonaba, pero aquellas pequeñeces que una vez habían sido inolvidables, ahora sencillamente daban paso al soplar del viento, llevando éste las hojas que el tiempo había dejado atrás. La respetada matrona ya no pensaba en Publio Cornelio Escipión Africanus como ese hombre que una vez había sido su marido; en estos últimos tiempos de su solitaria vida, su mente había mitificado completamente al general Africanus. Para Emilia Tercia, su difunto y querido marido ahora formaba parte de los grandes padres de la República de Roma, no de su vida.

Una vez que el senador Cneo Domicio Ahenobarbo presentó ante el honorable Senado su informe sobre la situación de los ejércitos de la República en tierras de Grecia, muchos senadores perdieron sus esperanzas para derrotar prontamente al rey Perseo de Macedonia.

En el hemiciclo del poder romano, casi la totalidad de los senadores observaban detalladamente la persona de Cneo Domicio Ahenobarbo. Su porte y su presencia representaban casi un enlace entre dos épocas que todavía se entremezclaban. Para muchos senadores y patricios del presente era un ejemplo vivo de lo que había llegado a ser un general romano en tiempos de Africanus.

—Honorables senadores de la República, con estos puntos concluyo el informe que se me encomendó —dijo Cneo Domicio Ahenobarbo y antes de proseguir levantó la vista para retener las expresiones de sus oyentes—. Las tropas del cónsul Quinto Marcio Filipo permanecen ociosas, pues después de alcanzar las faldas de la escarpada cordillera, quedaron estacionadas, consumiéndose en un infinito letargo. Quinto Marcio Filipo resultó incapaz de impartir suficiente autoridad a sus tropas. Puedo concluir que nuestras tropas mantienen a la fecha una especie de matrimonio junto con las de Perseo —y ante estas palabras los senadores más viejos tan solo oían—. Por otra parte, las naves de la República y de nuestros aliados dejaron de abastecer las cabezas de playa que aún mantenemos en dichas tierras, situación que afectó la movilidad y el desplazamiento de nuestros legionarios. A la fecha solo subsisten con las reservas que poseen.

El senador Marco Porcio Catón seguía muy atento las palabras de Cneo Domicio Ahenobarbo, pues aunque el tiempo hubiera transcurrido, no podía olvidar que se trataba de un antiguo y reconocido aliado de la familia Escipión.

—Tanto las tropas romanas como las macedonias han descartado la idea de atacarse, por lo que la guerra se encuentra simplemente estancada. El pequeño cauce del río Elpeo es lo único que por ahora llega a separar a estos dos ejércitos. También debo agregar que nuestros aliados griegos cada vez se sienten más defraudados en lo referido a nuestro apoyo, pues en otros puntos de Tesalónica, los macedonios siguen ensañándose contra ellos.

—¿Después de escuchadas estas palabras aún desea conducir la guerra en Grecia en representación de nuestra amada Roma? —fueron las palabras del presidente de la sesión que dirigía al callado cónsul.

Lucio Emilio Paulo se levantó de su grada y caminó un poco, luego buscó el centro del hemiciclo romano con la premeditada intención de tomar el derecho a la palabra.

—Hombres sabios de Roma, el informe que nos presenta el respetado senador Cneo Domicio Ahenobarbo es muy concluyente. Roma hasta ahora está perdiendo la Tercera Guerra Macedónica. ¿Qué hacer ante esta crisis? Ante la inoperancia que hoy está quedando al descubierto. Díganme: ¿qué podemos hacer? Yo os respondo: ¡Dejar hacer! ¡Déjenme hacer! Que corregiré los entuertos de nuestros respetuosos generales. Conmigo Roma se impondrá de nuevo en tierras de Grecia, y más aún, Macedonia dará el primer paso para convertirse en nuestra próxima provincia, borrando definitivamente la marca que ha dejado en dicho pueblo el eterno Alejandro Magno.

Todos los presentes quedaron conmovidos ante las palabras que expresaba el veterano senador Lucio Emilio Paulo.

—Honorable Senado, acepto la encomienda que se me hace, pero pido a ustedes que se me libere de la carga que representa para mí el tener que seguir los planes y la estrategia que eruditos senadores llevan a cabo desde una tranquila mesa. Pienso que el fracaso de Publio Licinio Craso, Aulo Hostilio Mancino y Quinto Marcio Filipo se debió al hecho de que siguieron al pie de la letra las instrucciones del Senado, honorable institución que queda a cientos de millas de distancia de donde se desarrollan los impertinentes movimientos de tropa que dirige Perseo. Si alguien sugiere alguna idea a mi campaña, con gusto la aceptaré, siempre y cuando sea provechosa; pero si es contraria y el que la sostiene insiste en permanecer en Roma, bajo la seguridad de sus muros servianos, sin acompañarme al verdadero campo de batalla, pediré que calle, y que simplemente me deje hacer mi trabajo. Como heredero de la honestidad de mi padre, y como amigo y aliado que fui de los hermanos Escipión, aquí ofrezco mi claro juramento, que solo marcharé a Grecia para acabar con Macedonia, no movido por la intención para recibir riquezas o triunfos. Simplemente quiero ver extinguido el reino que mi padre no pudo extinguir.

Una fuerte ola de aplausos empezó a ahogar todo el hemiciclo haciendo que fuera del edificio de la Curia Hostilia un centenar de palomas retomaran su nervioso vuelo hacia el azul cielo de Roma.

Muchos gritos de senadores se oían entre el mar de aplausos y de vítores que auguraban al fin una verdadera oportunidad para acabar definitivamente al enemigo de Roma.

—¡Arriba, Roma! ¡Grande, Roma!

—¡Marte y Lucio Emilio Paulo, a ganar!

—¡Roma, pueblo y guerra!

La emoción embargaba a todos ellos que al fin entendían que para combatir al escurridizo Perseo lo único que se necesitaba era un general romano de mucho temple y verdadera entrega. Alguien que hiciera recordar a todos los vivos aquellos memorables tiempos en que Roma paría auténticos hijos que se inmolaban bajo las falcatas de los púnicos.

Al final de ese día, un ilusionado Senado accedió sin condición para que el cónsul Lucio Emilio Paulo marchase a Grecia dirigiendo la guerra contra Macedonia. Y mejor aún: el mismo cónsul tendría la absoluta potestad para nombrar a su oficialidad, así como a los tribunos militares que lo debían acompañar. El Senado aceptó sin reparos no entrometerse en la campaña de Lucio Emilio Paulo, a la espera de poder cosechar los resultados de una decisiva victoria en la lucha eterna que por décadas la República mantenía contra los macedonios.

A un margen del río Elpeo, en aquellas lejanas tierras, seguía aguardando el ejército expedicionario que una vez había liderado el cónsul Quinto Marcio Filipo. Dicho ejército se componía de catorce mil hombres pertenecientes a las dos legiones consulares que luego pasarían a llamarse ejército expedicionario. A dichas fuerzas se les unirían cuatro legiones que partirían desde Roma al mando del cónsul Lucio Emilio Paulo. Dos de ellas se conformarían por siete mil legionarios cada, integradas por ciudadanos romanos y aliados latinos. Sus turmas de caballería estarían compuestas por jinetes profesionales que alguna vez habían formado parte de los ejércitos de Roma, llegados estos de Etruria y de Campania principalmente. Las otras dos legiones se conformarían por cinco mil hombres cada una, y en ellas habría hombres reclutados en Iliria y en varias ciudades griegas que estaban bajo protección de Roma.

Dentro de los tribunos militares que acompañaban al cónsul Lucio Emilio Paulo, estaba su hijo mayor Quinto Fabio Máximo Emiliano, quien comandaba la Legión Consular I; y su segundo hijo Publio Cornelio Escipión Emiliano, quien tenía al mando a la Legión Consular II. También estaba el esposo de su sobrina Cornelia Mayor, Publio Cornelio Escipión Nasica Corculum, quien tenía bajo sus órdenes a la Legión V, llamada así en honor a su cuñado Africanus. El general Kaeso

Ralla, sobreviviente de la Batalla de Zama, quien había sido parte del íntimo círculo de oficiales de Africanus, mantenía el mando de la Legión VI. Asimismo, el general romano Lucio Anicio Galo llevaba el mando de las dos legiones que incluía hombres reclutados en Iliria y demás ciudades aliadas a Roma; una de ellas era la Legión Griega I bajo las órdenes de su general subordinado Lucio Cornelio Escipión, hijo de Asiaticus; y la otra la Legión Griega II, bajo el mando del pretor Octavio Salvio.

Lucio Emilio Paulo tenía en mente librar su última gran batalla campal, haciéndose acompañar de todos aquellos hombres que de una o de otra forma se encontraban vinculados a las notables familias de los Escipión y de los Emilio-Paulo. Todos ellos fueron llamados por él, quien les prometió la gloria de luchar bajo los respetados preceptos que siempre habían existido en tan notables familias romanas. Sus hijos, sobrinos, amigos, allegados y demás oficiales de confianza sabían que con Lucio Emilio Paulo se cerraba definitivamente el capítulo de la saga militar que una vez envolviera a su familia desde los primeros tiempos de la Segunda Guerra Púnica.

Pero no para todos ellos la Tercera Guerra Macedónica llegaría a convertirse en su lugar de retiro, pues para algunos esta campaña solo sería el comienzo de una vida de gloria que no llegaría a presenciar Lucio Emilio Paulo.

Para los días de la temporada de primavera del año 168 a. C., el cónsul Lucio Emilio Paulo partió de las afueras de la ciudad de Roma, junto con sus tropas que integraban las legiones V y VI. Después de una larga marcha atravesando la geografía de la península itálica, su fuerza militar llegó hasta la ciudad de Brindisi, al sur de la península, en tierras de la región de Apulia. Después embarcó a todos sus hombres hacia la ciudad de Delfos, empleando como medio para cruzar el mar Mediterráneo las numerosas naves que conformaban la flota romana del mar Adriático. Para el quinto día de navegación, las embarcaciones que llevaban al cónsul Lucio Emilio Paulo observaron el estuario de Delfos, entrando así en la Fócida para sorpresa de romanos, griegos y macedonios. Una vez en ella, se sumaron la Legión Griega I y la Legión Griega II que comandaba el general romano Lucio Anicio Galo.

Al cuarto día el cónsul Lucio Emilio Paulo, liderando sus cuatro legiones, llegó hasta el campamento romano que albergaba las dos legiones consulares que antes habían servido al ex cónsul Quinto Marcio Filipo, estacionadas estas últimas a orillas del río Elpeo. Lucio Emilio Paulo contempló con sus propios ojos cómo efectivamente ese pequeño e intrascendente cauce llegaba a separar a las tropas romanas de las que servían a Perseo de Macedonia.

Una vez que el nuevo cónsul llegó al campamento romano, inmediatamente hizo formar a las ociosas tropas que allí esperaban, otorgándoles en cambio agua y descanso a las suyas, quienes en menos de diez días habían abandonado la ciudad de Roma y se encontraban ahora en las costas macedonias que bañaban las aguas del mar Egeo.

Como nuevas autoridades para las legiones consulares I y II fueron designados sus dos hijos mayores: Quinto Fabio Máximo Emiliano y Publio Cornelio Escipión Emiliano. Estos últimos relevarían en sus cargos a los tribunos militares existentes, los cuales eran culpables directos de la maltrecha situación que estaba afectando a dichas legiones. La incompetencia de estos oficiales quedaría demostrada a la simple vista de todos.

La noche de su llegada al campamento romano, varios manípulos de las legiones consulares I y II fueron diezmadas por orden directa del cónsul. Su principal pecado había sido la notoria indisciplina y la constante insubordinación para con los oficiales superiores. Lucio Emilio Paulo había decidido inmediatamente que mandaría de vuelta a Roma a dos

legados, a varios tribunos militares y a un grupo de primeros centuriones que por pertenecer a familias aristocráticas de
Roma se habían salvado de sus severos castigos. Por otra parte,
varios centuriones, algunos *optio* y otros legionarios destacados fueron degradados y castigados por su indisciplina. Solamente los legionarios estipulados serían castigados con la pena
capital como ejemplo para las tropas existentes y para aquellas
que habían llegado desde el exterior para integrarse a la fuerza
romana en Macedonia.

Para aquellos hombres el verano aún no había llegado con
fuerza a Tesalónica, y la escasez de agua ya era notoria. El
cauce del río Elpeo solo era un hilo de agua, insuficiente para
dar alivio y subsistencia a dos grandes ejércitos. Lucio Emilio
Paulo trató se seguir el consejo de sus ingenieros, los cuales se
habían trasladado desde Roma junto con sus tropas: perforar
varios pozos muy cerca del cauce, con el fin de asegurar el
agua que fuera necesaria para el consumo de las tropas en
caso de que la poca agua que aún mantenía el río Elpeo se
agotara. Varios días pasaron para que se vieran los resultados
esperados, sin embargo, la tarea de perforar pozos y remover
tierra ayudó a levantar nuevamente la moral de las tropas que
habían permanecido ociosas por mucho tiempo.

Fue así que mientras se empezaban a excavar toda una serie
de pozos y canales de riego a lo largo de la ribera romana del
Elpeo, de la otra los macedonios observaban con cautela las
novedades que traía este último cónsul romano.

Una noche en la tienda consular, el séquito de la autoridad militar desplazada a tierras extranjeras oyó las palabras
del cónsul romano.

—Respetados generales y oficiales romanos. Son todos
ustedes mis tribunos militares, los romanos en quienes he
depositado la confianza para esta campaña —dijo el cónsul
Lucio Emilio Paulo en la reunión de comando que se estaba

celebrando en su tienda—. He aquí donde estamos, en la orilla opuesta del río Elpeo, con todas las fuerzas que nuestra República nos ha querido proveer —y la cara del cónsul y sus ademanes corporales transmitían la suficiente confianza a sus tribunos, mientras que la luz de las velas y demás lámparas de aceite hacían bailar las siluetas de todos ellos en las paredes blandas de la tienda—. Esta noche quiero definir y coordinar la estrategia que desde hace días he tenido en mente.

Los tribunos militares escuchaban atentos las palabras de Lucio Emilio Paulo, mientras que un par de lictores ubicados en la entrada aseguraba el acceso a la tienda. Estos lictores eran romanos altos y fornidos, y para ellos era la primera vez que servían a un cónsul romano.

—Esta noche no quiero tocar el tema de las medidas de castigo que tuve que adoptar para con las tropas indisciplinadas. No vine desde Roma a este seco confín sólo para impartir justicia y disciplina.

A Lucio Emilio Paulo siempre se lo conocía por la prudencia y por el respeto con que se tomaba las cosas. Sus palabras esa noche eran bien escuchadas.

—Efectivamente sabemos por qué Quinto Marcio Filipo nunca llegó a cruzar el río Elpeo —dijo Lucio Emilio Paulo y tomó un poco de aire por la boca—; del otro lado Perseo y sus macedonios disponen de innumerables balistas y catapultas, todas ellas apuntando sus mortales proyectiles en nuestra dirección. Tampoco hay que olvidar las protegidas trincheras donde tienen pensado acomodar a sus arqueros cretenses para diezmarnos.

Quinto Fabio Máximo Emiliano observaba juiciosamente el rostro de su padre, analizando cómo se movían sus labios y cómo llegaba a gesticular suavemente con sus manos, moviéndolas cuando quería dar un mayor énfasis a sus palabras.

—Poseemos seis legiones, todas diferentes entre sí, formadas por romanos, veteranos y recién alistados, griegos, latinos y aliados. Perseo, por su parte, mantiene bajo sus órdenes cerca de cuarenta y dos mil infantes, de los cuales casi su totalidad forma parte de las falanges, muy pocos son hoplitas de temer. Además cuenta con aproximadamente cuatro mil jinetes. ¿A dónde quiero ir con todo esto? Pues es sencillo, muy sencillo, ya verán.

Todos fijaban atentamente los ojos sobre el cónsul de Roma. Lucio Emilio Paulo se levantó de su silla y pidió a uno de sus lictores que le acercase el plano que descansaba enrollado al lado de su lecho.

—Se podría predecir que Perseo sólo espera nuestro avance en dirección a sus máquinas de guerra, para luego atacarnos con sus falanges aprovechando lo llano del terreno. Es aquí donde les explicaré mis intenciones —esta vez Lucio Emilio Paulo dirigió su firme mirada al lugar donde aguardaban sus dos hijos—. He decidido que solo cuatro de nuestras seis legiones participarán en el choque que se librará a poca distancia de aquí. Las otras dos se movilizarán para distraer su atención, o en última instancia, para librar una lucha en otro frente de batalla. No hay que olvidar que lo que caracteriza a nuestras legiones es la movilidad, esa sigue siendo una parte importante dentro nuestra estrategia militar.

Aquella noche no había momento para el sueño, ni siquiera para el vino, pues todos los tribunos militares solo atendían con callada atención las palabras que muy despacio iba pronunciando el respetado cónsul.

—Publio Cornelio Escipión Nasica Corculum, quiero que para mañana en la noche los hombres de la Legión V se dirijan al Oeste en dirección a Pitium, la idea es que logres barrer a cualquier fuerza macedonia que te salga al paso. Hay que tomar Pitium y luego avanzar hasta Dium. Tarde o temprano Perseo tendrá que dividir sus fuerzas para atender el peligro de un ataque por su retaguardia. ¿Qué piensas, Corculum? —

preguntó Lucio Emilio Paulo y esperó sin apuro la respuesta de su tribuno militar.

—Noble cónsul, ¿desea que lleve conmigo solamente a mis legionarios?

—Acompáñate, Corculum, por unas diez turmas de caballería, emplea las tuyas, y si son insuficientes, complétalas con algunas de otra legión. ¿Está claro para todos? —dijo el cónsul esta vez mirando a los ojos a cada uno de sus tribunos militares.

—Marte me guiará, noble cónsul, para mañana a la noche estaré abandonando el campamento y emprendiendo mi misión.

—Que así sea, Corculum. Por otra parte, quiero que Lucio Cornelio Escipión embarque a sus legionarios y se dirija a Heracleum. Los hombres de la Legión Griega I deben llevar consigo todas sus armas y las naves cargar la totalidad de sus víveres, como si fueran a levantar una cabeza de playa en otro punto de esta geografía.

—Está claro, cónsul —contestó Lucio Cornelio Escipión—, ¿y cuándo quiere que embarque a mi legión?, ellos solo esperan la orden.

—El embarque debe finalizar antes del *prandium*, pues quiero que los informantes macedonios hagan llegar a Perseo el mensaje de que estamos embarcando tropas. Esa novedad los preocupará. El temor de nuestro enemigo deberá fundamentarse en que podemos rodearlos y acabarlos. Así procederemos, solamente que no será de la forma que esperan.

—Entendido, cónsul —dijo Lucio Cornelio Escipión, quien tenía al fin una oportunidad para ratificar ante todos la noble herencia de su padre.

—Al resto de ustedes quiero indicarles que llegado el oportuno momento atacaremos de frente a los macedonios. Cruzaremos este riachuelo para enfrentar la despiadada fuerza de sus máquinas y enfrentarnos así a sus largas *sarissas*. En este sentido, quiero que se compenetren con sus centuriones, para que los manípulos llegado el día, puedan ejecutar todas y cada una de las órdenes que serán vitales para la consecución de la perseguida victoria.

Por varias horas más la reunión dentro de la tienda consular se prolongó y sirvió para dejar muy claro ante todos los tribunos cuáles eran las intenciones que estaba manejando Lucio Emilio Paulo. Después cada tribuno abandonó la tienda, y el cónsul quedó solo. Él también era un hombre que adolecía de cansancio y de fatiga. La edad golpeaba a todos por igual y ahora se estaba ensañando contra él.

Lucio Emilio Paulo quedó profundamente dormido, al punto de no sentir los pasos de uno de sus lictores, que era el encargado de apagar las lámparas y demás velas de la tienda consular. Prontamente sus ronquidos y la forzosa respiración que estaba presentando anunciaron que su mente estaba desconectada del mundo de los despiertos.

"Las trompetas anunciarían el triunfo de Lucio Emilio Paulo quien se dejaría ver a los ojos de su pueblo llevando con sus propias manos las riendas de su *quadrigae*. La cara del cónsul vencedor era completamente alegre, no mostraba marcas de penas ni de sufrimientos. A sus espaldas iría el siempre presente esclavo que le diría a viva voz, y en dirección a sus oídos, las míticas palabras '*Respice post te, hominem te esse memento*'. En la *quadrigae* que iba delante del cónsul triunfador, estaría el rey Perseo, quien en compañía de su hijo llevaría las cadenas de la condena romana. Hacia estos últimos se dirigirían los gritos insultantes de la muchedumbre, que entre ofensas y salivazos trataba de drenar toda aquella rabia y eterno odio que siempre habían mantenido hacia Macedonia. Lucio Emilio Paulo podía observar cómo el pueblo de Roma vejaba a quien había sido hasta hacía pocos días el heredero del reino de Alejandro Magno. Allí circularía junto con su hijo, por aquellas copiosas calles de la capital de la República.

El cautiverio de ambos garantizaría a Roma que nunca más el reino de Macedonia osaría levantarse contra los romanos, mucho menos el volver a someter a las vecinas naciones griegas. Esas últimas serían solo para la República. Macedonia había sucumbido y con ella los mismos griegos que interesadamente habían ayudado a los romanos. Todo sería a partir de este desfile triunfal parte de la nueva República de Roma, dueña y señora del Mediterráneo. Detrás del carro consular se apreciaría otra *quadrigae*, que llevaba a los dos generales hijos mayores de Lucio Emilio Paulo. Ellos tan solo estarían empezando a disfrutar el gozo de una victoria romana. Para estos dos la diosa Fortuna tendría muchos años de vida y lucha. Lucio Emilio Paulo seguiría levantando su mano para saludar a todos los romanos que humanamente podía. Unos eran patricios y otros plebeyos. Unos romanos y otros latinos. Muchos hombres, pero también incontables mujeres y niños. En un instante el alegre cónsul llegaría a observar cómo en una concurrida esquina se erigía la presencia de su suegro; el difunto Cayo Papirio Maso, y junto a él, sus dos hijos menores, Lucio Publio y Lucio Lucio. Cayo Papirio Maso dejaría descansar sobre los hombros de sus pequeños cada una de sus manos. Ambos llegarían a intercambiar miradas, pero su *quadrigae* lo seguiría llevando adelante, hasta perder de vista al fantasma de su controversial suegro. Del cielo pétalos y flores seguirían cayendo, ocultando con los gritos y los saludos de los romanos vivos los mensajes de los muertos".

La movilización de la flota romana no pasaría desapercibida para Perseo, quien ordenó a uno de sus generales que dispusiera de hombres suficientes para tratar de seguir por tierra la dirección que tomarían las naves romanas. Al no contar Perseo con una flota de guerra, lo único que podía ordenar era que por tierra se desplazaran parte de sus tropas de infantería ligera a fin de brindar protección anticipada, si se podía, al emplazamiento costero donde debía desembarcar aquella fuerza romana. Sin embargo, Perseo siempre sabría que aquella movilización romana obedecía a una pueril maniobra para tratar de rodear sus fuerzas que se encontraban al otro lado del Elpeo.

En aquellos interminables días, los falangistas de Perseo pasaban sus largas horas de espera dedicándose a asegurar sus largas y penetrantes *sarissas*, cuyas puntas en metal debían atravesar y seccionar las carnes de sus adversarios. Para todos ellos todavía se encontraba relativamente fresco el recuerdo de la derrota que habían sufrido en la Batalla de Cinoscéfalos, cuando en el año 197 a.C. y en tierras también de Tesalia, las legiones disciplinadas del cónsul Tito Quincio Flaminino, enfrentaron a los ejércitos macedonios que para aquel entonces liderara el rey Filipo V. Esa fatídica tarde un número cercano a los seis mil macedonios había muerto peleando, dejando por sentado para ejemplo de todos los que seguían vivos que si la destructiva y poderosa falange macedónica llegaba a ser franqueada y atacada en su retaguardia, la suerte de la batalla definitivamente estaría echada para el lado de su adversario. Aquel sangriento y lamentoso suceso estaba presente en la mente de todos los hombres de Perseo.

El rey macedonio conocía muy bien el estado emocional de sus tropas y no perdía la pista a la flota romana, que probablemente estaría dirigiéndose hacia el Norte o hacia el Sur de su actual posición con el fin de iniciar el intencional franqueo de sus falanges. Aquella maniobra romana debía ser aniquilada antes de que empezara a surtir efecto tanto moral como en la carne de sus propios hombres.

Una mañana, mientras Perseo supervisaba la formación de sus tropas como parte de los obligados ejercicios diarios que debían cumplir sus hombres, un inesperado mensaje traído por uno de sus numerosos espías ubicados en la zona le hizo reunirse de inmediato con su estado mayor. Lo temido ahora se estaba haciendo realidad.

Perseo ahora comprendía claramente que las intenciones del cónsul romano al ordenar la movilización de su flota sólo tenían por objeto distraer su atención para dirigir mientras tanto un ataque hacia su retaguardia.

Corculum ejecutaba cada una de las instrucciones dadas por Lucio Emilio Paulo y libraba una rápida pero feroz batalla en las adyacencias de Pitium, donde las pocas fuerzas macedonias resultaban aniquiladas ante la aplastante superioridad que representaba la Legión V. Después de la ocupación de aquella plaza a manos de la legión del tribuno Corculum, lo que restaba era dirigir la Legión V hasta la localidad de Dium, y en ese punto se pudo alcanzar una posición clara sobre la retaguardia de los ejércitos de Perseo.

Los veteranos legionarios pertenecientes a la Legión V vieron insuflados sus ánimos al contemplar la sangre de la victoria en sus *gladius*. Ellos apreciaban los dotes de mando que estaba demostrando el tribuno militar Corculum, quien siguiendo al pie de la letra las instrucciones del cónsul romano se estaba colocando a espaldas del numeroso ejército macedónico que aguardaba a orillas del río Elpeo. Publio Cornelio Escipión Nasica Corculum, montado sobre su caballo, encabezaba la avanzada de sus tropas, que buscaban participar en la inminente batalla que estaba por librarse. El cometido del Escipión estaba cumplido y dejaba tras de sí a un sinnúmero de combatientes macedonios que nunca pensaron que se convertirían en las primeras bajas de la batalla.

El embarque de las tropas pertenecientes a la Legión Griega I se efectuó dentro de lo planeado por el cónsul romano. El tribuno militar Lucio Cornelio Escipión partió con el total de sus hombres y demás pertrechos de guerra hacia un destino que lo alejaba del verdadero campo de batalla, pero su maniobra ofreció un beneficio: que otro significativo grupo de caballería macedonio junto con sus respaldos de infantería emprendieran la intempestiva marcha fuera del campamento general macedonio con la sola intención de vigilar el posible desembarco de sus tropas.

Tras las maniobras emprendidas por los tribunos militares que comandaban la Legión V y la Legión Griega I, el rey Perseo se desprendió de un significativo número de sus tropas profesionales, las cuales tenían la cualidad de pertenecer en su mayoría a los cuerpos de caballería. Sin embargo, la posición que ocupaban las tropas de choque del rey macedonio le aseguraba una tranquilidad asentada en el número de sus tropas que formaban parte de sus falanges y también en la cantidad de trincheras y de máquinas de guerra que le procurarían una defensa muy conveniente mientras se procedía con el lento pero seguro ataque de las *sarissas*. En la mente de Perseo sólo se hallaba una palabra: Cinoscéfalos. Esa desastrosa batalla en la que años atrás Roma había humillado a las falanges de su padre. En aquella oportunidad el número de fuerzas adversarias había sido igual, pero el desarrollo de la batalla había dado la victoria a los romanos. Esta vez, Perseo entendía claramente que no poseía el espíritu de su padre Filipo V, pero por fortuna gozaba para ese momento de sus mismas ambiciones y, sobre todo, de un mayor ejército, dispuesto todo para batirse hasta la última gota de su sangre con tal de aniquilar a las fuerzas romanas que solo pretendían arrebatarles el señorío sobre los demás e insignificantes pueblos griegos.

El día 21 de junio del año 168 a.C., el cónsul romano Lucio Emilio Paulo tendría el tiempo necesario para contemplar los cielos de Grecia; allí observaría cómo algunas aves ejecutaban vuelos que estaban fuera de lo acostumbrado. Los ojos del cónsul se concentraban en los giros que aquellas aves efectuaban sobre el campamento romano, la altura que mantenían y el silencio con que volaban hacía que quedaran fuera de la atención del resto de la tropa que respondía a Roma. Para los griegos aquellas aves solo anunciaban la carroña romana que pronto surgiría cuando ambas fuerzas se enfrentaran.

Lucio Emilio Paulo recordó los conocimientos augures que poseía, se abstrajo de la realidad por algunos instantes y procedió a tomar nota de los fenómenos que estaba contemplando. Él entendía que era vital para la fortaleza de sus tropas el hecho de hacerles entender lo que estaba por suceder dentro de las próximas horas, fenómeno que afectaría ciertamente el desarrollo de la batalla que estaba por desarrollarse. Los dioses que regían la vida de los hombres también convivían con las fuerzas celestiales y demás fenómenos catastróficos, situación que llegaba a entender moderadamente el curtido cónsul. Al cabo de unas horas, Lucio Emilio Paulo ya había elaborado el discurso que tenía que dirigir a sus tropas para el entendimiento del fenómeno natural que estaba pronto a suceder sobre sus vidas en aquel rincón de Grecia. Sus ojos habían advertido lo que estaba por ocurrir.

Al final de la tarde de ese recordado día, el cónsul romano ordenó que los componentes de su ejército formaran, con la disciplina y el orden que debía existir en cada legión romana. Cada tribuno militar ejecutó inmediatamente las órdenes de Lucio Emilio Paulo, impartiéndolas a su vez a los primeros centuriones de sus respectivas legiones. La organización de las tropas se llevó a cabo frente a la tarima que servía para la ubicación del cónsul y de sus lictores.

La mayoría de los legionarios romanos, latinos y griegos daban por hecho que estaban próximos a recibir las esperadas instrucciones para el inicio de la batalla. La inquietud y la expectación de aquellos hombres se podía apreciar superficialmente, pues unos se ajustaban a la medida sus cascos, mientras que otros se aseguraban al cinto su *gladius* y el *pugio*. Los vélites por su parte trataban de secar de sus manos el pegajoso sudor que rodaba silenciosamente sobre las maderas de sus lanzas. Ellos en ese momento atravesaban los fríos instantes que siempre precedían a la orden de entrar en batalla.

Instantes después los tribunos militares presentes retornaron a la tarima consular. Quinto Fabio Máximo Emiliano, tribuno militar de la Legión Consular I, miró directamente a los ojos de su respetado padre mientras avanzaba hacia el lugar que le correspondía. Publio Cornelio Escipión Emiliano al pasar también cerca de su padre le dirigió un gesto de respeto y de admiración. A este último Lucio Emilio Paulo le devolvió un leve gesto de confianza.

Frente a todas las tropas que constituían el ejército de Lucio Emilio Paulo, el respetado cónsul levantó sus manos hacia el firmamento, que pronto estaría dando paso a la oscuridad de la noche. En instantes, la luz del día se marcharía, cediendo así su habitual espacio a la serenidad que generalmente llegaba con la noche después de un iluminado atardecer. De esta manera Lucio Emilio Paulo, observado de cerca por sus tribunos militares y de lejos por la totalidad de sus tropas, procedió a comunicar las esperadas palabras que tanto ansiaban escuchar aquellos hombres:

—Legionarios de Roma, aquí nos encontramos, de pie en tierras de Grecia, esperando combatir a las tropas del rey Perseo de Macedonia. Puedo intuir, y naturalmente debe ser así, que ustedes quieren abrazar lo antes posible el calor de la contienda. Que desean llevar adelante la justicia romana manipulando la *gladius* que vuestras manos deben de sostener. Eso lo intuyo y me enorgullece. Pero quiero comunicarles algo que será esencial para todos nosotros y también para nuestros enemigos. Un hecho que estará pronto a sucederse delante de nuestros ojos y encima de nuestras cabezas. Legionarios de Roma, ante nosotros los dos grandes astros que afectan a nuestro mundo cambiarán por instantes su propia naturaleza. No quiero que se preocupen por lo que llegaremos a ver, pues les estoy comunicando y advirtiendo que entre las tareas de los dioses los hombres no debemos inmiscuirnos, así como ellos entienden nuestros problemas diarios con sus infinitos afanes. Permanezcamos firmes, manteniendo la moral y la disciplina, y dejemos que los dioses se ocupen del orden de los astros. La tarea de ellos se llevará a cabo frente a nuestros ojos, pero eso no nos afectará, ni tampoco nos perjudicará para beneficio de Roma. Dejemos entonces que Macedonia y su terco rey Perseo piensen lo que quieran. Nosotros sabemos que nuestra victoria no dependerá del capricho de los dioses, ellos estarán ocupados con sus propias tareas, mientras que nosotros nos dedicaremos a inclinar la balanza de la victoria hacia nuestro lado. Lo que veremos solo servirá para que entendamos que existen momentos en nuestras vidas en que los dioses solo se ocupan de sus obligaciones mientras que nosotros debemos hacer lo mismo con las nuestras.

Prontamente los cielos de Grecia serían testigos de un sorprendente eclipse que haría imposible de olvidar aquel día 21 de junio del año 168 a.C. Los escribas del Ejército romano tomaron nota de las palabras del cónsul mientras trataban de darle forma escrita al fenómeno natural que sucedería sobre ellos.

—No pretendo explicarle nada a nadie, pues en asuntos de los dioses un mortal como yo no debe interferir.

—Pero majestad nuestros hombres esperan oír alguna explicación sobre lo que está sucediendo —dijo el oficial macedonio tratando de transmitir con sus palabras la preocupación y la entera desazón que estaban presentando los macedonios ante el fenómeno que estaban viviendo—. Usted debe tener la respuesta a lo que sucede, majestad.

Perseo dirigió una mirada penetrante a su oficial y al cabo de unos instantes prosiguió:

—Dile a nuestros hombres que dejen de mirar el firmamento, que solo miren al otro lado del río para no ser sorprendidos por los romanos. Si algo he aprendido a lo largo de mi vida, es que cada mañana se nos regala la esperanza necesaria para continuar con nuestras vidas y con nuestros planes.

Perseo dio media vuelta dejando atrás suyo al oficial que quedó perplejo ante el inexplicable fenómeno natural que se estaba desarrollando. Antes de entrar en su tienda, el monarca miró brevemente los cielos de Grecia, que no tenían para él una adecuada respuesta ante su inquietante duda.

Al día siguiente, un número importante de tropas griegas pertenecientes a la Legión Griega II que respondía al tribuno militar Octavio Salvio tenían las precisas instrucciones para proveer agua y forraje al resto del Ejército romano. Fue así como más allá de la hora del *prandium* varios legionarios se aventuraron dirigiéndose a la otra orilla del río Elpeo. Las consecuencias que tendrían para ellos serían inimaginables y catastróficas, pero para las intenciones de Lucio Emilio Paulo solo marcarían la esperada oportunidad para iniciar las acciones bélicas contra los expectantes macedonios.

Octavio Salvio rompió su silencio y se levantó de la rudimentaria mesa que sostenía una copa de agua y algunos apuntes personales. El grito de algunos de sus griegos que se encontraban faenando en las márgenes del río lo hizo sobresaltar casi de inmediato. En ese momento el atento oficial romano observaría con atención cómo numerosas balistas escupían sus mortales lanzas contra varios de sus hombres que se encontraban al otro lado del Elpeo. La puntería demostrada por los macedonios en ese momento era envidiable, pues casi veinte hombres fueron atravesados fatalmente y quedaron fulminados sobre suelo enemigo. Rápidamente Octavio Salvio dio la orden a sus centuriones para que formaran una avanzada debidamente protegida por sus *scutum* de madera y poder garantizar así el no avance de las tropas macedonias.

Pero las instrucciones de Octavio Salvio no fueron atendidas por sus legionarios, quienes sin esperar las instrucciones de los centuriones de cada manípulo se lanzaron en completo desorden sobre el cauce del río Elpeo. Octavio Salvio observó indignado cómo sus subordinados hacían caso omiso a los oficiales y a los suboficiales de tropa. De seguro todos morirían en aquella alocada y temeraria acción bajo las armas arrojadizas de los macedonios.

Lucio Emilio Paulo, ubicado sobre su tarima consular, contemplaba aquellos hechos que para él se traducían en un simple y necesario *casus belli*. Inmediatamente ordenó a las legiones de Quinto Fabio Máximo Emiliano y Publio Cornelio Escipión Emiliano que entrasen en batalla, marchando estas en dirección al lugar donde se estaban produciendo las primeras bajas de la contienda. El momento esperado de la batalla por fin había llegado. Roma y Macedonia decidirían definitivamente en esa batalla quién ostentaría el dominio militar y comercial sobre Grecia y sobre todo el mar Mediterráneo.

Centro de la batalla

Después de colocarse apresuradamente su *lorica segmentata*, Octavio Salvio empuñó la *gladius* y se lanzó en dirección al cauce del río donde sus tropas estaban cayendo víctimas de las lanzas enemigas. Mientras el tribuno atravesaba el Elpeo, pudo toparse con varios de sus legionarios griegos que retornaban a la línea romana desparramando en las aguas del río la suficiente sangre que indicaba el fervor de la batalla que se había iniciado. Prontamente la infantería liviana y la infantería pesada pertenecientes a la Legión Griega II se desordenarían luchando cuerpo a cuerpo contra la vanguardia macedonia que se componía en su mayoría por hoplitas y demás soldados de infantería ligera aliados, mientras que aquellos que manejaban las armas arrojadizas trasladaban sus armas y demás pertrechos a la retaguardia macedonia.

Pero el sonar de las espadas y el chocar de los escudos por breves instantes se detuvieron al anunciarse a los miembros de la Legión Griega II que los refuerzos pronto llegarían desde la retaguardia. Sonoras trompetas, tubas y demás instrumentos de aire empleados por los músicos militares del ejército consular anunciaban el ingreso en batalla de tres poderosas legiones que auxiliarían a los disminuidos hombres de Octavio Salvio.

Lucio Emilio Paulo sin perder la calma ordenó a su tribuno militar Kaeso Ralla que irrumpiera en la batalla colocando en primera línea de choque a sus cerca de cuarenta elefantes, los cuales debían arrasar el flanco izquierdo de los macedonios. Por otra parte, la Legión Consular I al mando de Quinto Fabio Máximo Emiliano se ubicó en el centro del nuevo avance romano para prestar el necesario auxilio a los hombres de la Legión Griega II. Publio Cornelio Escipión Emiliano dirigió la Legión Consular II hacia el flanco derecho de la vanguardia macedonia.

Ala izquierda del Ejército romano

El tribuno militar Publio Cornelio Escipión Emiliano, joven heredero de la sangre Escipión, apretaba los dientes y anhelaba no decepcionar a su querido padre ni tampoco la memoria de sus ancestros, dirigía todos sus hombres contra el flanco derecho macedonio. Como era costumbre en la estrategia militar romana, primero formarían los vélites, seguidos por los *hastati*, príncipes y *triarii*. La caballería se formaría en cada extremo de la avanzada romana queriendo con ello proteger sobre todo el flanco derecho de la legión, donde grupos individuales de hoplitas dispersos y numerosos hostigadores que estaban a cargo de las máquinas de tiro macedonio pudieran resquebrajar la moral de estas tropas romanas, las cuales estaban prontas a recibir su bautismo de sangre.

Pero apenas el tribuno militar cruzó el cauce del Elpeo, pudo entender que sus hombres no lucharían ya contra los macedonios que habían iniciado la batalla. Publio Cornelio Escipión Emiliano sería testigo de cómo más hacia el centro de su legión se dirigían cuerpos enteros de falangistas, los cuales marchaban todavía con las astas en alto. Eran numerosos los macedonios y otros aliados que caminaban en dirección al grueso de sus legionarios. La visión que estaba iniciándose transportó a más de un romano o latino aliado a los tiempos de la añorada juventud, cuando los cuentos y las historias épicas narradas por sus mayores destacaban la peligrosidad y la clara letalidad de las falanges de Alejandro Magno.

A partir de este momento la Legión Consular II chocó de frente contra las falanges del ala derecha macedonia. En un primer encuentro, los oficiales de caballería y demás jinetes que respondían al joven tribuno militar se abalanzaron sobre la primera línea de picas enemigas, pero irremediablemente encontraron la muerte sin pena ni gloria. La marcha de los macedonios ahora disminuyó y prontamente alcanzó a los heridos y a los moribundos romanos que rápidamente serían rematados en el interior de la falange. Ni los agónicos caballos fueron dejados sin rematar. Con ello, la orden cambió, y Publio Cornelio Escipión Emiliano ordenó a sus vélites el ataque con hondas y lanzas sobre la vanguardia enemiga. Posteriormente serían los *hastati* quienes ahora en la primera línea de combate comenzaron a lanzar sus poderosos *pilum*, con lo que lograron obtener las primeras bajas enemigas, pero no detener el lento pero constante avance de los macedonios.

Centro de la batalla

Octavio Salvio sintió que de los brazos y de las piernas le manaba sangre, que se escurría hacia el fangoso suelo. Sin embargo, seguía tratando de sostener su posición, pues era evidente que la desorganización inicial presentada por sus tropas había ayudado al aniquilamiento de estas. Pero cuando todo parecía perdido para las exhaustas y confundidas tropas de la Legión Griega II, decenas de legionarios romanos respondiendo a las órdenes de Quinto Fabio Máximo Emiliano llegaron desde la retaguardia y así lograron que el frente se estabilizara por un instante, y posteriormente los hoplitas y los mercenarios macedonios empezaron a retroceder volviendo rápidamente a la posición por la que luchaban.

A diferencia de la estrategia utilizada por Publio Cornelio Escipión Emiliano, el tribuno Quinto Fabio Máximo Emiliano disponía en primera línea a sus *hastati*, seguidos por los príncipes y *triarii*. Los vélites se encargaban rápidamente de auxiliar a los heridos romanos y griegos que se encontraban desperdigados en el centro de aquella posición en que el suelo y el poco cauce se encontraban teñidos de rojo sangre. Octavio Salvio mantenía una respiración acelerada y experimentaba el cansancio por el nervioso choque por ahora brevemente finalizado. Saludó a Quinto Fabio Máximo Emiliano, quien oportunamente lo había salvado a él y a sus hombres de una muerte segura. Ahora la posición del centro se encontraba nuevamente en poder de los romanos.

Ala izquierda del Ejército macedonio

El general macedonio, cumpliendo las órdenes de su rey, esperó impacientemente a que la estampida de elefantes romanos cruzase el pequeño río. Los instantes transcurrían, y los nerviosos macedonios aguardaban la llegada de las bestias enemigas a las que recibirían tan solo con sus largas *sarissas*. Estas no serían garantía absoluta para la muerte de todos aquellos animales que, encolerizados y debidamente adiestrados en tierras de África, dirigían toda su furia contra las falanges de Perseo.

Ala derecha del Ejército romano

Kaeso Ralla dirigía el avance de su caballería, cabalgaba detrás de sus elefantes, los cuales con paso apresurado ya se encontraban cruzando el Elpeo. Detrás iban en marchas forzadas todos los componentes de la Legión VI.

Centro de la batalla

Apenas pocos instantes tuvieron Quinto Fabio Máximo Emiliano y Octavio Salvio para intercambiar ideas, cuando frente a sus propios ojos una verdadera pared de lanzas y acero se posicionó nuevamente frente a ellos. Eran las falanges macedonias, las cuales caminaban como de costumbre, de forma lenta pero decidida hacia el choque que produciría aún más muertes.

Esta vez ambos tribunos militares fusionaron a sus hombres tomando en rápida consideración si formaban parte de la infantería ligera o de la infantería pesada. Ambos estuvieron de acuerdo y ordenaron a sus primeros centuriones que los manípulos de *hastati* ocuparan la primera línea y a su vez fueran oportunamente asistidos por los manípulos de príncipes. Los vélites de ambas legiones seguirían evacuando a los heridos que aún yacían en el suelo de Tesalónica.

En la tarima consular

El cónsul miraba absorto el rumbo que estaba tomando la batalla, apreciando cómo las legiones de Quinto Fabio Máximo Emiliano, Publio Cornelio Escipión Emiliano y

Octavio Salvio se encontraban ahora enfrentando el inevitable poder de las falanges macedónicas. Para el cónsul era cuestión de tiempo que los ejércitos de Roma atravesaran nuevamente el río, pero esta vez hacia el campamento romano. La fuerza aplastante de la máquina de guerra macedonia era indiscutible. La llanura en este momento, frente a los ojos de los aguerridos e incrédulos legionarios, se estaba inclinando a favor de los enemigos de Roma.

—¡Por todos los dioses, no puedo perder esta batalla! —gritó Lucio Emilio Paulo mientras soltaba al suelo una hogaza de pan que devoraba a trozos con la intención de aliviar sus desbordantes nervios—. ¿Qué piensas, Lucio Anicio Galo? —preguntó a su tribuno militar tratando con ello de obtener alguna salida a su infranqueable dilema.

—Cónsul, pienso que por ahora la mejor estrategia con la que podemos contar es tratar de frenar todo lo que se pueda a la vanguardia macedonia. Me han informado que nuestros mensajeros fueron enviados hasta la ubicación de las Legiones V y Griega I.

—Entonces debemos pedirle a Marte que pronto se nos envíe la caballería de ambas legiones para atacar la retaguardia de esas falanges. Solo así podremos acertar un golpe duro y mortal al corazón de Perseo.

La preocupación fácilmente se hacía notar entre todos los hombres que ocupaban en ese momento la tarima consular. Inclusive los mismos lictores intuían lo riesgoso que se estaba tornando el curso de la batalla. De seguir así, ni Júpiter Optimus Máximo podría evitar que la lucha terminase arrasando el mismo campamento romano.

Ala izquierda del Ejército macedonio

Una vez que los elefantes cruzaron el río Elpeo, mantuvieron su marcha contra las posiciones macedonias, pero al cabo de una corta distancia, las balistas y las catapultas enemigas volvieron a escupir su poder contra la gruesa piel de los paquidermos. Varios guías cayeron atravesados por las veloces lanzas, mientras que otros eran golpeados mortalmente por piedras y por proyectiles, dejando así a un animal sin control que seguía corriendo en línea recta. Pero algo inesperado hizo perder definitivamente la efectividad del ataque de aquellas bestias romanas: la sorpresiva existencia de trincheras que se encontraban cubiertas por ramas y por hojas, que ocultaban una trampa que finalmente acabaría con el poder del ataque romano, dejando ahora a la Legión VI sin la principal de sus armas. Kaeso Ralla entendió de inmediato que ahora sus legionarios se enfrentarían a la poderosa falange, al igual que lo estaban haciendo los legionarios de los otros manípulos.

Torre de observación macedónica

El rey Perseo observaba complacido cómo aquel anhelado sueño al fin estaba tomando la forma pretendida frente a sus propios ojos. Para él era evidente que sus cerca de cuarenta mil soldados le llevarían la necesaria victoria que le aseguraría la estabilidad de su reinado y el poder supremo de Macedonia sobre las tierras de Grecia. Contemplar cómo los romanos estaban siendo trabados por las decididas falanges macedonias era una verdadera oportunidad pocas veces vista por un monarca adversario a Roma.

Una vez que los falangistas tocaron prácticamente con sus pies el empequeñecido cauce del río, detuvieron su avance, dando paso con ello a que los cientos de legionarios heridos, desubicados y maltrechos, cruzaran el Elpeo en busca de reintegrarse a su respectivo manípulo. Por breves instantes los vélites y demás auxiliares de tropa romana siguieron recogiendo heridos y estandartes caídos, conduciéndolos así hasta la seguridad de su retaguardia. Los ojos de Perseo se dejaban notar por todo el campo de batalla tesalónico.

—¡Sigan avanzando! ¡No se detengan, que la gloria es nuestra! ¡Por Apolo, que hoy ganaremos!

La euforia del monarca macedonio prontamente fue emulada por sus falangistas; estos, congraciados con aquellas palabras, reanudaron la mortal marcha empezando a cruzar el Elpeo en dirección al choque definitivo contra los romanos.

Centro de la batalla

Las falanges de Perseo una vez que superaron el cruce del pequeño cauce prosiguieron de forma compacta y decidida con su marcha de aniquilación. Exhibían centenares de picas y de cánticos milenarios de guerra y chocaban con las reorganizadas fuerzas militares que dirigían los tribunos militares Quinto Fabio Máximo Emiliano y Octavio Salvio. Tras el primer inevitable choque, muchos legionarios fueron alcanzados por las veloces e inesperadas picas que rompían músculos y huesos al simple contacto y que llegaban incluso a desfigurar de un solo zarpazo la cara de aquellos adversarios que se cruzaban en su fatal vuelo. Parecía que las conocidas *gladius hispanicus* carecían de la versatilidad suficiente para poder frenar aquel enjambre de muerte que iban dejando las falanges de Perseo.

Sin embargo, por un momento se pensó que las legiones de Roma habían logrado detener el avance de los macedonios cuando los manípulos de *hastati* fueron oportunamente relevados por los frescos príncipes, quienes portando *scutum* más fuertes y de mayor resistencia, lograron rechazar en parte las embestidas de las *sarissas* enemigas. Pero aquellos míticos instantes tan solo serían un espejismo ilusorio dentro de la moral romana, pues nuevamente los cuerpos de falangistas recuperarían el empuje y la iniciativa del ataque.

Ala izquierda del Ejército macedonio

Aquellas bestias domadas por el Ejército de Roma jamás llegaron a producir un daño efectivo sobre la vanguardia macedonia, pues su potencia, sorpresa y fortaleza sucumbirían rápidamente bajo los mortales proyectiles macedonios y la cantidad de obstáculos que sembraban el terreno para problemas de sus patas. Así, varios paquidermos colapsaron antes de llegar a la línea de choque, mientras que otros tantos caminaban confundidos llevando sobre sus lomos guías y arqueros muertos. Los restantes eran apartados del campo de batalla por orden del tribuno.

Kaeso Ralla, liderando las turmas de caballería de su legión, ordenó apresuradamente que los manípulos de *triarii* que aún no cruzaban el cauce del Elpeo se detuvieran. Fue entonces cuando se abrieron calles dentro de estos últimos manípulos, y de manera ordenada pero apresurada, vélites, *hastati* y príncipes empezarían a dirigirse hasta la retaguardia de los *triarii*, decidiendo con esta maniobra que sería al otro lado del río donde los soldados de la Legión VI enfrentarían a los macedonios.

Ala derecha del Ejército macedonio

Los generales y los altos oficiales que dirigían esta parte del ejército macedonio comprendieron fácilmente que la línea romana se rompía por presión de la falange. Algunos instantes pasaron antes de que la vanguardia macedonia lograra cargar completamente contra las primeras líneas de la Legión Consular II, de este modo decenas de legionarios rompieron sus filas y empezaron a correr por sus vidas. Varios centuriones, observando la desbandada que se estaba iniciando en sus propios manípulos, trataban de ajusticiar a los traidores que estaban más cerca, pero muchos caerían asesinados por la espalda o de manera inadvertida por las picas enemigas mientras trataban de instaurar el orden en sus tropas.

Fue entonces cuando el tribuno Publio Cornelio Escipión Emiliano giró sobre su caballo tratando de encontrar la mirada de su padre.

En la tarima consular

Lucio Emilio Paulo comprendió de una vez que aquella planicie solo conduciría a la aniquilación de sus legiones, pues era inevitable que aquellas falanges fallaran cuando sus integrantes rozando codo con codo no dejaban un espacio libre por el que pudiera colarse legionario alguno.

Las trompetas y las tubas romanas resonaron por aquella planicie, y prontamente el cónsul autorizaba el repliegue de todos los legionarios hasta las faldas del monte Olocro.

—Lucio Anicio Galo, quiero que partas con tus hombres y formes la nueva vanguardia romana que contendrá la avanzada enemiga en las faldas del Olocro —dijo el cónsul, cuya cara inspiraba un desmedido respeto—. También ordena a tus centuriones que todo aquel legionario que trate de huir de tu línea sea atravesado en el acto. El Olocro será la pared que nos cubrirá las espaldas y el inicio del desorden para aquellas malditas picas.

—Respetado cónsul, parto ahora mismo —respondió el tribuno militar.

El diligente Lucio Anicio Galo bajó de la tarima consular y prontamente empezó con la ejecución de las órdenes encomendadas.

Por su parte, Lucio Emilio Paulo no olvidaría la mirada de su hijo Publio Cornelio Escipión Emiliano y no se bajaría de la tarima hasta no apreciar el retiro a salvo de aquel. Era inevitable que el campamento romano fuera prontamente alcanzado por la vanguardia de picas macedónicas, las cuales como mortal plaga se estaba devorando hasta los cadáveres de los caídos.

Torre de observación macedónica

—Su majestad, aconsejo que detenga el avance de nuestras falanges —sugirió un tímido general macedonio al rey Perseo.

—Por Zeus, ¿qué te has creído? —dijo Perseo e hizo descansar la mano sobre su espada a modo de escarmiento—. Quiero que calles, general, ¿no ves que por fin aniquilaremos a los malditos romanos? —y su rostro expresaba todas las emociones conocidas por el hombre en ese solo momento—. Ordena a nuestros generales que el avance no se detendrá hasta que caiga el último legionario, así tengamos que escalar el Olocro con las mismas uñas.

El general macedonio, mayor en edad al rey Perseo, sabía que no podía influir en la decisión de su monarca, pero también intuía que la orden recién dada podía señalar el fin de la ventaja para las falanges del reino.

Después de que la orden macedonia fuera impartida y conocida por los líderes de las falanges, estas fortalezas humanas siguieron caminando y alcanzaron las mismas entrañas del *castrum* consular. Atrás había quedado levantada la estructura que había servido de tarima consular para la alta oficialidad militar de Roma. El furor de los griegos era desbordante, mientras que muchos de los suyos por fuerza de los ímpetus desbocados empezaron a desarticular el cuerpo compacto de las falanges para dedicarse al tentador pillaje que estaba surgiendo. Los macedonios y demás griegos aliados a ellos, aprovechando la confusión de los romanos, saqueaban todo aquello que habían abandonado los legionarios.

Las unidades de hoplitas macedonias eran los cuerpos de infantería pesada para ese momento junto con los cuerpos elites que podían servir a Perseo para aniquilar definitivamente a los romanos que ahora huían colina arriba. Ambos se regresaron hasta su propia retaguardia para dar por hecho el trabajo del día, dejando aquella segura aniquilación a los numerosos falangistas que solo portaban largas *sarissas* y un pequeño escudo de mimbre. Estos últimos pensaban en medio de su desmedida emoción que por regalo de sus dioses esa tarde ensartarían hasta el último de aquellos bastardos.

Retaguardia romana

El tribuno Lucio Anicio Galo se ubicó al frente de la recién reconstituida vanguardia, la cual se situó en el accidentado terreno que formaba la falda del Monte Olocro. Los legionarios recién posicionados abrieron calles por donde se infiltrarían los legionarios que retrocedían velozmente, escapándose así de la oscura sombra de la muerte que se les estaba cerniendo. Por esas mismas vías entraron en apresurada marcha los hombres pertenecientes a las legiones Consular II, Consular I, VI y los restos de la Griega II.

Vanguardia macedonia

Al ver que casi alcanzaban al último de los legionarios que huían despavoridos, los falangistas olvidaron su marcha lenta y segura y adoptaron ahora una rápida carrera con la firme intención de dar inmediata muerte a los cobardes. La formación compacta de todas las falanges se rompió facilitando la inesperada aparición de innumerables brechas en sus primeras líneas de choque. Estos, de manera desordenada, trataban por su propia cuenta de asesinar a cuanto romano pudiesen, llegando a olvidar los principios básicos de la estructura de la falange como formación militar. Por la mente de aquellos falangistas jamás pasaría la idea de que se estaban adentrando en un irregular terreno que rápidamente le restaría ventaja a su formación.

Vanguardia romana

Lucio Emilio Paulo levantando la propia espada entró en batalla seguido por sus doce lictores y la alta oficialidad que le acompañaba. Ordenó que los centuriones dirigieran sus respectivas tropas a las brechas y demás espacios que estaban apareciendo en las falanges que alcanzaban su vanguardia. Casi de inmediato grupos de temerarios legionarios, tratando de ganar fama y nombre ante los ojos de sus oficiales, entraron entre los caminos libres que dejaban las *sarissas* enemigas. Una vez en dichos espacios, fue solo cuestión de decisión empezar con la verdadera matanza de macedonios.

Cuando los inesperados legionarios ingresaron entre aquellas primeras *sarissas*, entendieron que tenían un canal abierto para empezar a pinchar con sus pequeñas *gladius* los cuerpos expuestos de sus adversarios. Poco a poco los macedonios fueron abandonando sus largas *sarissas*, depositando su fe en los pequeños *pugios* que llevaban al cinto, sin otra protección que su pequeño escudo de mimbre.

La confusión, la sangre, la desorganización y la implacable matanza a manos de los romanos empezaron a apoderarse de todos los falangistas. Estos últimos, ubicados en lo que antes era su triunfadora vanguardia, quedaron poco a poco abandonados a su incrédula suerte. Pero la batalla no acabaría ante aquel cambio de rumbo, pues desde la retaguardia macedonia seguirían saliendo órdenes que exigían a los falangistas que continuaran avanzando.

Desde la torre de observación de Perseo, solo se apreciaba el choque cuerpo a cuerpo, y sobre todo a cientos de macedonios que seguían dirigiéndose hacia aquel rojizo sector de la parte baja del Monte Olocro. Para ese momento los cuerpos de caballería al igual que los hoplitas descansaban ingenuamente en la retaguardia macedonia mientras que los falangistas empezaban a ser masacrados desde adentro por los arrojados legionarios, y en sus flancos por la caballería romana de todas las legiones allí ocupadas.

Torre de observación macedónica

El rey Perseo empezaba a lucir una mueca de angustia al no entender qué estaba ocurriendo. Había sido una cuestión de instantes que de que sus falanges arrinconaran a los romanos, se pasara ahora a una campal lucha cuerpo a cuerpo, la cual no indicaba claramente el rumbo que estaba tomando la batalla.

—Por los dioses del Olimpo, ¿qué sucede, general? —preguntó confundido Perseo.

—Majestad, nuestras falanges se encuentran atrapadas en todos sus frentes. Desde adentro se aniquilan a nuestras fuerzas.

Los ojos de Perseo no podían fijarse en otra cosa que no fueran los ojos de su general.

—¡Maldito! —dijo Perseo y acabó con la vida de su general, que quedó con una enorme herida en su estómago—. Vos quedarás ahora al mando, y fíjate bien el destino que tuvo este incompetente.

Los ojos de otro de sus generales miraron por breves momentos los retorcijones agónicos de quien había sido hasta hacía poco uno de los mejores generales de Perseo.

—¿Qué puedo hacer ahora? —preguntó Perseo notoriamente preocupado ante la desgracia que se avecinaba.

—Majestad —respondió uno de sus generales más jóvenes—, hay que evitar a toda costa el encierro de nuestro ejército. Su vida corre peligro quedándose aquí. A mi modo de ver solo existen dos salidas consideradas. O nos lanzamos al choque directo contra los romanos utilizando para ello a nuestra caballería y a los cuerpos de hoplitas, esperando que la suerte nos acompañe, o usted abandona este campo de batalla para reorganizar otras fuerzas en las cercanías de Pidna. Aquí pelearemos junto con nuestros hoplitas para repeler lo más que se pueda a la caballería romana y a su infantería pesada.

Perseo calló por unos instantes tratando de discernir.

—Hecho, general, procedamos con ello —dijo Perseo y empezó a descender de la torre de observación sin voltear nunca más su mirada hacia la batalla que estaba comiéndose a sus hombres.

Seguidamente los adiestrados hoplitas ajustaron sus protecciones y procedieron a caminar hacia el frente, donde los primeros jinetes de la caballería romana estaban por llegar.

Centro de la batalla

Las tropas que dirigía el propio Lucio Emilio Paulo se ocuparon de separar en dos grandes partes a la todavía voluminosa falange macedonia. Después las legiones de Publio Cornelio Escipión Emiliano y Quinto Fabio Máximo Emiliano atacaron una de esas partes, dejando la otra restante para los legionarios de Octavio Salvio, Kaeso Ralla y Lucio Anicio Galo. Muchas pelean grupales empezaron a surgir, disgregándose la efectiva maquinaria de guerra macedonia, e imponiéndose ahora las individualidades romanas que se encontraban mejor equipadas para la lucha cuerpo a cuerpo.

La lucha entre grupos de hombres era bestial, los miembros cercenados, la inacabable sangre y los gritos de agonía envolvían junto con los fulgurantes rayos del sol la cacofonía infernal que se estaba sucediendo. Mandobles, pinchazos y rápidas estocadas de los falangistas macedonios eran las causantes de estas atroces muertes que no dejaban de producirse. Los romanos a cada instante se daban cuenta de que la diosa Fortuna estaba colocándose de su lado, sensación que poco a poco iría asegurando una mayor destreza en la lucha que mantenían; en cuanto a los falangistas adversarios, estos no aflojaban desde su retaguardia el empuje que siempre habían mantenido, y en las faldas del Monte Olocro se formaba una descomunal pira humana que solo esperaba arder desde los infiernos.

Transcurridas las largas horas de aquella infinita tarde, desde las faldas del inmortalizado Monte Olocro, la sangre de más de veintidós mil muertos macedonios solo podía indicar que la victoria se había inclinado definitivamente para los ejércitos de Lucio Emilio Paulo. La República cargaba con cientos de heridos, pero con menos de doscientos legionarios muertos, la mayoría de los cuales pertenecían a la Legión Griega II que comandaba Octavio Salvio. Perseo definitivamente había abandonado el campo de batalla, y de acuerdo con informantes de las legiones Griega I y V, su rumbo era la ciudad de Pella. En ese nefasto día para los macedonios, solo su caballería pudo salvarse de la estrepitosa derrota sufrida.

Las falanges fueron exterminadas, y muchos hoplitas cayeron prisioneros al verse obligados a rendirse ante la superioridad de la caballería romana. Lucio Emilio Paulo había procurado una estruendosa derrota militar a Macedonia, logrando con ello una irrefutable victoria a favor de Roma, cuyos efectos tardarían varias semanas en ser apreciados por los líderes políticos de la República. El Ejército romano en su mayoría se encontraba íntegro, dispuesto a seguir con la capitulación final del reino de Macedonia, ahora tenía como objetivo inmediato la captura de Perseo, el exterminio de Macedonia y la eliminación de todo poder griego que a futuro se opusiera a la República.

Semanas después las noticias de la aplastante victoria de Lucio Emilio Paulo en Tesalónica llegaron hasta los muros de Roma. En ellos toda una serie de rumores, habladurías y fuertes emociones transmitían detalles de la gran victoria romana obtenida en detrimento del poderoso ejército macedonio. El pueblo de Roma rápidamente empezó a despertar del largo letargo que lo estaba consumiendo desde hacía varios años. Para los más jóvenes la noticia de la victoria surcaría en adelante sus inocentes corazones, pues estos últimos no conocían lo que era un triunfo campal y aplastante como la que se había alcanzado hasta ese momento.

A pesar de que la batalla se libró en las faldas del Monte Olocro en Tesalónica, los primeros mensajeros oficiales llegados a Roma indicaron que Perseo en su momento había escogido a Pidna como el lugar donde aniquilaría a los ejércitos de Lucio Emilio Paulo. Ese nombre era en definitiva fue el que se escogió para designar la memorable batalla que dejaba sin fuerza militar al rey Perseo, dejando así las puertas abiertas para su segura capitulación.

A la puerta de la *domus* de Emilia Tercia, un correo oficial detuvo su ajetreado viaje para entregar a la respetable matrona la comunicación del cónsul de Roma.

—Mi *domina*, ha llegado un correo consular —dijo el atriense de la familia que sumisamente se acercaba hasta el lugar de Emilia Tercia.

Los ojos de la patricia se abrieron más que de costumbre.

—¡Lucio! —exclamó.

Prontamente Emilia Tercia corrió hasta el *ostium* de la *domus* con la única intención de conocer la suerte de su hermano; ella había sido partícipe de los tantos comentarios que decían que su hermano había propinado una aplastante derrota a Perseo, pero también entendía que un correo oficial consular nunca podía compararse a los simples comentarios de calle que siempre circulaban por la ciudad desde la creación de Roma.

—Mis respetos, matrona de la familia Escipión y venerada hermana de nuestro cónsul Lucio Emilio Paulo —dijo el oficial romano y agachó su cabeza de pie frente a Emilia Tercia.

—Saludos, oficial, que nuestros dioses y sobre todo Marte hayan cuidado a mi hermano y a todo el Ejército de la República —respondió Emilia Tercia, y con sus palabras despertaba del largo sueño que la había retenido desde la inexplicable muerte de su hijo Publio—. Quiero que hables de una vez —agregó mientras paseaba rápidamente sus ojos por los bustos de sus seres queridos que reposaban en el *tablinium*, en especial observaba el de Africanus, sobre el que se detuvo finalmente.

—Mi señora, entrego en sus manos este correo —contestó el oficial romano mientras extendía la mano y dejaba en una de las manos de Emilia Tercia un pliego que exhibía el sello consular estampado con el propio anillo de Lucio Emilio Paulo.

Emilia Tercia lo tomaría y casi instintivamente dio media vuelta para dedicarse a leerlo. En ese momento el atriense en compañía de varias esclavas acercó una bandeja con vino, *mulsum* y mucha fruta para el deleite del oficial romano. Este último hizo una señal al atriense indicándole que esperaría la orden de la matrona para disponer de algo ofrecido.

"Querida hermana, al momento de escribir este rollo quiero que sepas que he obtenido una contundente victoria militar en tierras de Tesalónica. Esta ha permitido que el poderoso ejército macedonio dirigido por el rey Perseo fuera destruido. Macedonia bajo mi mandato consular ha sucumbido a la voluntad de Roma, y el destino que ha de esperarle se divisa muy negro. Mi brazo en estas tierras hará ejecutar la sabia voluntad del Senado, donde seguro aplicaré la fuerza de mi espada para cortar de raíz la memoria de Alejandro Magno. Emilia, tu imagen y tu recuerdo siempre estuvieron presentes, jamás me llegué a sentir solo ni tampoco dudé del resultado que todo esto tendría. Quinto Fabio Máximo Emiliano y Publio Cornelio Escipión Emiliano me han enorgullecido, pues a partir de Pidna han dejado de ser los vástagos de Lucio Emilio Paulo para convertirse en verdaderos generales de la República. La obediencia por ellos demostrada me ha hecho recordar la obediencia que siempre exhibió nuestro Publio. También agradezco la valiente participación de Publio Cornelio Escipión Nasica Corculum y de tu sobrino político Lucio Cornelio Escipión, ellos solo hicieron sentirme en familia. Al veterano general Kaeso Ralla agradezco su arrojo y los valores aprendidos durante los años que compartió servicio militar junto con tu marido. Querida Emilia, anhelo estar pronto al lado vuestro, pero sé que mi estancia por estas tierras ha de extenderse por varios meses más. La Tercera Guerra Macedónica no termina si no se captura a Perseo y a sus hijos. Roma no puede dejar esta vez cabos sueltos en Macedonia, pues este reino, cual hiedra, siempre se regenerará si no se lo corta de raíz. Júpiter Optimus Máximo dará fe de estas palabras, y Mercurio me conducirá muy pronto hasta vuestra morada. Lucio Emilio Paulo, cónsul de la República de Roma".

Emilia Tercia terminó de leer aquel rollo mientras dejaba perder su vista hacia el infinito, como si sus ojos estuvieran traspasando las paredes de la legendaria *domus*.

—Gracias, Juno; gracias, Marte; gracias, poderoso Júpiter —dijo Emilia Tercia y giró hasta el lugar donde seguía aguardando el emisario consular—. Respetado oficial, que la amabilidad de esta humilde *domus* refresque sus entrañas con la misma agua y el mismo vino que se consume desde los tiempos de Africanus, mi difunto esposo y quien fuera el mejor cuñado del respetado cónsul Lucio Emilio Paulo.

El militar tan solo se quedó expectante ante las inesperadas palabras pronunciadas por la matrona de la familia.

Emilia Tercia abandonó el *tablinium* dejando atrás a todo tipo de personas. Silenciosamente se dirigió hasta el acostumbrado *lararium*, donde comenzó a dedicar las oraciones de gracias a sus venerados dioses latinos.

A partir de aquella esperada visita, Emilia Tercia entendió que su hermano por fin había alcanzado cerrar la rueda de la grandeza familiar, esa que durante tanto tiempo su padre había querido domar en vida, pero que su inesperada muerte en las tierras de Apulia le había brindado a cambio una inmortalidad que había servido de ejemplo para muchos otros hombres, incluyendo a su recordado Africanus, quien nunca pudo olvidar la catastrófica derrota de Cannas, imágenes que lo habían perseguido hasta el final de sus días. Emilia Tercia al fin reía silenciosamente sabiendo que un Emilio-Paulo había alcanzado una gran victoria militar muy semejante a las alcanzadas por los Escipiones. Ahora ambas familias pasarían a la historia de Occidente como las generadoras de grandes cambios sociales que llegaron a catapultar a la República de Roma hacia estadios de grandeza. La vejez estaba otorgándole a Emilia Tercia la oportunidad de contemplar el largo y tortuoso recorrido que habían alcanzado ambas familias. Aún antes de la Segunda Guerra Púnica, tanto Escipiones como Emilio-Paulos se encontraban forjando un camino de gloria e historia para que las futuras generaciones de romanos pudiesen entender que el sostenimiento de una República solo se podía apoyar en la acertada crianza de hijos valientes e inteligentes, vástagos que fueran capaces de llevar adelante los valores de los principios occidentales anhelados por todos para el eterno beneficio de Roma.

Oficialmente la Tercera Guerra Macedónica terminó en el año 167 a.C., cuando finalmente las tropas del cónsul Lucio Emilio Paulo capturaron al rey Perseo y a su familia, no sin antes pasearse por varias partes de la geografía griega tratando de huir de la autoridad romana, la cual se extendía como fuego por todas esas tierras que antes fueran áreas de influencia natural del reino de Macedonia. Perseo llegó a pedir clemencia ante el cónsul de Roma, y obtuvo de Lucio Emilio Paulo la garantía de que no se lo mataría en Grecia o Macedonia, pero que tendría que enfrentar su deportación y el confinamiento de por vida en Roma. A él lo acompañaría su familia de sangre, para evitar así dejar semillas de la dinastía antigónida en suelo de Macedonia. En adelante, este reino dejaría de existir como tal para pasar a ser en adelante una nueva provincia romana que administrativamente el Senado dividiría en cuatro repúblicas nominales cuyos destinos políticos serían manejados por personeros títeres de Roma.

A la derrotada potencia rápidamente se le eliminaron sus fuerzas militares, por lo que quedó sin el manejo de su flota naval, ni de los navíos de carga pertenecientes al reino. Su fuerza de infantería pesada integrada por hombres curtidos y adiestrados sería eliminada, pues la mayoría de sus integrantes fueron asesinados y otros reducidos a la esclavitud, en vistas de que constituían la verdadera fuerza militar temida por Roma. El resto de hombres que formaban parte de los distintos cuerpos de infantería liviana de los ejércitos de Macedonia fueron desmovilizados, absorbidos por algunas legiones de la República, rebajados a la condición de esclavos o mantenidos por muchos años como prisioneros de guerra, siendo destinados estos a otros confines del territorio de la República mientras se definía su última suerte.

El retorno del cónsul Lucio Emilio Paulo pasó a la historia militar de la República, cuando encontrándose en labores de regresar a la esperada Roma, recibió la orden del Senado para proceder a la destrucción de Epiro. Este estado helénico, situado entre las tierras de Iliria al norte, y con el antiguo mar Jónico por el Oeste, había perturbado en diversas ocasiones a los romanos, quienes veían en tan pequeño estado un nido de líderes militares y de tropas temerarias que cada cierto tiempo trataban de atentar contra la hegemonía de Roma. Específicamente en el año 338 a.C. un rey conocido como Alejandro de Epiro, quien en vida fuera tío del futuro conquistador macedonio Alejandro Magno, se decidió partir hasta la península itálica con el objeto de extender sus pequeños dominios.

Por esos años Alejandro de Epiro llegó a sacar la firma de un tratado de paz y recíproca amistad a los romanos, tras haber intervenido militarmente ayudando a los tarentinos contra las pretensiones de varios pueblos de Brucia y Lucania.

Posteriormente Epiro siguió inmiscuyéndose en los destinos y en la vida de aquellas colonias griegas que formaban parte de la Magna Grecia. Alejandro de Epiro murió asesinado durante una de sus campañas militares, pero su muerte solo despejó la vía para la llegada de otros líderes epirotas. Todo esto desembocó en las llamadas Guerras Pírricas, conflictos bélicos que enfrentaron a Epiro contra las repúblicas de Roma y de Cartago. Para el año 232 a.C., Epiro se sometió a la autoridad de Macedonia, quedando en adelante convertido en un estado títere que respondía sólo a los intereses de aquel reino, sin embargo Epiro seguía aportando armas y buenos hombres a todas las campañas militares en las que incursionaba Macedonia, generalmente orientadas a enseñorearse sobre el resto de los estados griegos y en su larga rivalidad que venía manteniendo contra Roma.

Para el año en que Lucio Emilio Paulo venció en la Batalla de Pidna, el Senado decidió adelantar una tardía venganza contra Epiro, esto como represalia por las humillaciones que varios años atrás dirigiera el rey Pirro de Epiro durante las catastróficas Guerras Pírricas, conflictos en los que incontables romanos perdieron la vida, y la misma República vio amenazada su estabilidad dentro de los límites de la península itálica. Lucio Emilio Paulo tuvo que aceptar la orden que llegaba de Roma, la cual indicaba que las setenta principales ciudades y poblados de Epiro debían ser destruidos, y que su población debía convertirse en esclavos de la República, cuya mano de obra atendía los campos y los futuros proyectos de construcción que estaba necesitando Roma.

Lucio Emilio Paulo entendió que Epiro nunca iba a ayudar directamente a los intereses de Perseo contra su República, pero la herida que reclamaba el Senado de Roma era sencillamente de vieja data. La persecución y la mortandad se apoderarían de las calles de todas estas ciudades, donde cada uno de los habitantes epirotas sentiría la genuina venganza del pueblo romano, a quienes no solo les bastaría la sangre que estaban derramando para borrar la memoria de Pirro, sino que llegarían a aspirar con eliminar de la historia de Occidente lo que había significado Epiro hasta esa fecha. Los que no murieran a manos de los legionarios de Lucio Emilio Paulo, seguirían su caravana hasta alcanzar los límites de Roma, donde serían vendidos como esclavos, parte del botín de guerra.

Como era de esperarse, en el año 167 a.C., el cónsul Lucio Emilio Paulo arribó a la ciudad de Roma llevando consigo un considerable botín de guerra, cuyas riquezas llenarían nuevamente las precarias arcas del tesoro público. Para el día de su entrada en Roma, muchos senadores se estrecharían las manos, felicitándose entre ellos, por haber escogido adecuadamente al hombre que había podido llevar adelante semejante victoria, la cual se traducía en muchas más, pues no solo Lucio Emilio Paulo retornaba a Roma habiendo derrotado militarmente y de manera definitiva al reino de Macedonia, sino que también traía consigo al último rey que tendría Macedonia y por supuesto la dinastía antigónida. El día del triunfo de Lucio Emilio Paulo, delante de su carruaje desfilaría para emoción del pueblo romano el rey extranjero Perseo, quien llevando las pesadas cadenas de la derrota, era acompañado por sus dos hijos mayores, esto como claro ejemplo de que no habría en adelante más miembros de esta legendaria dinastía regenteando los destino de Macedonia; este reino simplemente había desaparecido de la historia para siempre.

El premiado cónsul también regalaba a Roma la destrucción de Epiro y la extensión de todas las fronteras romanas hacia el Este. El mar Mediterráneo quedaba ahora junto con los pequeños mares en poder de la República. En adelante no habría más estados griegos poderosos ni pequeños reinos que osaran retar las ambiciones de los romanos. Cartago había dejado de existir militarmente, ahora Macedonia pasaba a convertirse en una provincia romana. Roma había triunfado en el Mediterráneo después de tantos años de luchas y privaciones.

—Querida hermana, aquí me encuentro compartiendo junto a ti las alegrías y los pesares —dijo Lucio Emilio Paulo a Emilia Tercia mientras observaban desde la terraza de la *domus* familiar el paisaje urbano que se levantaba de la ciudad de Roma—. Por Júpiter, que la vida que hemos tenido ha sido digna para ser escrita, cuánto daría en este momento por que Tito Maccio Plauto estuviera vivo y escribiera una comedia de nuestras vidas, de seguro reiríamos mientras las lágrimas se nos escaparan.

—Hermano querido, a esta altura de nuestras vidas es difícil que podamos comparar qué emociones han dominado sobre nuestro ser.

Emilia Tercia miró a los ojos de su hermano mientras comunicaba con palabras serenas aquellos sentimientos que se desataban dentro de su batallador corazón.

—¿A qué te refieres, hermana? —preguntó un distraído Lucio devolviéndole la mirada a Emilia.

—Me refiero a que hemos sido víctimas de todas y de cada una de las emociones que pueden afectar la vida de los hombres. Lucio, desde que nacimos hemos tenido la bendición de estar juntos, disfrutamos de una envidiada infancia, pero después todo aquello fue cambiando, tal vez muy rápido para nuestro entender —y Emilia Tercia tomó afectuosamente la mano de Lucio, que reposaba en el quicio de la pared—. Hermano, me encuentro cansada, pero sé que debo seguir adelante, también me encuentro sola, no desasistida, pero sí sola, teniendo que afrontar como mujer lo que correspondería a un hombre.

—Pero, hermana, la *domus* reboza de gente durante casi todos los días.

—Así es. Si te refieres a los niños que corren imparablemente por los pasillos, ellos son solo seres inocentes que se encuentran consumiendo su niñez en los mismos espacios en que lo hicieron sus ancestros. Lucio, hermano mío, Cornelia Menor se ha propuesto llenar mi *domus* con todos los hijos que casi infinitamente Tiberio Sempronio Longo podrá darle. Pero esa realidad no es la mía, ahora solo quiero descansar, tal vez observar recostada en mi *triclinium* cómo estas criaturitas corren desbocadas entre mis pies.

Lucio Emilio Paulo enseñó a su hermana unos ojos repletos de lágrimas, los cuales seguramente estaban ocultando las amarguras que ahora le tocaba cargar.

—Mucho envidio a estos vástagos, tus nietos, y al escuchar de ellos es casi imposible no pensar en Lucio Publio y Lucio Lucio. Me pregunto por qué mis dioses me ofrecieron un triunfo a cambio de sus vidas, eso no lo entiendo.

—No te sientas mal, hermano, recuerda que siempre hemos pensado que en los asuntos de los dioses los hombres no deben de influir. Has demostrado que eres lo suficientemente íntegro para haber soportado sobre tus hombros las responsabilidades de la República. La muerte de mis sobrinos solo debemos entenderla como una prueba más venida de nuestros seres divinos, quienes con sus caprichos y con sus intervenciones solo quieren probarnos, haciéndonos la existencia más tortuosa.

—Definitivamente he demostrado ante todos que pude seguir la senda de nuestro padre, incluso superarlo, pero no nací con tus cualidades. Emilia, de los dos has sido tú quien ha podido mantener no una, sino dos familias a la vez. Has hecho que el legado de los Escipiones no se pierda en el tiempo. Yo, en cambio, he perdido dos hijos y no tengo un lugar digno donde vivir.

—Pero, Lucio, recuerda que esta *domus* es también tuya, eres mi hermano.

-—Querida Emilia, muchas gracias, pero no debo confundir las cosas, esta ha sido por generaciones la *domus* de la familia Escipión, no la de un Emilio-Paulo, la nuestra la he perdido por mal administrador, tú en cambio eres la matrona de ellos. Si supieras, hermana mía —continuó Lucio Emilio—. A medida que sigo envejeciendo, pienso que cada vez me parezco más a mi difunto concuñado Asiaticus, pues los logros militares y la herencia familiar no siempre han sido la llave para que este patricio alcance la verdadera felicidad.

Emilia Tercia escuchaba atenta cada palabra que estaba diciendo su hermano, tratando en el momento de recordar la vida de su cuñado así como los distintos episodios que lo habían acompañado. Al oír las palabras de Lucio Emilio fue inevitable no ver reflejado en él a Lucio Cornelio.

—¿Qué planes tienes en mente, Lucio? —preguntó la patricia cambiando un poco la raíz de la conversación.

—Quiero seguir en la política, pues es más satisfactorio para mí pasar las horas de mis días en la Curia Hostilia que estar vagando en solitario por los pasillos de aquella construcción que mal puedo llamar *domus*. Mientras esté en la calle seré reconocido como el cónsul que aniquiló a Macedonia y también a Epiro, de lo contrario, los fantasmas de esa *domus* solo atormentarán mi mente y lo que me queda de existencia.

Emilia Tercia esta vez mostró una leve sonrisa producto de las melancólicas palabras de su hermano.

—Lucio, de verdad que quien te escuche en estos momentos perdería al instante toda la confianza que podría tenerte. No seas tan pesimista, ambos hemos envejecido, pero no por ello estamos acabados. Tú sigues siendo un respetado y querido militar, mientras que a mí la sociedad romana me sigue considerando. Ambos somos historia viva para las nuevas generaciones de romanos.

Lucio Emilio devolvió la mirada a su hermana aceptando de esta manera los puntos de vista de ella. Era indiscutible que gracias a esa personalidad Emilia Tercia había podido influir en la vida de todos los hombres de la familia.

En el año 166 a.C. el aún con vida Imperio seléucida libraba varias campañas militares en contra del pueblo judío, pero este conflicto por ahora no llegaba a afectar ni tampoco a interesar a la República, que todavía tenía mucho por celebrar tras la desaparición intempestiva del reino de Macedonia y del estado griego de Epiro.

En el año 163 a.C., Emilia Tercia como de costumbre se dejó tumbar sobre los *triclinium* de la *domus*, en ellos dejó transcurrir las interminables horas de la tarde mientras su cuerpo recibía algunos débiles rayos de sol.

—¡Detente! ¡Bájate de ahí! Te puedes hacer daño —fueron las palabras que Emilia Tercia dirigió al pequeño infante que se encaramaba sobre los conservados *triclinium* de su estancia.

El pequeño niño, que todavía no llegaba a hablar perfectamente, se caracterizaba por ser una criaturita muy inquieta. Sus visitas a la casa de la abuela solo traían la preocupación de ésta ante su intranquilidad. Era el hijo mayor de Tiberio Sempronio Graco y Cornelia Menor, y tenía por nombre Tiberio Sempronio Graco en honor a su padre. Ese gesto era tal vez una de las circunstancias que hacían que Emilia Tercia lo quisiera con tantas reservas, pues era evidente para todos que la inquietante conducta de aquel niño para nada hacía sentir cómoda a su abuela. Esta en un momento llegó a pensar que Cornelia Menor nombraría a su primer hijo Publio, en honor tanto a su padre como a su difunto hermano, pero las circunstancias fueron otras.

Cornelia Menor cargaba en brazos a otro bebé mientras se sabía que estaba nuevamente embarazada. Emilia Tercia anhelaba descansar sin la algarabía y los molestos ruidos que acompañaban las visitas de la familia de su hija. Los años de repente habían caído para Emilia Tercia, quien disfrutaba ahora del silencio que invisiblemente recorría los pasillos de la *domus*, siempre en los días en que no era visitada por la familia de Cornelia Menor. La lluvia que en ocasiones caía copiosamente le inundaba sus sentidos, haciendo que su ser se llenara de placer al poder oler infinitamente cada gota que llegaba al suelo de su jardín. Los esclavos y los demás sirvientes sabían que la tranquilidad de la matrona era lo principal por mantener, atrás quedaban aquellos días de exquisitas comidas y esas recepciones en las que la sociedad romana hacía voto de presencia para reforzar así las distintas alianzas políticas, las mismas que en definitiva eran las que movían las cuerdas del poder en el Senado.

Emilia Tercia dormía sola desde la muerte de Africanus, no había dejado espacio para ningún otro hombre desde el casamiento de Cornelia Menor. Ella sabía que como matrona de tan notable familia había permanecido fiel a los ideales justos y morales de la época que le había tocado vivir.

Una fría tarde, llovía fuertemente sobre los techos de la ciudad de Roma. Emilia Tercia, cubierta por una delicada manta, se quedó dormida reclinada como de costumbre sobre uno de sus *triclinium* y no despertó nunca más. Los dioses de Roma la habían arrebatado hacia el reino de los muertos. Juno había reclamado la presencia de la patricia, y esta había aceptado voluntariamente encaminarse hacia el mundo de lo intangible, dejando en Roma todos los embates y las tragedias heredables para sus dos Cornelias. La historia de la familia Escipión seguiría escribiéndose por muchos años más.

En el año 160 a.C., Lucio Emilio Paulo Macedónico siguió los pasos de su querida hermana, dejando atrás toda una vida llena de emociones, sufrimientos, éxitos y fracasos. Murió pobre, pero manteniendo una prestigiosa reputación como senador de Roma.

Epílogo

Después de la muerte de Emilia Tercia

La domus *de la familia Escipión*

Hacia el año 184 a.c., tiempo en que el senador Marco Porcio Catón se desempeñaba como censor en la ciudad de Roma, se construyó una inesperada edificación que se llamó Basílica Porcia. Con este logro arquitectónico, Marco Porcio Catón se destacó por encima de otros senadores con los cuales rivalizaba, no solo en los ámbitos jurídicos y políticos.

En aquellos tiempos las materializadas intenciones del senador Marco Porcio Catón dieron sus primeros frutos, cuando después de largos y agotadores análisis, llegó a la propia conclusión de que las nuevas generaciones de romanos siempre sabrían de la obra de Africanus y por ende de toda la familia Escipión. Marco Porcio Catón no quería llegar al final de sus días dejando una gran cantidad de rollos que resumían y otras veces detallaban con soberbio rigor la historia de Roma narrada desde su convincente punto de vista. Este infatigable senador entonces, para sorpresa de muchos, mandó edificar la ya mencionada Basílica Porcia, obra tangible que llegaría a albergar a una nueva generación de romanos que en pocos años relevarían de sus cargos a todos aquellos senadores que tuvieron la oportunidad de vivir el extremo dolor y la anhelada gloria que había conllevado la Segunda Guerra Púnica y sus años posteriores.

Emilia Tercia falleció alrededor del año 163 a.C. y dejó una conservada propiedad que había llegado a sus manos plenamente después de la muerte de su marido. El posterior fallecimiento de su único varón la había dejado como la última matrona que llegaría a dirigir la vida diaria dentro de aquellos muros. A su muerte, su hija Cornelia Menor tomó las riendas de la *domus* familiar, encargándose de su mantenimiento y del sostenimiento de la servidumbre que en ella laboraba disciplinadamente de sol a sol, de la misma manera que se había hecho en tiempos de las anteriores generaciones de Escipiones.

Tener una propiedad en los mejores sitios de la ciudad de Roma era algo privilegiado y costoso, como también lo era el tener que disponer de suficientes recursos económicos para proseguir con su sostenimiento. Existían los impuestos que debían pagarse a la República, pero también una pesada carga de gastos que se asociaban al nivel de vida que le correspondía a cada familia, en lo que se consideraba la historia de logros políticos y militares, los cuales se remontaban desde los tiempos de la fundación de la misma Roma.

A la muerte de Emilia Tercia, su yerno, el senador Tiberio Sempronio Graco, prácticamente había decidido qué destino ofrecerle a la respetada *domus* de la familia Escipión. Estando aún relativamente fresca en su mente la construcción de la Basílica Porcia, Tiberio Sempronio Graco se apresuró a comprar en el más completo sigilo aquellas propiedades que colindaban con la *domus* de los Escipiones. En aquellos momentos nadie sospechaba qué destino tendrían tales propiedades que tan solo dejaban escurrir el paso de la historia por medio de sus pisos y paredes.

Con la anuencia de Cornelia Menor, y como la hermana mayor no estaba interesada en vivir en tales muros, Tiberio Sempronio Graco marcó el final de aquella *domus*, que desaparecería de la historia romana después de la muerte de Emilia Tercia.

Sobre esos terrenos se erigió una nueva construcción que Tiberio Sempronio Graco llegó a ver culminada, y cuya justificación fue precisamente el querer dejar su huella en esta vida ofreciéndoles a los romanos un mejor lugar donde se proveyeran de justicia, y donde también los más simples ciudadanos pudieran reunirse para conjeturar sus ideas y hasta adelantar cualquier tipo de transacción financiera, o sus sencillos asuntos cotidianos bajo un manto de civismo y pulcritud.

A la muerte de Tiberio Sempronio Graco, acaecida en el año 150 a.C., Roma conoció la Basílica Sempronia, edificio público que se había levantado sobre varios terrenos que se ubicaban en las cercanías del Forum Romano, además de aquel que por muchos años había ocupado la *domus* de la familia Escipión.

En el año 54 a.C., Julio Cesar decidió erigir un nuevo edificio en el área que estaba ocupando la Basílica Sempronia, pues estaba claro que Roma había cambiado definitivamente, dejando atrás aquellos memorables tiempos de la República y empezando a dar sus primeros pasos sobre lo que se conocería como el Imperio romano.

Julio Cesar había entendido muy tempranamente la impresión que causaba en su pueblo el levantamiento de novedosos edificios, sobre todo aquellos que tuvieran un destino público y que llegaran a albergar diariamente a todos los romanos posibles. Roma se despertaba a su dominio, abriendo los ojos a una nueva era plagada de conquistas y de constantes expansiones calculadas, a estos nuevos acontecimientos serían llamados las novedosas edificaciones que contribuirían al renovado cimiento de grandeza que estaba teniendo lugar.

Fue así como la basílica que otrora constituyó el orgullo de los herederos de Tiberio Sempronio Graco fue removida de la historia y cedió su lugar a lo que se conocería como la Basílica Julia, obra creativa del gran Julio César, quien no llegaría a gozar de sus espacios debido a su infausta muerte. Fue el magnánimo Octaviano Augusto quien impulsó la finalización de la obra de César, que se culminó antes del año 13 d.C., pero que debió ser reconstruida en el año 14 d.C. debido a un inoportuno incendio que afectó una parte importante de su estructura. La historia de aquella edificación, que como árbol longevo se alimenta de la tierra que alberga sus raíces, se encontraba muy arraigada en el espíritu de gran parte de los romanos, quienes entendían que sobre ese mismo suelo, en tiempos pasados, se había levantado una *domus* que por muchos siglos había parido hombres guerreros e inteligentes que ayudaron a darle vida a Roma, sobre todo en aquellos tiempos tan oscuros y tan sombríos que casi extinguieron la obra de Rómulo y Remo.

Con Octaviano Augusto pareció que la Basílica Julia llegaría a descansar eternamente junto con el resto de míticos edificios que rodeaban el Forum Romano, sin embargo, el tiempo iría poco a poco marcando huellas que amenazarían con la su ruina en caso de no ser atendidas.

En el año 283 d.C., y estando gobernando el imperio Marco Aurelio Carino, un potente incendio que se desató en sus inmediaciones consumió la Basílica Julia, convirtiéndola prácticamente en una ruina histórica. Pero ese año no marcó definitivamente el final de la basílica, pues Marco Aurelio Carino prontamente ordenó el inicio de las obras necesarias para recuperar el dañado edificio y evitar que cayera en el olvido de todos los romanos. El reinado de Carino fue muy breve, pues las dramáticas luchas por el poder en Roma hacían que los emperadores tuvieran una vida muy corta. Estas pugnas no solo afectaban la persona del emperador sino también el destino del imperio.

Marco Aurelio Carino fue asesinado en el año 285 en tierras de Moesia, cuando enfrentaba a las tropas del general romano Diocleciano. Su propia guardia pretoriana lo mató, dejando así el camino despejado a Diocleciano para que se convirtiera en el siguiente emperador.

Cayo Aurelio Valerio Diocleciano Augusto tomó las riendas del imperio, y ordenó que se prosiguiera con las labores de reconstrucción de la Basílica Julia. Esta quedó terminada y mostró a una nueva generación de romanos la grandeza y la historia que habían existido sobre dichos cimientos. Nuevamente Roma se enfilaba hacia un período de progreso y de reconstrucción bajo la mano dura de Diocleciano.

Los años pasaron para el imperio, y este llegó a abrazar la religión cristiana, repudiando la veneración de deidades y otros ritos ahora paganos que durante siglos se habían practicado en todo el territorio del imperio. Roma había crecido tanto, que por diversos factores terminó convirtiéndose en dos nuevos imperios. Uno en Occidente y otro en Oriente. Roma manejó el Imperio romano de Occidente, mientras que Constantinopla fue la capital del Imperio romano de Oriente.

Para el mes de agosto del año 410 d.C., el líder visigodo Alarico sitió, saqueó e incendió la ciudad de Roma. El Imperio romano de Occidente entró en un laberinto de ingobernabilidad que solo lo condujo a su exterminio, ya que fue masacrado brutalmente por numerosas tribus bárbaras que solo querían obtener el merecido reconocimiento por parte de Roma. Roma los había utilizado y no había cumplido las promesas. Entonces la eterna ciudad ardió poco a poco entre las llamas y la desolación. La Basílica Julia, posteriormente dedicada a la adoración de Dios, se vio afectada nuevamente, pero ya no hubo quién la reparara como antes. Tras cada año transcurrido solo la ruina esperaba en todas sus partes.

En el año 536 de nuestra era, el general romano Flavio Belisario se arrodilló y tomó en su puño un poco de tierra, la misma que en una oportunidad había sostenido los cimientos de la *domus* de Africanus. El Imperio romano de Oriente recuperó por el momento la ciudad de Roma. Eran los tiempos de la Guerra Gótica.

Glosario

Abundantia: Se refiere a la personificación divina de la abundancia, en Roma no se le tenía como una diosa pero sí como la fuente de donde provenían las riquezas inherentes a la vida del hombre. Generalmente los romanos la representaban en la figura de una mujer generosa.

Acarnanios: Provenientes de Acarnania, región centro-occidental de Grecia que limita al norte con la entrada del Golfo de Corintio; al oeste con el río Aqueloo y deslinda con las tierras de Etolia, sus costas pertenecen al mar Jónico. Por largo tiempo los acarnanios vivieron de la piratería.

ad litem: término latino que se refiere al representante que por ley designa la corte o un funcionario de justicia para representar a una parte en juicio.

aerarium: Para los romanos se refería al tesoro público que se originaba de la recaudación de impuestos, el cual se guardaba en las bóvedas del Templo de Saturno ubicado en el Monte Capitolino.

Ager Gallicus Picenus: Territorio donde se asentaría el pueblo de los picenos dentro de la península itálica. Se encontraba delimitado por los ríos Pisaurus y Aternum. Al oeste por la cordillera de los Apeninos y al este por el mar Adriático.

Agrianos: Pueblo que se ubicaba al norte del reino de Macedonia. Durante los tiempos de Alejandro Magno llegarían a formar parte de su infantería ligera de élite. Se destacaron por el uso de las jabalinas durante las grandes batallas en que sirvieron.

Ampurias: Ciudad griega llamada por los romanos Emporiae, ubicada al noreste de la Península Ibérica. Durante la Segunda Guerra Púnica se declaró como ciudad aliada a Roma.

Apulia: Región sur de la península itálica rodeada por los montes Apeninos y el mar Adriático.

Argos: Ciudad costera griega ubicada en el Peloponeso.

Ariminum: Ciudad romana fundada en el año 268 a.C. donde antes se encontraba la colonia de Ariminus. Considerada la primera colonia de derecho latino al norte de los Apeninos.

Arno: Río meridional de la península itálica que fue cruzado por Aníbal Barca para sorprender a los romanos, y donde contrajo la infección que le afectó uno de sus ojos.

Arrentium: Ciudad romana situada en una de las orillas del río Arno durante la Segunda Guerra Púnica.

atrium: Espacio abierto característico en las *domus* romanas que se ubicaba después del *vestibulum*.

Aufidus: Río en cuyas cercanías se llegó a desarrollar la Batalla de Cannae en la península itálica.

balista: Antigua máquina de guerra que durante la Antigüedad funcionó como arma de asedio o arma ofensiva según los casos. Podía disparar dardos y jabalinas. Su mecanismo era muy similar al de una ballesta.

Baco: Dios romano derivado de su equivalente griego Dioniso. Se le atribuyen poderes sobre el éxtasis, la locura, la libertad, la embriaguez y parte de la desvergüenza del hombre antiguo.

Baecula: Batalla que enfrentó a cartagineses y romanos en tierras de Hispania en el curso del año 208 a.C.

boios: Antigua tribu que llegó a habitar inicialmente la zona central de Europa, sus orígenes se remontan a la Edad del Hierro. Posteriormente Roma la incluiría dentro del grupo de tribus que formaban la gran familia celta.

Brindisi: Antigua ciudad fundada por los ilíricos al sur de la península itálica en la región de Apulia.

caligae: Se refiere a las sandalias romanas y mayormente a las que usaban los legionarios, las cuales eran claveteadas.

Cannae: Batalla que librarían cartagineses y romanos en la región de Apulia en el sudeste de la península itálica en el año 216 a.C.

Carpetania: Antigua región del centro de Hispania, cuyos habitantes tenían un origen celta.

castra: Se refiere a la fortaleza o al campamento militar romano.

casus belli: Expresión latina que los romanos empleaban para referirse a "motivo de guerra".

Celesiria: Zona geográfica que identifica el sur de Siria y comprendía en la Antigüedad fértiles terrenos que fueron la eterna disputa entre los diversos reinos de la época.

centuria: Unidad de infantería del Ejército romano que constituían las legiones y unidades auxiliares romanas.

centurión: Comandante de la centuria.

cingulum: Se refiere al cinturón militar romano.

Cissis: poblado cartaginés ubicado al norte del río Ebro. Posteriormente los romanos le darían el nombre de Tarraco.

Clastidium: Fue un pequeño pueblo ubicado cerca de Placentia. En el año 218 a.C. caería en manos de Aníbal Barca, quien se aprovechó de sus reservas agrícolas.

cnémidas: Parte de la armadura griega que se usaba para proteger la parte inferior de las piernas. Llamada también greba.

condictio: Palabra latina que se refería a la acción o al requerimiento de justicia necesario para la solución de los conflictos cotidianos entre romanos.

contubernium: Era la unidad administrativa dentro de la legión romana constituida por ocho legionarios que compartían una misma tienda de campaña e impedimentos de guerra. Ocho *contubernia* formaban a su vez una centuria bajo la orden de un centurión.

Corfú: Isla griega ubicada en el mar Jónico, y al noroeste de las tierras que una vez pertenecieron a Epiro.

Corno: Instrumento de viento-madera utilizado por los romanos para diversos fines. Pertenecía a la familia de los oboes.

Cuestor: Cargo que pertenecía a las magistraturas ordinarias menores. En un principio tenía funciones judiciales, y posteriormente de control administrativo, bien de jurisdicción civil o militar.

culina: Se refiere al área de la cocina en la *domus* romana.

Curia Hostilia: Se refiere al edificio donde se reunía el Senado romano.

Cursus Honorum: Se refiere a la carrera política que debía seguir todo ciudadano romano que deseara desempeñarse en cualquier magistratura.

Delfos: Ciudad griega ubicada en Fócida, entre los montes Parnaso y Cirfis. En ella se encontraba el Santuario del dios Apolo y el mítico Oráculo que llevaba su nombre.

dextrarum iunctio: Palabra que se vincula al apretón de manos entre hombres, o entre un hombre y una mujer, el cual debía transmitir un sentimiento de respeto, entrega, compromiso y tal vez unidad.

dilectus: Término latino referido al alistamiento militar.

Dimale: Antigua ciudad ilírica cuyos primeros habitantes pudieron ser los provenientes de Epiro o Apolonia. Esta ciudad sería conquistada por el cónsul romano Lucio Emilio Paulo.

domina: Con este término se identificaba a la matriarca de una familia romana o a la pareja del *dominus*.

domus: Era la vivienda principal romana.

doru: Era una lanza que formaba parte del arsenal personal de cada hoplita. Generalmente llegaban a medir dos metros y medio y se utilizaba como arma de ataque más no para ser lanzada como jabalina.

Elpeo: Río que durante las campañas militares de la Tercera Guerra Macedónica llegó a separar los ejércitos romanos y macedonios.

Epidamnos: Antigua ciudad griega fundada en Iliria en las cercanías del mar Adriático.

Esfacteria: Nombre de una batalla que se libró entre Atenas y Esparta en el marco de la Guerra del Peloponeso cerca del año 425 a.C.

epirotas: Se refiere a los pobladores de Epiro o de cualquiera de sus tribus.

exedra: Era una de las estancias de la *domus* romana caracterizada por ser un área o espacio amplio, generalmente descubierto, que contenía asientos empotrados, los cuales eran utilizados en ocasiones para impartir algún tipo de conocimiento.

faleras: Era una condecoración romana destinada a altos oficiales o veteranos de guerra.

farro: Cereal con el que los romanos podían elaborar una variedad de pan.

fasces: Era un emblema surgido de los reyes etruscos, adoptado por los romanos y que llegaba a representar para los magistrados el *imperium* y la capacidad de ejercer justicia. Consistía en un haz de lictores compuesto por treinta varas que representaban las treinta curias de la antigua Roma, atadas estas por una cinta de cuero formaban un vistoso cilindro que a su vez amarraba una hacha. Generalmente eran transportadas por alguno de los lictores del magistrado curul.

flammeum: Era el velo de novia que llevaba la mujer romana.

Flora: Diosa de la primavera para los romanos.

Fócida: Región de Grecia Central.

Fontus: Dios romano de las cascadas, las fuentes y los pozos.

Forum: Era la zona central de la ciudad de Roma y de otras ciudades principales donde se desarrollaban el comercio y la prostitución, se administraba justicia y los romanos generalmente hacían su vida diaria.

Forum Boarium: Se refería al mercado de animales que se ubicaba en la ribera izquierda del río Tíber, entre la colina Capitolina y el monte Aventino.

Forum Holitorium: Se refería al mercado de verduras, hierbas y aceites que se ubicaba en las cercanías del río Tíber en las faldas de los montes Capitolino y Palatino.

Gades: Ciudad griega que se ubicaba en la Península Ibérica. Después pasaría a la soberanía cartaginesa y posteriormente a la romana en tiempos de la Segunda Guerra Púnica.

Galia Cisalpina: Eran aquellas tierras que se ubicaban al norte de la península itálica, pero antes de los Alpes. Específicamente al norte de los ríos Arno y Rubicón.

general cum imperium: En términos amplios se refiere al magistrado o general romano que el Senado le ha atribuido funciones específicas y por un lapso de tiempo determinado, sin la posibilidad de que celebre un triunfo en caso de victoria.

gustatio: Se refiere al plato que sirve de entrada en la comida romana.

Hades: Término griego que se refiere tanto al inframundo como al dios que lo rige. Para los romanos Plutón encarnaba al dios griego Hades.

hastati: Término que traduce lancero. Fue una de las unidades de infantería ligera romana. Generalmente portaban varios *pilum*, *scutum* y *gladius*.

Helios: En la mitología griega personificaba al sol.

Histri: Antiguo asentamiento de piratas ubicado al norte del mar Adriático, específicamente en lo que se conocería por Golfo de Trieste. Estos piratas preferían atacar las rutas comerciales que se extendían desde Iliria hasta Roma.

Hoplita: Ciudadano-soldado proveniente de las ciudades estado griegas. Formaba parte de la infantería pesada, y el costo de su equipamiento militar corría por su propia cuenta. Aparte de ser civiles destacados, eran considerados como verdaderos veteranos de guerra.

ientáculum: Referido al desayuno romano; este incluía tortas redondas y planas de farro junto a raciones de sal. Los más afortunados de la sociedad romana acompañaban al farro con leche, miel, huevos, queso y hasta fruta. Algunas élites mojaban las tortillas de farro en vino y las acompañaban con productos de la temporada, especialmente aceitunas.

Iliria: Zona geográfica que albergaba a una gran variedad de tribus denominadas ilíricas. Ubicada en lo que modernamente se conoce como península balcánica en la costa oriental del mar Adriático.

impluvium: Era el estanque rectangular y de fondo plano que se encontraba en el vestíbulo de las *domus*. A él llegaba el agua de lluvia que se recogía a través del *compluvium*.

Imperio seléucida: Fue un estado sucesor del imperio forjado por Alejandro Magno, el cual se ubicaba en tierras del Oriente Próximo, que incluían Anatolia central, Levante, Mesopotamia, Persia, la Cordillera del Pamir y Turkmenistan. Sería establecido en el año 312 a.C. y disuelto en el año 63 a.C.

ingaunios: Pueblo ligur que durante los años de la República mantuvo un poder naval con el cual subyugaba el tráfico mercante y que llegó a perjudicar directamente a Roma.

insubrios: Antigua tribu celta que llegaría a enfrentar a Roma en varias ocasiones. A este pueblo se le debe la fundación de Milán, la cual posteriormente y cerca del año 222 a.C. sería conquistada por las tropas de Marco Claudio Marcelo y Cneo Cornelio Escipión, cambiando su nombre a Mediolanum.

Itálica: Ciudad romana fundada en el año 205 a.C. en el sur de Hispania por Publio Cornelio Escipión.

Juno: Diosa de la mitología romana equivalente a la diosa Hera de los griegos. Considerada como la diosa del nacimiento y el matrimonio.

Júpiter Optimus Maximus: Nombre latín que traduce el mejor y el más grande. Es considerado el dios principal de la mitología romana. Padre de dioses y de todos los hombres.

Júpiter Víctor: Epíteto de Júpiter Optimus Maximus, referido al dios de la victoria militar.

Laconia: Durante la antigüedad fue una porción del Peloponeso donde se llegaría a levantar la mítica ciudad de Esparta. También recibió el nombre de Lacedemonia.

Lararium: Consistía en un pequeño altar que generalmente se ubicaba en todas las *domus* y era destinado a la oración, adoración y ofrendas de los dioses y espíritus del hogar romano.

Legión: Es la unidad militar básica de los cuerpos de infantería de los ejércitos de Roma. La legión llegaría a variar en su composición a lo largo de la historia de Roma.

legionario urbanae: Soldado que formaba parte de la legión que permanecía dentro de los muros de Roma brindando seguridad y orden dentro del *pomerium*.

lembis: Embarcación de madera destinada al transporte de tropas y pertrechos. De origen griego y muy parecida a la galera, pero de menor tamaño.

lena: Mujer que regentaba un prostíbulo en Roma.

Lex Duodecim Tabularum: Compendio legal que contenía las normas que regulaban la convivencia entre romanos. Sería el primer código que llegaría a reglamentar ordenadamente lo que antes eran costumbres dentro del pueblo romano.

Lex Flaminia: Ley formulada por el senador Cayo Flaminio Nepote cuando se desempeñaba como tribuno de la plebe por el año 232 a.C. Esta ley establecía una reorganización de la propiedad agraria ubicada dentro de la península itálica, señalaba que las tierras del Ager Gallicus Picenus conquistadas por Roma después de la Primera Guerra Púnica debían ser repartidas entre las familias romanas plebeyas y pobres que se habían arruinado durante esa guerra.

Libertas (fortaleza): Nombre de ficción utilizado en esta obra para indicar una de las tantas fortalezas o *castrum* que llegaron a levantar los romanos en Cerdeña durante su conquista.

Liga Aquea: Confederación de ciudades estado ubicados al norte del Peloponeso en tiempos de la Antigua Grecia.

Liga Etolia: Antigua federación de ciudades griegas ubicadas en el centro de dicha península. Durante su existencia sería la liga rival de la Aquea.

Lilibeo: Ciudad griega fundada en el oeste de Sicilia.

Lissus: Colonia griega fundada por Dionisio I de Siracusa en el año 385 a.C. en lo que más adelante sería una zona de influencia ilírica.

Locri: Antigua ciudad localizada en la costa sureste de Brucia. Durante su larga historia estuvo bajo el poder de locrios, griegos, cartagineses y romanos.

lorica segmentata: Armadura que llegaron a utilizar los legionarios romanos a finales de la República y emplearían hasta finales del siglo III d.C. Consistía en una estructura formada por placas metálicas.

Lucina: En la mitología romana identificaba a la diosa que procuraba los sanos nacimientos y el proceso de parto en las mujeres.

Ludi Apollinaris: Fueron unos juegos seculares que se instituyeron en Roma a partir del año 212 a.C. en honor al dios Apolo, y dentro del marco de desesperación social que ocasionó la Segunda Guerra Púnica al pueblo romano.

Ludi Florales: Fiesta de primavera llevada a cabo por los romanos en honor a la diosa Flora.

magister equitum: En tiempos de la República consistía en el lugarteniente que era nombrado por el dictador, teniendo a cargo la caballería romana, mientras que el dictador (su superior) comandaba los ejércitos de infantería.

Manípulo: Fue una unidad militar de la legión romana que se componía de ciento sesenta infantes. A su vez cada manípulo se componía de dos centurias de ochenta infantes cada una.

Mantinea: Antigua ciudad griega que formaba parte de Arcadia.

manus iniectio: Acción del proceso civil romano que facultaba al acreedor para poder trasladar hasta su respectivo domicilio al deudor, quien habiendo sido condenado por una deuda y habiéndola reconocido, no había honrado oportunamente su compromiso de pago.

Massilia/Massalia: Se refiere a la actual ciudad de Marsella. De origen griego, luego pasaría a convertirse en una ciudad aliada a Roma.

Matronalia: De acuerdo con la mitología romana era una fiesta que se celebraba en honor a la diosa Juno Lucina, divinidad del nacimiento y la maternidad.

Mesenia: Zona costera del Peloponeso que limita al este con Laconia; al norte con Élide y Arcadia; y al sur y oeste con el mar Jónico.

Metauro: Se refiere a la batalla que se llegó a librar durante la Segunda Guerra Púnica al norte de la península itálica en el año 207 a.C. enfrentando a romanos y cartagineses.

Monte Capitolino: Forma parte de las ancestrales siete colinas de la ciudad de Roma. En él se erigía la famosa Roca Tarpeya y el venerado templo a Júpiter Optimus Maximus.

Monte Palatino: Constituye la más céntrica de las siete colinas de la ciudad de Roma. De acuerdo con la mitología romana fue en una de sus cuevas que la loba Luperca dio cobijo y protección a los gemelos Rómulo y Remo. Durante los tiempos de la República numerosas familias pudientes erigieron allí sus viviendas.

mulsum: Se refiere al vino condimentado que bebían los romanos, en el que el mosto y la miel agregada fermentaban al mismo tiempo, suavizando así su sabor y sus efectos.

muscolo: Era un arma de asedio cuya fuerte estructura móvil servía para que las tropas que lo usaran procedieran a la demolición de los muros externos de la fortaleza enemiga.

mutatorium caesaris: Consistía en el lugar de aparcamiento o de transferencia de personas, el cual se ubicaba en las afueras de la ciudad de Roma, cerca del comienzo de la Vía Appia.

nobilitas: Término del latín que se refiere a la transición hacia la consideración de noble a la que podían llegar tanto los herederos de un patricio como los de un plebeyo cuyo ascendiente había llegado a ostentar el consulado.

Nova Vía: Antigua vía que comunicaba el interior de la ciudad de Roma, la cual se extendía por parte de las faldas del monte Palatino. Ella podía comunicar en línea recta desde el Templo de Júpiter Stator hasta el Templo de Cástor en tiempos de la República.

nubere: Palabra latina que puede entenderse como novia, velo o edad para casarse.

Olocro: Monte ubicado en Tesalónica, donde llegaría a escenificarse parte de la Batalla de Pidna.

onagro: Era un arma de asedio de la familia de las catapultas, la cual funcionaba por un mecanismo de torsión. Su origen es griego, pero fue muy utilizada por los romanos.

optio: Lugarteniente que ayudaba al centurión en el manejo de la centuria.

Orcómeno: Antigua ciudad griega ubicada al oeste de Beocia.

oretanos: Pueblo originario de Hispania cuyo asentamiento se hallaba entre las tierras de Sierra Morena y la cuenca del Anas. Su principal ciudad fue Cástulo.

Orongis: Fue una especie de fortaleza-ciudadela que junto con los centros poblados de Iliturgi y Cástulo formaban parte del bastión cartaginés en la zona del Alto Guadalquivir. Después de la victoria romana en la Batalla de Baecula, Orongis sería atacada y tomada por los romanos en el año 207 a.C.

ostium: Se refiere a la puerta principal de una *domus* romana.

paludamentum: Consistía en una capa que era utilizada por los oficiales romanos y en algunas oportunidades por sus tropas. Tenía un corte rectangular y era sujetado al hombro gracias a un broche metálico.

pater conscripti: Término del latín que identifica a los senadores que no solo tienen un origen patricio, sino también plebeyo. Este término surgiría en las innumerables luchas por la igualación política entre patricios y plebeyos.

pater familia: Se refiere al padre de familia romano.

Peloponeso: Es una península de Grecia que se separa del continente por el istmo de Corinto.

peltasta: Se refiere a la infantería ligera mercenaria que usaban los ejércitos de influencia griega o helena.

Penates: De acuerdo con la mitología romana, se refiere a los dioses protectores de la *domus* romana, atribuyéndosele la guarda de almacenes y de despensas para el uso de la familia.

peristylium: Era el patio abierto que poseía la *domus* romana en su interior, en el cual las columnas que rodeaban su jardín servían de soporte para sostener un techo que daba sombra a un porche.

pignoris capio: En términos generales, consistía en una acción que contemplaba el procedimiento jurídico romano, mediante el cual el demandante o actor podía embargar los bienes del demandado de forma unilateral y personal.

Pilos: Ciudad griega que se ubicaba en la costa sudoeste del Peloponeso, en las cercanías de Mesenia, al sur de Grecia.

También recibe este nombre una bahía cuya isla de Esfacteria la cierra casi por completo.

Placencia: Colonia romana ubicada al norte de la península itálica que luego sería conectada por la Vía Emilia. Antigua zona dominada por la tribu de los boios.

pluteo: Era un arma de defensa empleada por los atacantes que llevaban a cabo un asedio. Consistía en una pared de madera que se dotaba de tres ruedas con el objeto de brindar movilidad y protección a los que caminaban detrás de él.

pomerium: Para los romanos Roma era lo que existía dentro de los muros de Roma. Todo aquello que quedaba fuera de sus muros pertenecía a Roma pero no era Roma.

postulatio iudicis: Acción del derecho romano mediante la cual se solicita el nombramiento o la designación de un juez o árbitro.

praefecti sociorum: Oficial romano al mando de una legión o *ala socii*, es decir, no romana y generalmente formada por latinos.

prandium: Era una de las comidas que generalmente se saltaban los romanos o la única que llegaban a hacer, siempre dependiendo de sus posibilidades y del tiempo que tuviesen. De hacerse, se efectuaba al mediodía y en ella se consumían cantidades moderadas de pan, carne fría, verduras, fruta y vino.

primae mensae: De acuerdo con las costumbres romanas, para el final de los tiempos de la República, la cena se llegaba a componer generalmente de tres platos o partes: la entrada (*gustatio*), el plato principal (*primae mensae*) y finalmente el postre (*secundae mensae*).

Pronuba: Diosa romana del matrimonio o también referido a la madrina de bodas.

Puerta Capena: Constituía uno de los principales accesos a la ciudad de Roma. Quedaba bajo las murallas servianas y sobre la Vía Apia.

Puerta Carmenta: Era la puerta que daba acceso a la ciudad de Roma por las murallas servianas sobre la Vicus Jugarius en las cercanías del Foro Holitorio.

Puerta Fontus: Puerta de acceso a la ciudad de Roma por el monte Capitolino. Su camino llevaba directamente a la Curia Hostilia.

Puerta Triumphalis: A efectos de los triunfos romanos, estos se iniciaban en el Campo de Marte, ingresando luego a la ciudad de Roma por una puerta especial que se acondicionaba para el ingreso del desfile.

Qart Hadasht: Ciudad de origen fenicio que se ubicó en Iberia. Años después pasaría bajo el control de Cartago y durante la Segunda Guerra Púnica sería conquistada por Publio Cornelio Escipión y pasaría a llamarse a partir de entonces Cartago Nova.

quincunx: Era un patrón de pelea en el cual las tropas romanas eran dispuestas a manera de dado, buscando con ello que cada manípulo quedara cubierto en sus lados y en su retaguardia por otros manípulos.

Roca Tarpeya: Era una saliente encumbrada que existía en la cima de la Colina Capitolina. Durante la República era el lugar desde donde se ajusticiaba a los traidores.

Ródano: Batalla que se llegaría a librar entre cartagineses y la tribu gala de los volcos en el año 218 a.C., esta se desarrollaría en parte de las riberas del río Ródano en la influencia de Massalia.

rostrum: Arma de ataque utilizada por la Marina romana, la cual consistía en una especie de espolón fabricado por dura madera y exterior de cubierta metálica. Llegaba a formar parte en extensión de la quilla, y con ella se embestían a las naves enemigas.

Sacramentum: En tiempos de la República se llamaba así a todo aquello que se le confiaba al templo y quedaba bajo custodia de éste mientras se dirimía un juicio.

Sagunto: Fue una ciudad portuaria ubicada en Iberia, cuya invasión por parte de Cartago daría inicio a la Segunda Guerra Púnica. Era de origen griego y aliada a Roma.

Sarandë: Ciudad portuaria de origen griego que se encontraba en tierras de Epiro frente a la isla de Corfú en el mar Jónico.

scutum: Escudo romano empleado por los legionarios.

secundae mensae: Se refiere al postre dentro de la cena romana.

Selasia: Batalla que se libraría en el año 222 a.C. en las cercanías de Selasia, en Laconia, Grecia. En ella se enfrentarían la Liga Aquea y el reino de Macedonia contra la ciudad estado de Esparta.

Skodra: Antigua ciudad de Iliria, donde llegó a funcionar el trono de la reina Teuta.

Somnus: De acuerdo con la mitología romana, se refiere a la deidad que personifica el sueño.

sufetes: Eran los miembros del Senado de Cartago. Presentaban gran similitud con los senadores romanos, pero provenían absolutamente de familias aristocráticas por nacimiento; en ellos no cabía la posibilidad de que plebeyos pudieran alcanzar dichos cargos.

tablinium: Era la habitación más grande de la *domus* romana, la cual se encontraba totalmente abierta al *atrium*, pero separada por cortinas o puertas. Generalmente se destinaba al lecho conyugal o como salón de recepciones para visitas íntimas.

Tarraco: Antigua ciudad de Iberia que durante la República de Roma se convertiría en el centro de abastecimiento y campamento de invierno de las tropas romanas.

tartarus: De acuerdo con la mitología griega, puede referirse tanto a una deidad como al lugar de los infiernos que gobierna ésta. Lo constituye el inframundo, un lugar más profundo y temible que el Hades.

tavernae veteres: Eran las tiendas donde los prestamistas y otros comerciantes ejercían el comercio en la ciudad de Roma. Generalmente se ubicaban en las adyacencias del Forum y otros mercados importantes.

Tesino: Fue el enfrentamiento militar que se llevó a cabo en el año 218 a.c. al norte de la península itálica, donde se enfrentaron los ejércitos de Aníbal Barca contra las fuerzas de caballería e infantería romana que comandaba el cónsul Publio Cornelio Escipión, padre de Africanus.

Trasimeno: Batalla que se libró en el Lago Trasimeno entre las tropas de Aníbal Barca que acechaban desde las colinas que bordeaban el lago a las legiones del cónsul Cayo Flaminio Nepote. Año 217 a.C. en la península itálica.

Tratado de Fénice: Fue el acuerdo que puso fin a la Primera Guerra Macedónica, suscrito en la ciudad de Fénice, ubicada en Epiro en el año 205 a.C., entre los romanos y sus aliados por una parte, y el reino de Macedonia y sus aliados por la otra.

Trebia: Catalogada por historiadores como la primera gran batalla de la Segunda Guerra Púnica en la que lucharían los ejércitos de Aníbal Barca contra las legiones del cónsul Tiberio Sempronio Longo. Ocurrió en el año 218 a.C. en las orillas del río Trebia, muy cerca de Piacenza.

Triada Capitolina: De acuerdo con la mitología romana, con este nombre se designa a los tres principales dioses de la religión romana. Ellos son: Júpiter Optimus Maximus, Juno y Minerva.

triarii: Se refiere a los legionarios veteranos que formaban parte de la infantería pesada en las legiones romanas y en los tiempos de la República. Portaban casco, grebas, cota de malla, una larga lanza, en ocasiones *pilum*, *scutum* y *gladius hispanicus*.

triclinium: Era el comedor romano que comúnmente se usaba en las *domus*, caracterizado por tener divanes en tres de los lados con un área abierta donde se colocaba la comida.

triunfo: Ceremonia llevada a cabo por los romanos cuando uno de sus cónsules o generales facultados para ello obtenían una victoria en tierras extranjeras. Se desarrollaba dentro de los muros de Roma, pero partiéndose desde el Campo de Marte, debiéndose cumplir metódicamente con toda una serie de formas y ritos.

tympanum: Instrumento de percusión membranófono, el cual emplea una caja de resonancia junto a dos pieles o membranas y era utilizado por los romanos. Su equivalente actual es el tambor.

Velabrum: En tiempos antiguos constituía un gran pantano que se ubicaba en uno de los valles bajos de la ciudad de Roma, llegando a conectar el Forum con el Foro Boario y parte de los montes Capitolino y Palatino. En sus márgenes se asentaban comercios artesanales y todo tipo de mercaderes.

vélites: Constituyeron durante el tiempo de la República las unidades de infantería ligera que luchaban en la vanguardia de la legión. Generalmente eran vélites los soldados más pobres y los más jóvenes de la sociedad romana. Su arma principal era la jabalina, y en ocasiones podían cargar una pequeña *gladius* así como un pequeño escudo de madera redondo. Su función principal era la de hostigar al enemigo al comienzo de la lucha.

vestal: Era la sacerdotisa consagrada a la diosa romana Vesta. Dentro de sus atribuciones estaba el conservar encendido el fuego sagrado dentro del Templo de Vesta.

vestibulum: Con este término se designaba un área de la *domus* romana que normalmente conducía desde el *ostium* hasta el *atrium*. Era una especie de corredor.

Vía Aurelia: Era la vía o calzada romana que comunicaba a Roma con Etruria.

Vía Sacra: Era la calle principal que atravesaba a la ciudad de Roma comunicando el monte Capitolino con las áreas del Forum Romano.

Vicus Tuscus: Considerada como una de las calles más antiguas de la ciudad de Roma, comunicaba el Forum con las áreas del Forum Boarium y el Circo Máximo. Se ubicaba en el oeste del monte Palatino y al este del Velabrum.

Vinea: Máquina de asedio fija, consistente en una serie de mamparos de maderas y pieles que llegaban a proteger a los asaltantes mientras procedían a colapsar las defensas enemigas.

vir triumphalis: Antiguo término romano que se utilizaba para designar al hombre del triunfo. Al mortal que había alcanzado el triunfo para honor de los dioses.

volcos: Pueblo perteneciente a la gran familia celta y que llegaron a ocupar parte del centro de Europa durante la Antigüedad.

Vulcanalia: Antigua festividad romana en honor al dios del fuego Vulcano.

Vulcano: De acuerdo con la mitología romana, era el dios del fuego, de las herramientas y la forja.

Índice

OTRAS OBRAS ESCRITAS

Mi vida en Literno

Junio Colatino, el sirviente romano que llegaría a prestar sus servicios a la familia Escipión a finales del año 185 a.C., se inserta en un mundo totalmente desconocido para él. Vivirá plenamente las situaciones domésticas, comunes y habituales que afectan la vida diaria de patricios, plebeyos, clientes, sirvientes y esclavos, dentro de cualquier *domus* romana. Han corrido los duros tiempos de la Segunda Guerra Púnica.

Publio Cornelio Escipión Africanus, considerado como uno de los más destacados generales romanos en la época de la República, vive sus últimos años en compañía de su incondicional hermano: Lucio Cornelio Escipión Asiaticus, fiel ejemplo de amor fraterno y compromiso familiar. A estos se les unirán los miembros más notables de la familia Escipión, quienes llegarán a destacarse igualmente como líderes militares y políticos de la Roma republicana.

Se evocan las relaciones y las alianzas que unirán a las familias Escipión y Emilio-Paulos, transformándolas en un escudo que junto al brazo que lo posee resistirá los continuos ataques de sus enemigos políticos dentro y fuera de las gradas del Senado.

Quinto Fabio Máximo, Lucio Valerio Flaco, Marco Porcio Catón y Tiberio Sempronio Graco figurarán como los grandes enemigos políticos para los miembros de la familia Escipión.

Roma conocerá la inmensa furia que alimentará el espíritu de venganza del general cartaginés Aníbal Barca; también entenderá que el rey Filipo V de Macedonia esconde un desmedido anhelo de conquista; y que el rey sirio Antíoco III tan solo espera tras las sombras de Asia para pelear inesperadamente por una parte del mar Mediterráneo.

El año 184 a.C. se recordará como el año de las intrigas políticas que se llegaron a conjurar en las gradas de la Curia Hostilia, esas reuniones secretas que llevaron a cabo los senadores contrarios al general Africanus; se recordarán por el resto de los tiempos el controversial *iudicium populi*, el exilio de Africanus y los días que siguieron para Roma y Africanus después de su exilio.

El general Africanus una vez en exilio escribirá sus memorias, detallando en ellas las grandes batallas que libró en contra de los enemigos de la República.

Al final de los días solo se podrá esperar que suceda lo que era previsible, dejando que la historia de Roma siga su marcado curso.

En los días de Totila

Transcurren los feroces días en los cuales la conquista y el olvido se disputan los despojos de la península itálica, volteándose la mirada hacia los poderosos límites del Imperio romano de Oriente, durante la década que transcurrió el reinado del líder ostrogodo Totila, quien llegaría a ser el penúltimo rey ostrogodo, y el último que mantuvo efectivamente unida a su nación, tratando de no perder las tierras itálicas que años atrás fueran conquistadas por sus ancestros después de la caída del Imperio romano de Occidente.

El Imperio romano de Occidente había sucumbido décadas atrás, y con él los romanos, latinos y demás ciudadanos imperiales quedaban supeditados a la voluntad de los pueblos bárbaros de turno. Milán y Ravena desplazarían a la majestuosa Roma, ahora convertida en la ciudad olvidada. Ellos, los desamparados de Roma, oirán expectantes el discurso germano que los gobierna por la fuerza de la espada; observando cómo la Iglesia Católica lucha por su necesaria supervivencia, y como desde el Oriente un emperador llamado Justiniano I se obsesiona con volver a unificar el Imperio romano.

Esta obra trae de vuelta las olvidadas luchas cristológicas que con tanto fervor llegaron a agitar la tranquilidad social, moral, política y militar de Oriente. Constantinopla fue el reducto que no quiso arrodillarse a la voluntad del Papa. Allí el emperador se decantará por el cristianismo ortodoxo mientras decide la aniquilación del reinos de vándalos y ostrogodos.

Totila hará frente a un novedoso ejército venido de Oriente, cuya reciente gloria ha sido la aniquilación del reino vándalo del norte de África. Totila descubrirá que la novedad del Ejército romano oriental radica no en su fuerza ni en su histórico poder, sino en la génesis de sus generales, en la que habrá malos, buenos y extraordinarios.

Varios personajes principales harán sentir sus ideas y transmitirán la fuerza de sus sentimientos, pero al final solo uno será el que pueda escribir la historia que dramáticamente se llegó a vivir durante la década que transcurrió entre el año 542 y el año 552.

Después de una larga y sangrienta Guerra Gótica, la península itálica entrará a una triste etapa de atraso, carestía y desgobierno, que durará siglos, y en la que las riendas del poder serán manejadas conjuntamente entre el papado y los nuevos caballeros que ahora nacerán en castillos. El tiempo tratará de borrar las obras de los romanos y del mismo Justiniano I, pero será la poca historia escrita la que se encargue de perdurar aquellos lejanos sucesos que hemos pretendido olvidar. Con esta obra literaria se empieza a narrar lo que fue entendido como el nacimiento de la Edad Media, ese vestigio histórico que hoy muchos conocen, pero pocos entienden.

Editorial LibrosEnRed

LibrosEnRed es la Editorial Digital más completa en idioma español. Desde junio de 2000 trabajamos en la edición y venta de libros digitales e impresos bajo demanda.

Nuestra misión es facilitar a todos los autores la edición de sus obras y ofrecer a los lectores acceso rápido y económico a libros de todo tipo.

Editamos novelas, cuentos, poesías, tesis, investigaciones, manuales, monografías y toda variedad de contenidos. Brindamos la posibilidad de comercializar las obras desde Internet para millones de potenciales lectores. De este modo, intentamos fortalecer la difusión de los autores que escriben en español.

Ingrese a www.librosenred.com y conozca nuestro catálogo, compuesto por cientos de títulos clásicos y de autores contemporáneos.